MAX BENTOW

DER SCHMETTERLINGSJUNGE

GOLDMANN
Lesen erleben

MAX BENTOW

DER SCHMETTERLINGS-JUNGE

PSYCHOTHRILLER

GOLDMANN

Dieses Buch ist auch als E-Book erhältlich.

MIX
Papier aus verantwortungsvollen Quellen
FSC® C014496

Verlagsgruppe Random House FSC® N001967

2. Auflage
Taschenbuchausgabe November 2019

Dieses Buch wurde vermittelt durch
die Literarische Agentur Michael Gaeb.
Umschlaggestaltung: UNO Werbeagentur, München
Umschlagmotiv: Schmetterling: Ashraful Arefin / arcangel Images;
FinePic®, München
AG · Herstellung: kw
Satz: Uhl + Massopust, Aalen
Druck und Bindung: GGP Media GmbH, Pößneck
Printed in Germany
ISBN: 978-3-442-48982-4
www.goldmann-verlag.de

Besuchen Sie den Goldmann Verlag im Netz

Für Christina

Was ist das, was in uns lügt, hurt, stiehlt und mordet?
GEORG BÜCHNER

Put on your red shoes and dance the blues.
DAVID BOWIE

ERSTER TEIL

Ich gestehe, mein Liebling, ich habe getötet. In knapp einer Woche habe ich drei Menschen umgebracht. Und es ist noch lange nicht vorbei. Erst am siebten Tag werde ich Ruhe geben. Bis dahin bleibt uns nicht mehr viel Zeit.

Ich fahre mit dir durch die Nacht. Du sitzt neben mir und rührst dich nicht. Noch bist du völlig ahnungslos. Immer wieder gleitet mein Blick von der Straße weg, um dich anzuschauen. Deine Augen sind geschlossen, dein langes Haar liegt auf deinen Schultern. Ich beobachte die Bewegungen deines Atems, wie sich deine Brust hebt und senkt. Ich stelle mir vor, wie sich mein Mund deinen geschlossenen Lippen nähert, und ich frage mich, ob du mir vergeben kannst.

Es ist wie ein langer, dunkler Rausch. Ich habe kaum geschlafen. Ich muss vorausplanen, Dinge besorgen. Wachsam sein. Sie jagen mich, meine Verfolger sind mir dicht auf den Fersen. Zugegeben, das spornt mich an. Ich hinterlasse absichtlich Spuren, ich lade sie ein zu einem wilden, wirbelnden Tanz, und doch bin ich ihnen immer einen Wimpernschlag voraus.

Noch nie habe ich mich so lebendig gefühlt wie in diesen Stunden. Noch nie so bedeutend und mächtig. Das Gefühl der Überlegenheit wächst von Minute zu Minute. Mittlerweile lasse ich sie bis auf wenige Meter an mich heran. Das ist wie Magie. Ich habe einen Bannkreis um mich herumgelegt. Sie kriegen mich nicht.

Glaub mir, für dich könnte ich dieses Spiel sofort beenden. Nur um dir meine Liebe zu beweisen. Aber was man einmal begonnen hat, sollte man auch zu Ende führen, nicht wahr?

Wir waren fast noch Kinder, als ich dich das erste Mal sah. Seitdem ahne ich, dass du die Einzige bist, die mich vielleicht einmal versteht. Ich beobachtete dich vor deinem Elternhaus, hinter Hecken versteckt, ein Junge mit hängenden Schultern, die Einsamkeit im Gesicht.

Du hieltst etwas in den Händen. Es war rot, schwarz und glänzend. Ein kostbares Geschenk, ich hatte es euch vor die Tür gestellt. Es war so edel und chic, dass dir die Hitze in die Wangen schoss.

Ein gestohlenes Geschenk, ich gebe es zu. Als Junge trieb ich mich gern in den Galeries Lafayette herum, diesem Luxustempel in der Friedrichstraße. Ich drückte mir die Nase an den Schaufensterscheiben platt. Alles, was glitzerte und teuer war, alles, was aus feinem Stoff bestand, faszinierte mich. Schmuck, Uhren, auf Hochglanz poliertes Silberbesteck, helles Porzellan, zerbrechliche Nippesfiguren, all die Schachteln und Schatullen, gefüllt mit Schnickschnack und Tand. Die erlesenen Parfums in ihren schimmernden Flakons, die feinen Strümpfe der Frauen mit ihren erregenden Nähten, die aufwendig gestalteten Röcke und Kleider. Aufreizende Lingerie, drapiert auf hellhäutigen Puppen.

Und wenn ich nicht gerade in der Papierabteilung war, um mir Skizzenbücher und Stifte zu klauen, schlich ich bevorzugt durch die Etagen, in denen die besonderen Objekte der Begierde ausgestellt wurden.

Kaum bezahlbare Schuhe für Frauen mit luxuriösem Geschmack. Extravagante Stiefel und Pumps, Stilettos mit schwindelerregend hohen Absätzen, zum Greifen nahe auf Podesten, die für mich wie die Throne von Kaiserinnen waren.

An einem Nachmittag war ich auf der Suche nach einem Geschenk für meine Mutter. Sie hatte bald Geburtstag. Und so entdeckte ich ein Paar High Heels von Christian Louboutin, rot, schwarz und glänzend. Ich stand staunend vor dem Sockel, auf dem sie aufgebaut waren, und konnte nicht mehr die Augen von ihnen lassen. Meine Mutter liebte Schuhe, aber sie hatte nicht viel Geld.

»Kann ich dir helfen?«, fragte mich die Verkäuferin.

»Wie teuer sind die?«, entgegnete ich.

»Zweitausendfünfhundert Euro.«

Ich stellte mir meine Mutter darin vor. »Packen Sie sie in eine schöne Schachtel, ja?«

»Du machst Witze.«

»Nein, ich will sie haben.«

»Kannst du denn bezahlen?«

»Hübsch einpacken, ja? Und binden Sie eine Schleife darum.«

Sie warf mir ein gequältes Lächeln zu. Danach wandte sie sich von mir ab, um den Kaufhausdetektiv zu alarmieren.

Doch ich war schneller. Kaum hatte sie mir den Rücken zugedreht, griff ich einfach zu. Ich schnappte mir die Schuhe und rannte los.

Meine Mutter war die schönste Frau der Welt, das kannst du mir glauben. Warum ich in der Vergangenheitsform von ihr rede? Keine Ahnung, vielleicht weil ich manchmal das Gefühl habe, sie sei längst tot. Dann wieder stelle ich sie mir an einer Straßenecke vor, ihre nackten Arme sind mit Einstichstellen übersät. In meinen schlimmsten Träumen sehe ich sie zusammen mit anderen Männern. Sie fallen über sie her, sie behandeln sie wie ein Stück Dreck. Aber ich sage dir, wenn sie sich zurechtmachte, die Augenränder mit Kajal, die Wimpern mit Tusche bemalte, ihre Wangen mit Rouge puderte, wenn sie ihr Haar öffnete und hübsche Sachen und Strümpfe und Schuhe trug, sind dir die Augen übergegangen.

Und sie konnte tanzen.

Ja, verdammt, das konnte sie. Und waren die Absätze ihrer Schuhe noch so hoch, sie konnte darauf schweben. Sie war ein Luftwesen, meine Mutter, musst du wissen.

Ich kam heim mit den Schuhen, ich hatte sie in einer Plastiktüte versteckt. Meine Mutter aber war nicht da. Ich fragte meinen Vater nach ihr.

Er sagte: »Sie wird schon wiederauftauchen.«

Ihre Klamotten waren weg, auch der Koffer lag nicht mehr auf dem Schrank. Ich wartete ihren Geburtstag ab, doch sie kam nicht.

Ihr Handy stellte sich tot. Unbezahlte Rechnungen auf ihren Namen häuften sich in unserem Briefkasten.

Wieder fragte ich meinen Vater nach ihr, und diesmal sagte er: »Sie hat uns nicht einmal einen Zettel hinterlassen.«

Ich habe die Schuhe behalten. Oftmals hole ich sie hervor und betrachte sie.

Wenn du sie berührst, wenn du mit den Fingern über die Absätze streichst, begreifst du, was du verloren hast.

Und was es bedeutet, wenn niemand dein Geschenk annehmen will.

Etwas hat sich in mir aufgestaut seit jener Zeit. Und schließlich platzte es in mir auf wie ein bösartiges Geschwür.

Darum musste ich losziehen, und nichts hielt mich auf. Ich habe einen Plan, eine Mission, und es gibt kein Zurück.

Sechs Tage sind vergangen, mein Liebling, nicht mehr als hundertvierundvierzig Stunden, da mein wilder Rausch begann.

EINS

Montag, 15. Mai. Kurz nach Mitternacht

Sebastian fand keinen Schlaf. Das Wochenende war viel zu schnell vergangen. Morgen früh um acht begann die Schule, und bis zum nächsten Freitagabend war es noch lange hin.

Er dachte an seine Mutter, die im Nebenzimmer schlief, an den schönen Ausflug mit ihr. Zum Schwielowsee waren sie hinausgefahren. Milde Frühlingsluft, der Duft des nahenden Sommers. Er hatte Schuhe und Strümpfe ausgezogen, die Füße ins Wasser getaucht und dabei einen Schwarm Stichlinge aufgescheucht. Flache Steine hatte er über den See springen lassen, bis seine Mutter ihn rief. Sie legte einen Arm um ihn, und sie spazierten am Uferweg entlang. Sie lachte über seine Scherze, was Sebastian insgeheim freute, denn seit der Trennung von seinem Vater war sie nicht immer bester Laune.

Auf der Terrasse eines Restaurants nahmen sie ein spätes Mittagessen zu sich, Sebastian ein großes Schnitzel mit Pommes, seine Mutter einen Salat. Er probierte von dem Holundersaft, den sie sich bestellt hatte. Noch immer glaubte er den Geschmack auf der Zunge zu haben, so süß und unbeschwert, frühsommerlich und froh. Kastanienbäume im Garten des Lokals, weiß-rote Blüten, die auf ihre Teller herabwehten.

Nach dem Essen hatte sie ihn angestrahlt. »Was für eine herrliche Landpartie, mein Junge. Sollten wir öfter machen.«

Er hatte ihr zugestimmt. Wenn seine Mutter lächelte, bildeten sich Grübchen auf ihren Wangen, und das mochte er an ihr.

Doch auf dem Heimweg nach Berlin verdüsterte sich seine Stimmung. Das hatte mit dem drohenden Montag zu tun, der anstehenden Klassenarbeit und damit, dass auch seine Mutter immer schweigsamer wurde.

Warum konnte es nicht immer Wochenende sein? Und wieso schaffte er es nicht, seine Mutter häufiger zum Lächeln zu bringen?

Der Junge wollte sich festhalten an dem vergangenen Tag. Dachte an die braunen Augen seiner Mutter, ihr dunkelblondes Haar und die Reflexe des Sonnenlichts, die im Wald über ihr Gesicht getanzt waren.

Um endlich einzuschlafen, versuchte er es mit Schäfchenzählen, ließ die Tiere in seiner Vorstellung über ein Gatter springen.

Allmählich dämmerte er weg.

Ein Geräusch ließ ihn hochschrecken. Ein leises Klirren.

Sebastian verspürte einen kalten Lufthauch.

Er schlug die Augen auf, als eine Metallspitze gegen seinen Hals gedrückt wurde.

»Ganz ruhig«, sagte eine gedämpfte Stimme zu ihm.

Sebastian rang nach Luft. Jemand saß an seinem Bett.

»Liebst du deine Mutter?«, fragte die Stimme.

Er konnte nicht antworten.

»Ob du sie liebst?«

Sein Herz schlug so hoch, dass ihm schwindlig wurde.

»Sag schon.«

Er wollte schreien, aber er brachte keinen Ton hervor.

»Liebst du sie?«

»Ja.«

»Gut. Wenn du sie liebhast, sei still. Kein Mucks. Verstanden?«

Sebastian nickte. Seine Augen wanderten umher. Allerdings konnte er wenig erkennen von dem Mann, der in sein Zimmer gekommen war. Alles an ihm war weiß. Sein Gesicht. Der Körper. Auch die Hände. Plötzlich glitt die Metallspitze von seinem Hals, und er hörte das Ratschen eines Reißverschlusses. Offenbar wurde eine Tasche oder ein Rucksack geöffnet. Und mit einem Mal drückte der Mann einen Becher mit einer Flüssigkeit an seine Lippen.

»Trink das aus.«

Sebastian wollte sich wehren, doch schon war eine Hand an seinem Kinn, und zwei Finger pressten sich auf seinen Unterkiefer.

»Dir wird nichts passieren, wenn du gehorsam bist. Tu es für deine Mutter.« Das weiße Gesicht starrte auf ihn herab. »Tu es für sie.«

Sebastian trank. Widerwillig, aber er trank. Das Zeug schmeckte bitter, wie eklige Medizin.

Er wollte sich die Einzelheiten des Gesichts einprägen. Doch im Halbdunkel des Zimmers erkannte er nur die Augen. Alles andere war weiß.

Der Mann nahm den Becher weg. »Sag ›Mama‹.«

»Warum?«

»Sag es einfach. Ganz leise, damit sie nicht wach wird.«

Sebastian stöhnte kaum hörbar.

»Tu mir den Gefallen.«

»Mama«, murmelte er.

»Gut. Das ist gut. Nun hast du's gleich geschafft. Zähl rückwärts von fünfzig runter auf null. Danach wirst du schlafen. Glaub mir, du wirst schlafen. Tief und fest.«

Sebastian begann zu zählen. Es war wie mit den Schafen.

Nur dass ihm dabei übel wurde. Und sie sprangen rückwärts über das Gatter. Manche stolperten, manche brachen sich die Beine.

Der Mann blieb wortlos bei ihm sitzen. Seine Hand strich über Sebastians Stirn, sanft, wie bedauernd.

Das Weiß in seinem Gesicht verschwamm.

Dann wurde es heller. Grell.

Der Junge wollte sich aufrichten, doch schließlich sank er zurück, und alles erlosch.

Als er wieder zu sich kam, spürte er die Kälte. Der Vorhang vorm Fenster bewegte sich im Wind. Er war benommen, hatte einen säuerlichen Geschmack im Mund.

Er brauchte eine Weile, um aufzustehen. Der Boden unter seinen nackten Füßen schien zu schwanken. Ein jäher Brechreiz überfiel ihn. Gallensaft füllte seine Kehle, und er schluckte.

Schließlich zog er den Vorhang beiseite. Das Morgenlicht blendete ihn. Dann sah er das kreisrunde Loch in der Scheibe. Jemand hatte sie aus dem Glas herausgeschnitten, der Fensterriegel war geöffnet.

Seine Erinnerung war lückenhaft, doch mit einem Mal erschien die weiße Gestalt vor seinem inneren Auge.

Abermals würgte er den Brechreiz hinunter.

In diesem Moment dachte er an seine Mutter.

Er lief aus dem Zimmer, eilte durch den Flur. Die Tür zu ihrem Schlafzimmer war geschlossen.

»Mama?«

Keine Antwort.

Er öffnete die Tür.

Die Außenjalousie war herabgelassen, der Raum abgedunkelt.

Sebastian knipste das Licht an, und sein Blick wanderte zu ihrem Bett.

Sie lag auf dem Bauch. Sie war unbekleidet. Warum schlief sie nackt? Und weshalb ohne Decke?

Und was war mit ihrem Rücken?

Etwas prangte darauf, groß, in schillernden Farben.

Was um alles in der Welt war das? Vorsichtig trat er näher.

»Mama?«

Sebastian rang seine Übelkeit hinunter und setzte noch einen Schritt vor.

Der linke Arm seiner Mutter hing halb von der Bettkante herab.

Flüchtig berührte er ihre Hand. Sie war kalt, eiskalt.

Fassungslos starrte er auf das farbige Gebilde auf ihrem Rücken. Dann schrie er auf.

ZWEI

Trojan stürmte in die fremde Wohnung. Die Waffe am Anschlag sicherte er die erste Tür und stieß sie dann mit dem Fuß auf. Er ging hinein, scannte das Zimmer mit Blicken. Niemand. Auf der anderen Seite des Flurs ein weiteres Zimmer. Auch hier war die Tür nur angelehnt. Ein Tritt dagegen, ein Schritt nach vorn, und er war drin. Die Waffe mit beiden Händen umklammert, die Arme ausgestreckt. Lage checken. Nichts.

Da vernahm er das leise Rauschen am Ende des Flurs. Langsam näherte er sich der verschlossenen Tür. Wasser plätscherte dahinter. Er atmete ein paarmal durch, dann drückte er die Klinke und machte einen Satz hinein.

»Kriminalpolizei! Keine Bewegung!«

Der alte Mann stand vor der Badewanne, bloß mit einem Handtuch bekleidet, das locker um seine Hüften geschlungen war. Er wandte sich langsam zu ihm um. Silbriges Brusthaar, hängende Haut. Ein dichtes Muster von Leberflecken.

Grimmig lächelnd sah er Trojan an.

»Schon mal was von Anklopfen gehört? Ich möchte ein Bad nehmen.«

Der Wasserhahn war aufgedreht, die Wanne zur Hälfte gefüllt. Die Hand des Alten glitt zur Seifenflasche hin.

»Ich sagte: keine Bewegung!«

Unbeirrt schnappte er sich die Flasche und schraubte sie auf. »Ist mit Rosmarinöl. Gut für meinen Rücken.«

»Beide Hände hinter den Kopf!«

Der Alte ließ ihn nicht aus dem Blick, während er die Seife in das Wasser laufen ließ.

»Was wird mir denn vorgeworfen, Kommissar?«

»Der Mord an einer jungen Frau. Sie war eine Nachbarin.«

»Diese alte Geschichte. Ist doch Jahre her.«

»Mord verjährt nicht.«

»Und wenn es nun ein Totschlag war?«

Trojans Mundwinkel zuckten.

Der Alte grinste. »Ich steig jetzt erst mal in die Wanne.«

»Keine Tricks!«

Langsam schraubte er die Flasche zu und stellte sie auf den Wannenrand. Danach nestelte er an seinem Handtuch.

»Vielleicht bin ich ja unschuldig.«

»Klären wir auf dem Revier.«

Er grinste nun so breit, dass seine Goldkronen aufblitzten. »Mir kommt da gerade eine bessere Idee.«

»Ach ja?«

»Erschieß mich, Bulle. Dann ist der Fall für dich erledigt.«

Trojan richtete den Lauf der Waffe erst auf seine Knie, dann auf seine Brust.

»Na los doch. Puste mir den Schädel weg.«

Trojan zielte auf den Kopf. Nur nicht provozieren lassen. Doch die Wut begann in ihm zu kochen. Der Zorn beschleunigte seinen Puls.

»Traust du dich nicht?«

»Hände hinter den Kopf!«

»Ach, komm schon. Drück einfach ab. Oder bist du ein Feigling? Na los, Bulle! Nur zu!«

Eine Schweißperle kroch über seine Wange. Sein Finger am Abzug war gekrümmt.

Das Wasser sprudelte in die Wanne. Wo der Strahl auf die

Oberfläche traf, bildeten sich schillernde Blasen und zerplatzten.

»Worauf wartest du noch? Mach mich weg. Mach mich einfach weg.«

Sie sahen sich reglos an.

Da öffnete der Alte sein Handtuch.

»Hier. Ich zeig dir was.« Er ließ das Tuch auf den Boden gleiten und schob die Hüften vor. »*So* sieht ein Mann aus! Beeindruckt?« Er schnaufte verächtlich. »Du bringst es einfach nicht. Hast es nie gebracht.«

»Ein letztes Mal, und ich …«

Er streckte beide Arme zur Seite aus. »Komm schon! Drück ab.«

Ein Schmerz hämmerte hinter Trojans Schläfen. Bloß nicht provozieren lassen. Seine Kiefer malmten.

»Schwächling! Versager! Ich hab's immer gewusst.«

»Sie kennen mich doch gar nicht!«

»Und wie ich dich kenne. Du bist ein verdammtes Weichei, Nils!«

Trojan sog die Luft zwischen den Zähnen ein. »Woher kennen Sie meinen Namen?«

Der alte Mann hob höhnisch das Kinn. »Kein Wunder, dass dir die Frau weggelaufen ist!«

Ein letztes Zögern. Trojan kniff die Augen zusammen. Lichtflecken explodierten hinter seinen geschlossenen Lidern.

Er riss die Augen auf und drückte ab. Einmal, zweimal, dreimal. Er zielte direkt auf die Stirn. Das Blut spritzte an die Kacheln. Er feuerte immer weiter. Viermal, fünfmal, sechsmal. Hirnmasse rann über die Fliesen. Der Alte krümmte sich auf dem Wannenrand zusammen. Ein letzter Blick zu ihm hin, voller Verachtung. Dann brachen seine Pupillen, und er klatschte ins Wasser.

Trojan trat näher heran und starrte auf den Leichnam im blutgetränkten Seifenschaum.

Mit entsetzlicher Verzögerung begriff er, wen er soeben erschossen hatte.

»Vater!«, schrie er.

Er schreckte hoch. Sein Bettzeug war zerwühlt.

War das wirklich sein Vater gewesen, dem er gerade mehrere Kugeln in den Kopf gejagt hatte?

Kein Zweifel, er war es.

Ruhig, ganz ruhig, dachte Trojan, nur ein Traum.

Atemlos fingerte er nach dem Handy auf seinem Nachttisch. Er sollte seinen Vater sofort anrufen.

Ihm war, als müsste er sich auf der Stelle für das entschuldigen, was er in seinem Albtraum angerichtet hatte.

In diesem Moment rief Emily von draußen.

»Paps, alles in Ordnung?«

»Ja, Em, ich bin gleich bei dir.«

In T-Shirt und Boxershorts schwang er sich aus dem Bett, öffnete die Tür und ging in die Küche, wo es nach frisch aufgebrühtem Kaffee duftete.

Er gab seiner Tochter einen Kuss auf die Wange. »Hast du gut geschlafen?«

»Ja. Und du?«

»Mäßig.«

Sein Dienstplan hatte es endlich wieder erlaubt, dass seine Tochter bei ihm übernachten konnte.

»Tut mir leid, Paps. Ich muss jetzt los.«

»Ist es schon so spät?

Sie nickte. »Viertel nach sieben.«

»Wir wollten doch zusammen frühstücken.«

»Hab schon vor einer Weile an deine Tür geklopft.«

»Verzeih. Nichts gehört.«

Er lächelte sie an. Das Haar trug sie wieder lang. Er bewunderte ihre blonden Locken, ihre strahlenden Augen.

»Gut siehst du aus.«

»Danke, Paps. Und ist bei dir wirklich alles okay?«

»Hab komisch geträumt. Von deinem Großvater.«

»Ach ja? Wie geht es ihm eigentlich?«

»Keine Ahnung.«

»Ruf ihn mal wieder an.«

»Das hatte ich gerade vor.«

»Also, ich muss mich beeilen. Grüß ihn von mir, wenn du mit ihm sprichst, ja?«

»Mach ich, Emily.«

Sie zog sich Schuhe und Jacke an, winkte ihm noch einmal zu und verschwand aus der Wohnung.

Trojan goss sich Kaffee ein und trank einen Schluck. Danach duschte er, zog sich an und griff erneut zum Telefon.

Sein Vater hob nach dem dritten Klingeln ab.

»Ich bin's. Nils.«

»Welch seltene Überraschung. Und das am frühen Morgen.«

»Ich dachte, ich sollte mich mal wieder bei dir melden. Was machst du gerade?«

»Ich frühstücke. Danach lasse ich mir ein Bad ein.«

Trojan schluckte. Erneut sah er die Blutspritzer auf den Fliesen vor sich.

Woher nur der Hass in seinem Traum?

Die Vergangenheit war ungeklärt. Woche um Woche hatte er das Gespräch mit ihm aufgeschoben, Monat um Monat.

Und nun platzte es aus ihm heraus: »Wir müssen über Susanna Halm reden.«

Es entstand eine Pause.

»Du weißt schon. Unsere Nachbarin vor vielen Jahren. Als ich noch ein kleiner Junge war. Ihre Ermordung. Wir müssen das endlich klären.«

»Ja.«

»Wann kann ich zu dir kommen?«

Er schwieg.

»Geht es vielleicht noch heute?«

»Warum hast du es mit einem Mal so eilig?«

»Es duldet keinen Aufschub mehr. Ich brauche von dir eine Aussage. Du musst mir alles genau erzählen, von Anfang bis Ende. Und wenn ich weiterhin Zweifel an deiner Unschuld habe …«

»Ich weiß, Nils. Ich weiß, was du vorhast. Du willst deinem eigenen Vater an den Kragen.«

»Bedenke mal, welchen Beruf ich habe.«

»Du bist ein Bulle geworden. Das konnte ich dir leider nicht ausreden.«

»Mag ja sein, aber es würde auf deine Verhaftung hinauslaufen. Ich selbst müsste das veranlassen.«

»Ich bin weit über siebzig.«

»Mord verjährt nicht.«

»Das ist mir vollkommen klar.«

Nach einer Pause sagte Nils leise: »Du hast Susanna Halm erschlagen, nicht wahr? Damals. Ich hab es doch beobachtet. Ich war fünf Jahre alt. Ich hockte auf dem Baugerüst. Ich sah zum Fenster herein. Und du hast sie erschlagen.«

Richard Trojan schwieg. Danach sagte er knapp: »Du erledigst also nur deinen Job, ja? Was du dabei für mich empfindest, spielt wohl keine Rolle.«

»Vater, hör mal … Es fällt mir ganz und gar nicht leicht. Natürlich bin ich in der Angelegenheit befangen. Aber sollte es wahr sein, bin ich zumindest verpflichtet, es meinem Vorgesetzten zu melden. Andererseits trifft mich eine Mitschuld. Und ich riskiere … ja, ich riskiere meinen Job.«

Die Stimme seines Vaters war schneidend. »Ich habe verstanden.«

»Vater, ich …«

Ein Signalton gab an, dass jemand in der Leitung wartete. Trojan sah aufs Display. »Ich rufe gleich zurück. Es ist was Dienstliches.«

»Natürlich. Lass dir Zeit, mein Junge. Lass dir einfach Zeit.«

»Nur eine Sekunde. Okay?«

»Ich lege jetzt auf.«

»Vater, bitte …«

Es klickte. Richard Trojan hatte das Gespräch beendet.

Mit einem Seufzer tippte Nils auf das Display und empfing den anderen Anruf.

Es war Steffie.

»Nils? Du musst kommen. Es ist dringend.«

Sie nannte ihm die Adresse des Tatorts.

DREI

Mittenwalder Straße im Bergmannkiez von Kreuzberg, in der Nähe der Markthallen. Ein Haus mit hell getünchter Fassade. Die Wohnung war im Hochparterre. Trojan bahnte sich einen Weg durch einen Pulk weiß gekleideter Kollegen von der Spurensicherung. Steffie begrüßte ihn und führte ihn vom Flur in das Schlafzimmer. Auch hier waren etliche Kriminaltechniker versammelt, weiße Overalls, Mundschutz, Plastiküberzieher auf den Schuhen.

Gerber, Holbrecht, Krach und Kolpert nickten ihm zu. Landsberg stand breitbeinig da, die Arme vor der Brust verschränkt. Eine Haltung, die Trojan an seinem Chef nur zu gut kannte. Wenn ihn der Anblick einer Leiche besonders irritierte, nahm er diese Pose ein, um sich den Anschein von Überlegenheit zu geben, gerade wenn sie ihm kurzzeitig abhandengekommen war.

Die Tote lag bäuchlings auf dem Bett.

Trojan nahm es für einen Moment den Atem.

Ungläubig starrte er auf ihren nackten Rücken.

Das Bild, das sich ihm bot, war schockierend. Verstörend. Aber in dem Sinne, dass es von beinahe gespenstischer Schönheit war.

Die Haut der Toten war auf nahezu groteske Weise verziert.

»Was zum Teufel … was hat das zu bedeuten?«

»Das, wonach es aussieht, Nils«, murmelte Hilmar Landsberg. Und mit kaum verhohlenem Sarkasmus fügte er hinzu: »Ist doch ganz hübsch geworden, oder?«

Trojans Blick wurde von den Farben auf dem leblosen Körper förmlich aufgesogen. War das ein Gemälde? Hatte jemand das Schlafzimmer dieser Frau in einen bizarren Ausstellungsraum verwandelt? Aber nein, es war der Schauplatz eines Verbrechens. Offenbar hatte sich hier ein besonders kranker Geist ausgetobt.

»Ihr Name ist Beatrice Weiler«, sagte Steffie, »neununddreißig Jahre alt. Sie ist alleinerziehend. Ihr zwölfjähriger Sohn hat sie heute Morgen gefunden.«

Trojan beugte sich über das Bett. Der Geruch von geronnenem Blut, Unheil und Tod vermischte sich mit einem erschreckenden Hauch frischer Farbe.

»Bodypainting«, murmelte einer aus dem Team. »Oder eher: Dead-Bodypainting.«

Trojan wandte sich um. Die Bemerkung stammte von Albert Krach, ihrem stets etwas blässlichen Tatortmann.

»Sprich weiter, Albert. Was fällt dir dazu ein?«

»Nichts. Nur, dass ich es äußerst abstoßend finde.«

»Trotz allem ist das Bild ziemlich gelungen«, mischte sich Landsberg ein.

»Allein das macht es so pervers«, sagte Krach.

»Da gebe ich dir recht«, erwiderte der Chef.

Trojan richtete den Blick wieder auf den farbigen Rücken der Toten.

Von den Schultern bis hinunter zum Gesäß war ein großer Schmetterling auf die Haut aufgemalt, die beiden Vorderflügel auf den Schulterblättern, die zwei Hinterflügel auf den Hüften. Rumpf, Kopf und Fühler des Falters befanden sich auf einer Linie entlang der Wirbelsäule. Die Farben schillerten in verschiedenen Orange- und Gelbtönen, mit weiß leuchtenden Flecken abgesetzt. Die einzelnen Segmente der Flügel waren akkurat mit schwarzen Pinselstrichen ausgeführt.

Ein Gemälde, dachte Trojan erneut. Ein Totenkunstwerk. Der Rücken der Frau war ein Schmetterling.

Die Farben waren so verblüffend sorgfältig und kunstvoll aufgetragen worden, dass der Mörder viel Zeit mit seinem wehrlosen oder bereits toten Opfer verbracht haben musste.

Das beeindruckende Bild eines Schmetterlings. Der Leib der Frau war zur Leinwand für ihren Mörder geworden.

»Es ist der Monarchfalter«, sagte Ronnie Gerber. Sein kariertes Hemd spannte über seinem stämmigen Oberkörper.

»Bist du dir sicher?«

»Ja. Hab ich gerade auf dem Smartphone gegoogelt. Das Foto aus dem Internet stimmt mit der Körpermalerei überein. Der Monarchfalter stammt aus der Familie der Edelfalter. Ist in Amerika weit verbreitet.«

»Hmm. Verdammt, ich… ich weiß nicht, was ich dazu sagen soll.«

»Bleiben wir doch bei den Fakten«, sagte Landsberg.

»Klar«, murmelte Trojan. »Wie ist der Täter hier eingedrungen?«

»Er kam durchs Fenster«, sagte Stefanie Dachs. »Und zwar im Zimmer des Jungen. Er hat einen Glasschneider benutzt. Hier sind die Außenjalousien heruntergelassen, bei dem Jungen aber nicht. Sein Zimmer geht zum Hof raus, direkt darunter steht eine Mülltonne. Die hat der Mörder sich wohl so zurechtgerückt, damit sie ihm den Einstieg erleichterte.«

»Ist dem Jungen was zugestoßen?«

»Er ist so weit okay. Macht nur einen leicht verwirrten Eindruck. Auswirkungen des Schocks, nehme ich an. Er sagt, er habe tief und fest geschlafen. Gestern schien alles in bester

Ordnung gewesen zu sein. Er hat mit seiner Mutter zu Abend gegessen, und danach ist er zu Bett gegangen.«

»Ich rede gleich mit ihm.« Trojan holte tief Luft. »Wie ist die Frau getötet worden? Warum ist niemand von der Rechtsmedizin hier?«

»Dr. Semmler wurde benachrichtigt, er müsste jeden Moment eintreffen. Aber so viel wissen wir bereits: Sie ist erstochen worden. Wir haben sie schon mal ein Stück auf die Seite gedreht.«

Trojan sah auf die nackten Füße der Toten. Stefanie schien seinen Blick bemerkt zu haben. »Sieht ziemlich übel aus, nicht?«

Er stimmte ihr zu. Die linke Fußsohle war in einer Art Zickzackmuster aufgeschlitzt. Darunter befanden sich Blutspritzer auf dem Boden.

Trojan ging in die Hocke und besah sich die Wunde genauer. Sie hatte tatsächlich eine eigentümliche Form.

»Die Einstiche sind nur links. Den rechten Fuß ließ der Mörder unversehrt.«

»Ganz genau«, sagte Steff.

Trojan wandte sich an einen der Männer von der Spurensicherung. »Macht bitte unbedingt ein Foto davon. Ich brauche eine Großaufnahme.«

»Ist schon geschehen.«

»Okay.« Trojan richtete sich auf. »Drehen wir die Leiche um.« Er streifte sich Latexhandschuhe über. »Steffie? Bist du bereit? Chef, haben wir dein Einverständnis?«

»Sollten wir nicht lieber warten, bis Semmler kommt?«, fragte Landsberg. »Du weißt doch, wie penibel der ist. Wenn wir irgendwas verändert haben, flippt er gleich aus.«

»Wir haben keine Zeit mehr zu verlieren. Der Täter kann noch nicht weit sein. Spuren und Farbe sind frisch.«

Der Chef wiegte den Kopf. »In Ordnung. Also los.«

Steffie nickte Trojan zu und zog sich ebenfalls ein paar Latexhandschuhe über.

Gemeinsam drehten sie die Tote um. Der Anblick war verheerend, stand im grotesken Gegensatz zu der bizarr anmutenden Schönheit des Monarchfalters auf ihrem Rücken. Die Augen der Frau waren weit aufgerissen. Das dunkelblonde Haar hing ihr wirr ins Gesicht. Ihr Mund war zu einem letzten stummen Schrei geöffnet.

Trojan erkannte mindestens fünfzehn Einstiche auf ihrem Brustkorb. Sie gingen tief. Entweder waren sie mit einem Messer oder einem anderen spitzen Gegenstand ausgeführt worden.

Die Kamera des Kollegen von der Kriminaltechnik klickte. Unerbittlich schoss er Aufnahmen von der Vorderseite der Toten.

Trojan stieß die Luft aus.

Er wandte das Gesicht von der ermordeten Beatrice Weiler ab, als ihm etwas auf dem Parkettboden auffiel. Da waren winzige Dellen, etwa in der Größe eines Cent-Stücks, sie führten bis zum Fenster und wieder zurück.

»Schau dir das an«, sagte er zu Steffie und wies auf die Eindrücke. »Woran erinnert dich das?«

Sie antwortete prompt: »Hohe Absätze. Wenn der Boden nicht ausreichend versiegelt ist, wird er mit Pumps ganz schön ruiniert.« Sie lächelte schwach. »Kann ich mit Sicherheit sagen, auch wenn ich mehr der Turnschuhtyp bin.«

Trojan blickte auf die Spuren im Parkett und wieder auf die nackten Füße der Toten. Besonders die linke Fußsohle und die eigenartige Form der Wunde, wo die Haut aufgeritzt war, fesselten seine Aufmerksamkeit. Er blickte sich um. Im gesamten Zimmer waren keine Schuhe zu sehen.

»Wie ist der Name des Jungen?«, fragte er unvermittelt.

»Sebastian.«

»Wo kann ich ihn sprechen?«

»Eine Nachbarin kümmert sich um ihn. Sie wohnt im dritten Stockwerk links.«

Sebastian Weiler saß reglos am Küchentisch in der Wohnung der Nachbarin. Sie hatte ihm in einer rührenden, aber auch hilflosen Anwandlung von Mitgefühl einen Teller mit Keksen und einen heißen Kakao serviert, doch der Junge rührte nichts davon an. Trojan bat die patent wirkende Frau in den Vierzigern, sie einen Moment allein zu lassen.

Sie nickte ihm wortlos zu und verließ die Küche.

Er nahm gegenüber von dem Jungen Platz.

»Mein Name ist Nils Trojan. Ich bin von der Kriminalpolizei. Es tut mir unendlich leid, was mit deiner Mutter passiert ist.«

Der Junge zeigte keinerlei Reaktion.

»Bist du in der Lage, mir ein paar Fragen zu beantworten?«

Er zuckte mit den Schultern.

»Hat man dich medizinisch untersucht?«

Er schüttelte den Kopf.

»Bist du einigermaßen okay? Möchtest du mit mir reden?«

Abermals zuckte er mit den Schultern.

»Erzähl mir bitte, was heute Nacht vorgefallen ist. Hast du wirklich die ganze Zeit geschlafen?«

Der Junge sah schweigend auf die Tischplatte.

»Hast du irgendetwas gehört? Einen Schrei vielleicht?«

Wieder schüttelte er den Kopf.

»Wirkte deine Mutter gestern Abend irgendwie verändert?«

Ein kaum hörbarer Laut der Verneinung.

Trojan atmete durch. Die Augen des Jungen waren fortwährend auf einen Punkt auf dem Küchentisch gerichtet. Er hatte auffallend lange Wimpern. Sein Haar war von dem gleichen Farbton wie das seiner Mutter.

Trojan wagte es nicht, sich auszumalen, was in dem Jungen vorging, seitdem er seine Mutter leblos und zu einem riesigen orangegelben Schmetterling mutiert in ihrem Schlafzimmer entdeckt hatte.

Nach einer längeren Pause fragte er: »Hast du gehört, wie das Fenster in deinem Zimmer geöffnet wurde? Das Glas wurde aufgeschnitten. Mit modernem Werkzeug funktioniert das relativ lautlos. Und doch könnte dir vielleicht etwas aufgefallen sein?«

Auf einmal hob der Junge den Blick. »Es war kalt im Zimmer. Eisig. Der Vorhang hat sich bewegt.«

Trojan ließ ihm Zeit. Prüfend sah er ihn an. Wie groß war der Schock, den er erlitten hatte?

Plötzlich schaute der Junge ihm direkt in die Augen: »Ich hab den Tod gesehen. Er war weiß im Gesicht. Schneeweiß.«

Er stand so abrupt auf, dass er dabei den Stuhl umwarf. »Bringen Sie mich zu meiner Mutter! Bitte! Ich will endlich zu ihr!«

Ehe Trojan etwas antworten konnte, sackte der Junge in sich zusammen.

VIER

Der Notarzt wurde alarmiert. Sebastian bekam eine Infusion, danach wurde er auf einer Trage aus der Wohnung gebracht.

Trojan folgte den Sanitätern durchs Treppenhaus. Bewohner und Schaulustige hatten sich versammelt, aufgescheucht durch den Lärm und die sich in Windeseile verbreitende Nachricht, in ihrer unmittelbaren Umgebung habe sich ein Mord ereignet.

Nils strich dem Zwölfjährigen bedauernd über den Arm und ließ sich von den Rettungsleuten darüber informieren, in welche Klinik sie ihn fahren würden. Schon waren sie am nächsten Treppenabsatz verschwunden.

Trojan hielt kurz inne. Er machte sich Vorwürfe, dass er nicht früher erkannt hatte, wie dringend der Junge ärztliche Hilfe benötigte.

Schließlich klingelte er an der Tür einer Wohnung im ersten Stockwerk.

Ein Mann in einem schlecht sitzenden Sakko, das lichte Haar seitlich über die hohe Stirn gelegt, öffnete ihm. Trojan zeigte ihm seine Dienstmarke.

»Kriminalpolizei. Ich hätte ein paar Fragen an Sie.«

»Tut mir leid, ich hab keine Zeit. Ich muss schleunigst zur Arbeit.«

»Das muss jetzt warten.«

»Was ist denn los?«

Trojan schob sich an ihm vorbei in den Flur. Er orientierte sich für einen Moment, dann betrat er das Zimmer, das sich direkt über dem Tatort im Hochparterre befand. Es war ebenfalls das Schlafzimmer.

Der Nachbar beschwerte sich lautstark bei ihm. Trojan unterbrach seinen Wortschwall. »Wie ist Ihr Name?«

»Gintner.«

»Herr Gintner, der Tumult draußen vor Ihrer Tür wundert Sie überhaupt nicht?«

»Ich interessiere mich wenig für das, was hier im Haus passiert.«

»Kennen Sie eine Beatrice Weiler?«

»Flüchtig, ja. Da ist doch die Frau mit dem Kind aus der Etage unter mir.«

»Sie ist ermordet worden. Deshalb bin ich hier.«

Schlagartig änderte sich das Auftreten von Gintner. Er krümmte die Schultern. Die Farbe wich aus seinem Gesicht. »Das ist ja furchtbar.«

Trojan musterte ihn. »Wo waren Sie heute Nacht?«

»Im Bett. Ich hab geschlafen.«

»Ist Ihnen irgendwas Verdächtiges aufgefallen? Gestern Abend zum Beispiel? Oder sind Sie mal wach geworden?«

Gintner blickte ihn wortlos an.

»Bitte, versuchen Sie sich zu erinnern. Vernahmen Sie Geräusche eines Kampfes? Einen Hilfeschrei womöglich?«

Seine Antwort erfolgte mit Verzögerung. »Jetzt, wo Sie mich das fragen … da war tatsächlich etwas.«

Trojan wartete gespannt ab.

»Mitten in der Nacht. Ich vernahm ein leises, aber auch ziemlich nervendes Tocken aus der Wohnung unten.«

Trojan runzelte die Stirn. »Das Tocken von Absätzen vielleicht?«

»Ja. Darauf bin ich noch gar nicht gekommen. Aber es hörte sich wirklich so an, als würde die Frau mitten in der Nacht neue Schuhe eintragen. Sie schien immerzu darin auf und ab zu gehen.«

»Wann war das genau?«

»Weiß nicht. Nach Mitternacht vielleicht.«

»Wie lang hat es gedauert?«

»Ziemlich lange. Ich bin sogar einmal aufgestanden und hab mit der Faust auf den Boden geschlagen.«

»War es danach still?«

»Nein. Das Tocken hörte einfach nicht auf. Wer läuft denn nachts in hochhackigen Schuhen herum?«

»War es in der ganzen Wohnung oder nur im Zimmer unter Ihnen?«

»Nur im Schlafzimmer, glaube ich.«

»Ansonsten haben Sie nichts gehört? Keine Schreie?«

»Nein.« Gintner blickte ihn an. Er wirkte sichtlich mitgenommen. »Und die Frau ist wirklich ermordet worden?«

»Ja.«

»Was ist mit dem Jungen?«

»Man kümmert sich gerade um ihn.« Trojan machte eine Pause. »Weiter. Was ist Ihnen noch aufgefallen?«

»Nichts. Ich muss wohl wieder eingeschlafen sein.«

»Die knallenden Absätze haben Sie also geweckt?«

»Ja.«

»Sie standen auf, hämmerten mit der Faust auf den Boden, aber es folgte keine Reaktion?«

»So ist es.«

Abermals entstand eine Pause.

»Leben Sie eigentlich allein?«

Gintner nickte schwach.

Trojan beäugte ihn. Komischer Kauz, dachte er, schätzungsweise Mitte fünfzig. Der Mann wirkte sonderbar, regelrecht verdruckst auf ihn. Er beschloss, ihn später ausführlicher zu vernehmen, und gab ihm seine Karte.

»Halten Sie sich zu weiteren Befragungen bereit. Und rufen Sie mich sofort an, wenn Ihnen noch etwas einfällt.«

Danach verließ er die Wohnung.

Zurück im Schlafzimmer von Beatrice Weiler, betrachtete er nachdenklich die Absatzspuren auf dem Parkettboden. Daraufhin fiel sein Blick erneut auf die Tote, auf die Einstichstellen in der Brust und ihre aufgeschlitzte linke Fußsohle.

Er zückte sein Notizbuch und einen Stift und skizzierte die merkwürdige Form, in der die Haut der Sohle vom Täter aufgeritzt worden war.

Stefanie kam zu ihm und erkundigte sich nach seinem Gespräch mit Sebastian Weiler. Trojan berichtete ihr von seinen Worten und dem plötzlichen Zusammenbruch.

Sie rieb sich mit dem Handrücken über die Stirn. »Der Junge hat Entsetzliches durchgemacht.«

»Ja. Wir müssen abwarten, bis sich sein Zustand stabilisiert hat.«

Stefanie schaute auf die aufgeschlagene Seite seines Notizbuchs.

Nils tippte mit der Spitze seines Kugelschreibers darauf. »Was meinst du? Diese Schnitte. Wurden sie vom Täter impulsiv ausgeführt, oder folgte er einem bestimmten Muster? Haben sie eine besondere Bedeutung für ihn?«

Stefanie verglich seine Skizze mit der Wunde auf dem Fuß.

»Du meinst, es könnte ein Zeichen sein?«

Trojan nickte. »Auf mich wirkt die Anordnung der Schnitte planvoll. Als beabsichtige er etwas damit. Ähnlich wie das Bild des Schmetterlings.«

»Wir sollten deine Skizze mit der Datenbank abgleichen. Vielleicht ist das Zeichen ja schon mal irgendwo aufgetaucht.«

»Das war auch meine Idee.«

Trojan inspizierte noch einmal gründlich die Einschnitte in der linken Fußsohle.

In seiner Wahrnehmung ergaben sie ein Z, darunter, leicht links versetzt, ein Kreuz. Am Fuße des Kreuzes ein spiegelverkehrtes E sowie ein gespiegeltes und auf dem Kopf stehendes L.

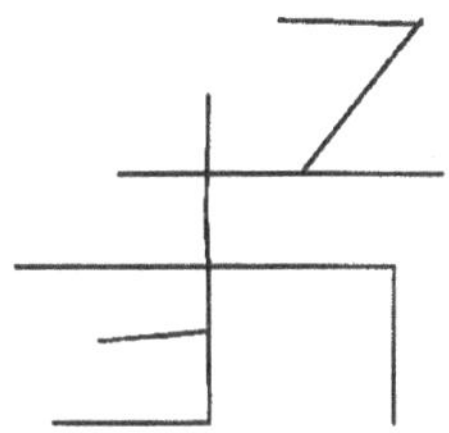

Schließlich klappte er sein Notizbuch zu und erzählte Stefanie, was der Nachbar im ersten Obergeschoss ausgesagt hatte.

Mein Vater hat sich schnell über das Verschwinden meiner Mutter hinweggetröstet. Es kamen andere Frauen zu ihm. Sie waren sogar jünger als sie. Keine Ahnung, wie er es schaffte, sie in unsere Souterrainwohnung zu locken. Ich denke, seine Masche war der marode Charme eines Trinkers, die Eloquenz des Möchtegern-Bohemiens – er lief in ausgebeulten dunklen Anzügen herum, den Schlips locker am Kragen, und zitierte Gedichte von Baudelaire, die niemand verstand. Der Rest bestand wohl aus einer gehörigen Portion Glück und dem von zu vielen Drinks benebelten Verstand langbeiniger Tresenkräfte aus zwielichtigen Bars, die er zu uns nach Hause schleppte.

Ich hörte spitze Schreie, wenn er sich mit einer seiner neuen Bekanntschaften im halb verwaisten Ehebett verkroch. Ich war nur ein paar Meter von ihrem obskuren Treiben entfernt. Bloß eine dünne Falttür trennte mein Zimmer vom Elternschlafzimmer, wir mussten mit wenigen Quadratmetern auskommen. So wurde ich Ohrenzeuge seiner nie versiegenden Gier.

Die Falttür war das Tor zu einer mir noch fremden Welt. Ich ahnte lediglich, dass dahinter die Praktiken aus seiner umfangreichen DVD-Sammlung wiederholt wurden. Die Internet-Pornografie war zu meinem Vater noch nicht vorgedrungen, in diesem Sinne war er ein altmodischer Sammler. Er ließ die Hüllen seiner Lieblingsfilme gerne offen herumliegen, so dass ich die Coverbilder studieren konnte. Er war zwar geizig und in seinem Trinkerzorn unberechenbar, aber was die Filme betraf, hatte er eine großzügige Ader, und so durfte ich mir alles ansehen, was er im Laufe seines Lebens angehäuft hatte.

Zu seiner Entschuldigung muss ich sagen, dass sein Filminteresse nicht einseitig war. Neben Low-Budget-Produktionen mit verstörendem und zum Teil indiziertem Inhalt fand ich wahre Klassiker von Truffaut und Godard, Scorsese und Cassavetes. Auch ein paar Filme mit Marilyn Monroe aus den Fünfzigerjahren waren dabei, darunter *Niagara*. Das waren die Filme, die mich wirklich interessierten, nicht der Schund aus der Sammlung, sondern die Perlen. Zwei Seiten meines Vaters, die ich in meinem Kopf nie zusammenbringen konnte.

Niagara habe ich mir in dem zerknautschten Sessel meines Jugendzimmers an die hundert Mal angesehen. Es ist ein Thriller. Film noir. Dazu Monroes erotische Ausstrahlung als Femme fatale vor der grandiosen Kulisse der Niagarafälle. Zugegeben, ihr Aussehen entspricht nicht mehr dem Ideal von heute, aber es gibt eine Szene in dem Film, die ich immer und immer wieder in Zeitlupe ablaufen ließ: Marilyns betörender Hüftschwung beim Gehen auf hohen Absätzen, ein kurzer Gang, vielleicht gerade mal fünfunddreißig Meter, ihr Weg über die Straße hin zu den rauschenden Niagarafällen. »Wie macht sie das nur?«, fragte ich mich, stoppte den Film und ließ ihn gleich darauf weiterlaufen; ich spulte nervös vor und wieder zurück.

Ihre Bewegungen auf den hochhackigen Schuhen lassen sie einerseits mädchenhaft fragil erscheinen, andererseits rotiert sie mit den Hüften, so lasziv und bezaubernd, dass es dir den Atem nimmt. Eine Sequenz von erhabener Schönheit. Ich war von dem Anblick gerührt, verspürte aber auch eine Melancholie, die ich mir kaum eingestehen wollte. Vermutlich hatte sie mit dem Verschwinden meiner Mutter zu tun.

Einmal platzte mein Vater herein, als ich mir die Szene anschaute.

Er zog sich einen Stuhl heran und setzte sich zu mir, was mir nicht recht war. Gemeinsam betrachteten wir, wie die Monroe über die Straße stöckelte.

Plötzlich streckte er die Hand aus und tippte auf den Bildschirm: »Der linke Absatz ist kürzer als der rechte.«

Ich sah ihn verblüfft an.

»Kannst du mir glauben, Sohn, sie hat ihn sich kürzen lassen. Ist ihr verdammter Schauspielerin-Trick. Das macht ihren Gang unsicher, so kriegt sie aber auch den gewissen Schwung ihres Beckens hin.«

Es war mir peinlich, mit ihm zusammen auf Marilyn Monroes Hintern zu starren, doch wahrscheinlich hatte er recht. Das Geheimnis ihrer Show lag in dem gekürzten Absatz.

Keine Ahnung, was mich geritten hat, als ich eines Nachmittags die Feile aus seinem Werkzeugkasten nahm. Ich zog den Gummipfropfen vom linken Absatz der gestohlenen High Heels und bearbeitete die Spitze damit. Natürlich dachte ich dabei an Marilyn Monroe und ein klein wenig auch an meine Mutter. Letztlich aber war es eine Tätigkeit, um mir die Langeweile an einem verregneten Nachmittag zu vertreiben, während mein Vater hinter der Falttür mit einer neuen Bekanntschaft zugange war.

Überhaupt beschäftigte ich mich oft mit den Schuhen aus meiner geheimen Plastiktüte. Ich saß in meinem Sessel unter dem Fenster im Souterrain und bewunderte sie. Manchmal gingen draußen Frauen vorbei, dann blickte ich auf und betrachtete ihre Beine. Mein verschmähtes Geburtstagsgeschenk in den Händen, vernahm ich von oben auf der Straße das sehnsüchtige Knallen der Absätze.

Kla-klack, klock, klock-kla, klack-klack.

Das war die Musik meiner Jugend.

Anfangs glaubte ich noch, meine Mutter würde zu uns zurückkehren, und es wären ihre Schritte, die sich von draußen näherten, doch irgendwann gab ich die Hoffnung auf. Und wenn ich nicht gerade zeichnete, meine Skizzenbücher mit neuen Bildern füllte – Zeichnen war etwas, das ich schon immer gut gekonnt hatte, meine Finger und die Farbstifte ergaben eine Einheit –, feilte ich an der linken Absatzspitze der Stilettos, den Gummipfropfen und die abgeriebenen Metallspäne im Schoß, und geriet ins Tagträumen.

»Was machst du da, Kleiner?«

Sie stand plötzlich neben mir. Die Falttür war geöffnet. Ich hatte sie nicht kommen hören.

Sie war die Neue meines Vaters, und sie hatte kaum was an. Bloß ein Shirt, das ihr halb über die Hüften reichte.

Ich wusste keine Antwort, brachte nur ein schiefes Lächeln zustande. Ich sah an ihren Beinen hoch, und sie grinste. Sie nahm mir die Schuhe aus der Hand und ließ prüfend die Finger darüber wandern.

»Todschick«, sagte sie und gab sie mir zurück.

Sie verschwand in der Küche, um die Gläser aufzufüllen, weißer Rum mit Cola, das bevorzugte Getränk meines Vaters.

»Willst du sie mal anziehen?«, fragte ich leise, als sie wieder in meinem Zimmer war.

Da kam es zum ersten Kontakt. Sie strich, die Gläser in der linken, mit der rechten Hand über meinen Kopf, ein elektrischer Impuls.

»Vielleicht ein andermal, Süßer.«

Sie ging zurück zu meinem Vater. Die Falttür schloss sich hinter ihr.

Mein Zeigefinger befühlte die Spitze des Absatzes. Sie war scharf wie ein Messer.

FÜNF

Daniela lag auf dem Bauch. Sie konnte sich nicht bewegen. Etwas strich über ihre nackten Füße. Und das war ihr unangenehm.

Reflexartig zuckten ihre Zehen. Sie wollte sich umdrehen, doch es gelang ihr nicht. Sie hatte das Gefühl, als würde ein zentnerschweres Gewicht auf ihr lasten.

Wieder diese Berührung an ihren Füßen.

Weg, dachte sie, weg, weg, weg.

Erneut durchzuckte es sie, und ihre Zehen krümmten sich, während ihr Oberkörper und ihre Arme sich immer mehr versteiften. Sie vernahm ihre eigenen Atemgeräusche. Und den stampfenden Herzschlag.

Sie versuchte, alle Muskeln anzuspannen. Sich hochzustemmen. Doch die Last auf ihren Schultern war zu schwer.

Da riss sie die Augen auf. Sie sah den Boden, Umrisse ihres Bettes. Auf den Dielen leuchtete etwas. Hell, gleißend hell.

Daniela gab ein leises Stöhnen von sich. Ihre Lider flackerten.

Dunkle Wolken türmten sich vor ihr auf. Im Bruchteil einer Sekunde erkannte sie ein Bild aus schillernden Farben, das sie nicht deuten konnte.

Das Licht blendete sie.

Sie hörte eine Abfolge von drei Tönen und erwachte.

Sie wälzte sich herum. Rang nach Luft. Schließlich realisierte sie, dass sie zu Hause war, in Sicherheit. Durch die Ritzen der Vorhänge brach das Morgenlicht herein.

Das Display ihres Smartphones leuchtete auf. Sie hatte eine SMS bekommen. Davon also war sie wach geworden.

Sie las die Nachricht.

Guten Morgen, du Schöne. Hast du gut geschlafen?
C.

Christopher. Daniela war zwar noch ein wenig benommen von dem Albdruck ihres Traums, doch unwillkürlich musste sie lächeln.

Wie es wohl wäre, neben ihm aufzuwachen? Endlich nicht mehr allein zu sein? Wieder einen Freund zu haben, einen Gefährten? Vielleicht würde er in diesem Moment aufstehen, um ihr den Kaffee ans Bett zu bringen.

Sie könnte ihm erzählen, weshalb sie so unruhig geschlafen hatte. Er war ein aufmerksamer Zuhörer, so viel hatte sie schon herausgefunden.

Wenn sie jemanden wie ihn an ihrer Seite hätte, würden die Angstträume vielleicht gar nicht mehr auftauchen.

Zumindest könnte sie sich einmal alles von der Seele reden.

»Christopher«, würde sie sagen, »seit einiger Zeit träume ich immer davon, dass …« Ja, wovon eigentlich?

Ich kann mich nicht rühren. Etwas ist an meinen Füßen. Ich weiß nicht, was. Und dann entdecke ich dieses Zeichen. Es ist gleißend hell.

Er würde sie tröstend in den Arm nehmen.

Christopher hatte schöne Hände. Wohlgeformt und feingliedrig. Manchmal, wenn er sprach, sah sie nur auf seine langen Finger und die gepflegten Nägel mit den weißen Halbmonden darauf. Dazu der Klang seiner warmen, sanften Stimme. Zuweilen war ihr, als legte sich eine leise Musik unter seine Worte, die er mit den Händen dirigierte und die etwas in ihr zum Schwingen brachte.

Ja, er würde sie trösten, und die Angst würde sich verflüchtigen. Für immer.

Es war an der Zeit, sich wieder auf jemanden einzulassen. Ihre letzte feste Beziehung lag nun schon mehr als ein Jahr zurück.

Daniela erhob sich, zog die Vorhänge auf, öffnete das Fenster und blickte auf die Straße hinaus. Das Laub der Bäume war von einem zarten, hellen Frühlingsgrün. Spatzen und Meisen lärmten im Geäst. Sie sog die Luft ein. Allmählich begann die Lindenblüte und versorgte die Stadt mit ihrem seifigen Duft.

Daniela liebte diese Jahreszeit. Alles war so frisch und neu und aufregend.

Guten Morgen, du Schöne.

Es war lange her, dass ihr jemand eine so charmante SMS geschickt hatte.

Sie ging zum Nachttisch, nahm das Smartphone in die Hand, legte es aber gleich wieder weg. Nicht zu schnell antworten, dachte sie. Ihn ein bisschen zappeln lassen.

Unter der Dusche hörte sie sich leise summen. Verliebt im Mai, dachte sie, was für eine perfekte Kombination.

Zumal sie ein schwieriges Jahr hinter sich hatte. Die Trennung von ihrem letzten Freund war äußerst schmerzhaft verlaufen. Tränen, Zornesausbrüche, Versöhnungen, mehrere Versuche einer Wiederannäherung und schließlich das endgültige Aus, gefolgt von Verbitterung, Trauer und Wut.

Finn war ein Typ, der zwar überaus leidenschaftlich und mitreißend sein konnte, aber ein Leben mit ihm hieß auch, immerzu auf der Überholspur zu sein. Und letztlich hatte sie es mit einem großen Kind zu tun gehabt.

Christopher war anders. Viel reifer, besonnener. Ruhig und vertrauensvoll. Ja, mit ihm konnte man sich Zeit lassen.

Und doch sollte endlich mehr passieren. Das größte Ereignis bisher war ein flüchtiger Kuss an einer Tramhaltestelle gewesen, irgendwo zwischen Prenzlauer Berg und Friedrichshain, zwischen vier und fünf Uhr morgens nach einer munter durchzechten Nacht.

Ein einziger Kuss. Aber heute eine vielversprechende SMS. Und der Frühling war noch jung.

Daniela zog sich an und kochte Kaffee.

Sie strich sich Marmelade auf ihr getoastetes Vollkornbrot, aß und trank, während das Handy griffbereit auf dem Küchentisch lag.

Doch erst nachdem sie ihren Teller und ihre Tasse abgespült hatte, tippte sie eine Antwort ein.

Danke, bin ausgeschlafen. Sehen wir uns heute Abend?

Sie drückte auf Senden. Wenig später, sie war schon in Jacke und Schuhen, um zur Uni zu fahren, kündigte eine Abfolge von drei Tönen seine Erwiderung an.

Gerne. Treffen wir uns um acht an der Oberbaumbrücke?

Daniela sendete ihm lächelnd ein »Okay« mit Smiley und verließ die Wohnung.

Sie nahm zwei Treppenstufen auf einmal und summte wieder die Melodie, die ihr schon unter der Dusche in den Sinn gekommen war. Sie überlegte kurz, zu welchem Song sie gehörte, bis es ihr einfiel. »Don't Be So Shy« von der französischen Sängerin Imany, ein Track im Tropical-House-Style.

Sei nicht so schüchtern. Könnte mein persönlicher Frühjahrshit werden, dachte sie fröhlich.

Da der Postbote in ihrer Gegend schon recht früh kam, öffnete sie gewohnheitsgemäß ihren Briefkasten. Keine Post, nur ein zusammengefalteter Zettel lag darin. Sie zuckte mit den Schultern, vermutlich nur Werbung.

Doch als sie das Papier auffaltete und die in herkömmlicher Computerschrift in Großbuchstaben aufgedruckten Zeilen las, stutzte sie:

AM SIEBTEN TAG WIRST DU DAS ZEICHEN
LESEN KÖNNEN.
AM SIEBTEN TAG WERDEN DEINE AUGEN
ENDLICH GEÖFFNET SEIN.

Kein Name darunter. Bloß diese zwei Sätze.

Am siebten Tag. Was hatte das zu bedeuten? Wer steckte ihr so etwas zu?

Sie knüllte den Zettel zusammen und warf ihn in den Papierkorb, der sich unter den Briefkästen befand.

Draußen, auf dem Weg zur Bushaltestelle, hielt sie plötzlich inne.

Etwas hatte ihre Aufmerksamkeit erregt. Sie blickte zu Boden. Vor ihr auf dem Gehweg befanden sich kleine Zweige, sie waren zu einer eigentümlichen Form zusammengelegt.

Daniela stockte der Atem.

Diese Zweige ergaben exakt das Zeichen, das sie in ihrem Albtraum gesehen hatte, leuchtend hell vor ihrem Bett.

Das Zeichen, das sie in letzter Zeit so häufig in ihren unruhigen Nächten heimsuchte.

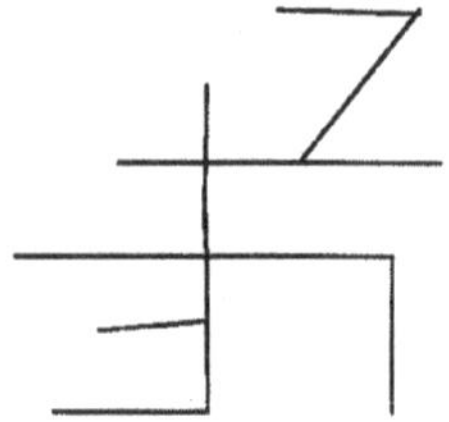

Ein Z, in der Mitte ein Kreuz, darunter ein spiegelverkehrtes E oder eine Drei. Und ein Buchstabe, der an ein auf dem Kopf stehendes L erinnerte, ebenfalls spiegelverkehrt.

Das konnte doch kein Zufall sein. Undenkbar, dass ein Windstoß die herabgewehten Zweige eines Baums ausgerechnet auf diese Weise verwirbelt hatte.

Nein. Jemand musste sie auf den Boden gelegt haben.

Nur für sie.

Aber wem hatte sie von ihren Träumen erzählt? Niemandem, soweit sie sich entsann.

Erschrocken blickte sie sich um.

SECHS

Es war Dienstag am frühen Morgen, als Trojan am Steuer seines Dienstwagens bei Rot über eine Kreuzung jagte. Er hatte das Blaulicht aufs Dach gesetzt und die Sirene eingeschaltet. Im halsbrecherischen Tempo manövrierte er sich durch den dichten Morgenverkehr.

Er war müde, seine Nerven waren überreizt, der Rücken schmerzte. Die Nacht hatte er im Kommissariat verbracht, davon gerade mal drei Stunden schlafend auf der Klappliege im Büro, im Anschluss an die letzte Sitzung mit Landsberg und dem Team, bei dem sie ihre bisher spärlichen Ermittlungsergebnisse zusammengetragen hatten. Der Chef war äußerst ungehalten gewesen. Die Reporter von der Boulevardpresse saßen ihnen im Nacken. Sie gierten nach Einzelheiten im Mordfall Beatrice Weiler. Angeblich belagerten sie bereits das Urbankrankenhaus, in das man ihren zwölfjährigen Jungen eingeliefert hatte.

Trojan war auf dem Weg zu ihm.

Während der Fahrt hatte er kurz versucht, seinen Vater anzurufen, um ihm mitzuteilen, dass ihr wichtiges Gespräch lediglich aufgeschoben war, doch Richard Trojan hatte gar nicht erst abgehoben.

Er bog auf den Parkplatz der Klinik ein und sprang aus dem schwarzen BMW. Er machte einen Übertragungswagen vom Regionalfernsehen aus, wandte das Gesicht ab und eilte im Laufschritt in das Gebäude.

Die Stationsärztin, die er vorab über sein Kommen informiert hatte, erwartete ihn in einem Sprechzimmer im fünften Stockwerk. Sie stellte sich als Dr. Karlinger vor.

»Wie geht es dem Jungen?«, fragte Trojan.

»Besser. Ich denke, er kann heute im Laufe des Tages entlassen werden.«

»Wodurch wurde denn nun sein Zusammenbruch ausgelöst? War es allein der Schock?«

Dr. Karlinger wiegte den Kopf. »Nein. Im Blut und im Urin des Jungen fanden wir Spuren des Wirkstoffs Flunitrazepam. Es gehört zur Gruppe der Benzodiazepine.«

Trojan war das Betäubungsmittel bekannt. »Rohypnol also.«

»Ja. Im Volksmund auch K.-o.-Tropfen genannt.«

»Wurde der Junge etwa …?«

Dr. Karlinger fiel ihm sogleich ins Wort. »… zum Glück nicht. Keine Spuren sexuellen Missbrauchs. Und keinerlei Anzeichen von Gewaltanwendung.«

Trojan blickte sie nachdenklich an. Nach Semmlers vorläufigem Obduktionsbericht gab es auch bei der Mutter keine Hinweise auf ein Sexualdelikt. Sie war an den zahlreichen Stichverletzungen gestorben. Und das schätzungsweise um zwei Uhr morgens.

»Kann ihm das Rohypnol eigentlich auch durch eine Injektion verabreicht worden sein?«

»Denkbar ist es. Aber wir fanden keine Einstichstellen an seinem Körper, also können wir das eher ausschließen. Er muss es getrunken haben. Jedenfalls ist der Kreislauf des Jungen wieder stabil.«

»War sein Vater schon hier?«

Die Ärztin nickte. »Ja, er hat ihn in den frühen Morgenstunden besucht. Er muss noch ein paar berufliche Dinge klären, dann will er den Jungen gegen Mittag abholen. Von unserer Seite bestehen keine Bedenken.«

»Gut.« Trojan selbst hatte in der Nacht noch Sebastians Vater vernommen. Sein Name war Jörg Weiler, er arbeitete als Brandmeister bei der Berliner Feuerwehr. Ein großer, breitschultriger Typ, den die Nachricht von der Ermordung seiner Exfrau zutiefst erschüttert hatte. Er lebte schon seit vier Jahren von ihr getrennt. In der Mordnacht hatte er Dienst auf der Feuerwache, als Täter schied er also aus.

»Kann ich jetzt mit Sebastian sprechen?«

»Natürlich. Zimmer 544. Den Flur hinunter, hinter der Glastür auf der linken Seite.«

Trojan bedankte sich bei ihr und verließ das Sprechzimmer.

Vor der Tür mit der Nummer 544 ließ er für einen Moment den Atem ausströmen, dann klopfte er an und trat ein.

Sebastian saß vollständig angezogen auf dem Rand des Krankenbetts. Es war das Einzige in dem Raum, der in einem Blauton gehalten war. An der Wand hingen ein paar Naturaufnahmen. Wälder, Seen, eine Berglandschaft.

»Hallo«, sagte Trojan. »Erinnerst du dich noch an mich?«

Der Junge nickte.

Trojan nahm sich einen Stuhl und setzte sich zu ihm.

»Man hat mir gesagt, dass dein Vater bei dir war. Wie verstehst du dich mit ihm?«

»Ganz gut. Er holt mich nachher ab.«

»Deine Eltern haben sich getrennt, nicht wahr?«

»Ja. Ich war acht, als er bei uns ausgezogen ist.«

Trojan musste an seine schmerzliche Trennung von Friederike denken. Noch heute, da Emily beinahe erwachsen war, machte er sich deswegen zuweilen Vorwürfe. Er fürchtete, seine Tochter könnte als Scheidungskind seelisch vorbelastet sein. Stets aufs Neue versuchte er sich innerlich damit zu rechtfertigen, dass nicht er das Scheitern ihrer Ehe provoziert hatte, sondern Friederike. Schließlich war sie es doch gewesen, die ihn damals mit einem jungen Mitarbeiter ihrer Kunstbuchhandlung betrogen hatte. Andererseits wusste er auch, dass jegliche Schuldzuweisungen nutzlos waren.

»Fühlst du dich heute stark genug, um mir noch ein paar Fragen zu beantworten?«

»Vielleicht.«

»Hast du schon mal was von K.-o.-Tropfen gehört?«

»Die Ärztin hat mir davon erzählt.«

»Bitte, Sebastian, versuch dich zu erinnern. Jemand kam zum Fenster herein. Er zwang dich, das Zeug zu trinken. Kannst du mir den Täter beschreiben?«

Seine Stimme klang brüchig. »Mama hat mich immer gebeten, nachts die Rollläden runterzulassen. Zu unserer Sicherheit. Aber es war mir dann zu dunkel im Zimmer, also ließ ich es bleiben. Bin ich nun schuld, dass sie …?«

Trojan drückte seine Hand. »Dich trifft überhaupt keine Schuld. Der Täter hätte sich auch auf andere Weise Zugang zu eurer Wohnung verschaffen können. Aber bitte, denk nach, wie sah er aus? Welche Größe hatte er? Wie war er gekleidet?«

Sebastian schwieg.

Trojan wusste, dass Rohypnol das Erinnerungsvermögen beeinträchtigte, und doch ließ er nicht locker.

»Gestern hast du etwas Merkwürdiges zu mir gesagt, weißt du noch? Du meintest, du hättest den Tod gesehen. Er sei schneeweiß im Gesicht gewesen.«

»Ja.«

»Um den Mörder deiner Mutter überführen zu können, musst du mir helfen. Der Tod, ein Mann mit schneeweißem Gesicht. Was kannst du mir noch über ihn sagen?«

Sebastian senkte den Blick.

Schließlich antwortete er zögernd: »Er trug etwas auf dem Kopf, so dass seine Haare verdeckt waren. Und sein Gesicht war wie …« Er brach ab.

»Wie denn?«

»Es war völlig leer … leblos. Und überall weiß.«

»Womit waren seine Haare bedeckt? Mit einer Kapuze? Oder einer Mütze?«

Der Junge atmete hektisch. »Es ging alles so schnell, und dann sollte ich zählen. Rückwärts, von fünfzig bis …«

Trojan wartete geduldig ab.

Plötzlich sah ihn Sebastian an. »Ich sollte ›Mama‹ sagen.«

»Wie bitte?«

»Er sagte: ›Tu mir den Gefallen, sag Mama.‹«

»Und dann?«

Der Junge schob die Schultern vor. Sein Körper verkrampfte sich. Eine Träne lief über seine Wange. »Warum hat er sie angemalt? Warum hat er das getan?«

»Wir wissen es nicht, Sebastian. Aber wir werden es herausfinden. Ich werde den Mörder deiner Mutter finden, das verspreche ich dir.«

Trojan war sich darüber im Klaren, wie schwerwiegend so ein Versprechen war. Aber natürlich meinte er es ernst. Er würde, er *musste* ihn schnappen.

Abermals berührte er die Hand des Jungen.

»Lass dir Zeit. Atme tief durch. Die Erinnerung wird zurückkehren.«

»Nein.« Sebastian hob die Stimme. »Da ist nichts. Ich sage ›Mama‹, ich zähle, und danach bin ich weg. Das Nächste, was ich vor mir sehe, ist das Loch im Fenster.«

»Gehen wir noch ein Stück zurück.«

»Ich will nicht. Ich will nicht mehr dahin zurück.«

»Das ist verständlich. Du hast Schlimmes durchgemacht. Aber gib jetzt nicht auf, bitte. Hat er dich bedroht? Hatte er eine Waffe in der Hand?«

»Da war etwas Spitzes an meinem Hals.«

»Ein Messer?«

»Keine Ahnung. Ich hab nur in sein weißes Gesicht gesehen.«

»Welche Augenfarbe hatte er?«

Sebastian kämpfte mit den Tränen.

Trojan strich ihm tröstend über den Arm. »Ist ja schon gut.«

Nach einer Weile blickte der Junge zu ihm auf. Erneut registrierte Trojan die auffällig langen Wimpern, das tiefe Braun seiner Augen und sein dunkelblondes Haar, das ihm weich in die Stirn fiel. Der Junge hatte eindeutig die Schönheit seiner Mutter geerbt.

»Was war das für ein Schmetterling auf ihrem Rücken?«, fragte er kaum hörbar.

Trojan schluckte. »Der Monarchfalter. Sagt dir das etwas?«

»Nein.«

»Fällt dir zufällig jemand ein, der eine besondere Vorliebe für Schmetterlinge hat? Jemand aus eurem Bekanntenkreis? Vieleicht sogar dein Vater?«

Sebastian schüttelte den Kopf.

»Hatte deine Mutter eigentlich einen festen Freund?«

Die Antwort des Jungen kam prompt. »Nein.«

Trojan fuhr zurück ins Dienstgebäude in der Karthagostraße in Tiergarten, klopfte an die Tür zu Stefanies Büro und trat ein.

»Steff? Hast du eine Minute für mich?«

»Klar.« Sie lächelte ihm zu und winkte ihn an ihren Schreibtisch. Auf dem Monitor des Computers lief gerade ein Video.

Trojan schaute gebannt zu. Hunderttausende Monarchfalter tänzelten flirrend in der Luft über einem Tannenwald, übermütig taumelnd und flügelschlagend. Und auf einmal ließen sie sich gemeinsam auf den Ästen nieder, so dass die Nadelbäume komplett von orangefarbenen Schmetterlingsdecken umhüllt waren. Es war ein faszinierendes Spektakel.

»Recherchen über unsere besondere Schmetterlingsart?«, fragte er beeindruckt.

»Ja. Dieser Film zeigt die Ankunft der Monarchfalter in der Sierra Nevada nordwestlich von Mexico City, wo sie ihr Winterquartier beziehen. Sie kommen aus Minnesota, Wisconsin, aus Neu-England oder sogar aus Kanada. Wenn die Schmetterlinge den Bergwald in Mexiko erreichen, haben sie einen bis zu viertausend Kilometer weiten Flug hinter sich.«

Trojan zog sich einen Stuhl heran und betrachtete eine Weile mit ihr das imposante Treiben der orange-gelb-weißen Schmetterlingsschar.

Schließlich klickte sie den Film weg. »Aber das nur am Rande. Ich hab auch einige Nachforschungen über das Bodypainting angestellt. Anhänger dieser eigentümlichen Körperkunst gelten als verschrobene Gemeinschaft, angesiedelt irgendwo zwischen Nudisten und Hippies. Im Internet findest du zahlreiche verstörende Aufnahmen, nackte Frauen- und Männerkörper, wild und bunt bemalt, aber nichts davon ist annähernd so kunstvoll und akkurat gestaltet wie der Falter auf dem Rücken von Beatrice Weiler.«

»Ob der Täter wohl eher aus Künstlerkreisen kommt?«

»Auch dazu habe ich bereits ein paar Informationen eingeholt. Körpermalerei wird von ernst zu nehmenden Vertretern der darstellenden Künste äußerst geringgeschätzt. Die machen sich eher lustig darüber.«

Während Trojan von seinen Erkenntnissen aus dem Urbankrankenhaus berichtete, rief Stefanie Fotos von der ermordeten Beatrice Weiler auf ihrem Rechner auf.

Abermals betrachteten sie das Bild des überdimensionalen Monarchfalters auf dem leblosen Körper.

»Und der Junge sollte tatsächlich ›Mama‹ sagen?«, fragte Stefanie.

»Ja. Ist das nicht seltsam?«

»Hmm.« Stefanie machte sich eine Notiz auf ihrem Schreibblock. »Übrigens habe ich mit den Arbeitskollegen von Beatrice Weiler gesprochen. Sie war als Laborassistentin in einem großen Pharmaunternehmen tätig.«

»Und?«

»Besonders die männlichen Kollegen sprachen von ihr stets mit großer Hochachtung. Sie sei attraktiv, klug und charmant gewesen. Ich hatte den Eindruck, dass sie alle sehr gern mit ihr zusammengearbeitet haben, und mindestens einer von ihnen wirkte auf mich so, als sei er heimlich ein wenig in sie verliebt gewesen. Er sagte mir, sie habe etwas Elegantes, nahezu Tänzerisches an sich gehabt. Er meinte damit wohl ihre Art, sich zu bewegen.«

Trojan hob die Augenbrauen. »Hast du ihn gründlich gecheckt?«

»Hab ich. Lupenreines Alibi, das auch gleich drei seiner Mitarbeiter mit einbezog. Sie haben sich gemeinsam in einer Sportbar ein Fußballspiel angesehen.«

»Am Sonntag spätabends?«

»Ja, die spanische erste Liga. Der Klassiker Real Madrid gegen Barcelona. Wird auch in unseren Breiten gern angeschaut. Das Spiel begann um einundzwanzig Uhr, und man saß noch bis halb zwei Uhr morgens zusammen. Der Barkeeper konnte das bestätigen.«

»Okay.« Trojan deutete auf den Computer. »Fassen wir zusammen. Beatrice Weiler ist mit ihrem zwölfjährigen Sohn allein in der Wohnung. Sie schläft offenbar. Der Täter dringt durch das Fenster des Jungen ein, und bevor er ihn mit Rohypnol betäubt, fordert er ihn auf, das Wort ›Mama‹ zu sagen. Die Mutter-Sohn-Beziehung scheint eine besondere Bedeutung für ihn zu haben. Er tut dem Jungen nichts weiter an. Er geht hinüber ins Schafzimmer von Beatrice Weiler. Der Nachbar aus dem ersten Stockwerk wird wach, weil er gleichmäßig wiederkehrende Geräusche aus der Wohnung unter ihm vernimmt. Ein Tocken, vermutlich von hohen Absätzen. Zeit vergeht. Es ist etwa zwei Uhr morgens. Der Nachbar ist wieder eingeschlafen. Beatrice Weiler wird mit einem spitzen Gegenstand ermordet. Der Täter sticht mehrmals auf sie ein. Semmler erwähnt in seinem Bericht sechzehn Einstichstellen in den Brustkorb.«

»Und wir haben diese Schnittverletzungen an der linken Fußsohle.«

»Genau.«

»Laut Aussage der Rechtsmedizin wurde die Farbe auf ihrem Rücken post mortem aufgetragen. Das heißt, Beatrice Weiler lebte zu diesem Zeitpunkt nicht mehr.«

»Der Täter lässt sich Zeit für sein Werk, führt es akkurat aus.«

»Er muss also eine Tasche oder einen Rucksack dabeigehabt haben«, fügte Stefanie hinzu.

»So ist es. Darin Glasschneider, Farben, Pinsel, das Betäubungsmittel und die für uns noch ungeklärte Tatwaffe.«

Sie nickte. »Nachdem er sein Bild vollendet hat, verlässt er die Wohnung. Vermutlich wieder durch das Fenster im Zimmer des Jungen. Es ist schätzungsweise vier oder fünf Uhr morgens.«

»Am Tatort finden sich keine fremden Spuren von Haaren, Hautpartikeln und dergleichen.«

»Das heißt, er trägt einen Schutzanzug«, sagte Steffie.

Trojan nickte. »Sebastian sprach von einer Kopfbedeckung. Und er sagte aus, der Täter sei weiß im Gesicht gewesen, schneeweiß.«

»Was rätselhaft erscheint.«

»Ja, aber seine Wahrnehmung kann im Nachhinein durch das Rohypnol getrübt worden sein. Jedenfalls wacht er gegen sieben Uhr morgens auf. Er geht hinüber ins Schlafzimmer seiner Mutter und findet sie dort bäuchlings auf dem Bett liegend vor.« Trojan hielt eine Weile inne. Stirnrunzelnd betrachtete er das Foto auf dem Monitor. »Es ist bizarr, äußerst verstörend. Auf ihrem Rücken prangt das Bildnis eines übergroßen Monarchfalters. Was will der Täter uns damit sagen?«

Stefanie schaute ihn an. »Lautet die Botschaft vielleicht: Mein Opfer ist so schön wie ein Schmetterling?«

Trojan erwiderte ihren Blick. »Möglicherweise. Das ist gut, Steff. Lass uns weiter assoziieren. Diese Körpermalerei. Welche Bedeutung hat sie für ihn?«

»Es ist eine pervertierte Liebeserklärung.«

»Oder Ausdruck einer Kompensation.«

»Wofür?«

»Etwas, das er ihr nicht geben kann.«

»Etwas, das *sie* ihm nicht geben kann.«

Trojan schnipste mit den Fingern. »Könnte was dran sein.«

Sie lächelte ihn an. »Wir sind ganz gut als Team, findest du nicht?«

Er nickte.

Sie fuhr sich mit der Hand durchs Haar. Ihm fiel auf, dass sie es an diesem Morgen offen trug, was selten vorkam. Für gewöhnlich hatte sie es zu einem Pferdeschwanz zurückgebunden.

Plötzlich musste er an Jana denken. An das letzte Foto, das sie ihm gemailt hatte. Ein Selbstportrait, mit dem Smartphone aufgenommen, leicht unscharf und doch von großer Schönheit. Jana am Bethells Beach in Auckland. Ihr vom Wind zerzaustes Haar. Ihr beseeltes Lächeln. Dahinter der endlos weite Horizont.

Er verwarf den Gedanken wieder.

Stefanie rückte mit dem Stuhl ein wenig vom Schreibtisch ab und schlug die Beine übereinander. Trojan registrierte, dass sie zu ihren Jeans mal keine Sneakers trug, sondern modische schwarze Pumps.

»Gefallen sie dir?«, fragte sie halb im Scherz.

»Wie?«

Sie wippte mit dem rechten Fuß. »Da ich doch gestern gesagt hab, ich sei eher der Turnschuhtyp. Ich dachte, ich muss das mal korrigieren.«

Trojan war verblüfft. »Ja, die sind schön.«

Es entstand eine kleine Verlegenheitspause.

»Wo waren wir?«, fragte er.

»Die Botschaft des Täters«, sie wies auf den Computermonitor, »der Monarchfalter.«

»Richtig.«

Stefanie öffnete ein weiteres Foto und legte es auf dem Bildschirm neben dem vom bemalten Rücken der Toten ab. Es war die Nahaufnahme vom linken Fuß.

»Das zweite auffällige Merkmal«, sagte sie. »Ich hab die Form der Einritzungen mit unserer Datenbank abgeglichen. Mir wurde vom System kein Treffer gemeldet. Glaubst du wirklich, dass es dem Täter darum ging, auf der Fußsohle seines Opfers ein Zeichen zu hinterlassen?«

»Ganz sicher bin ich mir nicht. Betrachten wir es noch einmal genauer.« Als er das Bild heranzoomte, berührte er versehentlich ihre Hand. Sie zog sie nicht gleich zurück. Trojan spürte ihren Atem. »Also für mich sind das planvoll ausgeführte Stiche. Sie folgen einem Muster. Wie eine Zeichnung.«

»Nils?«, fragte sie nach einer Pause.

»Ja?«

»Darf ich dich kurz was Persönliches fragen?«

»Na klar.«

»Entschuldige, aber mir will das einfach nicht aus dem Kopf. Hattest du nicht eigentlich bei Landsberg für diesen Monat ein Urlaubsgesuch eingereicht?«

Er blickte sie überrascht an.

»Stimmt. Woher weißt du das?«

»Ach, hab ich wohl beim Chef zwischen Tür und Angel aufgeschnappt.«

»Ja, ursprünglich hatte ich für Mai meinen Jahresurlaub geplant.«

»Du wolltest nach Neuseeland, um deine Freundin dort zu besuchen, hab ich recht? Jana heißt sie?«

Trojan rieb sich über das Kinn. »Genau. Aber das hat sich erübrigt.«

»Wirklich?«

»Wir haben uns getrennt.«

»Oh.«

»Sie hat in Neuseeland jemanden kennengelernt. Einen Backpacker. Irgend so einen Abenteurer. Er hat ihr das Surfen beigebracht, und dabei kam man sich näher. Als wir vor ein paar Wochen das letzte Mal geskypt haben, hat sie es mir gestanden.«

»Wow, das ist … das ging aber schnell, sie war doch … Erwähntest du nicht mal, dass sie sich eine kleine … Auszeit nehmen wollte, von ihrem Beruf und so? Entschuldige, im Grunde geht mich das überhaupt nichts an.«

»Schon gut. Kein Problem. Ja, sie wollte mal raus aus ihren belastenden Verpflichtungen als Psychotherapeutin. Sie nannte es Sabbatical. Nun hat sich die Sache anders entwickelt. Der Backpacker hat mich veranlasst, einen klaren Schlussstrich zu ziehen.«

Trojan war selbst erstaunt, wie souverän das klang.

»Jana und ich haben ein äußerst schwieriges Jahr hinter uns.«

»Wie fühlst du dich damit?«

»Gut. Erstaunlich gut.«

Sie musterte ihn. »Also hat sich dein Urlaub erledigt?«

»Gewissermaßen.«

»Das tut mir leid für dich.«

»Muss es nicht. Wirklich, Steff, ich bin okay.«

»Verzeih meine Indiskretion.«

»Es ist bloß ein gecancelter Vierundzwanzig-Stunden-Flug, mehr nicht. Ich hab ihn Monate im Voraus gebucht, um Geld zu sparen. War mein Fehler.«

Es entstand eine Pause.

Steffie wandte den Blick ab. »Zurück zu unserem Fall.«

Rasch gab sie einen Tastenbefehl ein. Sofort öffneten sich weitere Tatortfotos auf dem Bildschirm. Sie wies auf die Detailaufnahmen der Dellen auf dem Parkettboden.

»Ronnie Gerber hat sämtliche Schuhe aus dem Besitz von Beatrice Weiler mit den Parkettspuren im Schlafzimmer verglichen.« Sie holte Luft, offenbar um einen sachlicheren Tonfall bemüht, der ihr nicht recht gelingen wollte. »Ihm ist das hier aufgefallen.«

Sie vergrößerte das Foto.

Trojan lehnte sich vor, um das Bild genauer zu inspizieren.

»Schau hier.«

Gemeinsam begutachteten sie die Absatzspuren. Eine winzige Delle, einen Schrittbreit davor eine zweite. Aber sie sah anders aus. Der Holzboden war viel stärker beschädigt.

»Die Absätze der Schuhe sind unterschiedlich«, sagte er.

»Ja, der linke ist spitzer als der rechte. Er hat sich tiefer in das Parkett gebohrt.«

»Die Geräusche aus der Wohnung. Knallende Absätze.«

»Vermutlich ließ der Mörder sie in speziellen Schuhen auf und ab gehen.«

»Wo sind die Schuhe jetzt?«

»Ronnie fand kein einziges Paar, das auf diese Druckstellen passt.«

»Der linke Schuh. Er wurde präpariert.«

»Ein angespitzter Absatz, metallisch, scharf.«

»Ein Mord mit High Heels?«

Steffie schaute ihn an. »Du meinst, es könnte die Tatwaffe sein?«

Trojan sprang auf. »Wir müssen Semmler dazu befragen.«

SIEBEN

Schläfrig sah Daniela zum Fenster und beobachtete, wie allmählich das Morgenlicht unter den geschlossenen Vorhängen hervorsickerte. Langsam kroch es über die Dielenbretter und wanderte zu ihrem Bett.

Die ganze Nacht über hatte sie keine Ruhe gefunden.

Ihre Verabredung mit Christopher war gründlich schiefgegangen. Dabei hatte alles so schön begonnen. Um acht hatten sie sich an der Oberbaumbrücke getroffen und waren in der Abenddämmerung am Ufer der Spree spazieren gegangen, vorbei am Gebäude von Universal Music und dem klotzigen Spreespeicher, danach hinter der Elsenbrücke ein Stück weiter in Richtung Stralau. Der Abend war mild gewesen, der Himmel sternenklar. Illuminierte Ausflugsboote auf dem Wasser, Holzflöße mit bunten Lichtergirlanden. Die Bässe wummerten, während das Partyvolk an ihnen vorbeischipperte.

Es hätte das perfekte Date sein können. Christopher war gut gelaunt, machte ihr Komplimente, scherzte und lächelte sie an. Sie hatten beide dasselbe Studienfach und unterhielten sich eine Weile angeregt über Literatur.

Daniela aber dachte währenddessen immerzu an die anonyme Nachricht in ihrem Briefkasten. Und an die Anordnung der Zweige vor ihrer Haustür.

Sollte sie ihm davon erzählen? Aber war es nicht ziemlich intim, über Träume zu sprechen? Sie kannten sich doch noch gar nicht lange.

Dazu dieses Ziehen im Bauch, das sie seit dem Morgen verspürte. Nervosität schlug ihr auf den Magen, das war schon immer so gewesen.

Als er vorschlug, in einer Bar einen Drink zu nehmen, lehnte sie dankend ab und schützte Müdigkeit vor. Am S-Bahnhof Ostkreuz verabschiedeten sie sich voneinander. Er wirkte enttäuscht, das sah sie ihm an.

Ob sie vielleicht überreagierte? Das Arrangement der Zweige könnte zufällig gewesen sein. Oder eine optische Täuschung, etwas, das ihr von ihrem Gehirn vorgegaukelt wurde, weil sie doch von dem Zeichen gerade erst geträumt hatte. Die Botschaft auf dem Zettel könnte sich letztlich als böser Scherz erweisen, von wem auch immer. Bald würde sie ruhig schlafen können, und alles wäre gut.

Daheim in ihrer Einzimmerwohnung in Neukölln zappte sie sich eine Weile durch die Fernsehkanäle und trank Pfefferminztee gegen ihre Magenbeschwerden. Danach wechselte sie zu Rotwein über, allerdings bekam der ihr überhaupt nicht.

Schließlich war sie zu Bett gegangen. Doch jedes Mal, wenn sie am Wegdämmern war, schreckte sie wieder hoch. Ohne es sich recht eingestehen zu wollen, hatte sie Angst vor einem weiteren Albtraum.

Ich kann mich nicht bewegen. Und ich sehe das Zeichen vor mir auf dem Boden. Leuchtend hell.

Während sie stundenlang wach lag, beschimpfte sie sich innerlich selbst. Hatte sie nicht durch ihr Verhalten Christopher letztlich eine Abfuhr erteilt? War sie eventuell noch nicht so weit, sich ein weiteres Mal ganz auf jemanden einzulassen? Hing sie noch zu sehr an Finn? Sollte sie ihn mal anrufen? Ob er längst eine andere hatte?

Aber nein, das hatte sie nicht zu interessieren. Sie brauchte einen Neustart. Sie sollte sich endlich von ihrem Exfreund lösen.

Don't Be So Shy. Der Song hallte ihr pausenlos durch den Kopf.

Um kurz vor sieben wälzte sie sich aus dem Bett, für ihre Verhältnisse viel zu früh. Sie duschte, zog sich an und frühstückte.

Um die Zeit zu nutzen, beschloss sie, in die Staatsbibliothek zu fahren. Dort könnte sie wenigstens in Ruhe und ohne Ablenkung lernen. Für ihr Hauptfach Germanistik musste sie sich auf eine wichtige Hausarbeit zum Thema »Psychiatrie und Kloster in E.T.A. Hoffmanns *Die Elixiere des Teufels*« vorbereiten.

Sie packte ihre Sachen zusammen, schulterte ihre Umhängetasche und verließ die Wohnung.

Im Treppenhaus beschleunigte sich ihr Puls. Als sie im Erdgeschoss angelangt war, beschloss sie, an ihrem Briefkasten vorbeizugehen, ohne ihn zu beachten. Doch wie ferngesteuert blieb sie davor stehen. Sie nahm den Schlüssel hervor und öffnete ihn.

Ihre Augen weiteten sich.

Ein weiterer Zettel befand sich darin, zusammengefaltet wie der erste. Als hätte sie es geahnt.

Sie strich ihn glatt und las die Computerschrift:

SUCH DEINE SCHWESTER AUF.
SIE WEISS MEHR ALS DU.

Darunter war mit einem schwarzen Stift das Zeichen aufgemalt:

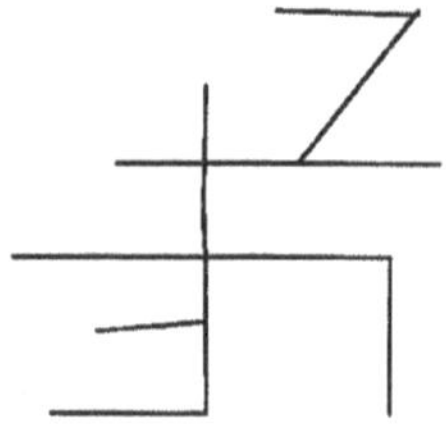

Diesmal zerknüllte Daniela den Zettel nicht. Sie faltete ihn sorgfältig zusammen und verstaute ihn in ihrer Umhängetasche.

Sie trat hinaus. Die Zweige waren fort. Das war ihr schon gestern Abend auf dem Heimweg aufgefallen.

Sie scannte die Straße mit Blicken. Kein Mensch weit und breit.

Such deine Schwester auf. Wie merkwürdig. Mit Clarissa hatte sie bestimmt seit ein paar Monaten nicht mehr gesprochen. Sie verstanden sich nicht besonders gut.

Langsam ging sie die Tellstraße hinunter. Mehrmals sah sie sich verstohlen um. Sie bog in die Sonnenallee ein, durch die der frühmorgendliche Autoverkehr donnerte. Sie passierte die zahlreichen arabischen Gemüse- und Falafelläden, die Shisha-Bars und Import-Export-Geschäfte und nahm an der Ecke Pannierstraße den Bus M41.

Am Potsdamer Platz stieg sie aus. Auf dem Weg zur Bibliothek griff sie nach ihrem Handy und wählte die Nummer ihrer Schwester.

Es meldete sich bloß die Mailbox. Nach dem Signalton sprach sie drauf:

»Clarissa? Daniela hier. Kannst du mich zurückrufen? Es ist dringend.«

ACHT

Sarah war aufgeregt. In der Schule hatten sie ihr Projekt unter dem Motto »Den Dingen auf der Spur« vorgestellt, und sie war mit ihrer Idee, Tücher mit Blauholz und getrockneten Schildläusen färben zu wollen, auf große Zustimmung gestoßen. Besonders ihr Einfall, Glasmurmeln während des Färbevorgangs in die Stoffe einzurollen, hatte ihre Biologielehrerin beeindruckt.

»Dadurch bekommen die Tücher eine interessante Musterung, Mami.«

Luisa Haneke lächelte ihre Tochter an, die wie üblich Hefte und Stifte für ihre Hausaufgaben auf dem Küchentisch ausbreitete. Sarah machte ihre Schularbeiten nicht gern allein in ihrem Zimmer, sie brauchte dabei Gesellschaft. Am liebsten auch von ihrem Vater, doch der war auf Geschäftsreise und würde erst am Freitagabend zurückkehren.

»Zwei Jungs aus meiner Klasse wollen mit Mentos und Cola einen Vulkanausbruch simulieren, zwei andere ein Windrad bauen. Ich finde selbst gefärbte Tücher besser.«

»Finde ich auch, Schätzchen.« Luisa stellte ihr einen Teller mit Apfelstückchen und ein Glas Bio-Limonade auf den Tisch.

In diesem Moment klingelte es an der Tür.

Sarah sprach in einem fort weiter, wägte das Für und Wider der einzelnen Projektbeiträge ab.

»Entschuldige«, unterbrach sie ihre Mutter, »ich bin gleich wieder bei dir.«

Sie ging hinaus in den Flur und nahm den Hörer von der Sprechanlage. Mit einem Schmunzeln registrierte sie, dass ihre Tochter einfach weiterplapperte.

»Ja bitte?«, fragte sie in den Hörer.

»Post, Paket«, kam die knappe Antwort unten vom Hauseingang.

Luisa betätigte den Türöffner.

»Mammiiiiii«, rief Sarah aus der Küche.

»Was ist denn, Schätzchen?«

»Mir ist die Limo über das Schulheft gelaufen.«

»Nimm Papier von der Küchenrolle und tupf es weg.«

Kurz darauf öffnete Luisa die Wohnungstür.

»Hallo«, sagte sie zu dem Boten.

Der nickte stumm, das gelb-rote Käppi mit der Aufschrift »DHL« tief in die Stirn gezogen.

Er reichte ihr ein Paket und hielt ihr Stift und Pen-Pad hin. Luisa unterschrieb auf dem Touchscreen, wollte noch etwas Freundliches zu ihm sagen – sie war stets zuvorkommend zu Dienstleistern, überhaupt war sie der Meinung, dass ein nettes Lächeln in der Öffentlichkeit Wunder bewirken konnte –, doch der Bote wandte sich bereits von ihr ab, gab ihr ein lässiges Handzeichen und verschwand auf dem nächsten Treppenabsatz.

Luisa schloss die Tür und legte das Paket auf der Flurkommode ab.

In der Küche half sie Sarah dabei, den Tisch abzuwischen und ihr Heft zu trocknen.

Erst als ihre Tochter mit den Hausaufgaben fertig war, ging Luisa zurück in den Flur, um das Paket aufzumachen. Es war der typisch weiße Karton mit den großen schwarzen Buchstaben darauf, die den Namen des bekannten Modeversands ergaben, bei dem sie öfter bestellte.

Sie riss die Lasche auf und nahm einen zweiten Karton heraus, der sehr viel fester war als der erste. Sie hob den Deckel ab. Ihre Finger berührten das Seidenpapier darunter. Sie zog es auseinander.

Ihr Herz schlug höher.

»Mama?«, rief Sarah aus ihrem Zimmer.

Doch Luisa antwortete nicht.

Sie verspürte ein Kribbeln zwischen den Schulterblättern.

Andächtig wickelte sie die Schuhe aus dem Seidenpapier. Sie waren so edel, dass es ihr kurzzeitig den Atem nahm. Das Leder schwarz glänzend. Die Außensohlen rot, knallrot. Und die Absätze hoch, sehr hoch. Sie schätzte sie auf mindestens zehn Zentimeter.

Sie betastete einen der Stilettos von allen Seiten, den Rahmen, die Sohle, das Vorderblatt. Sie glitt mit der Hand in den Ausschnitt des Schuhs, befühlte die Innensohle und das hochgeschwungene Gelenk. Sie zog die Hand wieder heraus und berührte Fersenteil und Hinterkappe, wanderte mit den Fingern den metallischen Absatz hinunter und prüfte die Spitze, die mit einem Gummi geschützt war. Ihre Finger strichen hinauf bis zur höchsten Stelle des Absatzes, wo das Metall in ein silbrig glänzendes Ornament überging, das ineinander verschlungene Ringe darstellte.

Kennerhaft stellte sie fest, dass diese High Heels ein Luxusartikel der besonderen Güte waren.

Sarah stand plötzlich neben ihr. »Was hast du da, Mama?«

»Die sind echt«, sagte sie.

»Wie?«

»Keine Fälschung, ich bin mir sicher. Diese Schuhe sind von Christian Louboutin, einem weltbekannten Designer. Hier«, sie hielt ihr einen der Schuhe hin, »das ist sein Markenzeichen: rote Außensohlen. Aber in einem matten Rot, nicht glänzend wie bei den Fälschungen. Und schau, das ist sein Schriftzug auf der Innensohle.«

»Zieh sie an! Zieh sie an!« Sarah war mit ihren dreizehn Jahren schon recht modebewusst. Auch bei ihr konnte der Anblick schöner Schuhe ein Leuchten in den Augen hervorzaubern.

»Nein, Schätzchen. Das geht nicht. Wir müssen sie zurückschicken.«

»Aber warum denn?«

»Ich hab gar keine Schuhe bestellt.«

Sarah stemmte die Hände in die Hüften. »Das glaube ich dir nicht.«

Sie blickte sie an. »Wieso?«

»Du lü-ügst.«

Luisa lächelte. »Nein, wirklich, ich hab sie nicht bestellt.«

»Papa hat gesagt, du hast einen Schuhtick. Also sei ehrlich: Du hast wieder welche gekauft.«

»Diese hier ausnahmsweise nicht, Süße. Die kosten mindestens zweitausend Euro. Wenn nicht mehr.«

Sarah schnitt eine Grimasse. »Was? So viel?«

Luisa stellte die Schuhe auf dem Boden ab. Sie schlüpfte aus ihren bequemen Ballerinas, beugte sich hinunter und zog die High Heels an.

»Wow!« Sarah machte große Augen. »Du siehst umwerfend darin aus!«

Luisa ging ein paar Schritte auf und ab. Sofort überkam sie dieses berauschende Gefühl von Macht und Eleganz, das einem Schuhe dieser Art verliehen.

»Die sind cool, Mama.«

Verzückt blieb Luisa vor dem großen Spiegel im Flur stehen und betrachtete sich darin.

Ja, todschick, dachte sie. Aber sie gehörten ihr nicht. Es schien sich um einen Irrtum bei den Mitarbeitern der Versandfirma zu handeln.

Von Sarah lautstark bewundert, stöckelte sie noch eine Weile hin und her, dann streifte sie die Stilettos ab und legte sie zurück in den Karton. Dabei fiel ihr auf, dass überhaupt kein Lieferschein beigelegt war.

Sarah schlief schon längst, als Luisa am späteren Abend mit ihrem Lebensgefährten telefonierte. Felix erzählte ihr von seinem langen Tag auf einer Fachkonferenz in Düsseldorf. Er war in der Unternehmensberatung tätig und beruflich viel unterwegs.

»Ich vermisse dich«, murmelte er zum Abschied.

»Ich dich auch.«

»Grüß die Kleine von mir. Und gib ihr morgen früh einen Kuss.«

»Mach ich.«

Sie wünschten sich eine gute Nacht und beendeten das Gespräch.

Luisa kleidete sich aus und streifte sich ihr Nachthemd über. Im Bad putzte sie sich die Zähne. Danach ging sie in den Flur, um dort das Licht zu löschen. Vor der Kommode blieb sie stehen.

Lass es sein, warnte sie eine innere Stimme, *sie gehören dir nicht.*

Und doch öffnete sie den Karton, um die Schuhe noch einmal zu bewundern. Waren sie zum Zurückschicken nicht zu schön? Sollte sie sie vielleicht doch behalten?

Zögernd nahm sie den rechten Schuh heraus, winkelte das Bein an und schlüpfte mit dem Fuß hinein. Sie nahm den linken und zog ihn ebenfalls an.

Sie richtete sich auf. Kaum hatte sie die High Heels an, wurde ihr Atem tiefer. Ihr Rücken streckte sich, und ihr Busen wölbte sich nach vorn.

Luisa setzte Schritt vor Schritt. *Klack, klack, klack*, tänzelte sie auf dem Dielenboden, leise, um ihre Tochter nicht aufzuwecken.

Klack, klack, klack. Sie kam sich verwandelt vor, wie am Beginn einer aufregenden Reise.

Klack, klack, klack. Erhaben und begehrenswert fühlte sie sich in diesen Schuhen. Vielleicht sogar bereit zu einem Abenteuer. Wild und verführerisch war ihr Gang. Gefährlich, aber auch ein wenig zerbrechlich, mädchenhaft und machtvoll zugleich.

Klack, klack, klack. Energetisch war sie, berauscht und gleichzeitig hilflos schwankend, wie beschwipst.

Eine erregende Mischung, ein inspirierender Kontrast.

Ich werde die Schuhe behalten, dachte sie.

Felix darin überraschen.

Oder auch – sie spürte eine leichte Hitze in sich aufwallen – etwas ganz Verrücktes darin tun. Eine verstohlene Verabredung eingehen, während er nicht da ist, ein heimliches Rendezvous, ein … Sie erlaubte es sich nicht, den Gedanken zu Ende zu führen.

Sie sah an sich herab. Das Lackleder glänzte. Wenn sie den Blick zurück über die Schulter warf, erkannte sie, wie bei jedem Schritt die knallroten Sohlen aufleuchteten.

Silbrig blitzten die Absätze. Diese High Heels waren wie zwei gefährliche Tiere an ihren Füßen. Unartig. Ungebührlich. Ungezähmt.

Am Ende des Flurs machte Luisa kehrt und beschleunigte ihren Gang.

Kla-klack, kla-klack, kla-klack.

Ich stehe im Treppenhaus vor der Tür und lausche. Sie ist in ihrer Wohnung, nur wenige Schritte von mir entfernt. Ihr Lebensgefährte ist beruflich unterwegs. Die Nachbarn von gegenüber sind verreist. Darum sind wir ganz allein auf dieser Etage. Nur wir drei: Luisa, die kleine Sarah und ich.

Sie trägt die Schuhe. Ich kann sie hören. Die Absätze knallen.

Sie hat mich in meiner Botenuniform nicht erkannt. Ich bin ein Nichts in ihren Augen, ein Niemand. Vielleicht hat sie den Vorfall vor Jahren längst vergessen. Immerhin war ich damals fast noch ein Kind.

Ich aber vergesse nicht. Nichts vergesse ich. Niemals.

Ich warte ab. Noch bin ich zu nervös. Ich muss ruhig sein, um mein Pensum durchzustehen. Sieben Tage, sieben Nächte. Ich habe noch viel vor. Man muss den eigenen Puls besänftigen können, wenn man eine Mission wie diese verfolgt.

Luisa aber hat eine Art sich zu bewegen, die mein Herz höherschlagen lässt.

Kla-klack, klock, klock.

Musik, die sie in den Boden stöckelt. Ein rhythmisches Vorspiel. Sobald sie die Stilettos abstreift und barfuß weitertanzt, verwandelt sie sich in ein Luftwesen, und sie wird mich mit ihren Flügeln streifen. Ich kann von ihren

Bewegungen kosten, ihren Atem schmecken. Ich werde umhüllt sein von dem luftigen Gewebe ihrer Haut.

Als Junge stand ich schon einmal vor ihrer Tür. Ich erinnere mich an das Erstaunen in ihrem Gesicht.

»Kann ich bei Ihnen übernachten?«, fragte ich, meine Stimme belegt vor Schüchternheit, die Wangen erhitzt.

Ich hatte meinen Schlafsack dabei, trug ihn zusammengerollt unter meinem Arm.

»Nein«, sagte sie, »nein, geh wieder nach Hause.«

»Ich will nicht.«

»Geh zurück zu deinem Vater.«

»Ich kann nicht.«

»Warum?«

Ich wollte es ihr genauer erklären, aber das war schwierig in einem dunklen, kalten Treppenhaus im November. Hätte sie mich in ihre Wohnung gelassen, wären mir mit Sicherheit die passenden Worte eingefallen.

So aber sagte ich nur, störrisch, sicher ein verzweifeltes Funkeln in den Augen: »Bitte, lassen Sie mich rein.«

Es muss ihr Angst eingeflößt haben. Ihr Blick verfinsterte sich. »Ich habe Familie. Einen Mann, eine Tochter. Nimm doch Vernunft an, Junge. Geh.«

Ohne ein Wort zu sagen, drehte ich mich um und stieg die Treppe hinab.

Nun, Jahre später, in der Woche der Schmerzen, hat sie wenigstens mein Geschenk angenommen.

Und ich horche an der Tür.

Kla-klack, klack-klack-klack, klock-klock.

Wenn sie die High Heels behält, kann sie noch einmal davonkommen.

Wirft sie die Schuhe achtlos vor die Tür, wird der Tanz beginnen.

NEUN

Vor dem Spiegel hielt Luisa inne. Sie prüfte ihren Gesichtsausdruck, so flattrig, mal scheu, mal beschwingt, leicht verwundert, aber auch verzückt. Sie lächelte, halb begeistert, halb verunsichert über ihre plötzliche Verwandlung. Sie streckte das linke Bein aus und ließ das Fußgelenk kreisen. Ihr Blick wanderte von unten nach oben. Wer war diese Frau vor ihr im Spiegel? Das Haar aufgelöst, das weiße Nachthemd leicht geschürzt, thronend auf unverschämt hohen schwarzroten Luxusschuhen? War sie das noch selbst? Mutter einer dreizehnjährigen Tochter, leidlich glücklich liiert? Eine ehemalige Tanzlehrerin, die ihren Beruf für die Erziehung ihres Kindes aufgegeben hatte, was sie oftmals bereute?

Sie blinzelte ihrem Spiegelbild zu, verlagerte das Gewicht auf den anderen Fuß, strich das Nachthemd glatt und betrachtete sich von der Seite.

Danach ging sie weiter.

Kla-klack, kla-klack, kla-klack.

Doch allmählich wurde sie stutzig. Luisa war zwar das Tragen von hochhackigen Schuhen gewohnt, aber der Gang in diesen Stilettos erschien ihr auf Dauer als ein wenig zu gewagt. Sie kam sich ja vor wie auf einem schwankenden Schiff bei hoher See.

Sie blieb stehen und zog die Schuhe wieder aus. Sie hob sie auf und hielt sie nebeneinander.

Und da bemerkte sie es.

Die Absätze waren unterschiedlich hoch.

Der linke war minimal kürzer als der andere.

Luisa stellte den rechten Schuh auf den Boden und inspizierte den Absatz des linken genauer. Sie stellte fest, dass sich die Gummikappe an der Absatzspitze mühelos abnehmen ließ.

Das Metall darunter war scharfkantig und spitz.

Und etwas klebte daran.

Entsetzt ließ sie den Schuh fallen.

Einem jähen Impuls folgend eilte Luisa ins Bad und wusch sich die Hände. Sie schrubbte sie so lange unter heißem Wasser, bis die Haut rau wurde.

Danach ging sie zurück in den Flur, warf die Schuhe in den Karton und stopfte ihn in die äußere Verpackung. Sie schloss die Wohnungstür auf. Angewidert ließ sie das Paket im Treppenhaus auf den Boden fallen.

Sie schloss von innen wieder ab und legte die Sicherheitskette vor. Gleich morgen wollte sie das Päckchen in der Mülltonne entsorgen. Das war kein Irrtum des Modeversandhandels.

Eher schien sie das Opfer eines perversen Streichs geworden zu sein.

Völlig verstört ging sie zu Bett und knipste die Nachttischlampe aus.

Sie fühlte sich beschmutzt. Kurz überlegte sie, ob sie Felix anrufen sollte, aber es war schon fast Mitternacht, also ließ sie es bleiben.

Lange Zeit lag sie wach und dachte angestrengt darüber nach, ob die Substanz an der angefeilten Absatzspitze tatsächlich das war, wofür sie es im ersten Moment gehalten hatte: getrocknetes Blut.

ZEHN

Luisa schreckte aus dem Schlaf hoch. Ihr war, als habe sie etwas an den nackten Füßen berührt.

Sacht. Vibrierend. Kitzelnd.

Ihr Herz hämmerte.

Sie richtete sich auf und knipste das Licht an.

Eine Zeit lang waren ihre Augen von der Helligkeit geblendet.

Sie spürte, wie ihr der Schweiß den Rücken hinunterlief.

Nichts, dachte sie. Da war niemand.

Vermutlich nur ein Albtraum.

Doch in dem Augenblick, da sie sich zurück in ihr Kissen sinken lassen wollte, sah sie etwas an ihrem Bett stehen.

Unten auf dem Boden.

Glänzend schwarz und knallrot.

Die High Heels. In einem davon steckte eine Karte.

Blitzschnell war Luisa auf den Beinen, bückte sich und zog die Karte heraus.

Zittrig las sie die in Großbuchstaben hingekritzelte Schrift.

WARUM HAST DU MEIN GESCHENK NICHT
ANGENOMMEN? GEFALLEN DIR DIE SCHUHE
DENN NICHT?
P.S.: SCHAU AUF DER RÜCKSEITE NACH.

Luisa drehte die Karte um.

Und das Blut wich aus ihrem Gesicht.

Sarah träumte von ihren Tüchern. Sie waren frisch gefärbt, und sie hängte sie an einer Wäscheleine zum Trocknen auf. Danach streckte sie sich flach auf dem Rasen aus und sah zu, wie sie über ihr im Wind wehten. Ihre Finger spielten derweil mit den Glasmurmeln, mit denen sie Muster in die Stoffe gezaubert hatte. Sie ließ die Murmeln unter ihren Handflächen hin und her rollen. Klickend stießen sie aneinander.

Da lösten sich die Tücher von der Leine und begannen im Wind zu tanzen. Sie taumelten über ihr durch die Luft. Wunderschön sahen sie aus. Bunt, wie exotische Schmetterlinge.

Verzückt lag sie da und betrachtete den Reigen der flatternden Tücher.

Mit einem Mal entglitten ihr die Murmeln. Sarah war erstaunt, denn sie konnten ebenfalls fliegen. Sie stiegen auf, höher und höher, umringten die Tücher, tänzelten um sie herum. Ihr Glas funkelte, blitzte auf in allen Regenbogenfarben.

Das Licht in ihrem Traum war unnatürlich hell. Sarah musste blinzeln, die Augen zusammenkneifen.

Und plötzlich stoben die Tücher auseinander, die Murmeln prasselten zu Boden, und ein weiß gekleideter Mann tauchte wie aus dem Nichts vor ihr auf. Sein Gesicht war aschfahl. Er presste ihr einen Becher an die Lippen. Sarah musste sich aufrichten und eine bittere Flüssigkeit daraus trinken.

Sie wollte sich dagegen wehren, aber sie konnte nicht.

Der Mann saß an ihrem Bett.

Sarah hielt nach ihren Tüchern Ausschau. Doch sie waren alle fort.

Über ihr war bloß das grelle Licht.

»Mama«, sagte sie leise, weil der Mann es von ihr verlangte.

»Mama«, sagte sie noch einmal.

Allmählich entfernte sich die Welt von ihr.

Luisa starrte auf die Rückseite der Karte. Die handgeschriebene Botschaft bestand aus sechs Wörtern, die sie bis ins Mark trafen.

ICH BIN IM ZIMMER DEINER TOCHTER.

Sie ließ die Karte fallen und stürmte los.

Sie riss die Schlafzimmertür auf und jagte durch den Flur.

Luisa keuchte. Hinter ihren Schläfen pochte es.

»Sarah!«, schrie sie.

Die Tür zum Zimmer ihrer Tochter war geschlossen. Sie preschte vor und wollte die Klinke drücken.

Da legte sich von hinten eine Hand um ihren Mund, und eine leise Stimme sprach zu ihr.

»Sie schläft. Weck sie nicht auf.«

Ihr war, als würde ihr Herzschlag für einen Moment aussetzen. Sie wimmerte kaum hörbar.

»Psst. Ganz ruhig. Und nicht umdrehen.«

Luisa sog verzweifelt Luft in ihre Lunge.

»Deiner Tochter passiert nichts. Wenn du tust, was ich dir sage.«

Der Mann in ihrem Rücken drückte ihr noch fester die Finger auf die Lippen. Sie roch das Gummi seines Handschuhs.

»Hast du verstanden?«, fragte er leise.

Sie gab einen erstickten Laut von sich.

»Gut. Dann lass uns rübergehen. In dein Schlafzimmer. Du gehst voran. Und du darfst dich nicht umdrehen. Wenn du dich nur ein einziges Mal zu mir umdrehst, nehme ich mir die Kleine vor, und du musst dabei zusehen. Willst du das?«

Luisa schüttelte den Kopf.

»Also geh.«

Er nahm die Hand weg.

Sie ging voran ins Schlafzimmer. Sie hörte, wie er hinter ihr die Tür schloss.

»Jetzt zieh die Schuhe an.«

Schwer atmend näherte sie sich den Stilettos und schlüpfte hinein. Wie sie sah, steckte auf dem linken Absatz nicht mehr der Gummistopfen.

»Vorwärts. Beweg dich darin. Geradeaus. Bis zum Vorhang.«

Sie gehorchte. Schwankend auf den ungleich hohen Absätzen. Unablässig musste sie an Sarah denken. Was hatte er mit ihr angestellt? Und wie könnte sie Hilfe rufen? Ihr Mobiltelefon befand sich draußen in ihrer Handtasche. Das Festnetztelefon steckte in der Ladeschale auf der Flurkommode.

»Geh!«

Und sie bewegte sich. Kein Schweben mehr, nur ein zaghaftes Vorantasten in Todesangst. *Klack, kla-klack, klack.*

Sie erreichte die Stirnseite des Zimmers. Der Vorhang, durchfuhr es sie, ihn aufziehen, das Fenster öffnen und um Hilfe schreien.

Aber er war dicht hinter ihr. Sie spürte es.

Luisa hielt inne.

»Warum gehst du nicht weiter?«

»Sie haben gesagt, ich darf mich nicht umdrehen.«

»Gut so, Luisa.«

Plötzlich berührte er sie an den Schultern. Sie hörte ihn atmen. Vernahm dabei ein zischelndes Geräusch.

Er packte sie fester, und dann drehte er sie herum, ohne dass sie sein Gesicht erkennen konnte.

»Weiter. Vorwärts.«

Ängstlich stöckelte sie auf dem Holzboden.

Wieder hörte sie ihn atmen. Und dieses Zischeln. Sie stellte sich vor, dass er möglicherweise einen Mundschutz trug. Wie ein Chirurg.

»Was haben Sie mit meiner Tochter gemacht?«

»Nichts. Solange du auf und ab gehst, schläft sie. Wenn du nicht gehorchst, weck ich sie auf, und sie ist dran. Du weißt, was ich dann mit ihr tun werde, nicht wahr?«

Ihr Gesicht verkrampfte sich.

»Wirst du mir gehorchen, Luisa?«

Sie nickte.

»Gut.«

Die Art, wie er ihren Namen sagte. Sie überlegte, ob sie seine Stimme schon einmal irgendwo gehört hatte. Aber er sprach sehr leise, und wenn es denn tatsächlich ein Mundschutz war, wurde seine Stimme dadurch zusätzlich gedämpft.

Und dann vernahm sie noch etwas. Es war wie ein Schlurfen. Ja, irgendwas schlappte an seinen Füßen.

Nun war sie nah an der Tür. Wenn sie sie jetzt aufreißen würde, hinaus in den Flur stürmte … und dann an die Wohnungstür … um Hilfe schreien.

Aber er war ihr dicht auf den Fersen. Abermals berührte er sie an den Schultern.

»Und wieder in die andere Richtung. Beweg dich. Lauf für mich auf und ab.«

Er drehte sie herum. Sie stöckelte abermals zum Fenster. Er schlurfte hinter ihr her. Schließlich begriff sie, dass er Plastiküberzieher trug.

Im matten Schein der Lampe an ihrem Bett wanderte Luisa

auf und ab, nur mit ihrem Nachthemd bekleidet und in den glänzend schwarzen High Heels mit den roten Sohlen.

Er war die ganze Zeit in ihrem Rücken, in den Plastiküberziehern schlurfend und heftig durch seinen Mundschutz atmend.

Jeweils nahe am Fenster vor dem zugezogenen Vorhang und an der Zimmertür dirigierte er sie in die andere Richtung.

Nach einiger Zeit wagte sie es erneut, ihn anzusprechen. »Was kann ich tun, damit Sie wieder gehen? Sagen Sie es mir, bitte.«

»Ich will sehen, wie du dich bewegst. Hören, wie deine Absätze knallen.«

»Können wir uns nicht irgendwie anders einigen?«

»Halt den Mund.«

»Bitte! Ich werde Sie auch nicht verraten.«

»Spar dir deine Kräfte. Die Nacht ist noch lang.«

Sie rang nach Atem.

»Geh weiter! Hör nicht auf!«

Kla-klack, klack, kla-klack.

»Beweg dich!«

Kla-klack, klack, klack.

Luisa ging, bis ihr die Füße schmerzten.

ELF

Sarah war benommen, als sie erwachte. Sie hatte das Gefühl, als müsste sie sich gleich übergeben. Sie richtete sich im Bett auf und wartete ab, bis das Schwindelgefühl vorüber war.

Danach stand sie schwankend auf. Im Bad stützte sie sich aufs Waschbecken. Sie würgte ein paarmal, aber es kam nichts.

Sie betrachtete sich im Spiegel. Alle Farbe war aus ihrem Gesicht gewichen. Verschwommen erinnerte sie sich an ihren Traum. Die Tücher. Und den Mann an ihrem Bett. Das weiße Gesicht.

So weiß wie ihres in diesem Moment.

Sie ging in die Küche, um etwas zu trinken. Da fiel ihr Blick auf die Uhr auf der Anrichte. Für die Schule war es noch viel zu früh.

Gerade mal fünf nach sechs.

Sie drehte den Wasserhahn auf, hielt ein Glas darunter, drehte den Hahn ab und trank einen Schluck. Es wäre wohl besser, wenn sie sich wieder hinlegte, dachte sie und stellte das Glas in die Spüle. Vielleicht würde ihre Mutter ihr einen Entschuldigungsbrief schreiben, dann dürfte sie zu Hause bleiben. Womöglich hatte sie sich ja den Magen verdorben.

Sie ging zurück in den Flur und blieb an der Tür zum Elternschlafzimmer stehen.

»Mama?«

Sie wollte gerade die Klinke drücken, um nachzuschauen,

ob ihre Mutter schon wach war, als die Tür von innen geöffnet wurde.

Luisa schob sich durch den Türspalt. Sie sah furchtbar aus. Das Gesicht bleich und schmal, die Augen weit aufgerissen. Ihr Haar war zerzaust, das Nachthemd voller Schweißflecken. Sarah blickte an ihr herab. Und ihre Füße … Was war nur mit ihren Füßen passiert? Dick angeschwollen waren sie. Blutunterlaufen.

»Mami?«, fragte sie ängstlich.

Die Stimme ihrer Mutter war belegt. »Sarah, Süße, du musst jetzt unbedingt tun, was ich dir sage.«

»Was denn?«

»Geh sofort zur Schule.«

»Aber es ist noch so früh.«

»Das macht nichts. Zieh dich an.«

»Ich will aber nicht. Mir ist schlecht. Und ich hab was Komisches geträumt. Da war …«

Sarah versuchte, einen Blick ins Schlafzimmer zu werfen, doch Luisa versperrte ihr die Sicht.

»Schätzchen, bitte. Tu es einfach! Zieh dich an und geh!«

Sarah erschrak über den flehentlichen Tonfall ihrer Mutter.

»Ich hab noch nicht einmal gefrühstückt.«

»Das Frühstück muss heute ausfallen. Beeil dich.«

»Ich …«

»Mach schon!«

Abermals schaute sie auf die geschwollenen Füße ihrer Mutter.

»Darf ich mir wenigstens die Zähne putzen?«

Ihre Mutter atmete schwer. »Gut. Aber schnell.«

Sarah verschwand abermals im Bad, putzte sich die Zähne und wusch sich das Gesicht. Sie fuhr sich mit dem Kamm durchs Haar. In ihrem Zimmer zog sie sich an und packte lustlos ihren Schulrucksack.

Sie ging zurück in den Flur. Ihre Mutter hatte sich überhaupt nicht gerührt. Wie angewurzelt stand sie vor der nur einen Spaltbreit geöffneten Schlafzimmertür.

»Mama, ich muss wenigstens eine Kleinigkeit essen.«

Luisa schüttelte den Kopf. »Geh endlich«, zischte sie.

»Und mein Pausenbrot?«

Ein verstohlener Blick zurück ins Zimmer. Danach straffte ihre Mutter die Schultern. »Na schön. Aber bleib solange dort stehen, während ich in der Küche bin.«

»Warum denn?«

»Sarah!« Warnend hob sie den Zeigefinger. »Wenn du nicht tust, was ich dir sage, dann …« Sie brach ab, atmete schwer.

Mit einem Mal war Sarah zum Weinen zumute. Was war nur los mit ihrer Mutter? Warum war sie so streng zu ihr? So kannte sie sie überhaupt nicht.

Schließlich hob ihre Mutter das Kinn. »Also gut. Ich will dir die Wahrheit sagen. Ich habe einen Freund. Er kam mich heute Nacht besuchen.«

Sarah war so überrascht, dass ihr die Augen hervortraten. »Ist er hier?«

Sie nickte schwach. »Bitte erzähl deinem Vater nichts davon.«

»Aber …«

»Bitte!«

»Und er ist wirklich hier?«

»Sarah!«

»Trennt ihr euch, Papa und du?«

»Wir reden heute Nachmittag darüber, ja? Ich möchte jetzt wirklich, dass du gehst.«

»Und das Pausenbrot?«

Ihre Mutter verzog den Mund. »Du bewegst dich nicht vom Fleck, während ich dir die Brote schmiere. Hast du mich verstanden?«

Sarah nickte.

Zögernd ging ihre Mutter in die Küche.

Sarah rührte sich nicht. Vom Flur aus konnte sie ins Wohnzimmer schauen. Sie bemerkte, dass das Glas der Balkontür beschädigt war. Ein kreisrundes Loch befand sich darin. Irgendetwas stimmte hier ganz und gar nicht. Dennoch verhielt sie sich still. Denn ihre Mutter wollte es so.

Kurz darauf kam Luisa aus der Küche zurück. Sie hielt die mit Broten gefüllte Lunchbox in der Hand. Sie ging bis zu dem Spalt der Schlafzimmertür und hielt die Box demonstrativ hoch.

»Hier«, sagte sie in einem merkwürdigen Tonfall. »Fang!«

Sie warf ihr die Box zu.

Völlig überrascht streckte Sarah die Hände danach aus und fing sie auf.

»Und nun mach schnell! Steck sie in deinen Schulrucksack und geh! Bitte!«

Sarah gehorchte. Sie hatte verstanden. Keine Fragen stellen. Ihre Mutter hatte Besuch. Jemand war in ihrem Schlafzimmer, und das war ihr unangenehm. Papa auf Dienstreise, und ihre Mutter … mit einem anderen Mann im Bett?

Hastig verstaute sie die Lunchbox, zog ihre Jacke an, schulterte den Rucksack und wandte sich zur Eingangstür.

Die Kette war vorgelegt. Sie schob sie zurück und schloss auf. Danach drehte sie sich noch einmal zu ihrer Mutter um.

»Mami?«

»Ja, mein Kind?«

»Ich hab dich lieb.«

Die Augen ihrer Mutter füllten sich mit Tränen. »Ich hab dich auch lieb, Süße.«

Sarah trat ins Treppenhaus und zog die Wohnungstür hinter sich zu.

Erst in der Pause nach der dritten Stunde nahm Sarah die Lunchbox aus ihrer Tasche. Eigentlich hatte sie schon auf dem Weg zur Schule etwas essen wollen, doch ihr war zu flau im Magen gewesen. Die Ereignisse am frühen Morgen hatten sie erschüttert.

Verstört in sich hineinhorchend hatte sie die Unterrichtsstunden über sich ergehen lassen. Unablässig kreisten Fragen in ihrem Kopf. Warum hatte sich ihre Mutter so merkwürdig verhalten? Und wer war der Freund, von dem sie gesprochen hatte? Und dieses weiße Gesicht aus ihrem Traum? Hatte sie es etwa in Wirklichkeit gesehen? War jemand an ihrem Bett gewesen? Der nächtliche Besucher ihrer Mutter womöglich? Was hatte das alles zu bedeuten?

Nach dem Läuten zur Pause trottete sie mit ihrer Freundin Gina auf den Schulhof hinaus. Gina redete die ganze Zeit von dem Projekt. Sie wollte unbedingt beim Tücherfärben mitmachen, obwohl das allein ihre Idee gewesen war.

Sollte sie sich ihrer Freundin anvertrauen? Ihr erzählen, dass sich ihre Eltern bestimmt bald scheiden ließen, wenn ihre Mutter so ohne Weiteres nachts einen Liebhaber empfing? Obendrein noch bei ihnen zu Hause?

Nein, das durfte sie nicht laut aussprechen. Es war besser, sich still zu verhalten. Irgendwie musste sie diesen Schultag überstehen, schweigend, in sich gekehrt.

Sie konnte es einfach nicht glauben. Ihre Mutter und ein heimlicher Freund. Und das verriet sie ihr mal eben so kurz nach dem Aufstehen.

Was aber war mit dem Loch in der Scheibe an der Balkontür? Hätte sie ihre Mutter vielleicht darauf ansprechen sollen? Allerdings war sie ja kaum zu Wort gekommen.

Mama wollte mich unbedingt loswerden.

Das war verletzend. Und für ihre Mutter völlig untypisch. Zugleich hatte sie äußerst verzweifelt auf sie gewirkt.

Sarah musste sich eingestehen, dass sie Angst hatte.

Angst, dass plötzlich nichts mehr so war wie zuvor.

Angst, das Leben könnte sich innerhalb von ein paar Stunden schlagartig geändert haben.

Vielleicht war heute Nacht etwas Fruchtbares geschehen, und alles hatte sich zum Bösen gewendet.

Entweder war ihre Mutter verrückt geworden, oder …

Gina zupfte an ihrem Ärmel und riss sie aus ihren Gedanken. »Sarah, hörst du mir überhaupt zu?«

»Ja«, murmelte sie.

»Ach wirklich? Was habe ich denn eben gesagt?«

Sie blickte ihre Freundin aus glasigen Augen an. »Ich weiß nicht. Entschuldige.«

Gina zog die Stirn in Falten. »Du bist ja ganz blass. Ist dir nicht gut?«

»Ich hab noch überhaupt nichts gefrühstückt.«

Gina hielt ihr einen längeren Vortrag darüber, wie wichtig ein ausgiebiges Frühstück am Morgen sei.

Mittlerweile waren sie an ihrer Lieblingsstelle auf dem Hof angekommen, hinten bei den Holunderbüschen, wo sie in den Pausen oft beieinandersaßen. Sie ließen sich auf der niedrigen Steinmauer nieder.

Sarah klappte ihre Lunchbox auf.

Danach erstarrte sie.

Kaum hatte ihre Tochter die Wohnung verlassen, atmete Luisa für einen kurzen Moment auf. Nun war wenigstens ihr Kind in Sicherheit.

Doch der Mann mit der Atemmaske befand sich noch immer in ihrem Schlafzimmer. Sie hatte ihn angefleht, Sarah zu verschonen, als diese im Morgengrauen und offenbar sehr viel früher, als er es erwartet hatte, vor der Tür aufgetaucht war.

Schließlich hatte er eingewilligt. Unter der Voraussetzung, dass Luisa sich nichts anmerken ließ, damit Sarah nicht den geringsten Verdacht schöpfte.

Er lauerte am Türspalt und beobachtete sie.

Luisa spürte die frische Farbe auf ihrem Rücken. Sie hatte sich auf den Bauch legen müssen, unbekleidet, ohne ihr Nachthemd und ohne die Schuhe.

Und er hatte sie bemalt.

Es schauderte sie, wenn sie bloß daran dachte.

Luisa blieb nicht mehr viel Zeit. In der Küche hatte sie sich das Brotmesser geschnappt. Sie hielt es hinter ihrem Rücken versteckt.

Sie schätzte den Weg bis zur Wohnungstür.

Es waren etwa fünfzehn Schritte.

Fünfzehn Schritte bis zum Überleben.

Luisa stürmte los.

In Sarahs Lunchbox war nichts so angerichtet wie gewöhnlich. Keine Gurkenscheiben, keine Apfelschnitze, bloß drei Scheiben Brot.

Ihre Mutter hatte sie nicht einmal zusammengeklappt, wie sie es ansonsten tat.

Auch hatte sie keine Butter aufs Brot geschmiert.

Es gab nur eine Scheibe Mortadella. Sie lag auf der obersten Schnitte.

Immerhin hatte Luisa sie verziert. Das machte sie manchmal, um Sarah eine Freude zu bereiten. Dann zauberte sie mit der Mayonnaise aus der Tube ein Smiley oder eine Blume auf die Wurst.

Diesmal jedoch war es überhaupt nichts Fröhliches. Ganz im Gegenteil.

Nun begriff Sarah endlich, warum der Morgen so befremdlich verlaufen war.

Ihre Mutter hatte etwas draufgeschrieben.

Ein einziges Wort prangte auf der Mortadella.

Fünf verrutschte Buchstaben, geformt aus Mayonnaise:

HILFE

ZWEITER TEIL

ZWÖLF

Mittwoch, 17. Mai. Um die Mittagszeit

Trojan war im Dienstgebäude mit einer weiteren Vernehmung im Fall Beatrice Weiler beschäftigt. Er befragte noch einmal ausführlich Sebastians Vater zu den Gründen der Ehescheidung und zu möglichen Liebhabern seiner Exfrau. Sigmund Weiler gab an, dass sie sich schlichtweg auseinandergelebt hätten. Während der Ehe gab es seines Wissens keinerlei Affären. Ob sie nach ihrer Trennung wieder mit jemandem zusammen gewesen sei, entziehe sich seiner Kenntnis. Sebastian Weiler habe dies auf sein Nachfragen hin zumindest immer verneint.

In diesem Moment erreichte Trojan der Anruf von Stefanie Dachs.

»Nils?«

»Was gibt's, Steff?«

»Wir vermuten, dass der Kerl wieder zugeschlagen hat.«

»Was?! Wo?«

Sie nannte ihm die Adresse.

Trojan steckte das Handy ein, entschuldigte sich bei Sigmund Weiler und rannte los.

Etwa zwanzig Minuten später bog er mit dem Dienstwagen in die Pücklerstraße ein. Vor einem herrschaftlichen Altbau mit Fassadenstuck parkten Einsatzfahrzeuge auf dem Gehweg. Der Eingangsbereich war mit Flatterband versehen. Blaulicht zuckte auf, uniformierte Beamte auf Motorrädern hatten die Straße gesperrt.

Steffie empfing ihn an der Haustür.

»Gut, dass du gleich gekommen bist, Nils.«

»Was ist los?«

»Es geht um eine Luisa Haneke, sechsunddreißig Jahre alt. Ihre Tochter hat sich in der Schule an eine Lehrerin gewandt, die daraufhin die Polizei alarmierte. Die Kleine erzählte den Beamten, sie glaube, ihre Mutter sei in Gefahr, ein Fremder befinde sich in der Wohnung. Und zwar in ihrem Schlafzimmer.«

In knappen Worten berichtete ihm Stefanie von Luisa Hanekes merkwürdigem Verhalten und der Nachricht in der Lunchbox.

»Leider hat Sarah – so heißt die Tochter, sie ist dreizehn – erst sehr spät reagiert. Es ist zu befürchten, dass sie in der Nacht betäubt wurde. Sie sprach von einem Mann mit weißem Gesicht an ihrem Bett. An Genaueres kann sie sich aber nicht erinnern. Sie klagte über Übelkeit und Schwindelgefühl, also ganz ähnliche Symptome wie bei Sebastian Weiler.«

»Gibt es weitere Übereinstimmungen?«

Stefanie nickte. »Die Einbruchsspuren. Und«, sie holte tief Luft, »ein eingeritztes Zeichen.«

»Das spezielle Zeichen?«

»So ist es.«

»Wo?«

»Auf dem Schlafzimmerboden.«

»Und Luisa Haneke?«

»Sie ist verschwunden.«

»Verdammt.«

Sie betraten das Treppenhaus. Trojan registrierte den Fahrstuhl im Eingangsbereich und das Schild an der Tür: »Defekt«.

Sie gingen die Stufen hinauf. Aufgescheuchte Bewohner

wurden von Polizeibeamten zurück in ihre Wohnungen gedrängt.

Schließlich hatten sie das vierte und oberste Stockwerk erreicht.

»Was ist mit den Nachbarn?«, fragte Trojan.

»Die von gegenüber sind verreist, das haben wir schon herausgefunden. Die Nachbarn aus dem Stockwerk darunter haben in der Nacht nichts Verdächtiges gehört.«

»Und die Einbruchsspuren?«

»Sie befinden sich an der Balkontür.«

Sie gingen in den Flur der weiträumigen Altbauwohnung und von dort aus ins Wohnzimmer. Hohe Decken, ebenfalls verziert mit Stuck. Eine geschmackvolle Einrichtung, Modernes gepaart mit Antiquitäten, ein Hauch von Luxus.

»Schau dir das an.« Stefanie führte ihn zum Balkon.

Trojan inspizierte die beschädigte Tür. Es befand sich ein kreisrundes Loch in der Glasscheibe. »Er muss übers Dach reingekommen sein.«

»Ja. Von dort scheint er sich abgeseilt zu haben.«

»War schon jemand oben?«

»Klar, die Spurensicherung läuft. Die Tür zum Dachboden ist unverschlossen, offenbar eine Unachtsamkeit der Bewohner. Eine Dachluke war geöffnet.«

»Er kommt durchs Treppenhaus rein, checkt die Lage. Viertes Stockwerk, Balkon. Tür zum Dachboden offen.«

»Er braucht Material. Ein Seil.«

»Kein Problem für ihn.«

»Er handelt zielstrebig und planvoll, und das in einem schmalen Zeitfenster.«

Trojan rieb sich das Kinn. »Er geht überaus kaltschnäuzig vor. Vermutlich ist er von sportlicher Statur. Handwerklich geschickt. Er nimmt ein extrem hohes Risiko in Kauf, was auf eine gewisse Arroganz hinweist. Er fühlt sich uns überlegen, würde aber niemals übertrieben unvorsichtig handeln. Er hat nicht viel zu verlieren. Er ist angeschlagen. Ich weiß nicht, wovon. Er ist wütend, aufgebracht. Er verspürt einen großen Hass auf Frauen. Zugleich fühlt er sich stark zu ihnen hingezogen. Sie üben eine fatale Faszination auf ihn aus. Er setzt alles auf eine Karte.« Er machte eine Pause. »Aber da ist noch etwas, hinter all dem Zorn. Dieses Schmetterlingsbild auf nackter Haut. Daraus spricht eine Melancholie, eine tiefe Traurigkeit.«

Stefanie sah ihn erstaunt an. »Wow, ein ziemlich umfassendes Täterprofil.« Sie warf ihm einen vielsagenden Blick zu. »Wir schnappen ihn uns, Nils.«

»Ja.«

»Wir werden am Ende als Sieger hervorgehen, du und ich.«

»Okay.« Er lächelte sie an. »Was hast du noch für mich? Lebt Luisa Haneke allein mit ihrer Tochter?«

»Nein. Ihr Lebensgefährte befindet sich auf einer Dienstreise, wir haben ihn bereits benachrichtigt. Er ist auf dem Weg hierher.«

»Wo ist Sarah jetzt?«

»Sie wurde sicherheitshalber zur Untersuchung ins Urbankrankenhaus gebracht. Wir können sie später vernehmen.«

»Gut.«

Landsberg trat zu ihnen. »Nils, da bist du ja endlich. Warum hat das so lange gedauert?«

»Tut mir leid, Chef, ich steckte gerade mitten in einer Vernehmung.«

»Komm mit.«

Zu dritt gingen sie ins Schlafzimmer. Das Team der fünften Mordkommission war nun vollständig versammelt. Auch mehrere Kollegen von der Spurensicherung waren anwesend.

Stefanie und Hilmar zeigten ihm die Stelle, ein Stück vom Fußteil des ausladenden Boxspringbetts entfernt, wo das Zeichen in den Holzboden eingeritzt war. Es war unverkennbar das gleiche Zeichen, das sie auf dem Leichnam von Beatrice Weiler vorgefunden hatten. Ein Z, ein Kreuz, das spiegelverkehrte E und ein gespiegeltes und auf dem Kopf stehendes L.

Das Bettzeug war zerwühlt. Das Laken zerknittert.

»Dieser Scheißkerl«, entfuhr es Trojan, »was hat er mit ihr gemacht?«

»Nach Sarah Hanekes Aussage«, entgegnete Landsberg, »war es gegen halb sieben, als sie die Wohnung verließ, mehr oder weniger hinauskomplimentiert von ihrer Mutter. Und diese wirkte wohl überaus verängstigt und verstört auf sie.«

Stefanie verschränkte die Arme vor der Brust. »Ob er sie verschleppt hat? Am helllichten Tag?«

Ronnie Gerber trat zu ihnen. »Max Kolpert und ich haben bereits einige der Hausbewohner dazu befragt. Ihnen ist nichts Verdächtiges aufgefallen.«

Trojan sog die Luft ein. Plötzlich beschleunigte sich sein Herzschlag. Ihn überkam eine diffuse Unruhe. »Sie ist noch hier«, murmelte er.

»Was?«

»Luisa Haneke ist ganz in der Nähe.«

»Wie kommst du darauf?«, fragte Landsberg.

»Überleg doch mal. Die Nachbarn von gegenüber sind verreist. Die Tochter hat frühzeitig die Wohnung verlassen. Der Täter wollte sie offenbar verschonen. Und danach hat er freie Hand. Er ist mit Luisa Haneke allein auf der obersten Etage. Was will er? Was hat er mit ihr vor? Die Medien haben ihm bereits einen markanten Namen verpasst. Sie nennen ihn den Bodypainter. Also?« Abermals sog er die Luft ein. »Riecht ihr das?«

Auch Stefanie schniefte durch die Nase. »Es riecht nach frischer Farbe.«

»Verdammt«, murmelte Landsberg. »Du meinst im Ernst, dass er sie hier irgendwo versteckt hat? Angepinselt und …« Er brach ab.

Trojan straffte die Schultern. »Er genießt die Aufmerksamkeit. *Unsere* Aufmerksamkeit. Er will uns beschäftigen. Er inszeniert den Tatort. Hält sich für einen Künstler. Würde mich nicht wundern, wenn er uns beobachtet. Vielleicht hat er sich ja noch nicht weit entfernt.« Dann sagte er: »Ronnie! Max! Geht rauf aufs Dach und seht euch dort um.«

»Wir waren schon oben.«

»Egal. Geht noch mal rauf. Sucht alles ab.«

Sie nickten und verschwanden aus dem Schlafzimmer.

Trojan streifte sich Latexhandschuhe über und öffnete den großen Kleiderschrank im Schlafzimmer. Er schob die Sachen auseinander. Nichts.

Er wandte sich um und blickte auf das Zeichen auf dem Holzfußboden. Schließlich erkannte er die Dellen, ungefähr in der Mitte des Raums. Sie führten in einer Linie zum Fenster und zurück zur Tür.

»Steff?«

»Ja, Nils?«

Er wies auf die Spuren. »Denkst du auch gerade, was ich denke?«

Sie scannte den Boden mit Blicken. »High Heels. Unterschiedliche Absätze.«

Er nickte. »Semmler hat nicht ausgeschlossen, dass ein angespitzter Metallabsatz die Mordwaffe im Fall Beatrice Weiler sein könnte.«

Plötzlich schnipste sie mit den Fingern. »Der Schuhschrank im Flur! Er ist groß genug für …«

Sie sprach ihren Satz nicht zu Ende, doch mit einem Mal befanden sie sich alle im Flur vor dem großen flachen Schrank.

»Lasst uns einen Blick reinwerfen«, sagte Landsberg.

Stefanie hatte sich bereits Handschuhe übergestreift. Sie holte kurz Luft. Dann öffnete sie die Tür.

Ein Ruck ging durch das Team.

»Unglaublich«, sagte Dennis Holbrecht.

»Massiver Schuhtick«, murmelte Albert Krach.

Kein versteckter Leichnam. Bloß massenhaft Damenschuhe, aller Formen, aller Couleur. Pumps, Stiefeletten, Wedges, Sandaletten, Stiefel, Ballerinas.

Auch Stilettos waren darunter, doch das interessierte Trojan im Moment nicht. Er wandte sich ab.

Zurück im Schlafzimmer untersuchte er das Bettzeug.

Zwei Dinge fielen ihm auf. Eine winzige Farbspur auf dem Laken. Und eine Ausbuchtung der Matratze.

Er hob die Matratze an.

Für einen Moment verschlug es ihm die Sprache.

Dann rief er laut aus: »Leute, das müsst ihr euch ansehen!«

DREIZEHN

Trojan hielt ein Holzkästchen in der Hand. Es war etwa sieben mal zwölf Zentimeter groß. Die Farbe auf dem Deckel war noch frisch.

Ein Schmetterling war aufgemalt. Doch es war kein Monarchfalter. Dieser hier war blau schimmernd. An den Rändern dunkel, mit weißen und roten Einsprengseln.

»Hat jemand eine Ahnung, mit welcher Art wir es zu tun haben?«, fragte er.

»Ich glaube, es ist der Himmelsfalter«, sagte Stefanie. »Auch Blauer Morphofalter genannt. Ja, ich bin mir ziemlich sicher. Ich hab im Netz ausführlich über Schmetterlingsarten recherchiert.«

Selbst in dem sehr viel kleineren Format war die Malerei äußerst kunstvoll ausgeführt. Das Blau der Flügel war so intensiv und leuchtend, dass Trojan kaum die Augen davon abwenden konnte.

»Man zählt ihn zu den schönsten Arten auf der Welt«, fügte Steffie hinzu.

Ronnie Gerber und Max Kolpert waren vom Dach zurückgekehrt, sie umringten Steffie und ihn, zusammen mit Dennis Holbrecht, Albert Krach und dem Chef.

Landsberg gab einen ungeduldigen Laut von sich. »Mach die Kiste auf!«

Trojan öffnete den Deckel einen Spalt.

Was er sah, nahm ihm kurzzeitig den Atem.

»Dieser Scheißkerl!«, entfuhr es ihm ein weiteres Mal.

»Was ist es?«, fragte Stefanie.

Trojan klappte den Deckel weit auf.

Keiner aus dem Team sagte ein Wort. Die Anspannung seiner Kollegen war deutlich spürbar. Trojan kannte diese Momente, wenn ein jeder von ihnen sich um Fassung bemühte.

Den Zorn unter Kontrolle halten, dachte er. Sich bloß nicht provozieren lassen. Keine Frage, dass der Täter mit den negativen Emotionen der Ermittler rechnete und sie bewusst auf die Spitze treiben wollte.

Was hatte Steffie zu ihm gesagt? *Wir werden am Ende als Sieger hervorgehen, du und ich.*

Ja, dachte er. Sie hat recht.

Den Kampf annehmen. Und einen kühlen Kopf bewahren.

Scheinbar reglos blickte er auf den makabren Inhalt des Kästchens hinab.

Es war ein Stück Haut. Offenbar mit einem scharfen Messer abgetrennt. Ungefähr von der Größe einer Hand. An den Seiten war es eingerollt.

Und ein eintätowiertes Kreuz befand sich darauf.

Trojan versuchte, seine Gedanken zu sortieren. Ging der Täter jetzt einen Schritt weiter? Sollte ihnen diese Botschaft verraten, dass er von nun an beabsichtigte, seine Opfer zu häuten? Hatte er damit bereits begonnen? Stammte dieses Stück Haut von Luisa Haneke?

Und warum dieses Versteckspiel? Was hatte er noch mit ihnen vor? Hielt er weitere Überraschungen für sie am Tatort bereit?

Abermals keimte Unruhe in ihm auf. Seine Instinkte schlugen Alarm.

Der Mörder ist nicht weit. Er beobachtet uns.

Er reichte das Kästchen an ihren Tatortmann Albert Krach weiter. »Wir müssen das im Labor untersuchen lassen.«

»Geht klar, Nils.«

»Weiß jemand zufällig, ob Luisa Haneke tätowiert ist? Oder *war*?«

»Wir müssen den Lebensgefährten dazu befragen«, sagte Dennis Holbrecht.

»Gut, übernimm das für uns.«

Holbrecht nickte.

Trojan wandte sich an Max und Ronnie. »Was habt ihr auf dem Dach herausgefunden?«

»Von der vermissten Frau keine Spur«, sagte Gerber. »Auch den Dachboden haben wir gründlich durchsucht.«

Da richtete einer der Kriminaltechniker das Wort an ihn. »Hauptkommissar Trojan?«

»Ja?«

»Könnte ich Sie einen Augenblick sprechen?«

»Worum geht es denn?«

»Mir ist im Treppenhaus etwas aufgefallen, das möchte ich Ihnen unbedingt zeigen.«

»Okay, ich bin gleich zurück«, sagte Trojan zu seinem Chef und verließ mit dem Techniker die Wohnung.

Draußen im Hausflur wies dieser auf die verschlossene Lifttür in der obersten Etage. »Ich hab mir das hier mal genauer angesehen. Der Fahrstuhl ist defekt, nicht wahr?«

Trojan erinnerte sich an das Schild unten im Eingangsbereich. »Richtig.«

»Mir wurde gesagt, dass der Täter über den Balkon hereingekommen ist.«

»Ganz genau.«

»Die Tür zum Dachboden war wohl unverschlossen.«

»Ja.«

»Er hat sich abgeseilt, so wird vermutet.«

Trojan machte eine unwirsche Handbewegung. »Das ist uns alles längst bekannt. Worauf wollen Sie hinaus?«

Der Mann von der Spurensicherung senkte die Stimme. »Es ist nur so, auch wir von der Kriminaltechnik versuchen, uns in den Täter hineinzuversetzen. Also, ich fasse mal zusammen: Wir sind auf der Suche nach Luisa Haneke. Ihre Tochter hat sie heute Morgen als Letzte lebend gesehen. Ihre Mutter wirkte verängstigt. Offenbar wurde sie bedroht. Jemand war in ihrem Schlafzimmer.«

»Hören Sie, wir stehen unter enormem Zeitdruck. Das sind alles keine neuen Fakten für mich. Kommen Sie zum Punkt.«

»Schon gut. Was ich nur sagen will: Der Täter geht ein großes Risiko ein. Nach meinem Kenntnisstand ließ er es sogar zu, dass Luisa Haneke ihrer Tochter morgens noch ein Pausenbrot schmieren konnte.«

»Ja.«

»Das deutet darauf hin, dass er seine Überlegenheit ausspielen will, oder etwa nicht?«

Trojan schnitt eine ungeduldige Grimasse.

Der andere ließ sich davon offenkundig nicht beirren. »Was ebenfalls bemerkenswert ist: Die Nachbarn sind verreist. Er hatte nach dem Weggang der Tochter hier oben freie Hand.«

Annähernd meine eigenen Worte, dachte Trojan. Der Kerl schien sein Gespräch mit Stefanie mit angehört zu haben. Wahrscheinlich wollte er sich nur vor ihm wichtigmachen.

»Kommen Sie endlich zur Sache«, sagte er knapp. »Was ist mit dem Fahrstuhl?«

»Auch wir von der Spurensicherung fragen uns doch …«

»… wo Luisa Haneke ist, ja. Und Sie glauben …?«

»Ich glaube gar nichts, ich will nur sichergehen. Und einen guten Job verrichten.«

»Schön. Und zu welchem Ergebnis sind Sie gekommen?«

Der Kriminaltechniker breitete die Arme aus. »Er spielt ein Spiel.« Mit einem Kopfnicken wies er auf die verschlossene Fahrstuhltür. »Möglicherweise gehört der Lift zu seinem Spiel dazu.«

Trojan runzelte die Stirn. »Sie meinen, er hat die Leiche im Fahrstuhl versteckt?«

»Oder im Fahrstuhlschacht.«

Er stieß die Luft aus. »Okay, dann öffnen wir die Tür.«

»Sie ist blockiert.«

»Das dürfte nun wirklich kein Problem für uns sein. Sagen Sie Ihren Männern Bescheid. Brechen Sie sie auf.«

Nils wollte gerade zurück zu seinem Team in die Wohnung, als der weiß Gekleidete plötzlich einen kleinen schwarzen Gegenstand in der Hand hielt.

»Herr Trojan, warten Sie doch. Ich regle das sofort für Sie. Es gibt spezielle Funkfernbedienungen für Fälle dieser Art. Damit kann man, auch wenn der Fahrstuhl defekt ist, die Tür zum Schacht problemlos öffnen. Soll ich?«

Trojans Mundwinkel zuckten genervt. »Na los! Beeilen Sie sich!«

Der Mann im Overall betätigte die Fernbedienung, und schon glitt die Schiebetür mit einem gedämpften Rattern auf.

Gleich darauf war es merkwürdig still im Treppenhaus. So kam es Trojan zumindest vor. Er hörte bloß, wie das Blut in seinen Ohren rauschte.

Er starrte den Techniker an. »Hätten Sie das nicht früher erledigen können?«

»Wollen wir einen Blick hineinwerfen?«

Sie näherten sich beide dem Schacht.

Keiner von den Kollegen befand sich in diesem Moment im Hausflur. Sie alle waren im Schlafzimmer der Tatortwohnung mit dem Kästchen und dem Hautfetzen beschäftigt. Auch von den übrigen Männern in den weißen Overalls war niemand zugegen.

Trojan blickte noch einmal zu dem in Weiß Gekleideten hin, dann schaute er hinab in den Schacht.

Die Fahrstuhlkabine stand weit unten im Erdgeschoss, etwa dreißig Meter unter ihm.

Und auf dem Dach lag etwas.

Es sah aus wie ein großer blauer Schmetterling.

Erst mit einiger Verzögerung erkannte er, dass es ein mit Farbe versehener Frauenkörper war.

War das Luisa Haneke? Unbekleidet? Zerschmettert? Der Rücken bemalt?

»Was zum Teufel ...?«

»Na sehen Sie! Ich hatte recht.«

»Das ist ...«

»Die Leiche ist im Schacht.«

Trojan starrte in die Tiefe hinab.

Nur einen Wimpernschlag später riss er den Kopf hoch und musterte sein Gegenüber.

Der Mundschutz. Die Kapuze. Die Plastiküberzieher an den Füßen.

»Wer sind Sie?«, fragte er misstrauisch.

»Zufrieden mit mir? Habe ich gute Arbeit geleistet?«

Er ist hier, durchfuhr es Trojan. *Direkt vor mir.*

Blitzartig glitt seine Hand zum Waffenholster.

Da verpasste ihm sein Gegenüber einen Kinnhaken.

»Gute Reise, Kommissar.«

Trojan verlor das Gleichgewicht und stürzte in den Schacht.

Mein Vater hatte einen Gelegenheitsjob als Nachtwächter in der Metallverarbeitungsindustrie. Ich glaube, die Firma, über die er gerne große Reden schwang, war nichts weiter als ein Schrottplatz mit ein paar Containertürmen für die Angestellten. Ich stellte ihn mir dort vor, in einem Drehstuhl mit abgewetztem Kunstleder, vor sich eine Thermoskanne voller Kaffee, die Beine auf einer aufgezogenen Schreibtischschublade ausgestreckt, den Blick schläfrig auf die Monitore mit den Überwachungsaufnahmen gerichtet. Er erzählte mir, dass er in der Nacht vier- oder fünfmal seine Runden drehen, Türen und Schlösser überprüfen und darüber Protokoll führen musste. Alles in allem keine schwere Sache, und doch war es nur eine Frage der Zeit, wann er sich etwas in den Kaffee mischen und Streit mit seinem Chef anfangen würde, um auch diesen Job zu vermasseln.

In seinen besten Momenten sagte er zu mir: »Gut, dass ich dich aufs Gymnasium geschickt hab, Sohn. Mit deinen Schulnoten wirst du es zu etwas bringen. Du bist cleverer als die anderen.«

Ging es ihm schlecht, was meistens der Fall war, gab er mir die Schuld an seinem verpfuschten Leben.

Mein Hass auf ihn war am größten, wenn er behauptete, meine Mutter wäre eine Hure, die ihm ein Kind untergeschoben hätte.

Ich war spätabends mit seiner neuen Freundin allein in der Wohnung, wenn er zur Arbeit gegangen war. Ihr Name war Tatjana.

Ich hörte sie hinter der Falttür. Sie hatte die Angewohnheit, leise im Schlafzimmer vor sich hin zu summen, wenn sie ihre Kleidung ablegte und sich vor dem Spiegel über der wuchtigen Kommode abschminkte.

Tatjana schien das Leben leichtzunehmen, anders konnte ich mir nicht erklären, dass sie es so lange bei meinem Vater aushielt. Auf seine regelmäßigen Zornesausbrüche reagierte sie mit erstaunlichem Gleichmut. Für Schwellungen im Gesicht hielt sie eine Packung gefrorene Erbsen im Tiefkühlfach parat. Sie hatte Witz. Sie war kein scheues Reh. Irgendwie mochte ich sie.

Über ihr Alter gab sie keine Auskunft. Aber nach meinen Schätzungen war ich gerade mal zehn Jahre jünger als sie.

Ich lag im Bett, starrte hoch zum Souterrainfenster und blinzelte ins Licht der Straßenlaternen, als sie plötzlich in der geöffneten Falttür erschien.

Sie trug das weiße Shirt, das ich schon an ihr kannte. Sie wurde von den Laternen draußen angestrahlt. Sie war die Hauptdarstellerin aus meinen kühnsten Kopffilmen, und ich denke, das ahnte sie.

»Hey«, sagte sie.

»Hey.«

»Kannst du auch nicht schlafen?«

»Hmm-hmm«, machte ich.

Auf einmal saß sie in meinem Sessel. Sie schlug die nackten Beine übereinander. Ich träumte nicht. Ich hielt kurz die Luft an.

»Hast du die Schuhe noch?«, fragte sie.

»Ja.«

»Die sind schön.«

Zwei, drei Atemzüge später fragte ich: »Willst du sie mal anziehen?«

Ein leises Lachen. Kehlig. Heiser. Der Hauch einer Versprechung wie in einem der besseren Schwarz-Weiß-Filme aus der Sammlung meines Vaters.

Ich knipste die Nachttischlampe an. Ich schwang mich aus dem Bett, nahm die Schuhe aus der Plastiktüte und stellte sie auf den Boden. Sie stand auf. Dann bückte sie sich und schlüpfte hinein.

»Passen«, sagte ich.

Wieder dieses Lachen. Ihr Atem war ein bisschen süßlich, aber nicht so gefährlich wie bei meinem Vater.

Sie begann, sich zu bewegen. Lief in den Stilettos herum. Sie war das Licht in meinem Zimmer. Sie war Hoffnung und Übermut.

»Du hast was mit den Absätzen gemacht.«

»Nur mit dem einen.«

»Warum?«

»Bloß so.«

»Nein, du hast dir was dabei gedacht. Sag schon, Kleiner, warum hast du das getan?«

Plötzlich war sie bei mir. Und dann waren meine Hände an ihren Hüften. Sie trug dieses Shirt, sonst nichts. Sie hatte die Schuhe an, und sie schaukelte auf den hohen Absätzen, meine Hände bei ihr, und sie strich über meine Arme. Ich trug diesen dämlichen Schlafanzug mit Streifenmuster. Unsere Bewegungen wurden zu einem stummen Tanz. Nach einer Weile machte ich mich von ihr los, um eine meiner gestohlenen CDs einzulegen. Es war eine ganz eigentümliche Musik, die ich von einem Projekt in unserer Schule kannte. »Le sacre du printemps« von Igor Strawinsky. Das Frühlingsopfer. In der Schule hatte man mir erzählt, dass es die Musik zu einem Ballett war. Die Handlung bestand aus einem heidnischen Ritual, bei dem sich eine Frau zu Tode tanzte. Es faszinierte mich.

»Was ist das denn?«, fragte Tatjana lachend.

Ich versuchte, es ihr zu erklären, doch sie hörte mir nicht zu.

»Leg was anderes auf.«

Ich weiß nicht mehr, welche CD ich danach raussuchte. In meinen Ohren blieben es die schrillen Klänge aus diesem mysteriösen Ballett, zu denen sich Tatjana vor mir in den Hüften wiegte.

Sie hatte keine Scheu. Sie bewegte sich einfach im Takt der Musik. Sie nahm meine Hände und legte sie wieder auf ihre Taille.

Als ihr die Füße wehtaten, schlüpfte sie aus den Schuhen und tanzte barfuß weiter.

Ich trat ein paar Schritte zurück, um sie zu betrachten.

»Wenn du tanzt, schwebst du wie ein Schmetterling.«

Ich weiß nicht mehr, warum ich das gesagt hab. Es kam einfach aus mir heraus. Vielleicht hatte es mit meinem Gekritzel zu tun. Mit all den Zeichnungen, die in meinen Skizzenbüchern entstanden.

Sie hielt inne.

»Sag das noch mal.«

Ich wiederholte es für sie.

Sie kam zu mir und strich mit der Hand über meine Wange. »So etwas Schönes hat noch nie jemand zu mir gesagt.«

Es war schon spät, am nächsten Morgen musste ich zur Schule, aber ich wollte nicht, dass diese Nacht jemals endete.

»Darf ich bei dir schlafen?«, fragte ich.

»Das wird deinen Vater wütend machen.«

»Nur bis er wiederkommt.«

»Na gut, aber du musst rechtzeitig rübergehen. Wenn er dich bei mir sieht, dann …«

Sie sprach den Satz nicht zu Ende. Ich wusste, was sie meinte.

Ich folgte ihr durch die Falttür.

Als ich neben ihr lag, lauschte ich ihrem Atem. Es war gut, bei ihr zu sein. Ich spürte ihren warmen Arm auf mir. Ich hatte die verzweifelte Hoffnung, dass mehr passierte. Aber sie schlief ein, und ich rührte mich nicht.

Bis zum Morgengrauen rührte ich mich nicht.

Nicht einschlafen, dachte ich, nur nicht einschlafen. Doch dann dämmerte ich weg.

Bis mein Vater ins Zimmer wankte.

Ich hörte Tatjanas Schreie.

Seine Schreie.

Ich sprang aus dem Bett.

Sie jammerte, ich hätte mich zu ihr geschlichen, mich an sie herangemacht. Sie hätte für mich tanzen sollen.

»Tanzen?«, raunte er. »Für den da tanzen?« Er blickte mich an. »Zu dir komme ich gleich.«

Er nannte sie eine Hure. Er verschwand in der Küche. Er kam mit einem Fleischermesser zurück.

Sie kauerte sich auf dem Bett zusammen. Ich stand still da, während er ihren linken Fuß packte und ihr die nackte Sohle aufschlitzte.

»Nun wirst du für niemanden mehr tanzen.«

Ich sah den Blutstrahl. Das Blut spritzte auf den Boden. Ich sah einfach nur hin. Ich schrie nicht.

Nach wem hätte ich denn schreien sollen? Nach der Polizei? Mein Vater hasste die Polizei. Ich denke, diesen Hass hab ich von ihm übernommen.

Und ich erinnerte mich an seine Worte: »Hilf dir selbst, sonst hilft dir niemand.«

VIERZEHN

Bilder durchzuckten Trojan in Bruchteilen von Sekunden. Der Leichnam unten im Schacht, wie er sich ins Riesenhafte vergrößerte, während er ihm entgegenstürzte. Er sah den Blauen Morphofalter, seine schillernden Flügel auf dem Rücken der leblosen Frau. Wie sie sich vor ihm aufspannten, größer wurden. Er sah sich selbst in die Farben eintauchen, tiefer und tiefer. Er spürte den Sog. Gleich, durchfuhr es ihn, jetzt, in dieser Sekunde, der Aufprall. Er, zerschmettert auf dem Leichnam in der Tiefe.

Er sah seine eigenen Gliedmaßen, ausgestreckt, hilflos, ins Leere stoßend. Er jagte auf den Abgrund zu, wo der Himmelsfalter ihn empfing. Sein Blau, das betörende Blau.

Er hörte sich schreien. Es war mehr ein kurzes Aufheulen.

Der Schrei erstickte in seiner Kehle, und einen weiteren Sekundenbruchteil später spürte Trojan, dass er noch im Fallen das Bewusstsein verlor.

Es nicht zulassen.

Dagegen ankämpfen.

Sich aufbäumen.

Ein weiterer Schrei, und seine Hände suchten verzweifelt nach Halt.

Die letzte Nanosekunde, ein finaler Wimpernschlag.

Da bekam er das Tragseil der Fahrstuhlkabine zu fassen. Er packte mit beiden Händen zu, krümmte den Oberkörper zusammen und zog die Beine an, um die Wucht beim plötzlichen Abstoppen der Körpergeschwindigkeit abzufedern.

Ein heftiger Schmerz zerrte an seinen Schultergelenken. Der Ruck, der durch seinen Körper ging, war gewaltig. Seine Muskeln brüllten auf, und das Stahlseil schnitt sich in seine Handflächen.

Erschüttert durch den Gegenstoß packte Trojan fester zu. Er presste die Oberschenkel gegen das Seil, seine Füße suchten nach Halt.

Abermals schrie er auf, doch nun vor Schmerz.

Trojan umklammerte den stählernen Strang, der seine einzige Rettung war. Es schien ihm, als bestünde er bloß noch aus Herzschlag, Adrenalin und Muskeltonus.

Nicht nach unten schauen, dachte er. Nur nicht auf die Leiche schauen unter ihm in der Tiefe. Den Blick geradeaus richten. Einen Punkt an der kahlen grauen Schachtwand fixieren. Sich ganz auf die eigene Körperspannung fokussieren und nicht nachlassen.

Er keuchte, vor Anstrengung traten ihm die Augen über. Ein beißender Schmerz in der rechten Schulter. Sie schien ausgekugelt zu sein. Er hatte sie nicht mehr unter Kontrolle, versuchte, mit seiner linken Seite auszugleichen. Seine Finger umkrallten den Stahl.

Der Schwindel kam plötzlich. Loslassen, durchfuhr es ihn, einfach loslassen und sterben.

Nein, dachte er, bloß nicht.

Und dann vernahm er die Rufe von weit oben.

Wie viele Meter war er in die Tiefe gestürzt? Er wagte es nicht, den Kopf zu heben.

»Nils!« Er erkannte Landsbergs Stimme.

Er musste ihn warnen. Spurensicherung. Weißer Overall.

Mundschutz. Trojan versuchte, einen vollständigen Satz zu bilden, doch aus seiner Kehle drang nur ein Japsen.

»Halte durch!«

»Wir holen …«

Weitere Stimmenfetzen wehten zu ihm herab, verhallten, gingen unter in dem Tosen in seinem Kopf.

Das Blut. Das Adrenalin. Die Angst vor der jähen Schwäche, dem Loslassen, dem Sturz.

Seine Muskeln zitterten.

Wie tief? Wie viele Stockwerke noch? Und wenn er sich doch fallen ließ?

Der Himmelsfalter. Das verlockende Blau. Einfach loslassen. In ihn hineinstürzen. Und seine sanften Flügel würden ihn davontragen.

Seine Hände rutschten ab, verzweifelt fasste er nach. Die rechte Schulter antwortete mit einem brüllenden Schmerz.

Da vernahm er, wie Steffie ihm etwas zurief. Sie hatten vor, die Schachttür im zweiten Stockwerk aufzubrechen.

»Wir sind gleich bei dir, Nils!«

Also hing er wohl irgendwo zwischen der zweiten und ersten Etage fest.

Die Minuten vergingen.

Es dauerte zu lange.

Wie sollte er das durchhalten?

Erneut packte ihn ein Schwindel.

Er musste an den kleinen schwarzen Gegenstand in der Hand des Täters denken. Und an seine Worte: *Es gibt spezielle Funkfernbedienungen für Fälle dieser Art.*

Was für ein Hohn.

Wo war der Kerl jetzt? Hatten sie ihn überwältigt? Warum waren von oben keine Kampfgeräusche zu hören gewesen, keine Schüsse? Waren die Kollegen überhaupt im Bilde?

Abermals wollte er ihnen etwas zurufen. Doch seine Kraft reichte gerade mal aus, um sich an dem Seil festzuklammern.

Schließlich hörte er, wie etwa einen Meter über ihm die Schachttür aufgebrochen wurde. Mehr Licht drang zu ihm. Er richtete den Blick aufwärts.

Mit einem Stemmeisen bogen die Kollegen die Metalltür zum Treppenhaus auf.

Nach einer Weile tauchte Landsberg in dem Türspalt auf. Er legte sich flach hin und streckte den Arm nach ihm aus.

»Reich mir deine Hand, Nils! Schaffst du das?«

Er versuchte es. Der Schmerz in der rechten Schulter war höllisch. Aber seine linke war halbwegs unversehrt.

Plötzlich glitt sein Blick nach unten. Da lag sie. Nicht mehr weit unter ihm. Auf dem Dach der Liftkabine. Tot, mit leuchtenden Farben bemalt.

Um ein Haar hätte es auch ihn erwischt.

Rasch wandte er die Augen von dem Leichnam ab. Er hangelte mit der linken Hand nach dem rettenden Arm seines Chefs. Zum Glück war er nicht weit von der Öffnung im Schacht entfernt, so dass Landsberg ihn ein Stück heraufziehen und schließlich unter seine Achseln greifen konnte. Auch Kolpert hatte sich am Boden ausgestreckt. Er packte Trojan an den Handgelenken.

Gemeinsam zogen sie ihn aus dem Schacht.

Er lag auf dem Boden. Völlig entkräftet starrte Trojan zur Decke des Treppenhauses. Die Gesichter seiner Kollegen tauchten über ihm auf und verschwammen wieder. Plötzlich machte er einen Kriminaltechniker in der Menge aus. Er trug einen Mundschutz. Trojan begann heftig zu atmen. Er wollte etwas sagen. Wieder brachte er keinen Laut hervor.

»Ruhig, ganz ruhig«, sagte Landsberg.

Er versuchte sich zu sammeln, rang nach Luft.

»Habt ihr ihn?«, stammelte er. »Weißer Overall, weiße Kapuze?«

Keine Antwort.

»Habt ihr ihn euch geschnappt?«

Betretenes Schweigen.

»Er trägt einen Schutzanzug von der Spurensicherung. Er hat uns genarrt. War die ganze Zeit unter uns.«

Steffie beugte sich über ihn. »Komm erst mal zu Atem. Bist du verletzt?«

»Meine Schulter. Irgendwas stimmt nicht mit meiner rechten Schulter.«

»Die Sanitäter sind gleich bei dir.«

»Wo ist er?«

»Er ist über die Dächer geflohen.«

»Wie konnte das passieren?«

»In dem Tumult ist er uns entwischt. Ehe wir begriffen haben, was vorgefallen ist, war er weg.«

»Die Straße ist abgesperrt.«

»Es tut mir so leid, Nils. Aber er ist verschwunden.«

»Kannst du ihn beschreiben?«, fragte Landsberg.

Trojan blickte seinen Chef wortlos an. Zwei Sanitäter näherten sich im Laufschritt auf der Treppe.

Sie hievten ihn auf eine Trage.

»Graublaue Augen«, murmelte Trojan, »mehr war nicht von ihm zu sehen.«

FÜNFZEHN

Unter örtlicher Betäubung wurde ihm in der Klinik die Schulter wieder eingerenkt. Dr. Lorenz, die behandelnde Ärztin, eine resolute Frau in den Fünfzigern mit hellrotem Haar und Sommersprossen im Gesicht, nannte es eine Reposition.

Sie legte ihm einen Gilchristverband an. »Sie müssen die Schulter mindestens eine Woche ruhigstellen.«

Der fertige Verband bestand aus einem breiten Brustband und einer Ober- und Unterarmfixierung. Trojans Arm war dabei im Ellenbogengelenk rechtwinklig gebeugt. Seine rechte Hand, die wegen der Abschürfungen ebenfalls bandagiert war, ragte in der Höhe seines Bauchnabels aus dem Verband heraus. Von dort aus führte eine Schlinge um seinen Nacken.

»Hören Sie«, sagte Trojan unwirsch, »ich kann doch die Schulter auch ohne dieses Ding ruhig halten. Nehmen Sie ihn wieder ab, bitte. Ich muss mich frei bewegen können.«

Sie sah ihn mit einem skeptischen Lächeln an. »Sie brauchen Ihre rechte Hand zum Schießen, nicht wahr?«

Er nickte schwach. »Jetzt haben Sie mich aber erwischt.«

»Kripo?«

»So ist es.«

»Etwa ein Arbeitsunfall?«

»Ja.«

»Das nennt man dann wohl Berufsrisiko.«

»Ganz genau.«

Er hatte versucht, sein Holster mit der Sig Sauer unter seiner zusammengerollten Lederjacke vor ihren Blicken zu verbergen, um sie nicht zu beunruhigen, doch das war ihm offenbar nicht gelungen.

»Es wäre besser, wenn ich Sie für ein paar Tage krankschreibe.«

»Das ist unmöglich. Ich stecke mitten in einer Ermittlung. Ich darf jetzt nicht ausfallen.«

»Wenigstens für einen Tag.«

»In Ordnung.«

»Wie stark sind Ihre Schmerzen?«

Statt einer Antwort verzog Trojan bloß das Gesicht.

»Ich gebe Ihnen etwas Tramadolor mit. Seien Sie vorsichtig mit der Einnahme. Das Präparat ist hochdosiert.«

»Gut.«

Trojan blickte auf seine linke Hand. Die Haut war hier von dem Stahlseil weniger strapaziert worden. Und doch hatte ihm die Ärztin auch hier einen Verband angelegt. Den würde er als Erstes entfernen.

Er beschloss, gleich morgen im Schießkeller des Kommissariats ein paar Übungen zu machen. Er musste in der Lage sein, seine Waffe mit links abzufeuern.

Denn der Kerl, mit dem er es zu tun hatte, war brandgefährlich. Ein zweites Mal würde er sich von ihm nicht linken lassen.

»Ich empfehle Ihnen dennoch dringend, sich eine etwas längere Auszeit zu nehmen«, sagte Dr. Lorenz. »Sie sehen ziemlich ramponiert aus, Herr Trojan.«

»Vielen Dank auch.«

»Na schön.« Sie füllte ihm eine Krankschreibung aus und reichte ihm die Packung mit dem Schmerzmittel. »Möchten Sie lieber gleich eine Tablette einnehmen?«

»Wäre ganz gut, denke ich.«

Sie füllte einen Becher mit Wasser und reichte ihn ihm. Er nahm eine von den weißen Pillen und schluckte sie mit dem Wasser hinunter.

»Wenn Sie wollen, können Sie sich hier noch eine Weile ausruhen.«

»Danke.«

Die Ärztin nickte ihm zu und verließ den Behandlungsraum.

Trojan stellte den Becher ab. Er ließ den Atem ein paarmal langsam ein- und ausströmen, um sich zu entspannen. Dabei schloss er die Augen. Sofort überfluteten ihn die Bilder aus dem Fahrstuhlschacht.

Nun wurde ihm erst richtig bewusst, wie knapp die Sache ausgegangen war. Er durfte über seinen Sturz nicht länger nachdenken.

Er öffnete die Augen und erhob sich von der Liege. Er fühlte sich ein wenig wacklig auf den Beinen. Das Schmerzmittel zeigte bereits Wirkung. Und doch verspürte er einen heftigen Stich in der Schulter, als er die Schlinge abnahm, sich das T-Shirt überzog und die Armschlinge wieder um den Nacken legte. Mit einiger Anstrengung, da seine rechte Hand in dem Verband nur wenig Bewegungsfreiheit hatte, verschob er sein Gürtelholster und schnallte es sich um.

Nun trug er die Sig Sauer an der linken Hüfte und verdeckte sie unter der Lederjacke, indem er sie sich über die unverletzte Schulter schwang.

So verließ Trojan das Klinikgebäude. Er rief sich ein Taxi und fuhr heim.

SECHZEHN

Nach einer schlaflosen Nacht ließ er sich am Donnerstagmorgen in einem Streifenwagen ins Kommissariat fahren. Er bat darum, dass sein Dienstwagen, der noch immer in der Pücklerstraße stand, von dort abgeholt wurde.

Kaum hatte Trojan sein Büro erreicht und die Tür hinter sich geschlossen, ließ er sich unter Schmerzen auf seinen Schreibtischstuhl sinken.

Er schloss für einen Moment die Augen. Wieder sah er den Schacht vor sich. Das Seil. Den Leichnam von Luisa Haneke in der Tiefe.

Und den Blauen Morphofalter auf ihrer nackten Haut.

Er fragte sich, wie es der kleinen Sarah wohl im Moment erging, die ihre Mutter auf so grausame Weise verloren hatte. Und er dachte an Sebastian, der den gleichen Verlust erleiden musste.

Da er sich in seinem Verband eingeschränkt fühlte und von dem Tramadolor leicht benommen war, arbeitete er bis zum Nachmittag vom Schreibtisch aus an den Ermittlungen weiter. Seine Kollegen hatten ihm das Nötigste vom Vortag auf seinen Rechner geschickt.

Schließlich nahm er sein Handy hervor und wählte eine Nummer. Mittlerweile war es Viertel nach vier. Seine Tochter müsste bereits von der Schule zurückgekehrt und bei seiner Exfrau Friederike sein.

Emily hob nach dem dritten Läuten ab.

»Hallo, ich bin's.«

»Paps, wie schön, dass du anrufst.«

»Ja, Em, ich freue mich auch, deine Stimme zu hören. Ist alles in Ordnung bei dir?«

»Ja, klar. Wieso fragst du?«

»Ach, nur so. Gestern war ein ziemlich anstrengender Tag. Ist einiges passiert, und ich … na ja, ich hatte einfach das Bedürfnis, ein bisschen mit dir zu plaudern. Was machst du gerade?«

»Du weißt doch, es stehen jede Menge Klausuren an, und ich muss lernen, lernen, lernen.«

Emily würde im nächsten Jahr ihr Abitur machen, und er konnte sich gut vorstellen, unter welch enormem Druck sie deshalb stand.

»Und wie sieht es bei dir aus? Ich denke, wenn du anrufst, dann ist mal gerade nicht so viel los bei dir?«

»Eigentlich ist eher das Gegenteil der Fall.« Ohne es eigentlich vorher beabsichtigt zu haben, sagte er: »Weißt du, manchmal frage ich mich, ob ich den Job nicht einfach hinschmeißen sollte. Vielleicht wäre es besser für mich, etwas ganz anderes zu machen.«

Es entstand eine längere Pause, bis Emily leise fragte: »Im Ernst, Paps?«

»Ja, es ist doch so, dass ich mich in den letzten Jahren in diesem Kommissariat extrem aufgerieben habe. Und gestern wäre ich beinahe …«

Er brach ab. Nein, er sollte es ihr lieber nicht erzählen.

Doch Emily war zu klug, als dass man ihr etwas verheimlichen konnte. »Du bist mal wieder in Gefahr geraten, hab ich recht?«

»Ich will dich damit lieber nicht belasten.«

»Das tust du auch nicht.«

Er schwieg längere Zeit.

»Bist du noch dran, Pa?«

»Ja, Emily.« Er holte tief Luft. »Okay, was ich dir eigentlich sagen will, ist… wie wichtig du mir bist. Du bist das Beste, was ich jemals in meinem Leben hingekriegt hab. Und ich möchte, dass es dir gut geht. Ich will für dich da sein, mehr Zeit für dich haben.«

»Das freut mich, Paps. Aber vergiss nicht, ich bin fast achtzehn.«

»Na klar.«

»He, hör mal…«

»Was denn?«

»Ich denke, du hängst an deinem Job. Auch wenn er dich manchmal fertigmacht. Du *musst* Verbrecher jagen, Paps. Und zwar auf deine Art. Du gibst Vollgas, bist immer bei hundertfünfzig Prozent. So bist du eben. Anders kann ich mir dich gar nicht vorstellen.«

»Schon, aber…«

»Ich kenn dich doch. Wenn du wieder einen besonders grausamen und psychopathischen Mörder geschnappt hast, bist du zwar fix und fertig. Aber zwei, drei Tage später breitet sich auf deinen Lippen dieses Lächeln aus. Und du wirkst irgendwie beseelt.«

»Das ist die Erleichterung darüber, es geschafft zu haben.«

»Vielleicht ist es aber auch der Kick? Ich denke, du brauchst das Adrenalin. Zu einem gewissen Teil zumindest. Weißt du was?«

»Hmm?«

»Du bist ein guter Bulle.«

Er lächelte. »Und du bist unglaublich, Emily.«

Aber was, wenn es beim nächsten Mal schiefging? Er hatte ver-

dammtes Glück gehabt. Der Schacht. Das Seil. Die Leiche am Abgrund.

»Also, was ist passiert?«, fragte sie. »Sag's mir.«

Wieder musste eine unschuldige Frau sterben. Und ich konnte nichts für sie tun. Ich kam zu spät.

Doch er schwieg.

»Pa?«

»Es gab ein paar Schwierigkeiten bei einem Einsatz. Ich war nahe dran, jemanden zu enttarnen. Ich hätte früher auf meinen Instinkt hören müssen.«

»Bist du verletzt?«

Wieder schwieg er.

»Also ja.«

»Nicht der Rede wert. Nur die rechte Schulter. Sie musste eingerenkt werden.«

Er hörte, wie Luft durch ihre Zähne entwich.

»Das ist schmerzhaft, oder?«

Er versuchte es mit einem Lachen. »Das Medikament, das mir die Ärztin gegeben hat, ist der Wahnsinn. Alles um mich herum fühlt sich weich und wattig an.«

Jetzt lachte auch sie. »Klingt nach einer richtig guten Droge.«

»So was in der Art, ja.«

Plötzlich fragte sie ernst: »Sie fehlt dir, oder?«

»Wen meinst du?«

»Jana …«

Er war mal wieder überrascht, über wie viel Menschenkenntnis seine Tochter mit ihren gerade mal siebzehn Jahren verfügte. Dennoch erwiderte er knapp: »Das ist vorbei und abgehakt.«

»Du tust nur so taff, stimmt's?«

»Wirklich, Emily, ich hab es überwunden.«

»Aber die Sache mit dem Backpacker muss dich schwer getroffen haben. Ein Surfer! Und dann auch noch jünger als sie. Was ist mit der Frau nur los?«

»Nein, nein, ich …«

»Mach mir doch nichts vor. Du klingst manchmal sehr traurig, Pa.«

In diesem Moment wurde angeklopft, und Stefanie erschien an der Tür zu seinem Büro. Er winkte sie herein.

»Tut mir leid, Emily«, sagte er, »ich muss jetzt Schluss machen. Ich ruf dich in den nächsten Tagen wieder an.«

»Ist gut, Paps. Und pass noch mehr als sonst auf dich auf. Versprochen?«

»Versprochen. Und gib du auch auf dich acht, Emily.«

»Mach ich.«

»Ich hab dich lieb.«

»Ich hab dich auch lieb.«

Er drückte die rote Taste.

SIEBZEHN

Deine Tochter?«, fragte Steff mit einem Lächeln.

»Ja.«

Sie schaute auf seinen Arm in der Schlinge. »Ich war mir nicht ganz sicher, ob du schon wieder bei der Arbeit bist.«

»Alles bestens. Hast du Neuigkeiten für mich?«

Sie zog sich einen Stuhl heran und setzte sich.

Sah ihn prüfend an. »Und du bist wirklich okay?«

»Ja, sonst wäre ich nicht hier.«

»Ich weiß, dass du hart im Nehmen bist. Eine Schulter kann man wieder einrenken. Aber der Schock sitzt doch sicherlich noch tief.«

»Ich darf nicht darüber nachdenken, das ist alles.«

»Ich hatte große Angst um dich, Nils.« Sie blickten sich an. Wieder trug sie ihr blondes Haar offen, was für sie ungewöhnlich war. Auch der Lidstrich unter ihren kobaltblauen Augen war ihm neu. Sie hatte ein leicht tailliertes Top aus weich fließendem Jersey an, in einem Navy-Blau, das ihr sehr gut stand. Genau wie der kurze schwarze Rock, die dunklen Strümpfe, dazu die Ankle Boots mit Reißverschlüssen und Blockabsätzen.

»Wie alt ist deine Tochter jetzt?«, fragte sie.

»Knapp achtzehn.«

»Hat sie schon Pläne für die Zeit nach dem Abitur?«

»Sie würde gern ein Jahr im Ausland verbringen. Kanada oder USA.«

»Dann wirst du sie vermissen.«

»Und wie.«

Sie lächelte ihn an.

»Steff?«

»Ja?«

»Am liebsten würde ich jetzt rausgehen. Irgendwo draußen bei dem schönen Wetter mit dir einen Kaffee trinken, aber …«

»Aber wir haben keine Zeit zu verlieren.« Sie schlug die Beine übereinander und nickte ihm zu. »Wir holen das nach, okay?«

»Klar. Also. Was habt ihr inzwischen herausgefunden? Ich hab alles durchgearbeitet, was ihr mir auf den Rechner geschickt habt, aber da ist sicher noch einiges hinzugekommen, oder?«

»Richtig.« Sie rückte mit ihrem Stuhl noch etwas näher an ihn heran. »Der Leichnam von Luisa Haneke wurde gestern aus dem Fahrstuhlschacht geborgen. Semmler ist noch immer mit der Obduktion beschäftigt. Ich hab vor ein paar Minuten mit ihm telefoniert. Alles deutet darauf hin, dass sie an ganz ähnlichen Stichverletzungen starb wie Beatrice Weiler.«

»Mehrere Stiche in die Brust? Mit einem spitzen Gegenstand?«

»So sieht es aus.«

»Sie starb also nicht an den Folgen des Sturzes?«

»Nach Semmlers momentanem Kenntnisstand nicht. Vermutlich hat der Täter sie in den frühen Morgenstunden nach dem Weggang ihrer Tochter in ihrer Wohnung erstochen. Unser Rechtsmediziner ist sich zwar noch nicht hundertprozentig sicher, aber er geht mittlerweile davon aus, dass die Farbe auf ihrem Rücken *vor* ihrer Ermordung aufgetragen wurde.«

»Das ist ein Unterschied zu dem ersten Mordfall.«

»Ja.«

»Er bemalt sie bei lebendigem Leib. Sie muss stillhalten. Er droht damit, ihrer Tochter etwas anzutun, wenn sie die Prozedur nicht über sich ergehen lässt.«

»Danach sieht es aus.«

»Das ist grausam und zutiefst verstörend.«

»Ja.«

»Das Motiv auf ihrem Rücken, hast du es überprüft?«

Sie nickte. »Es ist tatsächlich der Blaue Morphofalter. Das Blau auf den Flügeln entsteht bemerkenswerterweise nicht durch Pigmente, sondern durch Interferenz.«

»Interferenz? Moment, das hab ich mal in der Schule im Physikunterricht aufgeschnappt, ist aber schon lange her.«

»Darunter versteht man die Erscheinung, dass sich das von einer Lichtquelle ausgehende Licht überlagert und damit Bereiche der Verstärkung und Abschwächung oder Auslöschung auftreten.«

»Hmm.«

»Jedenfalls kommt diese Schmetterlingsart nach meinen Recherchen in tropischen Regenwäldern vor, in Mexiko, Mittelamerika, dem nördlichen Teil von Südamerika, in Trinidad sowie auf anderen westindischen Inseln.«

Trojan war ein weiteres Mal von Stefanies Fähigkeit beeindruckt, schnell und präzise Sachinformationen zu sammeln und an das Team weiterzugeben.

»Lass uns zusammenfassen«, sagte er. »Den Leichnam von Beatrice Weiler schmückt der Täter mit dem Monarchfalter. Luisa Haneke wird noch lebend mit dem Motiv des Himmelsfalters bemalt, während ihre Tochter schläft. Im Morgengrauen wird Sarah wach. Der Täter verschanzt sich im Schlafzimmer. Die Mutter sorgt dafür, dass wenigstens ihre Tochter gerettet wird. Er lässt es zu.«

Steffie nickte. »Danach ersticht er Luisa. Vermutlich gleich danach, in den frühen Morgenstunden.«

»Den Leichnam schleift er hinaus ins Treppenhaus.«

»Er weiß, dass die Nachbarn von gegenüber verreist sind und ihn nicht beobachten können.«

»Ihm ist auch bekannt, dass der Fahrstuhl defekt ist. Demnach hat er genaue Erkundigungen eingezogen. Er öffnet mit einer speziellen Funkfernbedienung die Tür und stößt den Leichnam in den Schacht. Danach schließt er die Tür wieder. Warum dieses Versteckspiel? Wieso tut er das?«

»Um uns zu beeindrucken, uns seine Kaltschnäuzigkeit zu demonstrieren.«

»Und er geht sogar noch ein Stück weiter.«

Abermals nickte Steffie ihm zu. »Gegen Mittag wird die Polizei informiert, nachdem Sarah Haneke in der Schule Alarm geschlagen hat. Zunächst treffen die uniformierten Beamten in der Pücklerstraße ein. Sie öffnen gewaltsam die Wohnungstür. Unser Team wird angefordert und fährt zum Tatort. Schließlich kommen auch die Kollegen von der Spurensicherung hinzu.«

Trojan bewegte leicht die Schultern, was umgehend einen stechenden Schmerz in seinen Gelenken auslöste. »Der Mörder mischt sich unter sie.«

»Danach spricht er dich an.«

Er spürte, wie erneut die Wut über den Täter in ihm aufwallte. »Das zeugt nicht nur von extremer Dreistigkeit, sondern auch von Übermut und Arroganz.«

Steffie schob das halblange Haar in ihren Nacken. »Auf zwei Merkmale müssen wir besonders achten. Zum einen auf das Hautstück in dem Kästchen. Dazu komme ich gleich noch. Zum anderen natürlich auf seine besondere Maskerade, den weißen Overall, die Kapuze, den Mundschutz.«

Trojan nickte.

»Darum bin ich auch in dein Büro gekommen. Wenn ich dich hier nicht angetroffen hätte, hätte ich es bei dir zu Hause versucht.« Ihre Wangen röteten sich ein wenig. »Einerseits, weil ich um dich besorgt bin – der Kerl wollte dich umbringen, Nils ...«

»Schon gut.«

»... andererseits, um dir eine wichtige Sachfrage zu stellen.«

Er lächelte. »Ich verstehe, worauf du hinauswillst, Steff. Es geht um die Täterbeschreibung, die ich gestern dem Chef gegeben habe, aber sie ist nicht präzise genug, nicht wahr?«

»Ja. Natürlich wurde die Gegend rund um die Pücklerstraße von zahlreichen Beamten nach verdächtigen Personen abgesucht. Aber wir hatten ja kaum Anhaltspunkte. Wir suchten nach einem weißen Overall, aber das erschien beinahe aussichtslos. Die Dächer in der Straße, sämtliche Mülleimer in den Höfen, alles wurde danach durchkämmt. Er musste ihn sich noch während seiner Flucht abgestreift haben.« Sie atmete tief durch. »Also. Denk genau nach. Wie sah der Typ aus?«

»Seine Haare waren verdeckt. Auch ein Großteil seines Gesichts. Ich erinnere mich an seine Augenfarbe. Graublau.«

»Seine Statur?«

»Ungefähr meine Größe, ein Meter fünfundachtzig. Sportlich. Durchtrainiert.«

»Die Form der Nase?«

Er schüttelte bloß den Kopf.

Sie seufzte. »Unmöglich, nach diesen Angaben ein Phantombild anzufertigen.«

»Leider, ja.«

»Und seine Stimme?«

»Er sprach gedämpft durch den Mundschutz.«

»Würdest du sie wiedererkennen?«

Er nickte schwach. »Vielleicht.«

»Du wirkst nicht sehr überzeugt.«

»Du weißt, wie schwierig das ist. Gerade bei Stimmen. Aber ich schätze die Wahrscheinlichkeit auf fünfzig Prozent.«

»Na gut.«

»Was sagen denn nun die Kollegen von der Kriminaltechnik zu unserem Mann am Fahrstuhlschacht? Wie viele von ihnen waren eigentlich am Tatort zugegen?«

»Ein Team von sieben Leuten, darunter eine Frau. Wir haben sie bereits vernommen, jeden Einzelnen, unabhängig voneinander. Zur Sicherheit wurden sie von dem Fall abgezogen und durch ein anderes Team ersetzt, das nun die Spurensicherung in der Pücklerstraße übernommen hat.«

»Was haben die Vernehmungen ergeben?«

»Keiner von ihnen hatte den Eindruck, es würde sich eine Person zu viel am Tatort befinden. Nach dem Tumult im Treppenhaus und deinem Sturz waren sie nach ihren Angaben noch immer zu siebt gewesen.«

»Das überzeugt mich ganz und gar nicht. Im Gegenteil, man könnte vermuten, dass sie bemüht sind, jegliches Fehlverhalten von sich zu weisen.«

»Den Eindruck hatte der Chef auch. Er war ziemlich wütend deswegen, sprach von Schlamperei und dergleichen. Du kennst ihn ja.«

»Andererseits ist uns auch nichts aufgefallen, bis es zu spät war.«

»So ist es. Nur achten wir weniger auf die Leute von der Kriminaltechnik. Wir kennen sie nur flüchtig, manchmal überhaupt nicht.«

»Stimmt.«. Er dachte nach. »Es gibt zwei Möglichkeiten.

Die erste: Der Täter schleicht sich erst sehr spät unter die Leute von der Spurensicherung. Er kommt so zurück in die Wohnung. Aufgrund seiner Maskerade, dem weißen Overall und dem Mundschutz fällt niemandem auf, dass er nicht dazugehört. Auch mir nicht.« Er machte eine Pause. »Die zweite Möglichkeit hieße …«

»… es ist tatsächlich einer aus ihren Reihen«, ergänzte Stefanie.

»Genau.«

»Willst du dir die Vernehmungsprotokolle durchlesen? Ich hab sie auf deinen Rechner geschickt.«

»Danke, Steff, das werde ich gleich tun.«

Er lehnte sich auf seinem Stuhl zurück. Sein Schultergelenk reagierte mit einem gewaltigen Stechen, so dass er die Position abermals wechselte.

»Er ist getarnt wie ein Mann von der Spurensicherung«, murmelte er. »Oder er ist einer von ihnen. Die Art der Kleidung deckt sich mit der Aussage von Sebastian Weiler. Demnach trug er eine weiße Kopfbedeckung.«

»Und er war weiß im Gesicht.«

»Weiß wie der Tod.«

Plötzlich richtete sich Stefanie kerzengerade auf ihrem Stuhl auf: »Schminke. Farbe.«

»Malerei«, murmelte er.

»Es wäre doch möglich, dass sein Gesicht zur Tarnung weiß angemalt war«, rief sie aus.

»Du könntest recht haben.«

Sie schauten sich an.

»Gut, Steffie, weiter. Kommen wir auf das Kästchen und seinen Inhalt zu sprechen. Das abgetrennte Stück Haut.«

Sie wies auf seinen Rechner. »Du hast die Datei bereits. Detailaufnahmen vom Tatort und natürlich auch von diesem

Fundstück. Semmler wird versuchen, die DNA abzuklären. Dafür braucht er noch etwas Zeit, allerdings …«

Trojan wandte sich seinem Computer zu und öffnete den Ordner, den ihm Stefanie in ihrem internen System hatte zukommen lassen. Auf seinem Monitor erschienen die Tatortfotos. Er suchte das Foto von dem Hautstück heraus und vergrößerte es.

»Sprich nur weiter, Steff«, sagte er, während er es intensiv betrachtete.

»So viel hat Semmler bereits festgestellt: Luisa Haneke war weder tätowiert, noch fehlt an ihrem Leichnam Haut.«

Er sah seine Kollegin an. »Verdammt. Das könnte bedeuten, dass uns der Täter ganz bewusst auf etwas hinweisen will, nämlich …«

Stefanie nickte. »… dass er eine weitere Leiche versteckt hat, von der diese Haut stammt.«

»Ja, das ist denkbar.«

»Semmler hat auch herausgefunden, dass sie mit einer Chemikalie konserviert wurde. Es befanden sich Reste davon in dem Gewebe.«

Abermals blickte Trojan auf das Bild auf seinem Rechner. »Die Tätowierung. Dieses Kreuz.«

»Kein besonders schönes Tattoo. Stümperhaft ausgeführt, wenn du mich fragst.«

Er wandte sich ihr zu. »Kennst du dich damit aus?«

Erneut huschte eine leichte Röte über ihre Wangen.

»Du trägst selbst eins?«

Sie lächelte verschmitzt. »Vielleicht.«

Nach einer kurzen Pause räusperte er sich. »Wie auch immer, wir müssen abwarten, bis Semmler die DNA der Haut isolieren konnte.«

»Ja.«

»Durchaus möglich, dass uns der Täter auf eine dritte Leiche hinweisen will. Er prahlt damit. Er schmückt das Kästchen mit dem Blauen Morphofalter. Und nicht nur das. Wir müssen von einem weiteren Mordanschlag ausgehen.«

»Das sehe ich auch so.«

»Er hat noch einiges vor. Das Spiel ist längst nicht vorbei.«

»Vermutlich, ja«, sagte Stefanie. »Gestern Abend ist übrigens der Lebensgefährte von Luisa Haneke in Berlin eingetroffen. Er ist bei seiner Tochter. Wir sollten die beiden noch einmal ausführlich vernehmen. Nur fürchte ich, dass Sarahs Aussagen weiterhin lückenhaft sind. Die Ärzte haben mich über ihre Blut- und Urinuntersuchung informiert.«

»Lass mich raten. Reste von Rohypnol?«

Sie nickte. »Wollen wir gleich zu ihnen fahren?«

Trojan wurde mit einem Mal still.

»Nils?«

Das wattige Gefühl, welches das schmerzstillende Mittel in ihm ausgelöst hatte, war mit einem Mal wie ausgelöscht. »Mir kommt gerade eine Idee.«

»Was? Sag schon.«

»Wir sollten noch einmal in die Wohnung von Beatrice Weiler gehen.«

»Warum?«

»Ein Spiel. Ein Versteckspiel. Verschiedene Hinweise. Eine bewusst gelegte Spur.«

»Du meinst ...«

»Möglicherweise hat er auch am ersten Tatort etwas für uns hinterlassen. Wir haben es nur noch nicht gefunden.«

Sie blickten sich eine Weile wortlos an.

Schließlich stand Stefanie auf. »Nils, wir müssen sofort ...«

»Moment«, unterbrach er sie und erhob sich ebenfalls, »du sprichst am besten allein mit Sarah und ihrem Vater, während ich weiter das Material sichte, das du mir auf den Rechner geschickt hast. Danach treffen wir uns in der Wohnung von Beatrice Weiler.«

»Abgemacht.«

Sie eilte los. An der Tür drehte sie sich noch einmal zu ihm um: »Nils?«

»Ja?«

»Wie ich schon gestern zu dir gesagt habe: Wir beide als Team!«

ACHTZEHN

Es war Donnerstagabend. Daniela kam von der Bibliothek zurück, schloss die Haustür auf, ging ins Treppenhaus und verharrte vor ihrem Briefkasten. Den Schlüssel hielt sie reglos in der Hand.

Sie fühlte sich erschöpft, obwohl sie an diesem Tag kaum etwas zustande gebracht hatte. Ursprünglich war es ihr Plan gewesen, mindestens zehn Seiten ihrer Hausarbeit zu schreiben. Letztlich aber hatte sie die meiste Zeit damit vergeudet, den Bildschirm ihres Laptops anzustarren, planlos im Netz zu surfen oder die Bücherstapel auf dem Arbeitstisch hin und her zu schieben. Manchmal hatte sie auch nur die anderen Studentinnen und Studenten in der Bibliothek beobachtet. Ein jeder von ihnen schien weitaus inspirierter, fleißiger und obendrein noch besserer Laune zu sein als sie.

Und wenn sie dann doch einmal ein paar vermeintlich kluge Sätze in die Tastatur eingab, verschwammen alsbald die Buchstaben vor ihren Augen.

E. T. A. Hoffman und *Die Elixiere des Teufels* waren einfach nicht geeignet, sie von ihrer düsteren Stimmung abzubringen.

Schließlich hatte sie ihre Sachen zusammengepackt und ihr Handy eingeschaltet. Kein Lebenszeichen von ihrer Schwester Clarissa. Seit vorgestern hatte sie ihr bereits dreimal auf die Mailbox gesprochen.

Zugegeben, ihr Verhältnis zu ihrer Schwester war nicht gerade das beste und ihr gemeinsamer Kontakt auf ein Mindestmaß eingeschränkt. Oftmals hielt Clarissa es auch nicht für notwendig, sofort zurückzurufen, wenn Daniela sie darum bat. Andererseits hatte sie doch gesagt, dass es dringend sei.

SUCH DEINE SCHWESTER AUF.
SIE WEISS MEHR ALS DU.

Unzählige Male hatte sie den Zettel aus ihrer Tasche hervorgeholt und ihn angestarrt. Besonders dieses merkwürdige Zeichen.

In der letzten Nacht hatte sich der Albtraum wiederholt. Und er war noch beängstigender als jemals zuvor gewesen. Sie hatte das Zeichen auf dem Boden gesehen, gleißend hell. Sie lag auf dem Bauch, zu keiner Regung fähig.

Jemand war in ihrer Nähe. Sie spürte es.

Jemand schien in ihrem Zimmer zu sein. Nah, ganz nah. Offenbar saß derjenige an ihrem Bett.

Aber sie konnte nichts von ihm erkennen. Es war wie ein Zwang, den Blick unablässig auf das leuchtende Zeichen vor ihr auf dem Fußboden zu richten.

Und dann berührte sie etwas an den Füßen.

Es durchzuckte sie.

Und wieder die Berührung. Wie ein Kitzeln. Nur unangenehmer. Fordernd und …

Als sei es keine menschliche Hand, die ihre nackten Fußsohlen streifte, sondern etwas anderes. Etwas Lebloses.

Daniela wollte schreien, aber sie konnte nicht.

Und dann war sie hochgeschreckt. Schweißgebadet. Sie spürte eine Beklemmung in der Brust, als würde ihr augenblicklich das Herz stehen bleiben.

Vor Angst, der Traum könnte wiederkehren, schlief sie nicht mehr ein.

Das Frühstück ließ sie ausfallen, denn ihr Magen rumorte. Im Bad erschrak sie vor ihrem eigenen Spiegelbild. Sie war blass, ihre Augen waren umschattet.

Sie fuhr in die Bibliothek, da sie es vor Unruhe in ihrer winzigen Wohnung nicht mehr aushielt. Sie wollte sich in die Arbeit stürzen. Sämtliche negativen Gedanken ausschalten und sich ganz auf ihre Hausarbeit fokussieren. Der Abgabetermin rückte immer näher, und sie war noch nicht einmal mit der Einleitung fertig.

Clarissa würde sich über sie lustig machen. Ihre Schwester hatte ihr Studium mit Auszeichnung abgeschlossen. Clarissa war nicht nur hübscher als sie, sondern hatte mit Betriebswirtschaftslehre auch das weitaus erfolgversprechendere Fach gewählt. Nun verdiente ihre zwei Jahre ältere Schwester mit sechsundzwanzig bereits ein beachtliches Gehalt in der IT-Branche.

Daniela gab sich einen Ruck, steckte den Schlüssel ins Schloss, drehte ihn herum und öffnete den Briefkasten.

Sie fand nichts vor außer einem Flyer von einem Pizza-Lieferdienst.

Keine anonym verfasste Nachricht.

Schon heute Morgen hatte sie ihre Post kontrolliert. Sie war sich beinahe sicher gewesen, dass sich ein weiterer Zettel darin befinden würde. Aber nein, wer auch immer ihr diese Botschaften geschrieben hatte, schien sich von nun an zurückzuhalten.

AM SIEBTEN TAG WERDEN DEINE AUGEN
ENDLICH GEÖFFNET SEIN.

Der siebte Tag. Das war Sonntag. Nicht mehr lang hin. Es machte sie nervös. War sie schon zu sehr darauf fixiert? Sollte sie die ganze Angelegenheit einfach vergessen?

Das wollte ihr partout nicht gelingen. Permanent fühlte sie sich von einer inneren Stimme aufgefordert, die Hinweise ernst zu nehmen.

Sie klappte den Briefkasten zu, und noch während sie die Treppe hinaufging, rief sie ein weiteres Mal bei Clarissa an.

Erneut meldete sich bloß die Mailbox.

»Clarissa? Hier ist Daniela. Allmählich mache ich mir Sorgen um dich. Bitte ruf mich doch endlich zurück.«

Sie drückte die rote Taste und betrat ihre Wohnung. Sie legte ihre Tasche ab, zog sich die Jacke aus und bereitete sich in der Küche eine leichte Mahlzeit aus Reis und Gemüse zu. Wegen ihrer Magenbeschwerden hatte sie bisher kaum etwas zu sich genommen.

Sie setzte sich an den Küchentisch und aß, allerdings mit wenig Appetit. Nach einer Weile stand sie wie ferngesteuert auf, ging in den Flur, nahm den zusammengefalteten Zettel aus ihrer Tasche und betrachtete ihn noch einmal.

Such deine Schwester auf, dachte sie. Aufsuchen hieß ja nicht anrufen.

Sie steckte den Zettel wieder ein, ging zurück in die Küche, schlang einen letzten Bissen hinunter und stellte das Geschirr in die Spüle.

Sie musste sich vergewissern, ob mit Clarissa alles in Ordnung war. Daniela verließ die Wohnung. Sie nahm den M41 an der Ecke Pannierstraße, stieg am Anhalter Bahnhof aus und wechselte in die S-Bahn. Sie fuhr bis zur Station Oranienburger Straße.

Insgesamt brauchte sie etwa eine Dreiviertelstunde, bis sie vor der Tür des Wohnhauses in der Krausnickstraße in Berlin-Mitte stand.

Mit klopfendem Herzen drückte sie auf den Klingelknopf ihrer Schwester.

NEUNZEHN

Trojan las sich auf seinem Rechner die Vernehmungsprotokolle durch. Er begann mit den Befragungen der Schutzpolizisten, die die Haustür und den Treppenaufgang in der Pücklerstraße bewacht hatten, während die Kriminaltechniker und das Team seiner Mordkommission im vierten Stockwerk mit der Tatortarbeit beschäftigt waren. Schon hier gab es Unsicherheiten. Die uniformierten Beamten hatten eher auf Zivilpersonen geachtet, die sich dem Haus näherten oder es verlassen wollten. Natürlich war es üblich, dass sich Kripoleute und Kriminaltechniker beim Übertreten der Absperrungen ausweisen mussten. Doch in der Hektik des Geschehens könnte es dem Täter mit seiner Tarnung im weißen Overall gelungen sein, sich an ihnen vorbeizustehlen. Vielleicht hatte er sogar einen gefälschten Ausweis vorgezeigt.

Auch die Hausbewohner und die Nachbarn aus der Umgebung hatte man nach einer verdächtigen Person befragt, gekleidet wie ein Mitarbeiter der Spurensicherung. Keinem von ihnen war in der Hinsicht etwas aufgefallen.

Also wandte sich Trojan der Skizze zu, die Albert Krach von der Tatortwohnung angefertigt hatte. Darin war eingezeichnet, wer sich zum fraglichen Zeitpunkt in welchem Raum aufgehalten hatte. Diese Zusammenstellung ergab, dass sich in dem Moment, da sich der Täter in seiner Tarnung an Trojan wandte, außer dem Team der Mordkommission erstaunlicherweise nur ein einzelner Kriminaltechniker im Schlafzimmer befand. Es war ein Spurensicherungsexperte namens Bernd Brodemeier. Dieser konnte sich ziemlich genau an die Worte erinnern, die der Täter an Trojan gerichtet hatte.

Trojan las sich die Aussagen der einzelnen Techniker genau durch.

Sollte es sich bei dem Mörder tatsächlich um jemanden aus ihrem Umfeld handeln? Eigentlich war er skeptisch. Würde das die Dreistigkeit und Überheblichkeit nicht noch überbieten, wenn sich der Täter bei seinen Morden seine spezielle Berufskleidung zunutze machte? Einwegschutzkleidung, die luftdicht verpackt war, Füßlinge, Handschuhe und Mundschutz?

Wie auch immer, er schien über Detailkenntnisse zu verfügen, wie man sich am Tatort verhielt, ohne eigene Spuren zu hinterlassen. Kein Haar, keine Hautschuppe, nicht einmal einen Speicheltropfen – nichts dergleichen hatten sie bisher von ihm gefunden.

Plötzlich wurde Trojan stutzig, als er das Protokoll des Gesprächs durchlas, das Ronnie Gerber mit Bernd Brodemeier geführt hatte. Eine Frage an den Techniker spielte direkt auf seine Überlegungen an: »Halten Sie es für denkbar, dass der Mörder aus Ihren eigenen Reihen stammt?«

Brodemeiers Antwort verblüffte ihn.

Trojan griff zum Telefon und ließ sich zum Chef der Spurensicherung durchstellen. Er bat um Brodemeiers Dienstplan.

Als er diesen nach ein paar Minuten auf seinem Rechner hatte, verspürte er ein ihm nur allzu bekanntes Kribbeln in den Fingern.

Der Mitarbeiter, von seinen Kollegen jovial Brody genannt, kam ihm höchst verdächtig vor.

Im Eilschritt verließ er das Kommissariat, setzte sich in seinen Dienstwagen und fuhr nach Tempelhof.

Brodys Labor im Polizeigebäude am Tempelhofer Damm war klein und fensterlos. Den meisten Platz nahm das Rasterelektronenmikroskop ein. Es war ein sperriges Gerät mit einem Aufbau aus mehreren zylindrischen Metallgefäßen. Rechts davon befand sich ein Arbeitstisch mit zwei Computerbildschirmen.

Brodemeier saß davor und betrachtete Aufnahmen von Probenoberflächen, die von dem Elektronenstrahl gerastert worden waren.

Als Nils eintrat, erhob er sich und wandte sich ihm freundlich lächelnd zu.

»Herr Trojan, was für eine Ehre, Sie in meinem kleinen Reich begrüßen zu dürfen.« Er musterte seinen Schulterverband und die Armschlinge und wiegte bedauernd den Kopf. »Erstaunlich, dass Sie bereits wieder im Einsatz sind. Haben Sie Schmerzen, Kommissar?«

Trojan scannte ihn mit Blicken. Groß gewachsen, sportliche Figur. Die Augen von einem Blau, das leicht in einen Grauton überwechselte. Seine Stimme, dachte er, er musste dringend auf seine Stimme achten.

»Meine Schmerzen sind nichts gegen das, was Luisa Haneke erleiden musste.«

Brody nickte ernst. »Grausame Geschichte.« Er wies auf einen Stuhl. »Möchten Sie sich setzen?«

»Nein danke, ich stehe lieber.«

Brody verschränkte die Arme vor der Brust. Er war Anfang dreißig, Chemiker, wie Trojan aus seiner Akte wusste. Rotblondes Haar, kurz geschnitten. Seine Stimme klang leicht fistelig.

»Womit kann ich dienen?«, fragte er und lächelte ihn erneut an.

Ebenmäßige Zähne, schmale Lippen, registrierte Trojan.

Während er ihn ausgiebig musterte, trat Brodemeier von

einem Fuß auf den anderen. Offenbar war er irritiert von Trojans prüfenden Blicken.

»Ich nehme an, es geht um die Person, die Sie so übel zugerichtet hat?«

Trojan rührte sich nicht.

»Ich habe schon mit Ihrem Kollegen darüber gesprochen. Unfassbar, dass sich der Typ so ohne Weiteres zu uns an den Tatort schleichen konnte.«

»Hmm.«

»Er trug Schutzkleidung wie wir.«

»Ganz genau.«

»Wir stehen hier alle noch unter Schock. So etwas ist mir bisher in meiner ganzen Karriere nicht vorgekommen.«

»Mir zuvor auch nicht.«

»Sie nennen ihn den Bodypainter, hab ich recht?«

»Die Boulevardpresse verpasste ihm den Namen.«

»Diese Schmetterlingsbilder«, Brodemeier atmete hörbar aus, »ich weiß nicht, wie ich es ausdrücken soll, sie sind so …«

»… faszinierend?«

»Ja. Von einer unglaublichen Schönheit.«

»Hmm. Kennen Sie sich mit Schmetterlingen aus?«

»Ich bin Chemiker, kein Biologe, aber …« Er brach ab.

»Aber was?«

»Meine Freundin …«

Brody ließ die Arme sinken.

»Was ist mit ihr?«

»Es gibt eine merkwürdige Übereinstimmung … Mich hat das, offen gestanden, ziemlich durcheinandergebracht. Jedenfalls … sie hat eine Tätowierung auf dem Rücken. Ziemlich groß. Ungefähr so.« Er malte mit den Fingern in die Luft, bildete einen Halbkreis in einer Größe von etwa dreißig Zentimetern. »Es ist ein Schmetterlingstattoo.«

»Interessant.«

»Ein schrecklicher Zufall, nicht wahr? Als ich den Leichnam in der Mittenwalder Straße sah – Beatrice Weiler, den riesigen Monarchfalter auf ihrem Rücken –, musste ich sofort an Gesche denken.«

»Ist das der Name Ihrer Freundin?«

»Ja. Sie ist meine Lebensgefährtin gewissermaßen.«

»Wieso gewissermaßen?«

»Wir sind schon recht lange zusammen. Ich möchte sie eines Tages heiraten.«

»Wie schön für Sie.«

Sie musterten sich.

»Nun ja«, fuhr Brody zögernd fort, »als ich die Leiche dort auf dem Bett liegen sah«, er rieb die Hände aneinander und ließ die Fingerknöchel knacken, »dachte ich im ersten Moment, es wäre Gesche.« Er krümmte die Schultern. »Das war furchtbar für mich.«

»Kann ich mir vorstellen. Wir brauchen Distanz bei unserer Arbeit.«

»Richtig.«

Sie schwiegen.

»Was kann ich also für Sie tun, Herr Trojan?«

»Ihr Chef hat mir was Interessantes erzählt.«

»Ach ja?«

Trojan trat einen Schritt auf ihn zu. »Er sagte mir, dass Sie ihn gestern Morgen darum baten, unbedingt bei dem Team für den Tatort in der Pücklerstraße dabei zu sein. Sie waren ursprünglich für eine andere Schicht eingeteilt.«

»So ist es, Kommissar.«

»Gibt es einen Grund dafür?«

Abermals verschränkte Brody die Hände ineinander, und seine Knöchel knackten.

»Ein Kollege sagte mir, vermutlich habe der Bodypainter wieder zugeschlagen. Ich wollte mich selbst überzeugen. Also bat ich meinen Vorgesetzten, mich für dieses Team vorzusehen.«

»Verstehe ich nicht.«

»Hören Sie, Kommissar, mir ist, als würde ich begreifen, was in dem Täter vorgeht, was ihn antreibt.«

»Tatsächlich?«

»Ja. Seit ich die erste Leiche mit dem Schmetterling sah, hat sich etwas in mir verwandelt. Ich weiß nicht, ob es an der Ähnlichkeit mit meiner Freundin liegt, aber … ich hatte plötzlich den Eindruck, den Tatort mit *seinen* Augen zu betrachten.«

»Wie gespenstisch.«

»Finde ich auch.«

»Wie ging es Ihnen denn heute Morgen damit? Wollten Sie unbedingt miterleben, wie die Kollegen auf die bizarre Inszenierung am Tatort reagieren? Auf die Haut in dem bemalten Kästchen? Auf die Leiche im Fahrstuhlschacht? Gieren Sie nach unserer Aufmerksamkeit, Herr Brodemeier?«

Er hob die Augenbrauen. »Das klingt ja beinahe so, als würden Sie mich verdächtigen.«

»Es ist nur eine Frage.«

»Man schätzt mich für meine Arbeit. Meine Kollegen nennen mich den Taper.«

»Den Taper?«

»Ja. Ich bin derjenige, der die Leichen am besten abkleben kann. Dieses Verfahren dürfte Ihnen doch bekannt sein. Der Leichnam wird mit Trägerfolie überzogen, damit winzige Fasern, Gewebeteile, vielleicht auch Hautschuppen des Täters von ihr aufgelesen werden können.«

Natürlich kannte Trojan dieses Verfahren. Aber die Art, wie

Brody darüber sprach, mit einer nahezu pervertierten Form der Hingabe, ließ ihm einen Schauer über den Rücken laufen.

»Und Sie wollten also unbedingt auch den Leichnam von Luisa Haneke mit Folie abkleben?«

»Ich wundere mich über Ihren Sarkasmus, Herr Trojan. Es ist doch mein Job, den Ermordeten nahezukommen. Es ist meine Aufgabe, selbst die winzigste Spur aufzulesen und unters Elektronenmikroskop zu legen.«

»Ich frage Sie noch einmal: Warum wollten Sie unbedingt zu diesem Tatort? Warum in die Pücklerstraße und nicht dorthin, wo Ihr Chef Sie ursprünglich eingeteilt hatte?«

»Sagte ich das nicht schon? Es ist wegen des Bodypainters. Ich glaube, etwas über ihn zu wissen. Ich ahne, was ihn umtreibt.«

»Und das wäre?«

»Es geht ihm um Transformation. Diese wunderschönen Frauen verwandeln sich unter seinen Händen in Schmetterlinge. Ihre Seelen entweichen, wenn er sie tötet. In vielen Mythologien ist der Schmetterling ein Sinnbild für die Seele.«

Trojan musterte ihn eine Zeit lang. Dann sagte er: »Mir ist noch etwas aufgefallen. Sie sind der Einzige unter Ihren Kollegen, der an beiden Tatorten zugegen war. Mittenwalder Straße und Pücklerstraße.«

Brody verzog den Mund. »Und allein deshalb verdächtigen Sie mich?«

»Hinzu kommt die Äußerung, die Sie gegenüber meinem Kollegen Ronnie Gerber gemacht haben. Auf die Frage, ob Sie glauben, der Täter könnte aus Ihren eigenen Reihen stammen, antworteten Sie, das sei sehr gut möglich.«

»Ja, das gab ich zu Protokoll.«

»Warum? Warum halten Sie es für denkbar?«

Der Chemiker antwortete mit Verzögerung: »Weil die Arbeit am Tatort und im Labor uns verändert. Es braucht nicht viel, um die Seiten zu wechseln. Eines Tages schauen wir unsere Hände an, und sie sind voller Blut.« Brody senkte die Stimme. »Geht Ihnen das nicht auch so, Kommissar? Tag für Tag, Nacht für Nacht haben wir es mit menschlichen Abgründen zu tun. Wir suchen Leichen und Tatorte nach Spuren ab. Wir finden Blut, Sperma, Überreste der Haut. Hirnteile, Knochen und anderes menschliches Gewebe. Wir betrachten es unterm Mikroskop. Wir suchen nach Erklärungen für die abscheulichsten Verbrechen. Es verändert unsere Persönlichkeit. Das Böse bohrt sich tief in uns hinein.«

Es entstand eine Pause.

»Nachts träume ich von den Leichen«, murmelte Brody. »Und was das Schlimmste ist, ich kann sie riechen. Ja, Kommissar, in meinen Träumen nehme ich diesen kalten Geruch nach totem Fleisch wahr.«

Seine Augen verengten sich zu Schlitzen. »Und … als ich die Leiche von Beatrice Weiler sah, als ich mich über sie beugte … da ist etwas mit mir passiert. Plötzlich hat sich in meinem Kopf etwas verschoben. Auf einmal verstand ich den Täter. Ich konnte mich ganz in ihn hineinversetzen. Es geht ihm um Transformation. Ja, das ist es. Der Übergang. Wenn er zu ihnen kommt, in ihre Wohnungen eindringt, bewundert er sie als Frauen, als wunderschöne Geschöpfe, aber erst, wenn er sie tötet, beginnen ihre Seelen zu fliegen, und sie werden noch viel schöner. Dieser Himmelsfalter auf dem Rücken von Luisa Haneke … Es ist schade, dass ich ihn nicht mehr genauer untersuchen konnte, wir wurden ja vom Tatort abgezogen.« Er blickte ihn an. »Mein Gott, Trojan, um ein Haar hätte es Sie erwischt.«

Trojan schwieg.

Brody näherte sich ihm bis auf einen halben Meter: »Hier, ich zeig es Ihnen.«

Er nahm sein iPhone aus der Hosentasche, wischte über das Display und reichte es ihm.

Ein Foto. Es zeigte eine Frau, unbekleidet, auf dem Bauch liegend. Im ersten Moment glaubte Trojan, es handelte sich um eine Tatortaufnahme der ermordeten Beatrice Weiler. Dann erst erkannte er, dass der Monarchfalter auf dem Rücken eine farbige Tätowierung war.

Und sie war sehr viel kleiner als die Malerei auf dem Leichnam.

»Wer ist das?«

»Meine Freundin. Gesche. Sie ist hübsch, nicht wahr? Und diesen Schmetterling, den hat sie sich machen lassen, weil ich es so wollte. Sie hat es für mich getan. Ich hab das Motiv für sie ausgesucht. Sie hat Ähnlichkeit mit Beatrice. Ich konnte es einfach nicht fassen, als ich die Tote auf dem Bett liegen sah.«

»Wissen Sie, was ich glaube?«

»Was?«

»Ihnen fehlt die Kontrolle. Selbstregulierung. So etwas brauchen wir dringend in unserem Job.«

»Schon möglich. Gesche sagt das auch oft zu mir. Sie mahnt mich zur Vorsicht. Aber sind wir uns in der Hinsicht nicht ähnlich, Kommissar? Sie stürzen sich doch ebenso in jeden neuen Mordfall hinein. Wir sind beide stets zu zweihundert Prozent bei der Sache. Nennen Sie es ruhig Besessenheit. Doch bedenken Sie, nur die Besessenen können das Böse besiegen.«

Trojan gab ihm das Smartphone zurück. »Wo waren Sie vorletzte Nacht?«

»Bei ihr. Bei Gesche. Sie kann es bezeugen.«

»Und wo hielten Sie sich in der Nacht von Sonntag auf Montag auf?«

Brody hielt seinem Blick stand. »Auch in der Wohnung meiner Freundin. Ich war mit ihr zusammen. Das können Sie überprüfen.«

Abermals entstand eine Pause.

Brody machte eine fahrige Bewegung mit der Hand. »Es ist wahr. Ich war die ganze Nacht bei ihr.«

»Eine Frage hätte ich noch.«

»Nur zu. Ich habe nichts zu verbergen.«

»Woher wissen Sie eigentlich, dass der Körper von Luisa Haneke mit dem Motiv eines Blauen Morphofalters bemalt war? Sie waren nicht mehr dabei, als der Leichnam aus dem Schacht geborgen wurde. Sie und Ihr Team wurden währenddessen im Kommissariat verhört.«

Brodemeier verzog keine Miene.

»Antworten Sie.«

Er schluckte. »Ich hab hinterher mit einem Kollegen darüber gesprochen. Dieser Kollege ist aus dem Team, das unseres ersetzt hat, nachdem der Täter Sie … in den Schacht gestoßen hat. Er hat es mir erzählt.«

»Wie ist sein Name?«

»Thomas Keller. Fragen Sie ihn. Von ihm habe ich die Information.«

Sie schwiegen.

Brody krümmte abermals die Schultern ein. »Ich bin ein großer Bewunderer Ihrer Arbeit, Hauptkommissar Trojan. Sie gehen bei Ihren Ermittlungen oftmals instinktiv vor, hab ich recht?«

Trojan schwieg.

»Auf Ihren Instinkt können Sie sich verlassen. Darum müssten Sie doch ahnen, dass ich mit der Sache nichts zu tun habe. Der Kerl benutzt unsere Berufskleidung. Er will Sie reinlegen. Dass Sie zu mir gekommen sind, erfüllt ihn sicherlich mit großer Schadenfreude. Wir beide, Herr Trojan, Sie und ich, gehören in diesem Moment zu seinem Verwirrspiel dazu.«

Trojan rührte sich nicht.

Schließlich sagte er kühl: »Vielleicht ist es ja *Ihr* Spiel, Brodemeier.«

Plötzlich lachte Brody auf. Es war ein unheimliches, meckerndes Lachen. »Halten Sie mich etwa für so abgebrüht? Trauen Sie mir diese Cleverness zu?«

»Wären Sie begeistert, wenn ich zustimme?«

»Irgendwie schon. Ich bin doch bloß ein Diplomchemiker mit einem gewissen Interesse für Polizeiarbeit.«

»Mit einem ziemlich großen Interesse, fürchte ich. Besonders für die Gegenseite. Das Dunkle. Das Abgründige. Sammeln Sie Biografien von Serienmördern? Übt es einen Reiz auf Sie aus, über grausame Taten zu lesen? Sind Sie deshalb in diesem Labor?«

»Möglich, dass Sie mich durchschauen, Kommissar.«

»Wie heißt Ihre Freundin mit Nachnamen?«

»Sie wollen das Alibi überprüfen?«

»Ganz genau.«

»Gesche Winters. Aber das ist Zeitverschwendung. Sie wird Ihnen alles bestätigen. Glauben Sie mir doch. Ich kann Ihnen helfen. Ich denke, dass ich weiß, was in dem Täter vorgeht. Wir müssen ihm mindestens einen Schritt voraus sein.«

Trojan fingerte mit der Linken nach den Handschellen an seinem Gürtel.

»Genug jetzt, Brody. Sie sind vorläufig festgenommen.«

ZWANZIG

Als auch nach dem dritten Klingeln niemand öffnete, nahm Daniela den Hausschlüssel aus ihrer Handtasche. Clarissa hatte ihn ihr einmal anvertraut. Sie war oft beruflich unterwegs. Eine Zeit lang hatte sie ihren Balkon begrünt und ihre Schwester darum gebeten, sich während ihrer Abwesenheit um die Pflanzen zu kümmern. Damals war ihr Verhältnis besser gewesen, mittlerweile hatte es sich abgekühlt. Blumen gab es nicht mehr auf Clarissas Balkon. Sie war ohnehin selten zu Hause.

So ergeht es wohl beruflich erfolgreichen Menschen, dachte Daniela leicht verbittert. Den Schlüssel hatte sie ihrer Schwester nie zurückgegeben.

Sie schloss die Eingangstür auf und ging ins Treppenhaus. Clarissa wohnte im dritten Stockwerk eines gediegenen Wohnhauses in Berlin-Mitte. Oben angelangt, versuchte es Daniela ein weiteres Mal, indem sie auf den Klingelknopf drückte.

Keine Reaktion.

Also schloss sie auch hier auf. Sie trat ein und drückte die Tür hinter sich ins Schloss.

Es brannte kein Licht im Flur.

»Clarissa?«, fragte sie.

Stille. Auf einmal war ihr so beklommen zumute, dass sie zu schwitzen begann.

»Clarissa?«, fragte sie noch einmal.

Sie ging einige Schritte. Der Flur war ihr bisher bei jedem Besuch endlos lang vorgekommen. Die Dielenbretter knarrten.

»Clariss?«

Keine Antwort.

Sie erinnerte sich, dass sie als Kind ihre Schwester öfter so genannt hatte. Clariss, ohne das A am Ende. Sie hatte sie schon immer um den Namen beneidet. Er klang wunderschön. Sie verband damit ein Schmuckstück. Einen Kristall. In allen Regenbogenfarben schimmernd.

Ihr fiel auf, dass das Fensterglas in der Badezimmertür beschlagen war. Sie klinkte die Tür auf. Wasserdampf schlug ihr entgegen. Handtücher lagen auf dem Boden verteilt.

»Hallo?«

Daniela näherte sich dem Duschvorhang über der Badewanne. Sie holte tief Luft, dann zog sie ihn mit einem Ruck auf.

Sie starrte in die Wanne. Schaumreste am Grund, weiß. Aber da war auch etwas Rotes. Sie beugte sich vor.

Es war Blut, ein paar Spritzer.

Sie wich zurück. Ihr Herz schlug schneller. Sie verließ das Bad. Auf der anderen Seite des Flurs befand sich das Schlafzimmer. Nach kurzem Zögern trat sie ein.

Schuhe lagen auf dem Boden verstreut. High Heels, Pumps, Sandaletten, Slingbacks, Riemchenpumps, Plateauschuhe, Overknees und Open-Toe-Boots. Auf einem Sessel befanden sich mehrere Businesskostüme, Strumpfhosen und Röcke.

Daniela blickte zum Bett ihrer Schwester. Es hatte ein Kopfteil aus Leder. Die Bettwäsche war zusammengeknäuelt. Sie erkannte ein blondes Haarbüschel am oberen Ende.

»Großer Gott, Clarissa … ist alles in Ordnung mit dir?«

Sie riss die Bettdecke weg. Nichts.

Nur die Haare.

Daniela stieß einen erstickten Schrei aus.

Dann atmete sie durch. Es war ein blondes Haarteil. Und da lagen noch andere Haarteile ihrer Schwester. Verteilt auf dem Nachttisch und auf dem Bett. Damit zierte sie zuweilen ihre Frisur, das wusste sie.

Sie verließ das Schlafzimmer.

»Clariss, wo bist du?«

War das ein Spiel? Wie sie es als Kinder gespielt hatten? Aber warum schwitzte sie nur so stark? Und warum klopfte ihr Herz wie wild?

Eine Tür weiter befand sich ein Raum, den ihre Schwester zum Arbeiten benutzte. Der Schreibtisch war aufgeräumt, der Computer heruntergefahren.

Zurück im Flur, vernahm Daniela ein leises Geräusch. Es war ein monotoner Brummton. Er kam aus dem Wohnzimmer.

Daniela näherte sich der Tür. Sie war nur angelehnt.

Sie spürte, wie ihr der Schweiß aus den Achselhöhlen rann. Sie fasste sich ein Herz und öffnete die Tür.

Die Vorhänge waren zugezogen. Spärliches Licht von einer Stehlampe. Ein schwarzer Ledersessel am Fenster. Das Brummen kam von dort.

Daniela wollte den Namen ihrer Schwester rufen, doch sie brachte keinen Ton hervor.

Der Sessel schien sich zu bewegen. Kaum merklich. Als würde er vibrieren.

Sie setzte einen Schritt vor und stolperte über einen Schuh. Ihr Blick fiel auf den Boden. Auch hier lagen Schuhe verteilt. Überall. Sie wusste gar nicht, dass ihre Schwester so viele davon besaß.

Auf einem Stuhl war ein granitfarbener Bleistiftrock ausgebreitet, passend dazu eine nachtblaue Bluse. Unterwäsche und Nylons. Ein Paar Stilettos standen davor.

Endlich hatte Daniela ihre Stimme wieder.

»Clarissa?«, fragte sie leise.

Wieder keine Antwort.

Schritt für Schritt näherte sie sich dem Sessel, bis dieser zu ihr herumschwang.

Eine hell gekleidete Gestalt saß darin.

Daniela starrte in das Gesicht.

Es war weiß. Kalkweiß.

EINUNDZWANZIG

Es war nach zweiundzwanzig Uhr, als Trojan in der Mittenwalder Straße eintraf. Seine rechte Schulter war ein einziges Bündel aus stechendem Schmerz. Er hatte eine weitere Tramadolor eingenommen, doch es trat kaum Linderung ein. Um sich besser bewegen zu können, musste er den Arm immer wieder aus der Schlinge herausnehmen.

Die Verbände, die die Schürfwunden auf seinen Handflächen abdecken sollten, hatte er durch Heftpflaster ersetzt, um etwas besser zupacken zu können.

Für Schießübungen mit links hatte seine Zeit doch nicht mehr gereicht. Trojan fühlte sich verwundbar und in seinem Aktionsradius eingeschränkt. Durch eine betont aufrechte Haltung versuchte er, seine Verletzungen zu kaschieren.

Durch seinen Kopf jagten Gesprächsfetzen aus den Vernehmungen mit Bernd Brodemeier und dem Gespräch mit dessen Freundin Gesche Winters. Er hatte die im Gothic-Style gekleidete Frau – pechschwarz gefärbtes Haar, bleich geschminktes Gesicht – in ihrer Wohnung in Friedrichshain aufgesucht. Sie bestätigte Brodys Alibi, doch so ganz traute er ihr nicht über den Weg. Immerhin war es möglich, dass die beiden sich vorher abgesprochen hatten.

Trojan hatte mit Landsberg abgestimmt, dass Brodemeier noch eine Weile auf dem Polizeirevier in der Karthagostraße schmoren und abwechselnd von den Mitarbeitern des Teams der fünften Mordkommission verhört werden sollte. Ihnen blieben vierundzwanzig Stunden. Danach müssten sie ihn dem Haftrichter vorführen. Ob die Beweislage dafür ausreichte, war noch unklar.

Er behielt sich vor, auch Gesche Winters ein weiteres Mal zu befragen. Besonders zu der Tätowierung auf ihrem Rücken. Handelte es sich bei ihrem Schmetterlingstattoo, dem Motiv des Monarchfalters, nur um eine zufällige Übereinstimmung? Warum aber hatte Brody so offen darüber gesprochen? Und woher stammte seine unheimliche Faszination für die Tatorte?

Zudem dachte Trojan über seinen Kumpel und Kollegen Ronnie Gerber nach. Dieser hatte sich im Kommissariat ihm gegenüber ziemlich reserviert verhalten. Schließlich hatte Ronnie den Kriminaltechniker schon am Nachmittag vernommen. Da ihm im Gegensatz zu Trojan bei Brodys Bemerkungen nichts Verdächtiges aufgefallen war, schien er beleidigt zu sein und einen Rüffel von Landsberg zu befürchten. In der Eile hatte Trojan es versäumt, Ronnie darauf anzusprechen und ihn zu beruhigen. Es lag ihm fern, irgendjemandem aus dem Team eins auszuwischen.

Wichtig war doch nur, dass sie gemeinsam jedem noch so kleinen Hinweis nachgingen.

All diese Überlegungen beschäftigten ihn, als er vor der Wohnungstür von Beatrice Weiler stand und den Schlüssel aus einem Asservatenbeutel herausnahm.

Das Dienstsiegel der Krimimalpolizei, das üblicherweise über dem Schloss angebracht wurde, war durchtrennt worden. Demnach schien Steffie schon hier zu sein.

Er sperrte auf und trat ein.

Stille umfing ihn. Ein matter Lichtschein drang durch die geöffnete Schlafzimmertür in den Flur.

Für einen Moment war ihm, als würde er frischen Farbgeruch wittern. Aber das konnte nur Einbildung sein. Oder etwa nicht?

Trojan schloss für eine Weile die Augen, um sich zu sammeln. Was hatte Brody über den Täter gesagt?

»Es geht ihm um Transformation. Diese wunderschönen Frauen verwandeln sich unter seinen Händen in Schmetterlinge. Ihre Seelen entweichen, wenn er sie tötet. In vielen Mythologien ist der Schmetterling ein Sinnbild für die Seele.«

War Brody der Bodypainter? Oder vielleicht ein Komplize von ihm?

Schmetterlingsflügel, bunt, schillernd, von schier magischer Schönheit tanzten in Sekundenschnelle vor Trojans innerem Auge.

»Wir beide, Herr Trojan, Sie und ich, gehören in diesem Moment zu seinem Verwirrspiel dazu.«

»Vielleicht ist es ja Ihr *Spiel, Brodemeier.«*

Er erinnerte sich an sein Gelächter.

Trojan öffnete die Augen. Vielleicht arbeiteten sie ja wirklich zu zweit. Während der Bodypainter längst vom Tatort verschwunden war, könnte es Brodemeier gewesen sein, der ihn zu der Leiche in den Schacht gestoßen hatte.

Aber würde er sich dann so auffällig verhalten? Prahlte er mit der Nähe zu dem Täter? Wollte er von ihm ablenken? Die Ermittler in die Irre führen?

Trojan sog die Luft ein. Nein, es war keine Farbe. In der Wohnung hing noch immer der Leichengeruch. Und den verband er mit dem Aroma frisch aufgetragener Farbpigmente.

Zwei Morde innerhalb von achtundvierzig Stunden. Wieder sah er seinen Sturz in den Schacht vor sich. Erneut geriet er in den Strudel der blauen Flügel. Sah den Leichnam, den Abgrund.

Der Tag war zu viel für ihn gewesen. Das Schmerzmittel, dachte er. Die Ärztin hatte ihn gewarnt.

Ihm war ein wenig schwindlig.

Bleib bei den Fakten, ermahnte er sich. Hör auf zu spekulieren.

Sie standen mit ihren Ermittlungen noch ganz am Anfang. Und der Bodypainter würde wieder zuschlagen. Da war er sich sicher.

Er wartete ab, bis das Schwindelgefühl vorüber war, dann ging er leicht taumelnd zum Schlafzimmer.

»Steff?«, fragte er leise.

Er sah bloß ihre Beine. Sie ragten unter dem Bett hervor. Er starrte auf die blanken Sohlen ihrer Schuhe.

»Stefanie!«

Ihre Beine zuckten. Er kniete neben ihr nieder.

Plötzlich war er vom Schein einer Maglite geblendet.

Dann sah er, wie sie sich in schlängelnden Bewegungen unter dem Bett hervorarbeitete.

»Nils. Hast du mich erschreckt.«

»Tut mir leid, ich …«

»Ich hab dich nicht kommen hören.«

Er atmete durch.

Sie rappelte sich auf, knipste ihre Stableuchte aus und steckte sie in ihre Jackentasche. Auch er erhob sich vom Boden.

»Die Scheuerleiste unterm Bett ist lose«, sagte sie. »Ich hab gedacht, vielleicht hat der Täter dort was für uns hinterlassen.«

»Verdammt, Steff. Ich wollte dich nicht erschrecken.«

»Schon gut.« Sie griff nach seinem Arm und schaute ihn an. »Alles in Ordnung mit dir? Du siehst blass aus.«

Er rieb sich über die Stirn. »Zu viele Schmerztabletten, fürchte ich.«

»Nils, du musst dich unbedingt ausruhen.«

»Nein, nein, wir machen hier weiter. Pass auf, es gibt Neuigkeiten.«

Er berichtete ihr in aller Kürze von Brodemeier und seiner vorläufigen Festnahme.

»Wie ist deine Einschätzung?«, fragte sie.

»Noch bin ich ratlos.«

»Was sagt der Chef dazu?«

»Er würde der Presse gern möglichst schnell einen Hauptverdächtigen präsentieren. Aber ganz so einfach ist das nicht.«

»Ihr lasst den Kerl über Nacht auf dem Revier?«

»Höchstwahrscheinlich.«

»Du wirkst nicht überzeugt.«

»Brodemeier, von seinen Teamkollegen übrigens Brody genannt, ist schwer zu durchschauen. Und auch aus seiner Freundin Gesche Winters werde ich nicht recht schlau.«

Er erzählte ihr von seiner Vernehmung in deren Wohnung in Friedrichshain.

»Ich hab gerade darüber nachgedacht, ob der Bodypainter vielleicht einen Komplizen hat«, sagte er.

»Einen Komplizen in unseren Reihen? Bei der Kriminaltechnik?«

»Hmm.«

»Nils. Wir sollten uns nicht verrückt machen lassen.«

»Wie meinst du das?«

»Dem Täter ist durch seine Maskerade und seine riskante Aktion im Treppenhaus etwas gelungen, worauf er bewusst abgezielt hat: nämlich uns zu verunsichern.«

»Hältst du mich etwa für paranoid?«

»Nein, du hast richtig gehandelt. Und Brodemeiers Verhalten ist höchst verdächtig. Aber warum sollte es nicht auch Verrückte innerhalb der Polizei geben.«

»Du hast recht. Wenn Gesche Winters nicht einknickt, wenn sie die Alibis aufrechterhält, müssen wir Brodemeier wieder gehen lassen.«

»Du traust seiner Freundin nicht?«

»Ganz und gar nicht. Offenbar steht sie unter seinem Einfluss. Der Mann ist ein Psychopath. Mit einem wie ihm will ich nie wieder an einem Tatort zusammenarbeiten.«

»Das meine ich ja mit der Verunsicherung. Wir müssen abwarten, kühlen Kopf bewahren.«

Er nickte. »Ja, Steff. Ich war nur gerade … etwas durcheinander … muss die Erschöpfung sein.«

Abermals berührte sie seinen Arm. »Du hast gestern in dem Fahrstuhlschacht Schlimmes durchgemacht, unterschätz das nicht. Wenn du magst, arbeite ich heute Nacht allein weiter.«

Trojan schüttelte den Kopf. »Wir ziehen das gemeinsam durch.« Er holte tief Luft. »Weißt du, was das Merkwürdige an der Sache ist?«

»Was denn?«

»Brody hat etwas über den Täter gesagt, was ich für ziemlich plausibel halte.«

Er wiederholte für sie dessen Worte über die Transformation und den Schmetterling als Sinnbild der Seele.

Stefanie blickte ihn nachdenklich an. »Allmählich begreife ich, warum dir der Typ so unheimlich ist.«

»Ja, wenn er nicht gerade selbst der Mörder ist, hat er dennoch eine Grenze überschritten. Eine Grenze, die wir beide gut genug kennen. Unsere Arbeit verlangt ein Höchstmaß an Disziplin. Immerzu müssen wir Abstand halten zu den abscheulichen Verbrechen, mit denen wir Tag für Tag konfrontiert sind. Wer zu lange und zu tief in menschliche Abgründe schaut, verliert irgendwann die Distanz. Dann löst sich alles auf. Gut und Böse verschwimmen. Nichts hat mehr Kontur.

Moralische Gesetze werden aufgehoben. Und bei einer solch verschobenen Perspektive ist kaum noch ein Unterschied auszumachen zwischen einem Ermittler und einem Serienkiller. Ich sehe in unserem Beruf durchaus die Gefahr abzudriften, den Halt zu verlieren.«

Sie strich sanft über seine verletzte Hand.

»Und deshalb geben wir besonders gut aufeinander acht. Versprochen, Nils?«

Er erwiderte ihr Lächeln. »Versprochen.«

»Was haben deine Ermittlungen ergeben?«, fragte er nach einer Weile.

»Ich hab erneut mit Frank Plöck gesprochen, dem Lebensgefährten von Luisa Haneke. Und mit Sarah. Da ja auch sie mit Rohypnol betäubt wurde, sind ihre Erinnerungen an die fragliche Nacht weithin verblasst. Sie sprach von einem Mann mit einem weißen Gesicht, eine nähere Beschreibung konnte sie aber nicht abliefern.«

»Ähnlich wie bei Sebastian Weiler.«

»Ja. Aber nun zum wichtigsten Punkt: Sie erzählte mir, ihre Mutter habe vorgestern ein Paket mit Schuhen bekommen. Dabei hatte diese gar keine bestellt.«

»Was für Schuhe?«

»Sie konnte sie mir ziemlich genau beschreiben. Schwarz. Mit knallroten Außensohlen. Hohe Absätze. Sie sagte, ihrer Mutter hätten die Schuhe gut gefallen. Und sie hat sie gleich anprobiert. Sarah fand die Schuhe auch sehr schön. Weißt du, Nils, es war erschütternd, wie sie mir davon berichtet hat. Die Kleine beobachtet ihre Mutter in den Schuhen, sie ist begeistert, sie bewundert sie. Aber sie kann zu diesem Zeitpunkt nicht ahnen, dass ihnen furchtbare Stunden bevorstehen.« Stefanies Stirn verfinsterte sich. »Sie schilderte mir die Situation als ihr letztes schönes Erlebnis mit ihrer Mutter.«

»Und Luisa Haneke hatte diese Schuhe überhaupt nicht bestellt?«

»Ja. Das hat sie vor Sarah zugegeben. Sie sagte zu ihr: ›Wir müssen die Schuhe wieder zurückschicken. Sie gehören uns nicht.‹«

Trojan schaute sie verblüfft an.

»Es waren wohl recht edle Schuhe. Sarah konnte sich sogar erinnern, dass ihre Mutter den Markennamen erwähnte. Er klang für sie irgendwie französisch. Ich hab daraufhin mit ihr ein paar Modelle im Internet angeschaut. Und dann deutete sie auf das hier.«

Steffie nahm ihr iPhone aus der Jackentasche und zeigte ihm ein Foto.

Trojan betrachtete die Abbildung.

»Es sind High Heels von Christian Louboutin«, sagte Stefanie. »Die sind sündhaft teuer. Das Markenzeichen des französischen Designers sind rote Außensohlen.«

»War Sarah dabei, als Luisa die Schuhe bekam?«

»Sie wurden der Mutter am Nachmittag von einem Paketboten gebracht. Sarah hörte das Türklingeln, Luisa öffnete. Den Boten selbst hat die Tochter nicht zu Gesicht bekommen.«

»Und wo sind die Schuhe jetzt?«

»Ich hab vorhin extra in der Tatortwohnung in der Pücklerstraße danach gesucht. Schuhe nach dieser Beschreibung habe ich jedoch nicht gefunden.«

»Der Täter könnte sie mitgenommen haben. Und wenn wir davon ausgehen, dass es sich bei den Stilettos um die Tatwaffe handelt ...«

»... hat er sie Luisa Haneke vorher zugestellt. Sie ist ahnungslos, erfreut sich sogar an ihnen. Ihr ist nicht bewusst, dass ihr diese High Heels den Tod bringen werden.«

Trojan wiegte den Kopf. »Für uns ist das eine abscheuliche

Vorgehensweise. Pervers und verachtend. Aus der Sicht des Täters stellt es sich bestimmt ganz anders dar. Für ihn scheint das Paar Schuhe mit den hohen Absätzen eine besondere Bedeutung zu haben.«

»Es ist ein Luxusobjekt«, sagte Stefanie, »und ein begehrenswerter Fetisch.«

Trojan nickte. »Objekt der Begierde und Mordinstrument in einem.« Er blickte sie an. »Das Paket. Irgendwo muss die Verpackung noch sein.«

»Ich hab mit Landsberg darüber gesprochen. Er hat Albert Krach und Dennis Holbrecht angewiesen, nach dem Paket zu suchen. Sie durchforsten gerade die Mülltonnen im Hof in der Pücklerstraße.«

»Wir brauchen Informationen über den Zusteller und die Versandfirma.«

»Der Chef lässt bereits sämtliche Botendienste nach einer Tour überprüfen, in der eventuell der Name Luisa Haneke und ihre Adresse auftauchen.«

»Es könnte allerdings auch sein, dass der Täter es ihr selbst überbracht hat. Wenn er schon die Berufsbekleidung der Kriminaltechnik für sich benutzen sollte, warum nicht auch die eines Paketboten.«

»Stimmt. All das muss überprüft werden, und das kann dauern.«

Trojan spürte, wie das Adrenalin in seinem Körper anstieg und die Schmerzen in seiner Schulter dämpfte. Er sah auf die Dellen im Holzboden hinab.

»High Heels«, murmelte er, »vermutlich der Marke Christian Louboutin. Ob wohl auch Beatrice Weiler so ein Paket mit Schuhen bekommen hat?«

»Wir sollten ihren Sohn Sebastian dazu befragen. Vielleicht weiß er etwas darüber.«

»Ja.« Trojan runzelte die Stirn. »Diese Schuhe. Der Täter zwingt die Frauen, darin auf und ab zu gehen. Dann tötet er sie. Vermutlich mit einer angefeilten Absatzspitze. Er hinterlässt sein Zeichen. Er bemalt seine Opfer mit übergroßen Schmetterlingsmotiven. Wie passt das alles zusammen?«

»Vergiss nicht das Kästchen mit der Haut darin.«

»Richtig. Haben wir Neuigkeiten von Semmler bezüglich der DNA?«

»Bisher nicht.«

»Gut, Steffie, lass uns Schritt für Schritt vorgehen. Konntest du hier in der Wohnung etwas entdecken, das uns zuvor nicht aufgefallen ist? Irgendeinen weiteren versteckten Hinweis von dem Kerl?«

»Leider nicht.«

»Dann lass uns weiter danach suchen. Offenbar will der Mörder ja ein Spiel mit uns treiben. Also nehmen wir die Herausforderung an.«

»Alles klar.« Sie nickte ihm mit einem aufmunternden Lächeln zu.

Sie teilten sich auf. Nils durchsuchte die Küche, während sie im Wohnzimmer war. Danach übernahm sie das Badezimmer, unterdessen durchkämmte er das Zimmer von Sebastian. Im Schlafzimmer trafen sie sich wieder. Da sie auch hier nichts fanden, unterzogen sie den Flur einer gründlichen Inspektion. Stefanie durchwühlte die Kommode, Nils öffnete den Schuhschrank und nahm jeden einzelnen Schuh heraus.

Er konnte nichts Auffälliges entdecken, also ging er noch einmal in die Küche. Er untersuchte die Abfallbehälter, besonders das Altpapier, fand dort aber weder Paketreste einer Zustellfirma noch einen Schuhkarton.

Zurück im Flur, half er Steffie dabei, die Schuhe wieder

einzusortieren. Als sie damit fertig waren, trat er einen Schritt zurück, um den Schrank genauer zu betrachten.

»Hast du ihn schon mal abgerückt?«, fragte er.

»Nein«, sagte sie.

»Er steht ein bisschen schief, findest du nicht?«

Sie warf ihm einen Blick zu. »Du meinst, er wurde bewegt?«

»Möglich.«

»Einen Versuch ist es wert.«

Sie packten ihn gemeinsam an, er mit links, um seine rechte Schulter zu schonen, und schoben ihn weg von der Wand.

Doch dahinter war nichts.

Also wuchteten sie ihn zurück. Stefanie ging erneut ins Schlafzimmer, um dort nochmals nachzuschauen.

Nils verharrte vor dem Schrank und beäugte ihn nachdenklich.

Schließlich öffnete er ihn und untersuchte nochmals sämtliche Schuhe. Er betastete sie von allen Seiten. Griff in sie hinein. Jeden einzelnen nahm er sich vor.

Als er am obersten Regalbrett angelangt war, wurde er fündig.

Es war ein Pump aus dunklem Velourleder. Der Absatz war nicht besonders hoch. Alles in allem ein recht unauffälliges Modell.

Doch in seinem Innern war etwas verborgen. Es steckte tief unter dem Vorderblatt.

Trojan zog es heraus.

Es war ein zusammengeknülltes Foto. Er strich es glatt. Die Rückseite war mit einem Schmetterling bemalt.

Er drehte das Foto um.

»Steff«, sagte er atemlos.

ZWEIUNDZWANZIG

Die Gestalt in dem Sessel streckte die Hand aus. Sie riss sich etwas vom Kopf.

Ihr weißes Gesicht verzerrte sich zu einer Grimasse.

Daniela schnappte nach Luft.

Die Gestalt stieß einen Schrei aus und sprang auf.

Daniela wich zurück.

Noch ein Schrei. Lauter. Gellend.

Daniela wankte einen weiteren Schritt zurück.

Danach herrschte Stille. Nur der Brummton des Massagesessels und ihre heftigen Atemgeräusche waren zu vernehmen.

Sie starrten sich an.

Es war eine Frau. Sie trug nichts weiter als einen hellen Bademantel. Und es war ein Kopfhörer, den sie auf den Boden geschleudert hatte.

Ihr Gesicht war von einer zähen weißen Masse bedeckt.

Cremeartig. Bröcklig.

Daniela versuchte, ihren Atem zu beruhigen.

Nur ganz allmählich machte sie hinter der kalkigen Schicht die Gesichtszüge ihrer Schwester aus.

Sie trug eine Pflegemaske.

»Clarissa!«

»Großer Gott, Daniela. Du hast mich zu Tode erschreckt. Wie bist du hier reingekommen?«

»Mit dem Zweitschlüssel.«

Das Blut rauschte in ihren Ohren. Ihr Herz hämmerte.

Clarissa griff sich an die Brust und atmete schwer. »Was um alles in der Welt hast du hier zu suchen? Ich … ich hätte beinahe einen Herzinfarkt gekriegt.«

»Tut mir leid, aber du hast auf mein Klingeln und Rufen nicht reagiert.«

»Ich hab nichts gehört.«

»Aber wie ist das möglich?«

Clarissa betätigte einen Knopf. Der Brummton verstummte, und der lederne Massagesessel stand still.

Sie deutete auf die Kopfhörer am Boden. Das Kabel war mit einem iPod verbunden. »Die Dinger sind geräuschunterdrückend. Ich habe meine Entspannungsmusik gehört. Und du platzt hier einfach herein.«

»Ich hab vorher angerufen. Mehrmals. Warum rufst du nicht zurück?«

»Verdammt, Daniela! Morgen früh habe ich einen immens wichtigen Geschäftstermin in München. Ich muss mich entspannen. Du hast ja keine Ahnung, unter was für einem Erfolgsdruck ich stehe.«

»Es war nicht meine Absicht, dich zu erschrecken.«

»Ich muss gleich los. Ich muss zum Flughafen. Ich fliege extra abends, damit ich am Morgen ausgeschlafen bin. Weißt du eigentlich, wie nervös ich vor so einem Meeting bin?«

»Entschuldige, aber …«

»Es geht um viel Geld. Es geht um meinen Job. Aber so was begreifst du ja nicht. Du bist nur mit deinen Büchern beschäftigt.«

»Ich hab dir zigmal auf die Mailbox gesprochen.«

»Auf meinem Privathandy? Das interessiert mich im Moment nicht.«

»Du hast zwei Handys?«

Clarissa machte eine verächtliche Geste. »Natürlich! In was für einer Welt lebst du eigentlich?«

»Warum weiß ich davon nichts?«

»Glaubst du im Ernst, ich würde dir meine Geschäftsnummer geben?«

»Du hättest ja wenigstens mal zurückrufen können.«

Das war typisch für ihre Schwester. Sie schaffte es innerhalb von wenigen Minuten, ihr das Gefühl zu geben, klein und unbedeutend zu sein.

»Wenn meine Kollegen und ich den Deal morgen in den Sand setzen, verliert die Firma mehrere Millionen Euro. Kannst du dir vorstellen, was das für ein Druck ist? Wie soll ich mich da noch um deinen privaten Kram kümmern. Ja, ich hab die Mailbox abgehört, aber ich habe es einfach nicht geschafft zurückzurufen, okay?«

Sie straffte den Gürtel ihres Bademantels. Daniela sah an ihr herab. Da waren zwei beträchtliche Striemen unterhalb des rechten Knies. Offenbar hatte sie sich beim Rasieren ihrer Beine geschnitten. Und das ziemlich heftig. Deshalb also die Blutsprengsel in der Wanne. Schlagartig wurde Daniela bewusst, dass ihre Schwester oftmals nur so überlegen und abgebrüht tat. Das Geschäftsleben schien mehr an ihren Nerven zu zerren, als sie bisher vermutet hatte.

Geräuschunterdrückende Kopfhörer. Entspannungsmusik. Gesichtsmaske. Zittrige Hände bei der Schönheitspflege. Und ein Massagesessel gegen die Muskelverspannungen. Das schien die Kehrseite ihres beruflichen Erfolgs zu sein.

»Ganz im Ernst, Daniela, ich hab keine Zeit für dich. Ich muss mich anziehen.«

Sie sammelte die auf dem Stuhl ausgebreitete Kleidung auf, den granitfarbenen Bleistiftrock, die nachtblaue Bluse, die Unterwäsche und die Nylons, und verließ das Zimmer.

Von dem Schrecken noch immer aufgewühlt ließ sich Daniela aufs Sofa sinken. Sie hörte, wie ihre Schwester im Badezimmer rumorte. Danach vernahm sie Geräusche aus dem Schlafzimmer.

Nach einer Weile kam Clarissa zurück, bis auf die fehlenden Schuhe vollständig angekleidet. Sie hatte sich die weiße Pflegemaske aus dem Gesicht gerieben und Make-up aufgetragen. Ihre Frisur wirkte imposant, blond und voluminös, auf verblüffende Art hochgesteckt, wahrscheinlich mit einem der Haarteile aufgebessert, wie Daniela vermutete.

Sie sah bezaubernd aus.

Wie so oft fühlte sich Daniela in die Rolle der Zuschauerin gedrängt, während sich ihre Schwester wie eine von allen Seiten bewunderte Schauspielerin auf offener Bühne benahm.

Auch ihre Stimmung schien sich ein wenig gebessert zu haben.

»Kann ich so gehen?«, fragte sie und wiegte sich leicht in den Hüften.

Daniela erhob sich vom Sofa. »Ja, du siehst toll aus.«

»Wirklich?«

Sie nickte schwach. »In dieser Aufmachung wirst du deine Geschäftspartner ganz bestimmt beeindrucken.«

»Die Kleidung sagt viel über einen Menschen aus. Ich will souverän und überzeugend auftreten. Tu ich das in diesem Outfit?«

»Ja.«

Clarissa strich mit den Fingern entlang der Taille über den knapp sitzenden Bleistiftrock. »Welche Schuhe soll ich dazu anziehen?« Sie griff zu den Stilettos und schlüpfte hinein. »Die hier? Sind die Absätze vielleicht zu hoch?«

»Weiß nicht. Ich kenne mich damit nicht besonders gut aus.«

»Sag schon.« Clarissa ging ein paar Schritte auf und ab. »Findest du, ich wirke zu nuttig darin?«

»Keine Ahnung.«

»Sexappeal ist hilfreich, aber nur, wenn er dezent ist.«

»Probier doch mal ein anderes Paar an.«

Clarissa ersetzte die Stilettos durch klassische schwarze Pumps mit Absätzen, die weniger Zentimeter hatten.

»Ja, die sind besser«, sagte Daniela.

Ihr Blick fiel auf die High Heels, die am Boden lagen. Plötzlich tauchte eine verschwommene Erinnerung an den Rändern ihres Bewusstseins auf. Sie erinnerte sich vage an das Wort *Nuttenschuhe*. Jemand hatte es im Zorn zu ihr gesagt.

Mit einem Mal wurden ihre Knie weich. Sie musste sich hinsetzen. Sie stützte die Ellbogen auf die Knie und verbarg das Gesicht in den Händen.

»Was ist denn los?« Clarissa setzte sich neben sie.

Daniela ließ die Hände sinken und schaute sie an. »Interessiert es dich denn überhaupt nicht, warum ich hier bin? Ich hab dich mehrmals um einen Rückruf gebeten, und du …?«

»Sorry, ich sagte doch …«

»Ja, du bist in Eile. Dein Meeting, ich weiß. Aber es gibt da etwas, weswegen ich in großer Sorge bin. Und ich denke, diese Angelegenheit hat auch etwas mit dir zu tun.« Sie nahm den Zettel aus ihrer Tasche und zeigte ihn ihr. »Hier, lies.«

Ihre Schwester warf einen Blick darauf. »Was soll das? Von wem ist das?«

»Ich weiß es nicht. Die Nachricht lag erst neulich in meinem Briefkasten.«

Sie erzählte ihr auch von dem anderen Zettel, den sie weggeschmissen hatte, und nannte ihr den genauen Wortlaut der anonymen Botschaft.

»*Am siebten Tag werden deine Augen endlich geöffnet sein?*«, wiederholte Clarissa ungläubig.

»Ja.« Daniela deutete auf das Papier. »Sagt dir das Zeichen etwas? Hast du es schon mal irgendwo gesehen?«

Clarissa schüttelte den Kopf. »Nein.«

»Ganz sicher?«

Ihre Schwester erhob sich. »So etwas schmeißt man doch sofort in den Müll. Warum lässt du dich überhaupt darauf ein?«

»Du hast also keine Ahnung, warum ich dich aufsuchen soll?«

»Absolut nicht.«

Auch Daniela stand wieder auf. »›*Deine Schwester weiß mehr als du.*‹ Für diesen Satz muss es doch irgendeine Erklärung geben. Bitte, schau dir das Zeichen wenigstens noch mal an.«

Erneut warf Clarissa einen flüchtigen Blick darauf. »Sagt mir nichts, ehrlich.«

Sie hob ein weiteres Paar Schuhe auf. »Passen die vielleicht noch besser zu dem Rock?«

»Verdammt, Clarissa! Existiere ich überhaupt für dich?«

»Natürlich existierst du. Du bringst meinen engen Zeitplan durcheinander. Ich verpasse noch meinen Flug.«

»Es tut mir sehr leid, dass ich hier ohne Weiteres reingeplatzt bin, aber…«

»Du lebst nur in deinen Büchern. Du bist völlig weltfremd.« Sie streifte die schwarzen Pumps ab und zog dafür dunkelblaue in Schlangenlederoptik an. »Was hältst du von diesen?«

»Ja, die sind genauso schön«, erwiderte Daniela mit wenig Überzeugung.

Nach einer Pause sagte sie leise: »Weißt du, in letzter Zeit habe ich furchtbare Albträume.«

Unvermittelt setzte sie einen Schritt vor und berührte ihre Schwester an der Schulter. »Geh heute Abend nicht weg, bitte. Steig nicht in dieses Flugzeug.«

»Aber warum?«

»Ich habe Angst um dich. Um uns beide habe ich Angst.«

Clarissa sah sie an. Sie nahm ihr den Zettel ab und las ihn sich noch einmal durch. »Ich vermute, das stammt von irgendeinem Perversen, der dich einschüchtern will. Meinst du nicht, dass du die Angelegenheit zu ernst nimmst?«

»Und wenn es nun eine Drohung ist? Man kann nie wissen, wie gefährlich solche Leute sind, die einem anonyme Botschaften schicken. Sollte ich deswegen vielleicht zur Polizei gehen?«

Clarissa wiegte den Kopf. »Wann genau hast du die Nachrichten bekommen?«

»Die eine am Montag, die andere am Dienstag. Heute war nichts in meinem Briefkasten.«

»Besonders bedrohlich klingt mir das, offen gestanden, nicht.«

Daniela erzählte ihr von den Zweigen vor ihrer Haustür.

Sogleich bemerkte sie den Zweifel in Clarissas Augen.

»Und die Zweige hatten die gleiche Form wie das Zeichen?«

»Ja.«

»Du erwähntest vorhin, dass du unter Albträumen leidest.«

»Hmm.«

»Sind sie aufgetaucht, bevor oder nachdem du die Zettel erhalten hast?

»Bereits davor. Das ist ja das Furchteinflößende daran. In der Nacht träume ich von diesem Zeichen, und am nächsten Morgen liegt es direkt vor meiner Haustür. Jemand hat es aus Zweigen angeordnet. Ich sehe es in meinem Albtraum erschreckend deutlich vor mir, und ungefähr zur selben Zeit zeichnet es jemand auf ein Stück Papier und legt es in meinen Briefkasten. Findest du das nicht auch unheimlich?« Ein Schauer lief über ihren Rücken.

Clarissa berührte sie besänftigend am Arm. »Erzähl mir mehr von diesen Träumen.«

»Ich bin in meinem Schlafzimmer. Ich liege bäuchlings auf dem Bett. Ich kann mich nicht bewegen. Und da ist etwas auf dem Boden. Es ist hell, so hell, und es macht mir Angst. Ich will mich davon abwenden. Doch ich bin wie gelähmt.«

»Und was dir Angst einjagt…«

»…hat exakt diese Form.« Sie wies auf das Zeichen auf dem beschrifteten Papier.

Clarissa gab ihr den Zettel zurück. »Du musst jemandem davon erzählt haben. Eine andere Erklärung gibt es nicht.«

Daniela faltete das Blatt zusammen und ließ es in ihrer Jackentasche verschwinden. »Wirklich, Clarissa, du musst mir glauben, ich hab niemandem davon erzählt.«

»Bist du dir ganz sicher?«

»Ja. Du bist die Erste, die davon erfährt.«

»Und wie geht der Traum weiter?«

»Etwas berührt mich an den Fußsohlen. Irgendwas Lebloses.«

»Leblos? Wie kommst du darauf?«

»Ich weiß nicht, es ist nur so eine Ahnung. Meine Füße zucken. Ich kann die Bewegungen nicht kontrollieren. Es ist wie ein Krampf.«

Clarissa holte tief Luft. »Und dann?«

»Schließlich schaffe ich es, mich umzudrehen. Es kostet mich viel Kraft. Und da ist etwas am Fenster. Die Vorhänge sind aufgezogen. Mitten in der Nacht. Dabei habe ich sie doch vorm Schlafengehen geschlossen.«

»Was ist am Fenster?«

»Ich kann es nicht genau erkennen, weil mich das Licht blendet. Es ist so grell.«

»Licht von draußen?«

»Ja.«

»Befindet sich vielleicht ein Mann in deinem Zimmer? Wirst du von ihm bedroht?«

»Ich bin mir nicht sicher … ich … es ist …«

Daniela brach ab. Sie begann am ganzen Körper zu zittern. Es war ihr unangenehm vor ihrer Schwester, die so beherrscht und kühl sein konnte.

Sie bemerkte, wie Clarissa zögerte, doch schließlich nahm sie Daniela kurz in den Arm.

»Ist ja gut. Du warst schon immer die Sensiblere von uns beiden. Nimm dir das alles nicht zu sehr zu Herzen.« Ihre Schwester blickte sie an. »Tut mir leid, aber ich muss jetzt wirklich los. Wenn du willst, kannst du noch einen Moment hierbleiben und dich ausruhen.«

»Okay.«

Clarissa ging in den Flur. Als sie zurückkam, trug sie einen Mantel, passend zu ihrem Outfit, und zog einen kleinen Rollkoffer hinter sich her. Sie betrachtete sie stirnrunzelnd: »Daniela?«

»Hmm.«

»Vielleicht solltest du mal einen Psychologen aufsuchen.«

»Wie bitte?«

»Wenn dich diese Träume schon länger bedrängen … ich weiß nicht, ob das noch gesund ist.«

»Du meinst, irgendwas stimmt nicht mit mir?«

»Nun sei doch nicht gleich beleidigt. Ich möchte dir nur einen Rat geben.«

Daniela war gekränkt. Das sah ihrer Schwester ähnlich. Da

ließ sie sich mal kurz dazu herab, ihr ein wenig Aufmerksamkeit zu schenken, und gleich im nächsten Moment vermittelte sie ihr das Gefühl, völlig wertlos und neurotisch zu sein.

Clarissa knöpfte ihren Mantel zu. »Okay, also dann mach's gut. Am Samstagnachmittag bin ich übrigens wieder zurück.«

Daniela nickte bloß.

»Schließ bitte die Tür hinter dir ab.« Clarissa wies auf den Boden. »Und kannst du vielleicht die Schuhe für mich einsammeln? Dann sieht es hier schön ordentlich aus, wenn ich wiederkomme.«

»Na klar«, entgegnete Daniela knapp. »Viel Erfolg bei deinem Meeting.«

»Danke.«

Clarissa packte den Griff ihres Rollkoffers und verließ die Wohnung.

Daniela brauchte eine Weile, um sich zu fassen. Sie war empört über das selbstsüchtige Verhalten ihrer Schwester. Ihre Schuhe einsortieren? Für sie Ordnung schaffen? Für wen hielt sie sich eigentlich?

Umso mehr ärgerte sich Daniela über sich selbst, als sie tatsächlich damit begann, einige der Schuhe vom Boden aufzulesen. So war es schon immer gewesen, Clarissa bestimmte, und sie schluckte ihren Ärger herunter und erwies sich als die folgsame Schwester.

Nur damit es keinen Streit gab.

Einen Haufen Schuhe im Arm, ging sie ins Schlafzimmer. Von dort aus führte eine Tür in einen kleinen Ankleideraum. Daniela drückte die Klinke und trat ein.

Links hingen Blusen, Kleider und Röcke auf Holzbügeln an einer Stange, in der Mitte befanden sich Fächer für Pullis und T-Shirts, und auf der rechten Seite die Regale für Clarissas beträchtliche Schuhsammlung.

Widerwillig sortierte Daniela die Schuhe ein. Sie war bereits fertig und wollte sich zum Gehen wenden, als sie plötzlich innehielt.

Hinter einem weizenfarbenen Paar Stiefel aus Lackleder mit Zierschnürung, Pfennigabsatz und verdecktem Plateau, war ihr etwas Buntes aufgefallen.

Sie schob den einen Stiefel zur Seite.

Ihre Augen weiteten sich.

DREIUNDZWANZIG

Trojan bemühte sich, das aufgeregte Zittern seiner Hand zu unterdrücken.

»Steff«, rief er noch einmal.

Sie trat zu ihm. Er zeigte ihr das Foto.

Sie beugte sich vor, um es zu betrachten. Er spürte ihren Atem in seinem Gesicht. Wieder registrierte er den Duft ihres Parfums. Lieblich und angenehm. Ein Hauch Würze und eine Prise Sinnlichkeit.

»Wir hatten recht mit unserer Annahme«, sagte er. »Der Kerl hat uns auch hier etwas hinterlassen.«

»Wo hast du es gefunden?«

»Es war in einem Schuh versteckt.«

Er drehte die Aufnahme um und präsentierte ihr die Rückseite, auf der das Fotopapier bemalt war.

»Das ist der Monarchfalter«, sagte sie.

»Hmm. Wie auf dem Rücken von Beatrice Weiler.«

»Adäquat dazu hat er das Kästchen in der Wohnung von Luisa Haneke mit dem Blauen Morphofalter versehen.«

»Ja. Er wollte, dass wir es finden. Und vermutlich war ihm klar, dass wir erst das Kästchen entdecken und dann das hier. Es steckte unter der Schuhkappe. Zusammengeknüllt. Es war weitaus geschickter verborgen als das andere Fundstück.«

Wie auch Trojan trug Stefanie Latexhandschuhe bei der Durchsuchung. Und doch spürte er die Wärme ihrer Haut, als sie seine Hand mit leichtem Druck umwandte, damit sie erneut die Vorderseite des Fotos begutachten konnten.

Am liebsten wäre er in die Aufnahme hineingekrochen, um jedes noch so winzige Detail in sich aufzusaugen, zu rastern, abzugleichen, einzuordnen. Gleichzeitig war er gewarnt. So leicht würde es ihnen der Täter nicht machen. Möglich, dass das Foto eine Falle darstellte. Auch eine falsche Spur war denkbar, vom Bodypainter bewusst gelegt.

Mit allem war zu rechnen. Trojan durfte niemals aus den Augen verlieren, dass der Killer mit ihnen spielte.

Steffie und Trojan scannten die Aufnahme mit Blicken. Adrenalin durchpulste ihn erneut und ließ ihn die Schmerzen in seiner Schulter vergessen. Er liebte diese Momente in seinem Job. Selbst wenn sich der Fund am Ende als eine falsche Fährte erweisen sollte – immerhin hatten sie etwas aus dem Besitz des Täters in der Hand.

Er wollte mit ihnen kommunizieren. Er hinterließ Botschaften für sie.

Und Trojan wusste: Sein Drang, sich ihnen mitzuteilen, könnte ihn auch bald dazu verleiten, einen Fehler zu machen.

Das Foto selbst zeigte zwei Frauen, die sich vor einem Gebäude aufhielten. Es musste im Frühling oder Sommer aufgenommen worden sein, denn sie waren luftig gekleidet. Kurze Röcke, Blusen, offene Jacken. Die eine Frau war etwas größer als die andere und hatte Pumps mit halbhohen Absätzen an. Die andere schien jünger zu sein, vielleicht sogar noch ein Teenager. Sie trug Sportschuhe zu einer geringelten Strumpfhose.

Beide hatten halblanges Haar, brünett. Sie standen vor dem Gebäude mit cremefarbenem Putz, einander zugewandt, offenbar in ein Gespräch vertieft.

Trojans Blicke umkreisten sie. Er versuchte, mehr über sie herauszubekommen.

Doch das war schwierig.

Denn die Frauen hatten keine Gesichter.

Ihre Körperhaltung war entspannt, vielleicht lachten sie sogar.

Dort jedoch, wo ihre Gesichter sein sollten, war das Fotopapier weggekratzt.

»Er hat sie unkenntlich gemacht«, murmelte Stefanie.

»Was will er uns damit sagen? Dass sie seine nächsten Opfer sind? Will das Schwein uns mitteilen, dass sie sterben müssen? Oder haben wir das Foto zu spät entdeckt? Sind sie bereits tot?«

»Wenn wir die Reihenfolge beachten«, sagte Stefanie, »am ersten Tatort das Foto, am zweiten das Kästchen, hieße das unter Umständen, dass es sich bei den beiden abgebildeten Frauen …«

»… um Luisa Haneke und ihre Tochter Sarah handelt?«, ergänzte Trojan.

»Möglich.«

»Die zweite Frau auf dem Foto wäre demnach noch ein Kind.«

»Kommt das deiner Meinung nach hin?«

»Schwer zu beurteilen. Außerdem hat der Mörder ja Sarah verschont.«

»Denkbar wäre auch, dass es sich nur um Luisa handelt. Sie ist vielleicht zusammen mit einer anderen Frau aufgenommen worden.«

»Was ist mit dem Gebäude im Hintergrund? Ist es vielleicht das Haus in der Pücklerstraße?«

Stefanie besah sich das Foto genauer. »Nein. Das hier ist

ein grob verputztes Haus. Die Fassade in der Pücklerstraße ist sehr viel heller und edler.«

»Ein Foto, darauf zwei Gesichter, die entfernt wurden. Ein Kästchen, und darin ein Stück Haut von keinem der beiden toten Frauen. Das könnte meine schlimmsten Befürchtungen bestätigen.«

»Ja. Offenbar will er uns auf ein weiteres Opfer hinweisen.«

»Allerdings können wir uns nicht sicher sein, dass die Person, der die Haut entfernt wurde, noch am Leben ist.«

»Das ist leider wahr.«

»Und noch etwas steht zu befürchten. Zwei Personen sind auf dem Foto, vielleicht hat er sogar ein viertes Opfer im Visier.«

Sie schauten sich an.

»Okay«, sagte Trojan. »Der Reihe nach. Sarah und ihr Vater müssen zu dem Foto befragt werden. Zur Sicherheit auch Sebastian Weiler. Im Labor sollte parallel das Fotopapier analysiert werden. Sollten die Befragungen nichts ergeben, müssen wir es mit einem Abgleich ähnlicher Fotos aus dem Internet versuchen. Dafür hat Kolpert eine spezielle Software. Vielleicht kriegt er über das Bildraster mehr über die beiden Personen und das Gebäude heraus.«

Stefanie nickte. »Und der nächste äußerst dringliche Punkt betrifft die DNA des Hautstücks. Wir brauchen sie, und zwar sofort.«

»Ganz genau. Rufst du deswegen Semmler an?«

»Okay.«

»Ich informiere derweil den Chef.«

Sie nickten sich zu und griffen sich ihre Handys.

Trojan sah zur Uhr.

Es war nicht mehr weit bis Mitternacht.

In seinem Kopf überschlugen sich die Gedanken. Der erste Mord hatte sich in der Nacht von Sonntag auf Montag ereignet. Der zweite in der Nacht von Dienstag auf Mittwoch.

Sollte der Täter sein Muster einhalten, würde er bald wieder zuschlagen.

Trojan drückte die Kurzwahl auf dem Display seines Smartphones.

Landsberg hob sofort ab.

»Hilmar, es gibt Neuigkeiten.«

Daniela trat näher an das Regalbrett heran.

An der Wand dahinter hing eine kleine farbige Zeichnung.

Sie betrachtete sie erstaunt.

Hatte ihre Schwester das Bild dort angebracht?

Aber warum ausgerechnet im Ankleidezimmer, versteckt hinter den Schuhen?

Es zeigte einen Schmetterling.

Leuchtend rot und rotbraun, mit weißen und schwarzen Verzierungen.

Das bemalte Papier war mit einer Reißzwecke an die Wand gepinnt.

Die Spitze durchbohrte den Falter.

DRITTER TEIL

Tatjana humpelte an Krücken durch unsere kleine Wohnung im Souterrain, einen dicken Verband um ihren linken Fuß. Die Schnittverletzungen an ihrer Sohle waren mit mehreren Stichen genäht worden. In der Klinik hatte sie gesagt, sie sei in Glasscherben getreten.

Sie blieb bei meinem Vater. Ich verstand nicht, warum. Ihr Gesicht war bloß noch eine regungslose Maske. Wenn wir uns daheim begegneten, glitt ihr Blick an mir vorbei. Ihr Lachen, ihre fröhliche Art waren verschwunden. Sie hatte mich verraten, und ich konnte ihr nicht verzeihen.

Ich hielt mich an einem einzigen Gedanken fest: Ich muss hier weg. Ich muss es schaffen. Nur hatte ich nicht mit den Tricks meines Vaters gerechnet.

Er war ein Blender. Er verfügte über schauspielerisches Talent. Ich hatte eine Sachbearbeiterin vom Jugendamt zu uns gebeten. Ich hoffte, sie würde sich dafür einsetzen, dass ich eine neue Bleibe bekam. Ich wollte irgendwohin, ganz egal wo, nur weg von meinem Vater.

Ich hätte einfach abhauen sollen. Doch ich hatte versucht, eine vernünftige Lösung zu finden. Ich war gerade mal siebzehn und bemühte mich, erwachsen zu handeln.

Als die Frau vom Jugendamt zu uns kam, trug er ein blütenweißes Hemd zu einer nachtblauen Hose mit

Bügelfalten, frisch aus der Reinigung. Selbst eine Krawatte hatte er sich umgebunden. Die hinkende Tatjana war nicht anwesend, auch dafür hatte er gesorgt. Er erwähnte sie mit keinem Wort. Die Wohnung erstrahlte plötzlich in hellem Glanz. Es gab Kaffee und Kuchen, er scherzte, war charmant, und sein Atem bestand aus reinem Menthol. Er brachte die Sachbearbeiterin zum Lachen und flirtete nur gerade so viel mit ihr, dass es nicht unangenehm erschien.

Sie sah sich mein Zimmer an. Ein kurzer Blick durch die geöffnete Falttür ins Elternschlafzimmer. Die eingetrockneten Blutflecken auf dem Holzboden hatte Tatjana mit Essigsäure blass gescheuert und dann mit einem neuen Teppich verdeckt. Er hatte ein fröhliches Muster, gelb mit lilafarbenen Streifen.

Beim Abschied sagte die Sachbearbeiterin zu mir: »In einem Jahr bist du achtzehn, dann kannst du selbst entscheiden, wohin du gehst.«

Sie schrieb ein positives Gutachten über meine Familienverhältnisse und überließ mich meinem Schicksal.

Es war an einem Sonntag, als ich für uns drei das Mittagessen kochte. Tatjana hatte Schmerzen, sie lag auf der Couch im Wohnzimmer, die Füße hochgelagert. Ich stand am Herd, in einem Topf das brodelnde Wasser mit den Spaghetti, im anderen die Soße. Mein Vater kam in die Küche, und ich dachte, der Moment wäre vielleicht günstig.

Doch ich hatte mich getäuscht.

»Vater?«

»Was?«

»Wenn du mir etwas Geld leihst, nur für den Anfang, könnte ich es in einer WG versuchen.«

»Was für eine WG?«

»Eine Wohngemeinschaft für… Egal, ich brauch das Geld für die Mietkaution.«

Er trat dicht an mich heran. Ich spürte seinen Atem im Nacken. Sein Tonfall war erschreckend freundlich.

»Du bleibst hier. Ich muss darauf achten, dass du dein Abitur machst. Ich habe das Sorgerecht für dich, Sohn.«

»Es wäre doch nur, bis…«

»Halt den Mund.«

»Ich könnte es mit einem Job versuchen.«

»Du willst die Schule schmeißen?«

»Nein. Ich will nur hier weg. Ich brauche etwas Starthilfe.«

»Und deshalb bittest du mich um Geld?«

»Ja.«

»Nennst du das Respekt?«

Ich schwieg.

»Respektierst du deinen Vater?«

Darauf wusste ich keine Antwort.

Ich wollte den Topf vom Herd nehmen. Doch er war schneller. Mit einem Ruck glitten seine Finger unter den Griff, und er warf den Topf um. Mich traf ein Schwall siedendes Wasser an der Hüfte.

Lichtblitze explodierten in mir.

Als ein Arzt in der Notaufnahme die Wunden meiner schweren Verbrühungen versorgte, stand mein Vater dabei und sagte: »Der Junge hat sich beim Kochen dämlich angestellt. So ist er nun mal.«

Ich kniff die Lippen zusammen. Es hatte wenig Sinn, ihm zu widersprechen.

VIERUNDZWANZIG

Freitag, 19. Mai. Kurz nach Mitternacht

Das Team der fünften Mordkommission hatte sich im Sitzungsraum versammelt, um die Ergebnisse zusammenzutragen.

Für Trojan war der Punkt erreicht, da er seine Schmerzen und die Erschöpfung nicht mehr wahrnahm. Auch die Müdigkeit blendete er aus. Er war lediglich auf ein Ziel hin fokussiert: Den Täter innerhalb der nächsten vierundzwanzig Stunden dingfest zu machen.

Immerzu dachte er dabei an den mutmaßlichen Zeitpunkt eines weiteren Mordanschlags. Unablässig fragte er sich, nach welchem Muster der Bodypainter vorging. Wen er als sein nächstes Opfer im Visier hatte. Und was er wirklich mit den versteckten Hinweisen am Tatort bezweckte.

Wollte er die Ermittler damit in die Irre führen? Oder fühlte er sich gedrängt, ihnen etwas über seine Motive mitzuteilen?

Noch eine Variante zog Trojan in Betracht: Das Stück Haut und das Foto könnten auch Ausdruck seines Hochmuts sein. Vielleicht wollte er mit seiner Cleverness prahlen und weidete sich daran, wie er die Beamten mit der Spurensuche beschäftigte.

Trojan ahnte, dass den Täter eine Mischung aus allen drei Aspekten antrieb: Neben der beabsichtigten Irreführung und seiner Prahlerei sprach auch das Unbewusste aus dem Foto und dem Kästchen. Möglicherweise erzählte beides von einer tief gehenden Verletzung. Einer Kränkung. Es könnte sich auf die Biografie des Täters beziehen.

Hier sollte er ansetzen. Darüber länger nachdenken, es könnte sich vielleicht lohnen.

Zwei weggekratzte Gesichter. Ein Stück Haut. Die Tätowierung eines Kreuzes. Und die Transformation in einen Schmetterling.

Nicht nur in diesen Momenten vermisste Trojan die intensiven Gespräche mit Jana. Sie als Psychologin könnte ihm jetzt weiterhelfen.

Und wo war sie derzeit?

In Auckland. Zusammen mit ihrem Backpacker.

Plötzlich musste Trojan an seinen Vater denken. Blitzartig überfiel ihn die Erinnerung an seinen Albtraum.

Die Schüsse. Das Blut in der Wanne. Seine Schreie. Er hatte seinen eigenen Vater umgebracht.

Weil dieser ihn einen Schwächling genannt hatte.

Kurzzeitig keimte Panik in ihm auf.

Er dachte an das unterbrochene Telefonat zurück. Sobald der Fall abgeschlossen wäre, würde er zu ihm fahren.

Ja, es duldete keinen Aufschub.

Er würde die Angst vor seinem Vater überwinden. Diesem Dickkopf mit verkrüppelter Hand, die bei seiner Arbeit als Tischler in die Standfräse geraten war. Viel zu lange hatte er sich vor der Konfrontation mit ihm gedrückt. Er wollte ihm furchtlos gegenübertreten.

Und wenn Richard Trojan wirklich einen Menschen umgebracht hatte, würde er ihn verhaften lassen.

Steffie, die am Konferenztisch neben ihm saß, warf ihm einen fragenden Blick zu.

»Alles in Ordnung mit dir?«

»Ja.«

»Du hast eben sehr zornig geguckt.«

»'tschuldige, ich hab an meinen Vater gedacht.«

»Gibt es Probleme mit ihm?«

Er verzog das Gesicht. »Erzähl ich dir ein anderes Mal.«

Sie bedachte ihn mit einem mitfühlenden Lächeln, und er zwinkerte ihr zu.

Danach konzentrierte er sich wieder auf den Sitzungsverlauf.

Ronnie Gerber berichtete gerade von einem erneuten Gespräch mit Sebastian Weiler. »Ich hab ihn gefragt, ob seine Mutter in letzter Zeit ein Paket mit Schuhen bekommen hat. Sebastian hatte dies verneint.«

Holbrecht meldete sich zu Wort: »Auch die Suche nach dem Paket in den Mülltonnen und Altpapierbehältern im Hof des Wohnhauses in der Pücklerstraße verlief leider ergebnislos.«

»Wir haben die Nachbarn nach einem Paketboten im Haus gefragt«, sagte Albert Krach.

»Und?«, fragte Landsberg.

»Negativ.«

»Ich habe hier die Daten von sämtlichen Zustellbetrieben vorliegen«, murmelte der Chef nach einer Pause und durchblätterte seine Unterlagen. »Die Pücklerstraße wurde am Mittwoch zwar mehrfach angefahren, aber der Name Luisa Haneke taucht in den Listen nicht auf.« Er blickte in die Runde. »Wir müssen also in Betracht ziehen, dass der Täter das Paket selbst zugestellt hat, vermutlich in einer gefakten Uniform.«

»Wie schon erwähnt«, sagte Albert, »den Hausbewohnern ist kein Bote aufgefallen.«

»Hmm, das muss nichts heißen.« Landsberg wiegte den Kopf. »Okay, kommen wir zum nächsten Punkt. Es geht um den Kollegen von der Spurensicherung, Bernd Brodemeier, den wir vorläufig festgenommen haben. Der Verdacht gegen ihn hat sich nicht erhärtet. Seine Freundin Gesche Winters bestätigt seine Alibis für beide Tatnächte. Ich fürchte, wir müssen ihn morgen früh gehen lassen. Die Beweislage reicht für eine Vorführung beim Haftrichter nicht aus. Auch wenn der Kerl in meinen Augen für unsere weitere Arbeit eine Gefährdung darstellt, dürfen wir ihn nach dem Gesetz nicht länger festhalten.«

»Und wenn der Bodypainter einen Komplizen hat?«, fragte Trojan. »Was, wenn einer aus unseren Reihen von ihm infiltriert wurde?«

»Du denkst dabei an Brodemeier?«

»Zumindest habe ich das in meine Überlegungen mit einbezogen. Seine Alibis wären damit obsolet. Er könnte den Täter unterstützt haben. Ein Zuarbeiter gewissermaßen, sein Handlanger.«

»Hältst du es denn für denkbar, dass *er* dich in den Schacht gestoßen hat?«

Mit einem Mal herrschte Stille im Sitzungsraum. Sie alle schauten Trojan an.

Nils schwieg.

»Kannst du das eindeutig sagen?«, fragte Landsberg.

»Das ist es ja gerade. Ich kann es nicht mit Bestimmtheit sagen. Und ich gebe zu, dass mich die ganze Angelegenheit zutiefst verunsichert hat.«

»Das geht mir auch so«, murmelte der Chef. »Ein derartiger Vorfall während einer Tatortarbeit ist mir in meiner ganzen Laufbahn noch nicht vorgekommen.« Und nach einer weiteren Pause fügte er hinzu: »Also schlage ich vor, wir lassen Brodemeier frei und halten ihn und seine Freundin unter Beobachtung. Ich ordne eine Observierung an. Und zwar rund um die Uhr. Außerdem sorge ich dafür, dass er nicht mehr mit unserem Team zusammenarbeitet. Einverstanden, Nils?«

Er nickte. »Einverstanden.«

»Gut. Weiter. Was haben wir aus der Rechtsmedizin?«

»Ich hab mit Semmler telefoniert«, sagte Stefanie. »Leider hat er nicht so gute Nachrichten für uns.« Sie holte Luft und richtete ihren Blick angestrengt auf ihren Notizblock. »Ich fasse den wissenschaftlichen Teil mal zusammen und hoffe, mich verständlich auszudrücken. Eine DNA ist zwar stark, aber nicht unzerstörbar. Der Doppelstrang kann zerbrechen, und ab einem bestimmten Grad taugt die DNA nicht mehr für die Profilerstellung. Die Haut, die wir in der Wohnung von Luisa Haneke gefunden haben, ist mit mehreren Chemikalien verunreinigt worden. Laut Semmler zum einen wegen der Konservierung, zum anderen wohl aber auch, um uns die Arbeit zu erschweren.« Sie schaute von ihrem Notizblock auf. »Der Täter hat die Spur vermutlich absichtlich mit Stoffen vermengt, die die Wirksamkeit einer nachfolgenden chemischen Reaktion reduzieren. Und mit chemischer Reaktion ist die sogenannte PCR-Amplifikation gemeint. Das ist das Verfahren, welches es ermöglicht, innerhalb kürzester Zeit kleine Mengen DNA so stark zu vermehren, dass eine DNA-Analyse überhaupt möglich ist.«

Landsberg hob die Augenbrauen. »Wie stark ist die Spur verunreinigt?«

»Ziemlich stark. Semmler tut sein Bestes, aber er bittet um Geduld.«

»Und was hieße das für uns im schlimmsten Fall?«

»Wenn die Haut zu sehr von den Chemikalien beeinträchtigt wurde, würde das bedeuten, dass aus ihr kein DNA-Profil zu erstellen ist. Wir können also nur abwarten und hoffen, dass es Semmler dennoch gelingt.«

»Verdammte Scheiße.«

»Tut mir leid, Chef, dass ich in der Hinsicht gerade nicht weiterhelfen kann. Aber wir haben ja noch das Foto.«

»Richtig, das Foto. Hoffentlich landen wir wenigstens hier mal einen Treffer.« Landsberg ließ den Atem ausströmen. »Max, würdest du bitte?«

Kolpert bediente seinen Laptop und den Beamer und projizierte einen Scan der Aufnahme auf die ausgerollte Leinwand im Sitzungsraum.

Er räusperte sich. »Die Untersuchung im Labor hat Folgendes ergeben: Das Fotopapier ist von der Marke Epson. Herkömmliches Material in Hochglanz, gibt es überall zu kaufen. Die Fotografie wurde mit einem Farblaserdrucker der Marke Brother ausgedruckt, es ist ebenfalls ein sehr verbreitetes Modell. Die Aufnahme selbst wurde mit einer hochauflösenden Digitalkamera gemacht, vielleicht eine Lumix, vielleicht aber auch eine Nikon. Dazu fehlen mir noch genauere Angaben. Wichtig ist im Moment, dass auf dem Papier keine verwertbaren Spuren gefunden wurden. Die Gesichter der beiden Personen wurden offenbar mit einer Nadel weggekratzt. Im Labor fand man ein paar winzige Metallreste, die darauf hinweisen.« Wieder räusperte er sich. »Nun zu dem Motiv. Wir haben mit Sarah gesprochen, sie hat weder sich selbst noch ihre Mutter auf dem Foto erkannt. Auch Frank Plöck, der Lebensgefährte von Luisa Haneke, konnte die Personen darauf nicht zuordnen, dies betrifft ebenso die Kleidungsstücke der beiden Frauen und das Gebäude im Hintergrund. Sebastian Weiler konnte übrigens mit den Fotos ebenfalls nichts anfangen.«

Kolpert vergrößerte die Aufnahme. Ihr Computerexperte war nun voll in seinem Element. Seine Wangen röteten sich, seine von einem früheren Säureangriff verätzte Gesichtshälfte schien aufzuglühen. Er zoomte weiter.

»Die Art, wie die beiden Frauen gekleidet sind, weist auf die gegenwärtige Mode hin. Das Foto dürfte also nicht besonders alt sein. Ich bin bereits dabei, die Abbildung unter Zuhilfenahme einer speziellen Software mit Bildern aus dem Internet abzugleichen. Vielleicht kommen wir so auf den Aufnahmeort. Aber das ist ein aufwendiges und zeitraubendes Verfahren.«

Er zoomte immer näher heran. Die weggekratzten Köpfe der Frauen erschienen übergroß auf der Leinwand.

»Kannst du uns einen Bildausschnitt vom Hintergrund geben?«, fragte Trojan. »Wir brauchen Charakteristika des Gebäudes.«

»Okay.«

Er gab eine Tastenkombination ein, und schon erschien das Haus, vor dem die beiden Frauen standen, auf einem separaten Bild, das er an die Wand projizierte.

Trojan erkannte ein Fensterbrett und ein Stück vom Fensterglas. Und da war noch etwas. Sehr verschwommen. Er wies Kolpert darauf hin.

Ein weiterer Zoom.

»Im Fenster«, rief Trojan. »Was ist das?«

»Ich versuche es mal mit einem anderen Algorithmus, um die Zwischenpixel mit Überblendung zu berechnen. Könnte ein paar Sekunden dauern.«

Kolpert klapperte auf der Tastatur seines Rechners herum.

Schließlich hatten sie das Ergebnis. Stark verpixelt. Unscharf.

Etwas befand sich im Fenster.

»Was ist das?«, fragte Trojan noch einmal.

Ein letzter Zoom, und sie sahen es.

FÜNFUNDZWANZIG

Es ist eine Spiegelung«, murmelte Nils.

»Bist du dir sicher?«, fragte Kolpert.

»Ja. Irgendwas spiegelt sich in dem Fenster im Erdgeschoss.« Er lehnte sich vor. »Sieht mir aus wie eine Metallrampe.«

»Das wäre dann also etwas, was sich gegenüber von dem Haus befindet.«

»Genau. Kriegst du es noch größer hin?«

Kolpert versuchte es. Der Ausschnitt war nun so stark verpixelt, dass er vor ihren Augen verschwamm.

Er klapperte auf den Tasten herum, um das Bild neu zu berechnen. Nun sahen sie es ein klein wenig schärfer.

»Kein Zweifel«, sagte Trojan. »Es ist eine steil aufragende Rampe aus Metall. Hochgebogen und ziemlich breit.«

»Was für einen Nutzen könnte so etwas haben?«, murmelte Landsberg. »Sieht mir jedenfalls nicht wie eine Rollstuhlfahrerrampe aus.«

Angestrengt starrten sie auf die Leinwand.

Auf einmal schnipste Stefanie Dachs mit den Fingern. »Ich denke, es ist der Teil einer Skateanlage. Ja, so eine Art Sprungschanze, die für Skateboarder angelegt wurde. Schaut mal«, sie wies auf ein Detail im Hintergrund, »dahinter scheint sich noch eine zu befinden.«

Trojan atmete hörbar aus. »Du könntest recht haben. Demnach müsste das Haus gegenüber von einem Skatepark stehen.«

»Max«, sagte der Chef, »kannst du uns eine Liste sämtlicher Skateanlagen aus dem Internet aufrufen?«

»Kein Problem.« Kurz darauf erschien eine Skateboarder-Website auf dem Bildschirm. Kolpert ging die einzelnen Adressen der Parks durch und rief Satellitenbilder von ihnen auf. Auf einem Split Screen verglich er sie mit dem Ausschnitt der Fensterspiegelung auf der Fotografie.

»Das sind allein die Skateparks in Berlin. Die Liste ist ziemlich lang.«

Er begann, Bild für Bild mit der Detailaufnahme zu vergleichen. Dafür rechnete er die jeweiligen Satellitenbilder um, so dass sie im gleichen Winkel erschienen wie die Spiegelung in dem Fenster.

Landsberg seufzte. »Das kann jetzt dauern, oder?«

»Hmm. Die Anlagen ähneln sich ziemlich«, murmelte Kolpert, »wir bräuchten mehr Einzelheiten aus der Umgebung, aber die gibt unser Ausschnitt nicht her.«

»Verdammt.«

»Was hat eigentlich der orangefarbene Fleck zu bedeuten?«, fragte Stefanie und zeigte auf ein Detail neben dem metallenen Skateboarder-Hindernis auf der Vergrößerung.

Kolpert versuchte es erneut mit verschiedenen Pixelberechnungen. Schließlich sagte er: »Ich habe die Vermutung, dass es sich um ein Toilettenhaus handelt. Seht mal hier.« Er erstellte einen weiteren Ausschnitt. Stark verpixelt erkannten sie Bruchstücke von einem übergroßen Piktogramm, das auf einer orangefarbenen Wand klebte. Es war das Zeichen für einen Mann und eine Frau, welches auf eine öffentliche Toilette hinzuweisen schien.

»Okay, noch ein Anhaltspunkt«, sagte Landsberg. »Wir suchen also nach einem Skatepark mit öffentlicher Toilette gegenüber einem cremefarben verputzten Wohnhaus. Max, ich schlage vor, du machst damit allein weiter und gibst uns umgehend Bescheid, wenn du einen Treffer landest.«

»In Ordnung.«

»Alle anderen gehen wieder an ihre jeweiligen Ermittlungen.« Der Chef schlug die rechte Faust in seine linke Handfläche. »Also los, Leute, an die Arbeit!«

Zwei Stunden später hatten sie noch immer keine Neuigkeiten von Kolpert. Ungeduldig wanderte Trojan in seinem Büro auf und ab. Für einen kurzen Moment streckte er sich auf seiner Klappliege aus und schloss die Augen. Ruhig, dachte er, ganz ruhig. Erst mal tief durchatmen. Und nicht die Hoffnung aufgeben. Sie würden an dieser Stelle weiterkommen. Sie würden es schaffen.

Doch dafür brauchte es Zeit.

Er stand auf, ging zu seinem Schreibtisch und durchforstete zum wiederholten Mal seine Ermittlungsunterlagen, als es an der Tür klopfte.

»Ja?«

Steffie trat ein.

»Und?«, fragte er gespannt.

Sie schüttelte den Kopf. »Noch immer nichts. Ich war gerade bei Max. Es liegt wohl an dem Gebäude. Er hat mittlerweile durch Vergleiche feststellen können, dass es ein Neubau ist, und zwar eher ein Einfamilienhaus, vermutlich aus einer Siedlung. Max findet einfach keine Skateanlagen in Berlin, die vor so einem Haus errichtet wurden.«

»Dann müssen wir die Suche eben ausweiten.«

»Deutschlandweit?«

»Ja.«

»Das könnte ewig dauern.«

»Einen Versuch ist es wert. Man könnte in der näheren

Umgebung von Berlin starten und sich dann weiter vorarbeiten. Wollen wir ihm dabei helfen?«

»Okay.«

Gemeinsam gingen sie zurück in den Konferenzraum, wo Max über den Rechner gebeugt saß.

Er war so versunken in seine Bildrecherchen, dass er nicht einmal aufblickte, als sie sich zu ihm setzten.

»Versuch es mal in Brandenburg«, sagte Trojan, »eventuell haben wir dort mehr Glück.«

»Also schön.« Kolpert rief die entsprechenden Websites auf.

Stefanie zog die Stirn in Falten. »Vielleicht sollten wir uns weniger auf die Skateanlagen konzentrieren, sondern mehr darauf, was in ihrer Nähe liegt.«

»Wie meinst du das?«, fragte Trojan.

»Wenn man ins Stocken gerät, sollte man den Blickwinkel ändern. Wir müssen das Feld vergrößern. Vielleicht fällt uns irgendwas am Rande auf. Möglich, dass wir auf etwas stoßen, was eher zum Profil des Täters passt. Mit den bisherigen Bildelementen sind wir nicht weitergekommen. Ich denke da zum Beispiel an die Frauen. Ich meine, spielen sie überhaupt eine Rolle für ihn? Wohnen sie in dem Haus? Haben sie etwas mit der Skateanlage zu tun? Oder zielt die Botschaft, die er uns mit dem Foto vermitteln will, unter Umständen in eine ganz andere Richtung?«

»Keine schlechte Idee«, murmelte Trojan. »Versuchen wir es mit einem neuen Suchraster. Was schlagt ihr vor?«

»Legen wir doch eine Karte an«, sagte Kolpert.

Er öffnete Google Maps für das Land Brandenburg und machte eine Kopie davon. »Ich kennzeichne darauf mal alle Skateanlagen, und dann überprüfen wir das Umfeld.«

»Gut.« Trojan nickte. »Probieren wir es damit.«

Eine weitere Stunde verstrich, bis Nils plötzlich aufmerkte.

»Warte mal, Max. Diese Anlage dort…«

Kolpert öffnete Bilder davon, außerdem klickte er auf ein Computerfenster mit Informationen. »Sie befindet sich im Volkspark Potsdam.«

»Ja«, Trojan wies auf die Karte, »und ganz in der Nähe, nur ein paar hundert Meter weiter… Dieses große Gebäude, hast du es?«

Max zoomte heran. »Hmm.«

»Ist das zufällig die Biosphäre Potsdam?«

»Ja.«

»Interessant, ich hab früher mal mit meiner Tochter einen Ausflug dorthin unternommen. Als Emily noch sehr viel jünger war. Das ist ein Tropenhaus. Darin wachsen viele Dschungelpflanzen. Und…«

»Ja und?«

Trojan rieb sich das Kinn. »Es gibt noch etwas dort, nämlich…« Er brach ab. Ein Ruck ging durch seinen Körper. Plötzlich war er wie elektrisiert.

»Max, jetzt vergleich mal bitte die Fotos von dem Skatepark vor der Biosphäre mit unserer Ausschnittsvergrößerung.«

Kolpert klapperte auf der Tastatur. Er brachte die Satellitenfotos in den optimalen Blickwinkel.

»Da!«, rief Steffie aus.

Sie erkannten eine Straße. Eine Reihenhaussiedlung.

»Es sind Neubauten, cremefarben verputzt«, sagte sie.

»Und hier kommt der Platz für die Skateboarder«, sagte Kolpert.

Bild für Bild erschien auf dem Rechner.

Schließlich erkannten sie das orangefarbene Toilettenhaus. Es befand sich direkt neben der hochgeschwungenen Metallrampe.

»Das ist es!« Kolpert schnalzte mit der Zunge.

»Wir haben einen Treffer!«, triumphierte Stefanie.

Trojan sprang auf und sah zu ihr. »Ich denke, du hattest recht. Möglicherweise geht es ja gar nicht um die beiden Frauen ohne Gesichter und das Haus, sondern um …«, er atmete tief durch, »… um die Umgebung.«

Kolpert verschränkte die Arme vor der Brust. »Noch verstehe ich dich nicht ganz, Nils. Du meinst damit die Tropenwelt?«

Trojan blickte ihn an: »Ja. In der Biosphäre Potsdam gibt es nämlich ein besonderes Gewächshaus. Dort werden exotische Insektenarten aufgezogen. Sie fliegen frei herum.«

Auch Steffie erhob sich nun von ihrem Stuhl. »Du willst uns doch nicht etwa sagen …?«

Trojan fiel ihr ins Wort. »Es sind Schmetterlinge. Sie nennen den Ort das Schmetterlingshaus.«

SECHSUNDZWANZIG

Es war sieben Uhr morgens, als sie Potsdam erreichten. Im nördlichen Bezirk Bornstedt teilten sie sich auf. Kolpert fuhr mit seinem Dienstwagen weiter zu der Reihenhaussiedlung an der Skateanlage in der Hermann-Mächtig-Straße, Ecke Erich-Mendelsohn-Allee, um dort die Bewohner zu befragen und ihnen eine Kopie des Fotos zu zeigen.

Trojan und Steffie parkten ihren Wagen direkt vor der Biosphäre. Sie stiegen aus und gingen auf das große, rundum verglaste Gebäude zu, das von einem Betonwall umgeben war. Es war noch geschlossen, also hämmerten sie mit den Fäusten gegen die Glastür, bis ihnen ein Wachmann öffnete.

Sie zeigten ihm ihre Dienstausweise, und er ließ sie herein.

Im Eingangsbereich mussten sie warten, bis eine verschlafene Kassiererin auftauchte, die sich offenbar ein wenig besser auskannte als der Wachmann.

Von ihr erhielten sie die Information, dass der für das Schmetterlingshaus zuständige Angestellte vor Kurzem an seinem Arbeitsplatz eingetroffen sei.

»Wie ist sein Name?«, fragte Trojan.

»Werner Teich.« Sie erklärte ihnen, wie sie ihn finden konnten.

Sie bedankten sich und betraten den klimatisierten Bereich des Tropenhauses. Feuchtwarme Luft empfing sie in dem begrünten Areal unter dem Glasdach. Ein mächtiger Wasserfall rauschte in ein künstlich angelegtes Bachbett. An seinem Ufer führte ein Weg entlang, vorbei an Schlingpflanzen, Palmengewächsen und Orchideen. In verglasten Terrarien zu beiden Seiten befanden sich Reptilien und Schlangen. Das Geschrei freifliegender exotischer Vögel drang an ihre Ohren.

Steffie schnappte nach Luft. »Nicht gerade mein Wohlfühlklima.«

»Wo wärst du jetzt lieber?«

»Daheim in meinem Bett. Schlafend. Am besten vierundzwanzig Stunden.«

»Geht mir auch so.«

Er lächelte sie an. Unter ihren Augen hatten sich dunkle Ringe gebildet. Bis auf ein paar kurze Ruhepausen hatten sie die Nacht durchgearbeitet. Und dennoch strahlte Steffie einen Optimismus aus, der auch ihn beflügelte.

Unter den Blättern eines ausladenden Philodendrons blieb sie plötzlich stehen. »Nils?«

Er hielt inne. »Ja?«

»Wenn das hier vorüber ist, dann …« Sie brach ab.

»Was?«

Sie schwieg. Ihr Augenaufschlag war rätselhaft. Sie strich sich mit der Hand über ihren Arm. »Entschuldige, es muss wohl an diesem Dschungelklima liegen. Ich hab nur gerade daran gedacht … wie es wohl wäre … irgendwohin zu verreisen … weit weg.«

»Tatsächlich? In die Karibik vielleicht?«

Sie nickte. »Ich denke, da ist es ähnlich schwül wie hier, aber wir hätten wenigstens frei.«

»Und sicher gibt es da eine Strandbar, wo man Cocktails schlürfen kann.«

Sie grinste. »Um die Zeit schon?«

»Wär mir egal.«

Sie lächelte. »Jedenfalls ein ferner Ort, an dem man alles vergisst.«

»Vor allem die Arbeit.«

»So ist es.«

Sie blickten sich an.

Trojan sagte: »Wir können ja mal zusammen was trinken, wenn das hier geschafft ist.«

»Gern. Das machen wir, Nils.«

Schließlich setzten sie ihren Weg fort.

Trojan dachte über ihre Worte nach. Trotz seiner Müdigkeit und den Schmerzen in seiner Schulter fühlte er sich in Steffies Nähe auf einmal unbelastet und beschwingt.

Schmale Brücken führten über das Gewässer unter ihnen. Über einige Treppen schlängelte sich der mit Holzbohlen ausgelegte Pfad in den oberen Bereich hinauf. In einem Baumwipfel erkannte Trojan eine Gruppe von Papageien. Einer von ihnen wetzte seinen Schnabel an einem Ast.

Die hohe Luftfeuchtigkeit erschwerte das Atmen. Dunst umhüllte sie, während sie sich der Schleusentür des Schmetterlingshauses näherten.

Da läutete Trojans Handy. Er hob ab.

In knappen Worten teilte ihm Landsberg mit, was die Gespräche mit Sebastian Weiler und Sarah Haneke ergeben hatten.

Trojan bedankte sich bei ihm und legte auf.

»Und?«, fragte Steffie.

»Es war der Chef. Leider eine Fehlanzeige. Weder Sebastian noch Sarah waren jemals mit ihren Müttern hier in dem Tropenhaus.«

»Damit wäre also ausgeschlossen, dass sich der Täter an dieser Stelle seine Opfer ausgesucht hat.«

»Ja«, murmelte Trojan, »der Verbindungspunkt scheint ein

anderer zu sein. Und es bleibt die Frage: Was will der Mörder uns mit dem Foto mitteilen?«

Sie stoppten vor dem separaten Gewächshaus. Die Tür zur Schleuse war mit einem Insektennetz versehen.

Steffie lächelte. »Vielleicht finden wir ja die Antwort dahinter.«

Werner Teich war ein hagerer Mann in den Vierzigern. Er trug ein rotes Basecap, den Schirm hatte er in den Nacken geschoben. Gekleidet war er mit einer anthrazitfarbenen Jeans und einem dunklen Poloshirt, auf dem das Emblem der Biosphäre zu erkennen war. Er schien erstaunt zu sein, als ihm Trojan seinen Dienstausweis vorzeigte.

»Kriminalpolizei. Ich bin Nils Trojan. Das ist meine Kollegin Stefanie Dachs.«

»Ach ja? Was kann ich für Sie tun?«

Trojan blickte sich schweigend um.

Das Gewächshaus hatte eine Größe von etwa sechzig Quadratmetern. Hier drin war es noch schwüler als im Tropenhaus. Viele Grünpflanzen, zum Teil abgefressene Blätter. Raupen in unterschiedlichen Größen. Schmetterlingspuppen in einem Glaskasten. Und exotische Falter. In allen Farben. Sie schwebten frei herum, gaukelten durch die Luft, ließen sich auf den Pflanzen nieder und flogen wieder auf.

Trojan entdeckte ein paar Exemplare des Monarchen. Und auch einen Morphofalter erkannte er. Das schillernde Blau seiner Flügel zog ihn in seinen Bann.

Währenddessen holte Stefanie eine Kopie des Fotos der zwei Frauen hervor und zeigte sie Werner Teich. »Kennen Sie diese Personen?«

Er blickte auf die Fotografie. »Sie haben keine Gesichter.«

»Können Sie sie dennoch zuordnen? Anhand der Kleidung vielleicht?«

»Nein.«

»Was ist mit dem Haus im Hintergrund? Haben Sie es schon mal gesehen?«

Werner Teich schüttelte den Kopf.

»Es ist hier ganz in der Nähe«, ergänzte Trojan.

»Tut mir leid. Das sagt mir nichts.«

Stefanie steckte das Foto wieder ein.

»Worum geht es denn eigentlich?«, fragte Teich.

»Wir ermitteln in zwei Mordfällen«, entgegnete Steff.

»Und was hat das mit mir zu tun?«

»Es gibt eine Verbindung zu Schmetterlingen«, sagte Trojan.

»Ach ja? Wie das denn?«

»Aus ermittlungstechnischen Gründen dürfen wir Ihnen nicht allzu viele Details nennen. Sie kennen sich aber mit dieser Insektenart gut aus?«

»Das kann man wohl sagen. Ich bin studierter Biologe. Und ich arbeite an diesem Ort seit der Eröffnung des Tropenhauses vor sechzehn Jahren.«

»Nur so viel: Das Foto wurde an einem Tatort gefunden. Wir haben den Verdacht, dass sich der Täter hier aufgehalten hat.«

»Hier im Schmetterlingshaus?«

»Ja.«

»Es kommen täglich mehrere hundert Besucher.«

»Gibt es eine Videoüberwachung?«, fragte Stefanie.

Teich nickte.

»Können wir die Aufnahmen sehen?«

»Jetzt sofort?«

»Das wäre hilfreich.«

»Einen Moment.« Werner Teich griff zu einem Walkie-Talkie und besprach sich mit einem Mitarbeiter. Danach sagte er zu den beiden Kommissaren: »Der Computer, auf dem die Überwachung aufgezeichnet wird, befindet sich in einem Büro in der unteren Etage. Ich habe dem Kollegen Bescheid gegeben, dass Sie das Material sichten wollen.«

»In welchem Turnus werden die Aufzeichnungen gelöscht?«, fragte Trojan.

»Alle vierzehn Tage, soweit ich weiß.«

Trojan und Steffie warfen sich Blicke zu.

»Ich schau mir das mal an«, sagte sie.

Stefanie nickte Trojan zu und ließ ihn allein mit dem Biologen zurück.

SIEBENUNDZWANZIG

Trojan musterte ihn schweigend.

Werner Teich räusperte sich. »Ich verstehe immer noch nicht ganz, womit ich Ihnen helfen kann.«

»Erzählen Sie mir doch etwas über Schmetterlinge.«

»Was genau wollen Sie wissen?«

»Einiges über den Monarchfalter zum Beispiel. Wie haben Sie diese hübschen Exemplare aufgezogen?«

»Wir beziehen die Schmetterlinge von einer Farm in Costa Rica. Sie kommen, weich in Schaumstoff verpackt, im Puppenstadium hier an. Ich hänge die Puppen auf, und nach einigen Tagen bis Wochen schlüpfen die Falter.«

»Und vermehren sie sich auch hier?«

»Natürlich. Die äußeren Bedingungen sind genau auf die Lebensweise der Schmetterlinge ausgerichtet. Nur um zu großen Inzest zu verhindern, benötigen wir von Zeit zu Zeit frischen Nachwuchs von der Farm.«

Teich zeigte ihm abgelegte Eier und auch verschiedene Raupen auf den Futterpflanzen.

»Das Monarchfalter-Weibchen bevorzugt die Blätter dieser Indianer-Seidenpflanze.« Er wies auf das in Trojans Augen oleanderartige Gewächs. »Dort legt sie ihre Eier ab. Die Raupen schlüpfen nach ein bis drei Wochen. Nach dem Schlupf beginnt die Raupe sofort zu fressen. Sehen Sie, die Zweige sind schon fast kahl.«

Trojan nickte. »Danach beginnt die Verpuppung, ja?«

»So ist es. Ein faszinierendes Wunderwerk der Natur. Die ausgewachsene Raupe hängt sich an ein Blatt oder einen Zweig und spinnt sich einen Kokon. Oder, abhängig von der Art, sie häutet sich ein letztes Mal zur Puppe. Es ist nämlich so: Bei den Schmetterlingen ist die Puppe entweder von einer dünnen Hülle oder von einem Kokon umgeben. Zarte Puppenhaut oder feines Gespinst, je nachdem.«

»Wie ist es beim Monarchfalter?«

»Die Raupe verpuppt sich, sie bildet eine sogenannte Stürzpuppe.«

Werner Teich wanderte suchend von Pflanze zu Pflanze, bis er ein Exemplar der Raupe gefunden hatte. Stolz zeigte er mit dem Finger darauf.

»Sehen Sie, Herr Kommissar. Das ist die Raupe des Monarchfalters. Schwarzer, glänzender Kopf und ein typisches weiß-schwarz-gelbes Bandmuster aus Querstreifen. Ja, das ist sie. Und dort drüben hängt die entsprechende Puppe.«

Er wies auf ein kleines Gebilde an einem Zweig. Zerbrechlich wirkte es. Und es war von einem hellen Grün.

Trojan beugte sich vor, um es zu betrachten. »Wirklich sehr hübsch«, murmelte er sarkastisch.

»Entzückend, nicht wahr? Das Grün wird später dunkler. Und die Haut der Puppe erscheint leicht transparent. Sie hat für mich eine gewisse Ähnlichkeit mit Jade. Sie wirkt sehr edel, finden Sie nicht?«

»Hmm.«

»Bemerken Sie die goldenen Punkte darauf?«

»Ja.«

»Ist sie nicht wie ein kleines Schmuckstück?«

Trojan straffte den Rücken und sah den Biologen prüfend an. »Wann wird der Falter schlüpfen?«

»In ein paar Tagen dürfte es so weit sein.«

»Ist es schön, dabei zuzusehen?«

»Und wie!«

»Sie bringen für Ihr Fach sehr viel Begeisterung auf, nicht wahr?«

»Aber ja. Ich liebe Schmetterlinge, habe sie schon immer geliebt. Und ich bewundere deren Metamorphose. Die Verwandlung, die diese Insekten durchmachen. Aus einer unscheinbaren Raupe wird ein zauberhaftes Geschöpf.«

Trojan blickte auf die Schuhe herab, die Werner Teich trug. Es waren gewöhnliche Sneakers. Ob er wohl auch ein Faible für High Heels hatte? Genoss er es, Frauen darin auf und ab gehen zu lassen?

»Darf ich Sie etwas ganz Persönliches fragen?«

Teich sah ihn an. »Nur zu.«

»Sind Sie verheiratet?«

Er schüttelte den Kopf.

»Getrennt lebend?«

»Ich bin ledig. War es schon immer.«

Trojan schwieg.

»Wozu diese Frage?«

»Berufliche Neugier.«

»Hat es mit dem Foto zu tun? Mit Ihren Ermittlungen?«

»Möglich.«

Teich zuckte mit den Schultern. »Bedauerlich, dass ich Ihnen nicht weiterhelfen kann.«

»Kennen Sie eigentlich die Skateanlage in der Umgebung?«

»Die … die was?«

»Ein Park für Skateboarder. Keine fünfhundert Meter von hier entfernt.«

»Nein. Also, so etwas interessiert mich überhaupt nicht. Jungs auf rollenden Brettern, die furchtbaren Krach machen.«

»Ihr Interesse gilt also eher den Schmetterlingen.«

»Ja. Sie sind schöner als Menschen. Friedfertiger. Und ihr Tanz durch die Luft ist anmutig und anrührend. Sie zu beobachten, ihre Aufzucht zu begleiten, ist für mich Lebensinhalt und Freude zugleich.«

Trojan verzog keine Miene.

Der Biologe trat näher an die Grünpflanze heran, an der die Puppe des Schmetterlings hing. Voller Ehrfurcht senkte er die Stimme. »Sehen Sie doch. Sie ist fast unbeweglich. Sie kann lediglich den Hinterleib seitwärts schwingen und sich ein klein wenig einrollen.« Er tippte sie vorsichtig mit dem Finger an.

Trojan bemerkte eine schwache Bewegung der Puppe. »Außerordentlich faszinierend.«

»Nicht mehr lange und der Falter windet sich aus der Puppenhaut heraus, und dann wird er fliegen können.«

Nils nahm einen Schritt Abstand. »Wie halten Sie das Klima hier drin aus?«

»Man gewöhnt sich daran.« Teich lächelte. »Meine Haut wird jedenfalls nie trocken.«

»Und wie erzeugt man eine so hohe Luftfeuchtigkeit?«

Der Biologe wies auf eine Pumpflasche am Boden. »Damit versprühe ich stündlich mehrere Liter Wasser. Das Hydrometer muss stets sechzig bis siebzig Prozent anzeigen. Im Tropenhaus selbst sorgen die Gärtner dafür. Stundenlange Bewässerung. Wenn danach die Sonne durchs Glasdach scheint, kommen Sie mächtig ins Schwitzen.«

»Ein Leben wie im Dschungel.«

»Ich liebe meinen Job. Ich bin gerne hier.«

Es entstand eine Pause. Teich schaute auf Trojans Verband. »Haben Sie sich die Schulter ausgekugelt?«

»Ja.«

»War es ein Sportunfall? Oder etwas Dienstliches?«

Abermals schwieg Trojan.

»Verzeihen Sie, ich wollte nicht indiskret sein.«

»Ist schon gut.«

Nils betrachtete eine Schautafel an der Wand. Sie bestand aus Illustrationen der einzelnen Schmetterlingsarten. Er überflog die darauf vermerkten Informationen.

Die Luft war so drückend, dass es ihm den Schweiß auf die Stirn trieb. Aus dem Tropenhaus drangen die Schreie der Vögel zu ihm herüber.

Er wandte sich halb zu Werner Teich um und deutete auf die Tafel. »Welcher von denen ist Ihr liebster?«

Teich trat zu ihm. »Oh, ich mag sie alle.«

»Und wenn Sie zwei oder auch drei Arten auswählen müssten?«

»Den Monarchen finde ich sehr schön, den Blauen Morphofalter ebenso. Und schauen Sie hier, den Bananenfalter. Den nennt man auch den Trunkenbold.«

»Warum?«

Teichs Gesicht verzog sich zu einem beinahe kindlichen Lächeln. »Weil er so lustig fliegt. Er ist sehr unbeholfen in seinen Flugbewegungen. Warten Sie.« Er durchquerte das Schmetterlingshaus und blickte sich suchend um. Schließlich wies er auf ein Exemplar, das am Insektennetz der Schleusentür hing. »Da ist einer.«

Er nahm ihn auf. Blau, schwarz, mit großer Spannweite. Der riesige Falter hockte auf Teichs Finger und klappte die Flügel ein. Die Unterseite war bräunlich mit zwei großen Augenflecken darauf.

Schließlich spannte der Schmetterling die mächtigen Flügel auf und schaukelte durch die Luft davon.

»Taumelnd. Schwankend. Ein wahrer Trunkenbold. Er ist übrigens einer der größten Schmetterlinge der Welt.«

Trojans Blick fiel auf einen Tisch in einem der Pflanzenbeete. Seine Glasplatte war mit aufgemalten Blumenblüten verziert.

In der Mitte des Tisches stand ein Teller mit kleinen Obststücken, Bananen, Kiwis, Orangen und Papaya.

»Haben Sie diese Blumen gemalt?«, fragte er.

»Nein, nein, das war nicht ich. In der Malerei bin ich nicht sonderlich geschickt. Meine Kollegin hat für die Dekoration gesorgt. Die Farben auf dem Tisch dienen dem visuellen Reiz der Insekten. Und auch das Obst ist nur dazu da, um die Schmetterlinge anzulocken. Schauen Sie!«

Ein Monarchfalter landete auf einer der Blumenverzierungen.

»Sehen Sie genau hin. Wir haben nicht genügend Blüten. In einem künstlichen Paradies muss man gelegentlich nachhelfen.«

Jeweils in der Mitte der aufgemalten Blüten befanden sich kleine Tischöffnungen. Und darin steckten versenkte Reagenzgläser. Der Monarchfalter tauchte seinen Rüssel in eines von ihnen hinein.

»Was für eine Flüssigkeit ist da drin?«

»Fruchtzucker. Vermengt mit etwas Honig und einer Prise Salz. Der Falter ist hungrig, Kommissar.«

Trojan nahm den Biologen fest in den Blick. Er registrierte die Farbe seiner Augen. Blau mit einem Stich ins Graue.

Er versuchte, ihn sich in Schutzkleidung vorzustellen, schätzte seine Körpergröße.

Da verfing sich einer der herumfliegenden Schmetterlinge in Trojans Haar. Reflexartig fuhr er die Hand aus, um ihn zu verjagen.

»Um Himmels willen, nicht nach ihm schlagen!«, rief Teich. »Das könnte ihn töten.«

Der Falter – grün mit schwarzen und weißen Flecken, ein Neon-Schwalbenschwanz, wie Trojan von der Bildtafel wusste – segelte zu Boden. Teich bückte sich nach ihm, leckte seinen Finger an und nahm den Schmetterling auf. »Man muss ganz sanft zu ihm sein. Ein befeuchteter Finger ist wie ein vom Tau benetztes Blatt für seinen zarten Körper.«

Der Schmetterling schwirrte davon.

Trojan änderte seinen Tonfall. Leise, mit kaum merklicher Bedrohung, fragte er: »Herr Teich? Wo waren Sie in der Nacht von Sonntag auf Montag?«

»Ist das etwa von Bedeutung für Ihre Ermittlungen?«

»Antworten Sie nur auf meine Frage.«

»Ich war … Also, da muss ich nachdenken. Sonntags ist hier besonders viel Betrieb. Wir haben bis neunzehn Uhr geöffnet. Ich müsste also gegen zwanzig Uhr das Tropenhaus verlassen haben. Ach ja, richtig, ich war anschließend mit meiner Kollegin in der Hohlen Birne.«

»Hohle Birne?«

»Lustiger Name, nicht? Das ist eine ganz nette Kneipe im Holländischen Viertel. Ziemlich urig. Wir haben Bier getrunken und ein bisschen geplaudert.«

»Wie lange waren Sie dort?«

»Nun, ich schätze, ungefähr bis dreiundzwanzig Uhr. Sie können Gerlinde danach fragen. Gerlinde Olschekowski, sie unterstützt mich bei meiner Arbeit.«

»Ist das die Frau, die die Blüten gemalt hat?«

»Unter anderem, ja. Sie ist gelernte Zoologin. Sie müsste bald hier sein. Für gewöhnlich kommt sie etwas später.«

Trojan notierte sich den Namen der Kollegin.

»Und wo waren Sie in der Nacht von Dienstag auf Mittwoch?«

Die Antwort kam prompt. »Dienstags haben wir bis achtzehn Uhr geöffnet. Danach bin ich zu meiner Schwester gefahren. Wir haben gemeinsam zu Abend gegessen.«

»Diesmal mussten Sie nicht länger nachdenken.«

»Nein.« Wiederum lächelte er. »Aus gutem Grund. Ich bin jeden Dienstagabend bei ihr.«

»Name und Adresse Ihrer Schwester?«

Teich nannte sie ihm.

»Wie lange waren Sie dort?«

»Zwei Stunden, schätze ich. Danach bin ich nach Hause gefahren. Das war dann wohl so gegen neun.«

»Den übrigen Abend waren Sie allein?«

Er nickte und schob die Unterlippe vor. »Wird mir denn etwas vorgeworfen?«

Trojan wollte etwas erwidern, da läutete sein Handy.

Er hob ab.

»Ja?«

Es war Steffie. Ihre Stimme klang gepresst.

»Nils, ich hab hier was auf den Videoaufzeichnungen entdeckt, das musst du dir ansehen.« Er vernahm ihre Atemgeräusche. »Aber bitte, lass den Biologen nicht aus den Augen. Du darfst ihn nicht allein lassen. Bring ihn am besten hierher.«

ACHTUNDZWANZIG

Trojan betrat zusammen mit Werner Teich das Büro im Erdgeschoss. Stefanie saß vor einem Monitor, über den die Aufnahmen liefen. Ein Wachmann lehnte, die Arme vor der Brust verschränkt, an der Tischkante und beobachtete sie dabei.

»Würden Sie uns bitte einen Moment allein lassen?«, sagte sie zu ihm.

Der Wachmann nickte ihnen zu und verließ den Raum.

»Setzen Sie sich doch«, sagte sie in Teichs Richtung.

Er nahm neben ihr Platz.

Stefanie gab Trojan ein kaum merkliches Zeichen, indem sie die linke Augenbraue hob. Er hatte verstanden und baute sich dicht hinter ihm auf, um ihn notfalls jederzeit unter Kontrolle zu haben.

»Es geht um die Aufnahme von gestern Nachmittag.«

Sie tippte etwas auf der Tastatur des Computers ein. Auf der Zeitleiste erschienen das Datum des gestrigen Tages und eine Uhrzeit. 17:44.

Sie hielt das Video an. »Das sind doch wohl Sie, oder?«

Auf dem Monitor war unzweifelhaft Werner Teich zu erkennen. Er stand in seiner Arbeitsmontur – Poloshirt, Jeans, Basecap – unter den Dschungelpflanzen im Schmetterlingshaus.

»Natürlich«, erwiderte er. »Wo liegt das Problem?«

Stefanie ließ die Aufnahme vorlaufen und stoppte sie kurz darauf. 17:46 wurde auf der Zeitleiste angezeigt.

»Und hier? Erkennen Sie sich wieder?«

Das Standbild zeigte einen Mann im dunklen Shirt, darauf das Logo der Biosphäre. Er hielt sich in der Nähe der Schleusentür auf und war halb verdeckt von mehreren Besuchern des Gewächshauses. Sein Kopf war von der Kamera abgewandt, sein rotes Basecap in den Nacken geschoben.

Teich lehnte sich vor, um das Bild genauer zu betrachten. »Schon möglich, ja. Ich verstehe nicht ganz, worauf Sie hinauswollen.«

Erneut ließ sie das Video weiterlaufen. Der Mann mit dem Poloshirt wurde nun ganz verdeckt von den anderen Besuchern. Plötzlich tauchte er vor einem Glaskasten mit Schmetterlingspuppen auf. Er stand mit dem Rücken zur Kamera, während er die Puppen beäugte. Danach setzte er sich auf eine Holzbank. Wiederum war sein Gesicht nicht zu erkennen.

»Worauf ich hinauswill, ist das hier«, sagte Stefanie und spulte den Film ein weiteres Stück vor.

17:48. Der Mann saß noch immer auf der Bank. Doch nun hatte er einen Zeichenblock auf dem Schoß.

»Sind Sie das, Herr Teich, oder sind Sie es nicht?«

Sie verlangsamte die Aufnahme, zoomte heran.

Trojan stieß die Luft aus. Der Mann im Poloshirt, von hinten gefilmt, hantierte abwechselnd mit mehreren Farbstiften.

Er zeichnete.

Akkurat, mit feinen Strichen.

Stefanie ließ den Film in Zeitlupe und Vergrößerung weiterlaufen.

Trojan starrte auf den Block im Schoß des Mannes.

Allmählich entstand eine farbige Skizze auf dem Papier.

Strich für Strich wurde sie detailreicher und schöner.

Vor ihren Augen erschien allmählich ein gezeichneter Schmetterling von großer Schönheit.

Seine Grundfarbe war schwarz bis schwarzbraun. Die Vorderflügel zierten mehrere Schleifen und Flecken. Sie waren zum Teil gelblich-grün, zum Teil malachitgrün. Auch auf den Hinterflügeln tauchten im Laufe der Zeichnung fleckenartige Verzierungen auf. Sie alle waren in diesem leuchtend grünlichen Farbton gehalten. Eine Reihe davon schuf der Zeichner am Außenrand der Hinterflügel. Sie wirkten wie eine Kette, ein Schmuckstück.

Es war dieses Grün, an dem der Künstler lange arbeitete. Er hatte dafür verschiedene Stifte, mit denen er kreiselte, schraffierte, strichelte.

Er fügte Kopf, Brust und Hinterleib des Falters hinzu.

Zum Schluss zeichnete er die Fühler.

Als das Bild vollendet war, stoppte Stefanie das Video.

»Was ist das für ein Exemplar?«, fragte Trojan scharf.

Teich verzog keine Miene. »Der Malachitfalter, lateinisch *Siproeta stelenes*, ein Schmetterling aus der Familie der Edelfalter. Wegen der Ähnlichkeit seiner Farbe mit dem Mineral Malachit erhielt die Art ihren deutschen Namen. Er ist auf dem Bild sehr eindrucksvoll getroffen. Ein wunderschönes Exemplar.«

»Sie können also ziemlich gut zeichnen und malen, ja?«

»Nein. Überhaupt nicht. Schon als Kind war ich im Kunstunterricht nicht besonders begabt.«

»Lügen Sie uns nicht an!«

»Ich weiß nicht, wer der Mann mit dem Zeichenblock ist. Ich bin es jedenfalls nicht.«

»Er trägt Ihre Kleidung.«

»Was hat das schon für eine Bedeutung! Dieses Shirt und

auch die Mütze können Sie in unserem Geschenkeshop erwerben.«

Stefanie blickte zu Trojan hin.

Er runzelte die Stirn. »Kann man denn nicht sein Gesicht auf dem Video erkennen?«

»Das ist es ja gerade.« Sie startete die Aufnahme erneut.

Plötzlich beugte sich der Mann vor und ließ die Zeichnung verschwinden.

»Was macht er da?«

Er richtete sich auf und rieb sich etwas ins Gesicht. Er breitete die Arme aus.

»Er zieht eine Show für uns ab«, sagte Stefanie leise. »Er spielt mit uns.«

Trojan schaute zu dem Biologen hin. Kerzengerade saß er neben Stefanie. Er zeigte keinerlei Regung. War er es? Oder war er es nicht? Gehörte dieser Moment vielleicht zu seinem Spiel dazu?

Was würde als Nächstes geschehen?

Trojan war gewarnt. Die Situation erinnerte ihn fatal an die Begegnung am Fahrstuhlschacht. Dieser verstörende Moment, da eine scheinbar harmlose Unterhaltung in eine plötzliche Bedrohung umkippte.

Sollte Werner Teich sie etwa mit dem Foto hierhergelockt haben, um ihnen eine Falle zu stellen?

Instinktiv tastete Trojan mit der gesunden linken Hand nach seiner Waffe im Gürtelholster.

»Ist das *Ihr* Spiel, Werner Teich?«

Der Insektenexperte wiegte kaum merklich den Kopf.

»Antworten Sie!«

Er räusperte sich. »Eine sehr gute Zeichnung eines Malachitfalters. Ein wahres Kunstwerk. Aber es stammt nicht von mir. Bitte, das müssen Sie mir glauben.«

Trojan starrte auf den Bildschirm. »Was macht er denn jetzt?«

Der Mann auf dem Monitor hob die Arme zu einer einladenden Geste, dann ließ er sie sinken.

Und plötzlich geschah es.

Ein übergroßer Schmetterling flatterte auf ihn zu.

Es war ein Bananenfalter, wie Trojan sogleich erkannte. Mit schaukelnden Flugbewegungen glitt er auf den Zeichner zu und landete direkt auf ihm.

Dies war der Moment, da sich der Mann zu ihnen umdrehte, direkt zur Kamera hin.

Doch von seinem Gesicht war so gut wie nichts zu erkennen.

Augen, Nase und Mund waren hinter dem riesigen Schmetterling verborgen.

Nachdem Stefanie das Bild angehalten hatte, entstand eine längere Pause.

Teich lächelte. »Erinnern Sie sich noch an den Trunkenbold, den ich Ihnen gezeigt habe, Herr Kommissar?«

Trojan schwieg.

Teichs Lächeln wurde breiter: »Wie ich bereits vorhin erwähnte, der Bananenfalter ist einer der größten Schmetterlinge der Welt. Er hat eine Flügelspannweite von bis zu fünfzehn Zentimetern. Ich bin so froh, dass wir derzeit einige Exemplare in unserer Sammlung haben. Und dieses hier ist besonders imposant. Ich schätze, das sind sogar sechzehn Zentimeter.«

Teich erhob sich.

Trojan ließ ihn nicht aus dem Blick. Schließlich musterte er erneut die Aufnahme auf dem Bildschirm.

Es war grotesk, ein Mann mit einem riesenhaften Schmetterling im Gesicht.

Er überlegte fieberhaft.

»Herr Teich«, sagte er nach einer weiteren Pause, »haben Sie es darauf angelegt, dass wir Sie hier finden?«

»Ich weiß wirklich nicht, wovon Sie sprechen.«

»Die Fotografie, die wir Ihnen gezeigt haben, kennen Sie tatsächlich nicht?«

»Nein.«

»Und Sie behaupten ebenso, nicht der Mann auf dem Überwachungsvideo zu sein?«

»Ganz genau.«

»Aber derjenige muss Ihnen doch zumindest aufgefallen sein. Er sitzt da und zeichnet, und plötzlich … schwirrt ihm dieses überaus große Insekt ins Gesicht. Denken Sie nach. Gestern, am Donnerstag. Siebzehn Uhr achtundvierzig.«

Seine Mundwinkel zuckten. »Es ist erstaunlich, ja. Und überaus bizarr. Aber ich kann mich an den Vorfall nicht erinnern. Vielleicht war ich zu der Zeit gar nicht …« Er wandte sich an Stefanie. »Könnten Sie noch mal zurückspulen?«

Sie ließ den Film rückwärts laufen. Bis zu der Stelle, da Werner Teich an der Schleusentür zu erkennen war.

»Richtig, jetzt weiß ich es wieder. Ich bin nach unten gegangen. Ich hatte Durst. Hab mir in der Cafeteria eine Cola geholt. Eigentlich hätte meine Kollegin derweil die Aufsicht im Schmetterlingshaus übernehmen müssen, aber Gerlinde war gestern nicht hier. Sie hat sich krankgemeldet. Ach ja, und noch etwas fällt mir ein: Ich war für eine Weile an der frischen Luft. Ich hab draußen vor dem Eingang auch noch eine Zigarette geraucht.«

»Kann das jemand bezeugen?«

»Fragen Sie doch in der Cafeteria nach.«

»Sollte das stimmen, könnten Sie dennoch dem Mann an der Schleusentür zumindest begegnet sein«, sagte Stefanie und ließ das Video an der Stelle einfrieren, da der Mann mit dem Poloshirt und dem roten Basecap von Besuchern im Schmetterlingshaus halb verdeckt wurde. Auch hier war sein Gesicht nicht zu erkennen, als wandte er es absichtlich von der Kamera ab.

Teich schüttelte den Kopf. »Tut mir leid, aber … Wir haben hier so viel Betrieb, da kann ich doch unmöglich auf jedermann achten. Zugegeben, er ist gekleidet wie ich … aber … Nein, er ist mir nicht aufgefallen.«

Stefanie tippte auf die Tastatur. Der Film wurde erneut abgespielt.

Sie schaltete auf Zeitlupe. Nun erkannte Trojan einen Rucksack zwischen den Beinen des Mannes, als er auf der Bank saß und zeichnete. Schließlich kamen sie zu der Stelle, da die Zeichnung aus seinen Händen verschwand und er sich das Gesicht mit einer zähflüssigen Substanz einzureiben schien.

»Ich vermute, es ist Honig«, murmelte Teich. »Ja, Honig, vermengt mit Fruchtzucker. Er benetzt damit seine Haut und lockt so den Bananenfalter an.«

»Und dieser Mann ist Ihnen wirklich nicht bekannt?«, fragte Stefanie.

Kopfschütteln.

»Ist Ihnen früher jemand aufgefallen, der hier Schmetterlinge gezeichnet hat oder sich irgendwie eigenartig verhielt?«

Erneut schüttelte Werner Teich den Kopf.

Trojan schaute angestrengt auf den Bildschirm. Wiederum erschien die groteske Sequenz, da der Bananenfalter mit den weit ausladenden Flügeln im Gesicht des Mannes landete.

»Was geschieht danach?«, fragte er.

Stefanie ließ die Bilder weiterlaufen. Der Falter verschwand aus dem Gesicht des Mannes, während dieser sich wegduckte.

Danach stand er auf. Abermals mit dem Rücken zur Kamera. Schließlich wurde er erneut von anderen Besuchern verdeckt.

»Er ist weg«, sagte sie.

»Wie ist das möglich?«

»Er scheint sich irgendwie herausgeschlichen zu haben. Etwa eine Minute später gibt es noch eine Sequenz, in der sein Hinterkopf mit dem umgedrehten Basecap zu erkennen ist. Da befindet er sich bereits wieder in der Nähe der Schleuse.«

Trojan holte tief Luft. Schließlich fragte er: »Steff, was meinst du, wo ist die Zeichnung? Wo hat er sie gelassen?«

»Keine Ahnung. Vielleicht hat er sie mitgenommen.«

»Könnte er sie womöglich …?« Trojan brach ab. Plötzlich hatte er eine Eingebung. Er wandte sich an den Biologen: »Herr Teich?«

»Ja.«

»Setzen Sie sich wieder hin. Und rühren Sie sich nicht vom Fleck. Meine Kollegin ist ebenso bewaffnet wie ich. Also keine Tricks.«

Teich wirkte überrascht, doch er gehorchte wortlos.

Trojan und Steffie warfen sich einen kurzen Blick zu.

Sie schien längst begriffen zu haben, was Trojan vorhatte. Sie nickte ihm zu, und danach eilte er aus dem Raum.

NEUNUNDZWANZIG

Im Laufschritt erreichte Trojan das Schmetterlingshaus. Er ging durch die Schleusentür und sah sich um.

Er schloss kurz die Augen und ließ in Gedanken die Bilder des Videos vor sich ablaufen. Dabei konzentrierte er sich auf den Aufnahmewinkel der Kamera.

Schließlich hatte er die Linse des Überwachungsgeräts entdeckt. Sie war an der Längsseite unterhalb des Glasdaches angebracht.

Er setzte sich auf die Holzbank, auf der der Mann im dunklen Poloshirt gesessen hatte. Er senkte den Kopf, scannte den Boden mit Blicken. Hier hatte offenbar sein Rucksack gestanden. Ein Stück weiter befand sich ein Beet. Ein Schild wies auf die Art der Futterpflanze hin: Wandelröschen, *Lantana camara*. Einige der Blätter waren mit gelb-schwarzen Schmetterlingen bedeckt, einige davon paarten sich gerade.

Trojan ging vor dem Beet in die Hocke. Er suchte die Erde nach verdächtigen Spuren ab, fand jedoch nichts.

Abermals schloss er die Augen, um sich das Überwachungsvideo in allen Einzelheiten zu vergegenwärtigen.

Trojan erinnerte sich an Steffies Worte. *Er zieht eine Show für uns ab. Er spielt mit uns.*

Okay, dachte er, wir spielen sein Spiel mit, aber wir werden am Ende gewinnen.

Allerdings drängte die Zeit. Der nächste Mord schien unmittelbar bevorzustehen. Trojan ahnte, dass das Video damit zusammenhing.

Sie mussten schneller sein als der Bodypainter.

Er öffnete die Augen und rekonstruierte den Ablauf. Der Mann mit dem Basecap kam herein und wusste anscheinend genau, wo sich die Kamera befand. Er bewegte sich so, dass er von anderen Besuchern verdeckt wurde.

Er ging zu der Holzbank, holte seinen Block heraus und zeichnete. Danach stand er auf.

An welcher Stelle, fragte sich Trojan, könnte er, unbemerkt von der Kamera, etwas versteckt haben?

Trojan ging die Wege in dem Schmetterlingshaus ab.

Er versuchte, sich in den Täter hineinzuversetzen. Bisher hatte er ihnen ein Foto und einen Fetzen Haut in einem Kästchen hinterlassen. Das Foto war offenbar die Spur, die hierherführte. Und jetzt? Wozu die Zeichnung? Warum das Spiel mit dem Bananenfalter?

Handelte es sich um bloße Provokation?

Nein, dachte er, dahinter scheint mehr zu stecken. Er war sich beinahe sicher, dass der Täter beabsichtigte, ihnen einen weiteren Hinweis zu geben.

Das Läuten seines Handys riss Trojan aus seinen Gedanken. Er hob ab.

»Ja?«

Es war Kolpert. »Nils, ich habe die Bewohner in dem Haus am Skatepark befragt.«

»Und?«

»Es handelt sich um ein hochbetagtes Ehepaar. Sie konnten mit dem Foto leider nichts anfangen.«

»Haben sie Kinder?«

»Ja, zwei Söhne, also können es nicht die abgebildeten Personen sein.«

»Hast du mit ihnen gesprochen?«

»Telefonisch, ja. Sie wohnen beide nicht mehr in Berlin.«

»Hmm. Ich denke, das Haus und die zwei Frauen haben keine Bedeutung für uns.«

»Das sehe ich mittlerweile auch so. Ich hab noch mit einigen Leuten in der Umgebung gesprochen, allerdings nichts weiter herausgefunden.«

»Es ging dem Täter wohl allein um die Spiegelung im Fenster, die uns auf die Fährte führen sollte. Offenbar hat er mit unserer Intelligenz gerechnet, hält sich aber selbst für weitaus schlauer. Allem Anschein nach wollte er uns in dieses Tropenhaus locken.«

»Was habt ihr dort ermitteln können?«, fragte Max.

Trojan berichtete ihm in aller Kürze von dem Überwachungsvideo und dem aufkeimenden Verdacht gegen den Schmetterlingsexperten.

»Ich vermute jedoch, dass Werner Teich mit der Sache nichts zu tun hat. Wahrscheinlich hat der Täter absichtlich eine ähnliche Kleidung getragen wie er. Womöglich, um bei uns Verwirrung zu stiften.«

»Du meinst, er bediente sich einer Tarnung, so wie unter den Kollegen der Spurensicherung?«

»Ja.«

»Dieser Scheißkerl.« Kolpert atmete lautstark in den Hörer. »Benötigt ihr Unterstützung? Wenn nicht, würde ich gleich ins Kommissariat zurückkehren. Landsberg rief gerade an, er braucht mehr Leute.«

»Dann fahr zurück nach Berlin. Steffie und ich schaffen das hier allein.«

»In Ordnung.«

Nachdenklich ging Trojan in Richtung Schleusentür und ließ dabei die Blicke umherschweifen.

Vor dem Tisch mit den aufgemalten Blumen und den Reagenzgläsern voller künstlichem Blütennektar blieb er unvermittelt stehen.

Er bückte sich. Die Erde unter dem Tisch war glatt gestrichen. Auffällig glatt.

Trojan hob den Blick. Er versuchte, die Videokamera aus dieser Position auszumachen. Doch es war nicht möglich, die Stelle lag außerhalb des Überwachungsbereichs. Das dichte Blattwerk einer Dschungelpflanze versperrte die Sicht.

Er begann mit der Hand zu graben.

Er schaufelte die Erde aus dem Beet.

Es brauchte nicht lange, da stießen seine Finger auf etwas. Es schien zerbrechlich zu sein.

Vorsichtig zog er es aus der Erde heraus.

Er betastete es, besah es sich von allen Seiten.

Was war das?

Und dann begriff er. Es war die leere Puppe eines Schmetterlings.

Er schaute in die Öffnung hinein. Jemand hatte etwas hineingesteckt.

Atemlos zog er das Material aus der Insektenpuppe heraus.

Es war ein Stück Papier, eng zusammengefaltet. Trojan wickelte es auseinander.

Es war ein Fetzen der Zeichnung. Er erkannte Teile des Malachitfalters darauf.

Aber noch etwas war auf dem Papier zu sehen.

Trojans Herz schlug höher.

DREISSIG

Mit Blaulicht und Sirene rasten sie zurück nach Berlin. Trojan hatte Steffie das Steuer überlassen, damit er in Ruhe nachdenken konnte.

Sie war eine verdammt gute Fahrerin. Mit weit über neunzig Stundenkilometern jagte sie durch die Straßen von Potsdam, wich geschickt nach links und rechts aus, bog mit quietschenden Reifen um Straßenecken, bis sie die A115 erreicht hatten. Sie wechselte sofort auf die Überholspur und beschleunigte so rasant, dass Trojan in den Beifahrersitz gedrückt wurde. Zwischenzeitlich zitterte die Tachonadel bei zweihundert Stundenkilometern, und Steffie wirkte dabei so gelassen wie ein weiblicher Buddha.

Sie warf ihm einen kurzen Seitenblick zu. »Du bist schweigsam.«

»Der Spiegel«, murmelte er.

»Wie?«

»Der Spiegel ist die Lösung.«

Sie wechselte die Spur, überholte einen LKW von rechts und fädelte sich sogleich wieder links ein.

»Du sprichst in Rätseln.«

»Der Zettel in der Schmetterlingspuppe ist das Rätsel«, erwiderte er. »Genau so ist es vom Mörder geplant. Wir haben nicht mehr viel Zeit.«

Wie zur Antwort drückte Stefanie das Gaspedal durch.

Sie erreichten das Kommissariat gegen elf.

Landsberg hatte das Team im Sitzungsraum zusammengetrommelt. Stefanie und Nils präsentierten ihnen die Schmetterlingspuppe in einem Asservatenbeutel, den Fetzen der Zeichnung in einem anderen. Kolpert machte mehrere Fotografien davon, lud die Bilder auf seinen Rechner und beamte sie an die Wand. Er schickte die Bilddateien über das interne System an sämtliche Mitarbeiter. Danach wurden die Fundstücke ins Labor gebracht, um sie auf Spuren zu untersuchen.

Werner Teich war unterdessen in einem Funkwagen zu weiteren Vernehmungen abgeholt worden.

Während Stefanie ihre Erkenntnisse vor dem Team zusammentrug, war Trojan in Gedanken weit weg.

In ihm arbeitete es fieberhaft.

Er starrte auf den stark vergrößerten Überrest der Zeichnung an der Leinwand im Sitzungsraum. Der Malachitfalter, Teile seines schwarz-grünen Hinterflügels waren darauf zu erkennen. Am Rande des Papiers hatte der Mörder sein Zeichen hinterlassen: Das Z, in der Mitte das Kreuz, das spiegelverkehrte E und das auf dem Kopf stehende, gespiegelte L.

Das Zeichen war winzig, mit bloßem Auge kaum zu erkennen. Offenbar war es mit einem schwarzen Fineliner ausgeführt worden.

Und ebenso klein, in zierlichen Buchstaben, hatte der Täter drei Zeilen auf dem Papier hinterlassen, die an das Fragment eines Gedichts erinnerten:

Die eine ist der Monarch,
die andere ein Morpho.
Und hinterm Spiegelglas tanzt der Malachit.

Für Trojan gab es nicht den geringsten Zweifel, dass sich die dritte Zeile auf das nächste Opfer bezog. Den Leichnam von Beatrice Weiler hatte der Täter mit dem Motiv des Monarchfalters bemalt. Die Haut der getöteten Luisa Haneke zierte das Blau des Morphofalters.

Nun kündigte er offenbar mit dieser verschlüsselten Botschaft an, sein drittes Opfer in einem leuchtenden Grün zu halten. Grün wie ein Malachitfalter.

Doch was war mit dem Spiegelglas gemeint?

»Glas«, murmelte er.

Steffie hatte gerade ihren Bericht für die Kollegen beendet.

Es wurde still im Saal. Alle blickten Trojan an.

Landsberg hob die Augenbrauen. »Nils?«

»Ja?«

»Hast du dem etwas hinzuzufügen?«

Er blickte seinen Chef grüblerisch an.

»Die Antwort befindet sich hinter dem Spiegelglas«, sagte er nach einer Pause leise. »Ich muss den Spiegel finden. Bitte entschuldigt mich.«

Er verließ den Raum und eilte in sein Büro. Angespannt lief er auf und ab.

Und hinterm Spiegelglas tanzt der Malachit, wiederholte er in Gedanken.

Was hatte das zu bedeuten?

Er brauchte die Lösung des Rätsels, und zwar schnell. Sie durften nicht zu spät kommen. Immerhin ging es um ein weiteres Menschenleben. Dieser Wahnsinnige mordete in einem Tempo, dass ihnen allen im Kommissariat kaum noch Zeit zum Luftholen blieb.

Trojan streckte sich auf seiner Klappliege aus, die er im Sturm der Ermittlungen für kurze Ruhepausen nutzte. In der letzten Nacht hatte er eigentlich gar nicht geschlafen. Die

Müdigkeit traf ihn wie ein Fallbeil. Obwohl er eine Weile dagegen ankämpfte, nickte er für kurze Zeit ein.

Schließlich riss er die Augen auf und schüttelte sich. Nicht nachlassen, dranbleiben, ermahnte er sich selbst.

Anfallartig verspürte er Hunger. Er stand auf und durchwühlte die Schubladen seines Schreibtischs. Er fand zwei Müsliriegel, riss die Verpackungen auf und schlang sie herunter. Am Automaten im Flur holte er sich einen Kaffee, schlürfte ihn aus dem Pappbecher, setzte sich an seinen Rechner und öffnete die Datei mit den Fotos von dem zerknitterten Teil der Schmetterlingszeichnung, die Kolpert verschickt hatte.

Er vergrößerte die winzige Schrift am Rand und scannte sie mit Blicken:

Die eine ist der Monarch,
die andere ein Morpho.
Und hinterm Spiegelglas tanzt der Malachit.

Trojan lehnte sich auf seinem Stuhl zurück. Er stellte sich einen Malachitfalter vor, wie er in der Luft tänzelte, die Flügel auf- und zuklappte. Dazu malte er sich in Gedanken einen Spiegel aus. Vor seinem inneren Auge erschien ein zweiter Schmetterling, von einem ebenso leuchtenden Grün.

Doch so kam er nicht weiter.

Er starrte auf den Überrest der Zeichnung und auf die Kritzelei am Rand.

Das Wort, dachte er plötzlich. Was, wenn nicht der Falter selbst, sondern das Wort »Malachit« durch das Glas gespiegelt werden sollte?

Trojan zückte seinen Notizblock und schrieb »Malachit« spiegelverkehrt auf: »Tihcalam«.

Das klang irgendwie exotisch.

Er öffnete Google und tippte den Begriff versuchshalber in die Suchmaske ein.

Ihm wurden keine Treffer angezeigt. Er teilte das Wort in drei Silben auf, »tih«, »ca«, »lam«, und versuchte es erneut.

Nichts, bloß ein paar vietnamesische Einträge, allerdings nicht deckungsgleich. Trojan kopierte dennoch die Sätze in Vietnamesisch und fügte sie auf einer speziellen Website ein, um sie sich ins Deutsche übertragen zu lassen. Die Übersetzung jedoch führte in die Irre.

Er probierte es mit zwei Silben.

»Tihc Alam« gab er in die Suchmaschine ein. Doch auch damit kam er nicht weiter.

Trojan vergrößerte die Schrift auf der Zeichnung. Dabei entdeckte er, dass das »a« in der Mitte von »Malachit« mit einem merkwürdigen Kringel versehen war. Das brachte ihn auf die Idee, das »a« könnte gedoppelt sein, also »Malaachit«. Wenn er nun das Wort spiegelte, ergab es »Tihca Alam«.

Trojan assoziierte damit einen asiatisch klingenden Frauennamen.

Er tippte bei Google »Tihca Alam« ein. Wieder nichts.

Tisha, durchfuhr es ihn. Tisha war ein Frauenname.

Er versuchte es mit »Tisha Alam«.

Treffer. Es gab ein paar Einträge zu einer Frau namens Tisha Alam.

Sie lebte in Berlin.

Trojan sprang auf und stürmte aus seinem Büro.

EINUNDDREISSIG

Freitagfrüh, gegen zehn. Sie stand unter der Dusche. Der Abend in der Bar war lang und anstrengend gewesen, die Nacht zu kurz. Sie versuchte, sich die Müdigkeit abzuspülen. Sie drückte das Duschgel mit dem Orange- und Kiwi-Aroma aus dem Plastikbehälter und seifte sich ein. Sie stellte den Brausekopf auf ein spezielles Massageprogramm ein, und das Wasser traf in pulsierenden Strahlen auf ihre Haut und brachte die Seife zum Schäumen. Die Haare wusch sie sich mit einem Olive-Ginkgo-Shampoo, danach brauste sie sich ab.

Sie drehte die Hähne zu, stieg aus der Wanne und trocknete sich ab. Kritisch beäugte sie sich vorm Spiegel, während sie eine Bodylotion auftrug. Deren Duft von Sanddorn und Hafer ließ sie vom nahenden Sommer träumen, von Sonne und Strand, von Faulenzertagen am Meer. Doch sie wusste, dass auch dieses Jahr das Geld für einen Urlaub nicht reichen würde.

Gern hätte sie ihrem Spiegelbild ein Lächeln gegönnt, doch der Tag war noch zu jung, und ihr schmerzten die Knochen von der Arbeit als Tresenkraft in der Bar. Früher hatte sie das alles leichter weggesteckt, aber mit jedem Drink und jeder Zigarette fiel es ihr schwerer. Schließlich war sie längst keine zwanzig mehr.

Sie föhnte sich die Haare, dann ging sie ins Schlafzimmer und zog sich an. Sie wählte ein dunkelrotes T-Shirt-Kleid aus feinem Jersey, luftig, passend zu den ansteigenden Temperaturen im Mai. Sie schminkte sich, schon fühlte sie sich wohler.

Der Tag konnte beginnen.

In der Küche trank sie ihren Morgenkaffee, während sie am Fenster stand und auf den dichten Verkehr in ihrer Straße schaute.

Sie überlegte, ob sie nicht einfach kündigen sollte. Beim Chef anrufen und ihm sagen, was sie wirklich von ihm hielt.

Doch wovon dann die Miete bezahlen?

Sie aß etwas Obst, dazu ein Marmeladenbrot.

Danach ging sie durch ihre kleine Wohnung und räumte ein wenig auf. Staubsaugen wäre eine gute Idee, auch die Fenster müssten mal wieder geputzt werden. Doch alsbald machte sie es sich auf ihrem Sofa bequem, fuhr ihren Laptop hoch und checkte die Frühjahrsangebote auf einigen Shopping-Websites.

Es war gegen halb elf, als es an der Tür läutete.

Sie ging zur Sprechanlage und drückte auf den Knopf. »Wer ist da bitte?«

»Post. Paket.«

Sie überlegte. Online-Shopping war zwar eine ihrer Leidenschaften, aber in letzter Zeit hatte sie nichts bestellt.

Sie drückte dennoch auf den Summer.

Kurz darauf stand ein junger Mann vor ihrer Tür. Er hatte einen Rucksack auf den Schultern, hielt den Blick gesenkt.

Sie registrierte sein gelb-rotes Käppi mit der Aufschrift »DHL« und das Paket in seinen Händen. »Ist das wirklich für mich?«

Er nickte.

»Es steht keine Adresse drauf.«

»Ich will es dir schenken«, sagte der junge Mann, reckte das Kinn und schaute sie direkt an.

Sie war so perplex, dass ihr der Mund offen stand.

Da nahm er sein Käppi ab. Sie sah in seine graublauen Augen.

»Erinnerst du dich noch an mich?«

Sie ließ den Atem entweichen.

Danach fand sie ihre Sprache wieder. »*Du*? *Du* bist das?«

Wieder nickte er. »Es ist einige Zeit vergangen, nicht wahr?«

»Arbeitest du jetzt als Zusteller?«

»Nein. Die Mütze hab ich mir nur ausgeliehen. Darf ich reinkommen?«

Sie starrte ihn an.

»Bitte«, sagte er leise.

Sie war so überrascht, dass sie sich nicht rühren konnte.

Nach einer Weile schob er sich an ihr vorbei. Er betrat die Wohnung und blickte sich um.

Sie schloss hinter sich die Tür.

»Ganz hübsch hier«, murmelte er. »Wie viel Miete zahlst du dafür?«

Sie antwortete nicht auf seine Frage, stattdessen sagte sie seinen Namen. Er lächelte sie an.

Danach ging er in die Küche. Sie folgte ihm.

Er stellte seinen Rucksack ab, legte das Paket auf den Tisch und warf die Mütze daneben. »Ich hasse diese Maskeraden.«

»Kannst du mir erklären, was das zu bedeuten hat?«

»Ich hab eine harte Woche hinter mir. Hab kaum geschlafen. Es war wie ein Rausch. Aber ein dunkler Rausch, finster und erschreckend. Manchmal war mir, als würde ich mir selbst dabei zuschauen, wie ich all diese Dinge tat.«

»Was für Dinge? Wovon redest du?«

»Ich habe eine Mission. Ein Ziel. Am Ende der Woche ist alles vorbei.«

Er trat auf sie zu und blickte ihr in die Augen. Er war ihr so nah, dass sie seinen Atem spürte. Sie bemerkte, dass er noch immer so hübsch war wie früher. Wie viele Jahre war das her?

Plötzlich lag seine Hand auf ihrer Wange und schmiegte sich an sie.

»Hör zu, es ist so viel passiert, dass ich mal kurz ausruhen muss. Könntest du… würdest du…«

»Was denn?«

»… mir einen Gefallen tun?«

Er holte so tief Luft, dass es wie ein kurzes Aufschluchzen klang. Gleich darauf schien er sich wieder unter Kontrolle zu haben.

»Würdest du mich in den Arm nehmen?«, fragte er. »Nur für einen Moment?«

Seine Hand glitt von ihrer Wange. Sie wich ein Stück vor ihm zurück. Sie bemerkte die Schatten unter seinen Augen, die Blässe seiner Wangen.

»Junge, was ist passiert?«, fragte sie. Und sie dachte: *Junge*. Das klang so mütterlich. Aber er war ja fast noch ein Junge.

Er sah zu Boden, dann griff er sich an die Stirn. »Es begann am Sonntag, und dann hörte es nicht mehr auf.«

»Was begann am Sonntag?«

Er schwieg.

»Du hättest mich anrufen können.«

»Ich hatte deine Nummer nicht. Ich habe lange gebraucht, um herauszufinden, wo du bist.«

»Ich arbeite noch immer in der Bar.«

»Ich weiß.«

»Woher?«

Wieder schwieg er.

»Hast du mir nachspioniert?«

Er zuckte mit den Schultern.

»Du hättest doch einfach vorbeikommen können.«

»Es ist zu viel geschehen. Es lässt sich nicht mehr aufhalten.«

»Sieben Jahre, oder?«

Er schaute sie bloß an.

»Es ist sieben Jahre her. Du warst fast noch ein Kind.«

Er murmelte etwas Unverständliches. Er schwankte ein wenig. Für eine Sekunde glaubte sie, er würde vor ihr zusammenbrechen. Kurz darauf hatte er sich wieder gefangen.

»Hast du schon gefrühstückt?«

Er schüttelte den Kopf.

Sie goss ihm einen Kaffee ein. Er setzte sich an den Tisch und trank.

Sie nahm das Brot aus dem Kühlschrank, dazu Marmelade und Margarine. Sie schraubte das Glas mit dem Honig auf. Sie deckte für ihn den Tisch.

Er aß gierig. Er schlang die Brote herunter. Sie goss ihm Kaffee nach und setzte sich zu ihm.

»Willst du mir nicht endlich erzählen, was passiert ist?«

Er strich sich das Haar aus der Stirn. Er sah so aus wie vor sieben Jahren. Eigentlich war er noch immer ein Kind. Ein großer Junge mit ebenmäßigen Gesichtszügen. Sie musste an seinen Vater denken, aber sie traute sich nicht, nach ihm zu fragen.

Er schob ihr das Paket hin.

»Mach es auf.«

Sie zögerte. Dann öffnete sie es. Es war ein edler Karton. Als sie den Deckel anhob, sah sie das Seidenpapier darin. Sie schlug es zurück.

Sie nahm die Schuhe heraus.

»Erkennst du sie wieder?«, fragte er.

Natürlich kannte sie die Schuhe.

Wie sollte sie dieses schwarze Paar mit den roten Sohlen jemals vergessen?

ZWEIUNDDREISSIG

Es war ein Laden in der Oranienstraße in Kreuzberg. TISHA'S stand in großen Lettern auf dem Leuchtschild über der Schaufensterfront. Darunter in geschwungener Schrift: *Stoffe, Kleider und Schmuck aus Bangladesch*.

Als Trojan eintrat, schellte eine Türglocke. Ein exotisches Duftgemisch umfing ihn, er machte Bergamotte und Nelke aus, vielleicht waren auch Patschuli und Curcuma dabei. Nachdem die Glocke verklungen war, breitete sich eine beinahe andächtige Stille in dem Geschäft aus. Der Straßenlärm von draußen war wie verschluckt. Trojan glaubte, seinen eigenen Herzschlag zu hören.

»Hallo?«, fragte er in die Stille hinein.

Niemand antwortete.

Er sah sich um. Die Kleider, überwiegend in Rot, Orange und den Farben von Safran gehalten, waren auf schlichten Holzbügeln drapiert. Nebeneinander hingen sie an Leisten, die die Wände des Verkaufsraums säumten. Nur wenige der Kleider waren auf weißen Puppen ausgestellt, die weder Köpfe noch Arme hatten. In mehreren Vitrinen lagen Schmuckstücke aus. Ein breites, hell gestrichenes Regal war mit farbigen Stoffballen gefüllt.

Von der Decke hingen verschiedene Lampen und Stofflampions herab, mit vielen Bommeln und Spiegelpailletten verziert.

»Hallo?«, fragte er noch einmal.

Wie aus dem Nichts tauchte eine Frau aus dem hinteren Bereich des Ladens auf.

»Kann ich Ihnen helfen?«

Sie trat näher. Ein sanftes Lächeln. Olivfarbene Haut. Die Augen tiefdunkel. Das lange offene Haar von einem Schwarz, das je nach Lichteinfall in ein Nachtblau überzuwechseln schien.

»Sind Sie Tisha Alam?«

Die junge Frau nickte. »Ja.«

Trojan betrachtete sie. Sie trug ein Tunikakleid aus grüner Seide. Es war mit einem floralen Muster bestickt. Zu seiner Überraschung war Tisha barfuß. Ihre Füße waren mit Henna bemalt. Filigrane Formen, verschlungen, an rankende Pflanzen und sprießende Blüten erinnernd.

Tisha schien seinen Blick bemerkt zu haben. »Gefällt es Ihnen?«

»Hübsch, ja.«

»Das ist eine Tradition aus meiner Heimat Bangladesch. Dort erhält eine Braut zur Henna-Nacht eine kunstvolle Bemalung. Wir nennen es ein Mehndi.«

»Wollen Sie denn heiraten?«

Sie lachte. »Aber nein. Ich pflege einen offenen Umgang mit den Traditionen. Ich bin in Berlin aufgewachsen. Meine Eltern sind zum Glück sehr liberal.« Sie sah zu ihren Füßen herab, bewegte die Zehen. »Nach zwei bis drei Wochen sind die Farben übrigens verblasst.«

Trojan musterte sie. Schließlich reichte er ihr ein Foto. »Kennen Sie diesen Mann?«

Es war ein Standbild aus dem Überwachungsvideo. Es zeigte den Mann mit dem Bananenfalter im Gesicht.

Tisha Alam schüttelte den Kopf. »Nein. Er ist ja kaum zu erkennen.«

Trojan gab ihr ein Phantombild, das sie mittlerweile nach seinen Angaben hatten anfertigen lassen, auch wenn sie sich nicht viel Erfolg davon versprachen. Es zeigte ein Gesicht hinter einem Mundschutz. Das Haar war unter einer Kapuze verborgen.

»Und diese Person hier? Wir vermuten, dass es dieselbe ist. Zugegeben, die Skizze ist nicht besonders aufschlussreich, aber achten Sie bitte auf die Augenpartie.«

Tisha besah sich das Bild. Abermals schüttelte sie den Kopf.

»Sehen Sie genau hin. Der Mann ist ungefähr so groß wie ich.«

»Ich wüsste nicht, wer das sein sollte.«

»Sind Sie sich ganz sicher?«

»Ich kenne ihn nicht. Hab ihn nie gesehen.«

»War er vielleicht mal in Ihrem Laden?«

Erneut schaute sie auf die beiden Abbildungen.

»Es kommen überwiegend Frauen hierher. Und ich kann auf den Bildern nichts Bemerkenswertes ausmachen … Nein, wirklich, ich kenne ihn nicht.«

Trojan steckte die Bilder wieder ein. »Es mag Ihnen vielleicht sonderbar erscheinen, aber …«, er holte tief Luft, »… wenn man Ihren Namen rückwärts liest, kommt man annähernd auf das Wort ›Malachit‹.«

Sie lächelte verunsichert. »Malachit? Mein Name?«

»Ja.«

»Also das verstehe ich nicht.«

»Ich ermittle in zwei Mordfällen. Es geht um einen verschlüsselten Hinweis, den wir von dem mutmaßlichen Täter erhielten. Ich habe die Befürchtung, dass …« Er brach ab.

Ihr Lächeln erstarb. »Was für eine Befürchtung?«

»Wurden Sie in letzter Zeit bedroht, belästigt oder verfolgt?«

»Nein.«

»*Hinterm Spiegelglas tanzt der Malachit*. Können Sie mit diesem Satz etwas anfangen?«

Erneutes Kopfschütteln.

»Malachit?«, fragte sie nach einer Pause zögernd. »Mein Name, Tisha Alam, rückwärtsgelesen, gleicht Malachit?«

»Ja.«

Sie schien darüber nachzudenken. »Der Hinweis bezieht sich also auf mich?«

»Es ist zumindest ein Anhaltspunkt, dem ich nachgehen muss.«

»Malachit ist ein Mineral. Es wird als Schmuckstein verwendet, aber auch als Pigment, als Farbe.«

»Richtig. Und es ist die Bezeichnung für einen Schmetterling.«

Tisha schwieg für einen Augenblick. »Es geht um Mord, sagten Sie?«

»Ja. Vielleicht haben Sie in der Presse davon gelesen. Der Täter wird der Bodypainter genannt.«

»Das sagt mir nichts.«

»Könnte sich dieser Mann auf dem Foto und dem Phantombild unter Umständen einmal hier umgesehen haben? Versuchen Sie sich zu erinnern, bitte.«

»Der Bodypainter?«, fragte sie leicht beunruhigt.

»Ja.«

»Wenn Sie auf meine Hennamalerei anspielen, dann fürchte ...«

»Es ist nur eine Vermutung. Sollte der Betreffende hier gewesen sein, könnte ihn Ihre Körperbemalung inspiriert haben.«

»Das wäre ja furchtbar.«

»Denken Sie nach.«

»Ich habe die Farbe erst heute Morgen frisch aufgetragen. So oft mache ich das nicht.«

»Ist Ihnen in letzter Zeit etwas Ungewöhnliches aufgefallen? Hier im Laden? Oder auch bei Ihnen zu Hause?«

»Nein.«

Trojan schwieg.

Sollte er sich mit der Wort-Spiegelung geirrt haben? Waren seine Ermittlungen etwa in eine Sackgasse geraten?

Er ging an den Vitrinen entlang. »Führen Sie vielleicht Schmuck aus Malachit?«

»Natürlich. Ich kann Ihnen ein paar Exemplare zeigen.«

»Möglicherweise auch in der Form eines Schmetterlings?«

Sie trat zu ihm, öffnete eine Schublade. »Nein, damit kann ich leider nicht dienen. Aber ich habe hier einen sehr hübschen Anhänger aus Malachit. Er ist geformt wie eine Libelle, schauen Sie nur.«

Tisha Alam nahm das Schmuckstück heraus und präsentierte es ihm auf der hohlen Hand.

Trojan warf einen kurzen Blick darauf.

Doch plötzlich fesselte etwas anderes seine Aufmerksamkeit. Es war ein großer Standspiegel im vorderen Bereich des Ladens. Sein Rahmen war aus Holz, mit Schnitzereien verziert, die Maserung geweißt.

Und im Spiegelglas blitzte etwas auf.

Trojan war für einen Moment geblendet und kniff die Augen zu, bis er erkannte, woher die Spiegelung kam.

Es war ein Sonnenstrahl von draußen. Er funkelte in einem Fenster im Haus auf der gegenüberliegenden Straßenseite.

Abrupt drehte er sich um und sah hinaus.

Erneut blitzte der Lichtstrahl auf.

Da stand etwas im Fenster im zweiten Stockwerk.

Das Sonnenlicht wurde darin reflektiert.

Abermals kniff er die Augen zusammen.

Kein Zweifel, in dem Fenster auf der anderen Straßenseite stand ebenfalls ein Spiegel.

Ohne ein Wort des Abschieds eilte Trojan hinaus.

Als ich aus der Klinik entlassen wurde, war mein Vater überaus freundlich zu mir. Er versuchte, mich aufzuheitern. Seine Witze waren schal. Traf er mich in der Küche an, warnte er mich davor, zu nahe an den Herd zu treten. Er schnitt eine übertrieben schmerzverzerrte Grimasse.

»War nur ein Scherz, Junge«, sagte er dann und boxte mir gegen die Schulter.

Ich musste täglich in die Ambulanz, um mir die Verbände wechseln zu lassen. Nicht nur die linke Hüfte war betroffen, auch die Innenseite des Oberschenkels und gewisse weiche Stellen, an denen es besonders wehtat.

Das Gewebe vernarbte nur langsam, es war blutrot und unansehnlich. Die Schmerzen konnten mit Medikamenten betäubt werden, die bohrende Scham nicht.

Zu der Zeit stellte ich fest, wie gut es war zu schweigen. Ich nährte meinen Hass mit finsteren Gedanken, die ich nicht auszusprechen brauchte. Es war nur eine Frage der Zeit, und es würden Taten folgen, und die hätten ihre eigene Sprache.

Ich zählte die Tage bis zu meinem achtzehnten Geburtstag. Ich hockte in meinem zerknautschten Sessel unterm Souterrainfenster und bekritzelte die Seiten meiner Skizzenbücher. Hinter der Falttür blieb es auffallend still. Tatjana war inzwischen so lautlos verschwunden wie einst meine Mutter. Mein Vater litt unter einer

Durststrecke, was sein Glück bei jungen Frauen aus zweifelhaften Bars betraf. Sein Charme hatte Kratzer abbekommen, und manchmal überfiel ihn anfallartiges Selbstmitleid. Dann kam er in mein Zimmer und jammerte mir die Ohren voll. Er bot mir von seinem Bacardi an, was ich kopfschüttelnd ablehnte. Er wollte mit mir all die alten Filme anschauen, doch selbst Marilyn Monroe vor den rauschenden Niagarafällen entlockte mir bloß noch ein müdes Lächeln.

Ich träumte von Tatjana, ihrem Tanz. Ich träumte von den paar Stunden ohne Verletzungen und Narben, den Minuten kurz vorm Morgengrauen, bevor die Tür aufgerissen wurde und der Verrat begann. Ich träumte von der Unschuld einer einzigen Nacht.

Mir kamen Ideen, wie ich die Narben verstecken könnte. Ich stellte Internetrecherchen an. Das Tätowierstudio, das mir geeignet erschien, trug den passenden Namen Devils Ink. Ich fuhr hin, strich vor dem Schaufenster herum und versuchte, einen Blick ins Innere zu erhaschen. Doch da war nur ein Raum mit ein paar Vorlagen an der Wand. Das Zimmer der Pein, der Bereich mit den Nadeln, schien sich dahinter zu befinden.

Ich kehrte wieder nach Hause zurück und dachte lange darüber nach. Bei meinem letzten Verbandswechsel fragte ich die Ärztin, doch sie riet mir dringend ab.

Ich grübelte weiter. Und noch vor meiner Volljährigkeit erwischte ich einen mutigen Nachmittag und fuhr erneut zu dem Studio.

Ich hatte eine Zeichnung aus meinem Skizzenbuch dabei und legte sie dem Geschäftsführer hin. Es war ein Typ mit Irokesenhaarschnitt und einem farbigen Drachen auf dem Hals.

»So soll es aussehen?«, fragte er.

Ich nickte.

»Wo willst du es hinhaben?«

»Hüfte.«

»Okay.«

»Geht es auch auf vernarbter Haut?«

»Was für Narben?«

»Verbrühungen. Ziemlich heftig.«

Er hob eine seiner gepiercten Augenbrauen, dann bat er mich nach hinten.

Es war ein Raum mit einer Liege und einem Behandlungstisch, so klinisch wie im Krankenhaus. Ich zog mein T-Shirt aus, dann ließ ich vor ihm die Hosen runter.

Der Typ war um Fassung bemüht.

Schließlich sagte er bedauernd: »Scheiße, Mann, wenn ich dir auf diese Hautfetzen einen Schmetterling stechen soll, wird das eher ein geflügeltes Monster.«

Also zog ich mich wortlos an, packte meine Zeichnung ein und ging. Mir kamen andere Ideen. Ich probierte sie in meinem Kopf aus.

Meine Gedanken waren wie bunte Falter. Sie schwirrten durch die geheimen Gebiete meines Gehirns und schlugen wild mit den Flügeln. Ich hatte sie unter Kontrolle, hielt sie gefangen wie in einer hübschen Schachtel.

Ich wusste, eines Tages brauchte ich nur den Deckel zu öffnen, und sie würden ausschwärmen, gaukelnd und gierig.

DREIUNDDREISSIG

Würdest du die Schuhe für mich anziehen?«, fragte er.

Tatjana ließ die Stilettos zurück in den Karton gleiten. Sie stand auf und schüttelte den Kopf.

Er erhob sich ebenfalls von seinem Stuhl. »Bitte. Du darfst sie auch behalten. Ich will sie dir schenken.«

»Lass es. Lass die Vergangenheit ruhen.«

»Bitte. Tu mir den Gefallen.«

Und nun fragte sie doch: »Wie geht es deinem Vater?«

Seine Miene verfinsterte sich. Er schwieg.

Abermals trat er so nah an sie heran, dass sie seinen Atem auf ihren Wangen spürte.

Tatjana war, als weitete sich ihr Herz. Sie mochte ihn. Mochte ihn noch immer. Graublaue Augen, brünettes Haar. Zugleich krampfte sich etwas in ihrem Bauch zusammen, und sie verspürte eine leichte Übelkeit.

»Trag sie für mich. So wie damals. Tanz in den Schuhen für mich.«

»Nein.«

»Tu es. Dieses eine Mal noch.«

Ihr Puls beschleunigte sich. Vor ihrem inneren Auge flackerten Bilder auf. Es waren Bilder, die sie längst hatte vergessen wollen.

Sie kamen immer wieder zu ihr zurück.

»Die Schuhe gefallen dir doch.«

»Natürlich gefallen sie mir.«

»Na also.« Er ging zum Tisch. Er nahm die Stilettos aus dem Karton. Er kniete vor ihr nieder.

»Heb den rechten Fuß an.«

Sie war barfuß. Es durchzuckte sie, als er ihren nackten Fuß berührte.

»Nun den anderen.«

Er umfasste ihre Achillessehne. Er strich an ihrer Wade entlang. Er sah zu ihr auf.

Ein Schauer lief über ihren Rücken. Sie wusste nicht recht zu deuten, in welcher Stimmung sie nun war.

War das Erregung? Oder Angst? Was wollte dieser Junge von ihr? Tatjana stand in den Schuhen vor ihm.

»Schwarz«, murmelte er. »Schwarz und dunkelrot. Rot wie dein Kleid. Du bist wunderschön.«

Ihr Lächeln war unsicher. Sie schwankte auf den hohen Absätzen. Ihr entfuhr ein leises Lachen. »Der eine Absatz ist zu kurz.«

»Ja, das war schon damals so. Erinnerst du dich?«

Tatjana nickte.

Er strich mit beiden Händen an ihren nackten Beinen entlang, während er vor ihr kniete.

»Los, tanz für mich.«

»Nein.«

»Ich bitte dich darum.«

Tatjana drehte sich halb auf den Absätzen herum. Er stand auf.

»Tu es für mich«, murmelte er.

»Denk an deinen Vater«, entgegnete sie.

»Sei still. Kein Wort mehr über ihn.«

Er berührte sie im Nacken.

Ihr Widerstand brach. Sie ließ sich von ihm ins Schlafzimmer führen.

Abermals musste sie lachen. Aber es klang nicht froh. Eher ängstlich. Sie durfte das nicht tun.

Plötzlich saßen sie beide auf ihrem Bett.

»Na los, worauf wartest du noch?«, flüsterte er. »Geh auf und ab in den Schuhen. Hin und her. Beweg dich. Und dann fang an zu tanzen. Wie damals.«

Tatjana sagte leise seinen Namen. Sie hatte Mitleid mit ihm. »Wenn du willst, halte ich dich ein bisschen in den Armen, und danach verschwindest du, okay? Und die Schuhe nimmst du wieder mit. Sei ein guter Junge.«

Er lehnte den Kopf an ihre Schulter.

Eine Weile saßen sie einfach nur so da. Schweigend. Vertraut. Tatjana beruhigte sich allmählich.

Doch auf einmal flüsterte er ihr ein paar Worte zu.

Sie verstand zunächst nicht richtig.

Bis sie begriff, dass sie nicht verstehen *wollte*.

Sie bat ihn, die Worte noch einmal zu sagen, nur um sicherzugehen.

»Ich habe Menschen getötet«, wiederholte er kaum hörbar. »Es tut mir sehr leid, aber es ist wahr. Ich habe Menschen getötet.«

Sie rückte ein Stück von ihm ab.

Er sah sie nicht an. Sie versuchte, in seinem Gesicht zu lesen. Doch er hielt die Stirn gesenkt.

Wieder sagte sie seinen Namen.

Er stand auf. Erneut kniete er vor ihr. Er zog ihr den linken Schuh aus. Noch einmal strich er mit der Hand über ihre nackte Wade. Sie bekam eine Gänsehaut.

Diesmal wirklich vor Angst.

Ihre Stimme war rau, als sie fragte: »Was willst du nur von mir? Nimm doch Vernunft an. Was hat denn das alles zu bedeuten?«

Er stand vor ihr, den Schuh in der Hand. Er entfernte den Gummistopfen vom Absatz.

Er fuhr mit seinen Fingern über die Spitze.

Er sah auf sie herab. In seinen Augen war ein merkwürdiges Schimmern.

»Es tut mir so leid«, murmelte er.

Dann stach er mit der Spitze auf sie ein.

VIERUNDDREISSIG

Dichter Verkehr in der Oranienstraße. Der M29, ein Doppeldeckerbus, brauste heran, als Trojan auf die Straße stürmte. Der Fahrer hupte. Trojan stoppte im vollen Lauf. Der Bus fuhr dröhnend an ihm vorbei.

Trojan rang nach Luft. Er wartete die Kolonne der nachfolgenden Fahrzeuge ab, dann eilte er auf die andere Straßenseite. Er stieß mit einem Passanten zusammen, der ihn wüst zu beschimpfen begann, doch Trojans Aufmerksamkeit galt allein dem Altbau mit der abgeblätterten Fassade gegenüber von Tishas Laden.

Zweites Stockwerk, links.

Ein Kosmetikspiegel im Fenster.

Die reflektierenden Sonnenstrahlen darin wie Gewitterblitze in seinem Kopf.

Ein letzter Blick hinauf. Der Spiegel stand auf der Fensterbank. Die Vorhänge dahinter waren geschlossen.

Sollte er sich täuschen? Oder war das ein Zeichen? Seine Instinkte schlugen Alarm.

Er stürzte auf die Eingangstür zu. Überlegte nur kurz. Er klingelte im Parterre. Die Sprechanlage knarzte.

»Wer ist da?«

»Kriminalpolizei.«

Es wurde geöffnet. Trojan ging ins Treppenhaus.

Ein weißhaariger Mann, Bierbauch, Unterhemd, Boxershorts, öffnete die Tür im Erdgeschoss.

Trojan zeigte ihm seinen Dienstausweis. »Wer wohnt im zweiten Stockwerk links?«

Stirnrunzeln. Schließlich sagte der Hausbewohner: »Das ist die Tatjana. Die leichtfüßige Tatjana.«

»Leichtfüßig?«

»Sie hat so eine Art sich zu bewegen. Da kann man auf den Geschmack kommen.«

»Wie heißt sie mit Nachnamen?«

»Wünsch. Tatjana Wünsch.«

»Gehen Sie zurück in Ihre Wohnung und verhalten Sie sich still.«

Trojan rannte die Treppen hinauf.

An der Tür im zweiten Stockwerk lauschte er. Nichts war zu hören.

Seine Nackenhaare stellten sich auf. Es könnte eine Falle sein. Er musste mit allem rechnen. Seine Hand fuhr zum Waffenholster, rechts, bis er sich besann, dass er die Sig Sauer nun links trug.

Unter Schmerzen lud er die Waffe durch. Zielte aufs Schloss, dann besann er sich anders. Er steckte die Sig Sauer wieder ein und nahm eine Kreditkarte aus seinem Portemonnaie.

Er führte sie lautlos in die Ritze zwischen Türblatt und Rahmen. Er schob sie mehrmals rauf und runter. Versuchte so, den Schnapper zu öffnen.

Es dauerte lange.

Gedanken schossen durch seinen Kopf. Sollte er lieber abwarten? Verstärkung holen? Sein Instinkt sagte Nein.

Es galt, keine Zeit zu verlieren.

Hinterm Spiegelglas tanzt der Malachit.

Falle, Falle, warnte ihn beharrlich eine innere Stimme.

Plötzlich sprang die Tür auf.

Er ließ die Plastikkarte in der Hosentasche verschwinden und griff beidhändig nach seiner Waffe. Die Sig Sauer im Anschlag, glitt er leise in die Wohnung hinein. Hitze umfing ihn. Schweißtreibend, unnatürlich.

Eine Bewegung mit dem Ellenbogen, und klickend schloss sich hinter ihm die Eingangstür.

Er sicherte den Flur.

Suchte jeden Winkel mit Blicken ab.

Warum war es hier drin so heiß?

Mit dem Rücken zur Wand näherte er sich der Küche. Ein kurzes Innehalten, dann wirbelte er hinein. Ausgestreckte Arme, den Finger am Abzug. In zackigen Bewegungen den Pistolenlauf nach vorn, nach rechts, nach links.

Gesichert. Hier war niemand.

Er registrierte, dass die Gastherme lief. Der Heizkörper war voll aufgedreht. Und das bei einer Außentemperatur von etwa zwanzig Grad. Tropisch, dachte er.

Trojan schlich zurück in den Flur.

Die nächste Tür war geschlossen.

Er näherte sich, wieder mit dem Rücken zur Wand. Streckte die rechte Hand aus, seine verletzte Schulter antwortete mit einem brüllenden Schmerz. Er biss die Zähne zusammen, klinkte auf, holte Luft, glitt hinein.

Das Badezimmer. Heiße Luft schlug ihm entgegen. Er sicherte in alle Richtungen. Riss den Duschvorhang zurück. Niemand anwesend.

Er wandte sich um, durchquerte den Flur. Schweiß perlte auf seiner Stirn, als er sich dem Wohnzimmer näherte.

Er stürmte hinein, die Waffe im Anschlag. Bewegung nach vorn, rechts, links, gesichert.

In seinen Ohren rauschte das Blut. Sollte der Bodypainter noch hier sein, dann im Schlafzimmer.

Zurück im Flur, schlich er am Garderobenschrank vorbei, bis er die geschlossene Tür erreicht hatte.

Eine letzte Sekunde zum Atemholen. Dann klinkte er die Tür auf und wirbelte hinein. Hier drin war es noch heißer.

Tropenklima, dachte er. Ein süßlicher Geruch. Das Bett leer, Decke und Laken heruntergerissen. Ein rotes Kleid am Boden, blutbefleckt, daneben ein zusammengerollter Slip.

Eine Frau hockte auf einem Stuhl, die mit Stoff bezogene Rückenlehne zu ihm gewandt. Ihre Haltung war gekrümmt. Reglos saß sie da, in sich zusammengesunken.

»Kriminalpolizei!«, schrie Trojan.

Die Frau rührte sich nicht.

Diese Hitze. Und der Geruch. Was war das?

Er trat einen Schritt näher.

Er blickte auf ihre Haare. Sie waren dunkel und lang.

Noch einen Schritt und noch einen.

Nun sah er mehr.

Die Frau war nackt. Leblos. Er kam zu spät. Trojan erblickte das Blut an ihrem Hals und auf ihrem Brustkorb. Die Einstiche. Es waren viele.

Und da war noch etwas.

Es bewegte sich. Es war bunt. Es tänzelte auf der Toten.

Trojan steckte die Waffe ein und zog sich ein paar Latexhandschuhe über. Da war ein dünner Film auf dem Hautgewebe der Toten. Er tupfte etwas davon ab. Und roch daran.

Es war süßlich. Klebrig.

Honig. Warmer Honig.

Er erinnerte sich an die Worte von Werner Teich: *Fruchtzucker. Vermengt mit etwas Honig und einer Prise Salz. Der Falter ist hungrig, Kommissar.*

Der Malachitfalter flog auf, umtanzte die tote Frau und setzte sich wieder auf sie.

Trojan berührte Tatjana Wünsch an der Schulter. Sie sank nach vorn.

Er betrachtete ihren Rücken. Er war unbemalt. Da war keine Haut mehr.

Entsetzt blickte er auf das rote Fleisch.

Der Mörder hatte ihr die Haut abgetrennt. Es fehlten vier große Hautlappen in der Form von Flügeln.

VIERTER TEIL

FÜNFUNDDREISSIG

Samstag, 20. Mai. Kurz nach Mitternacht

Trojan stand in seinem Bad. Er stützte sich mit den Händen auf den Waschbeckenrand. Die Erschöpfung zerrte an ihm. Wenn er die Augen schloss, sah er Schmetterlinge vor sich tanzen.

Ich kann nicht mehr, dachte er, es ist zu viel. Ich brauche eine Pause.

Er sah sein Spiegelbild an. Ringe hatten sich unter seinen Augen gebildet. Seine Wangen waren blass.

Er rasierte sich. Danach zog er sich aus und warf einen Blick auf seine rechte Schulter. Er hielt sie schief. Wenn er sie bewegte, tat sie weh, wenn nicht, war sie verspannt. Er stieg in die Wanne, drehte die Hähne auf. Heiß strömte das Wasser über seinen Körper. Er schloss die Augen und atmete tief durch. Vielleicht waren die letzten vierundzwanzig Stunden bloß ein düsterer Traum gewesen, der ihn nach Potsdam, zurück ins Kommissariat und dann an den nächsten Tatort gejagt hatte.

Aber es gab kein Erwachen.

Nachdem er geduscht hatte, trocknete er sich ab und nahm sich ein paar frische Sachen vom Wäschetrockner. Er schlüpfte gerade in seine Boxershorts, als das Handy läutete.

Er hob ab.

»Ja?«

»Nils?« Es war Steffie.

»Was gibt's?«

»Ich hab einige Informationen zu Tatjana Wünsch zusammengetragen.«

Trojan hielt in der einen Hand das Telefon, während er versuchte, sich mit der anderen das T-Shirt überzustreifen.

»Gut, ich...« Er verhedderte sich im Ärmel. Die Schulter schmerzte.

»Ist es gerade unpassend?«

»Nein, nein. Einen Moment bitte.« Er legte das Handy kurz weg, zog sich fertig an, dann sprach er weiter.

»Alles klar. Hier bin ich wieder.«

»Du klingst sehr müde.«

»Bist du es etwa nicht?«

»Weiß nicht, bin schon irgendwie drüber.«

»Ich bin kurz nach Hause gefahren. Musste mal duschen und dringend die Klamotten wechseln.«

»Ja, das tut sicher gut.«

»Wo bist du?«

»Ganz in deiner Nähe. Du wohnst doch in der Forster Straße, oder?«

»Ja.« Mit einem Mal wurde ihm bewusst, dass sie noch nie bei ihm zu Hause gewesen war. »Willst du vorbeikommen? Ich mache uns einen Kaffee.«

»Okay. Gern. Bis gleich.«

Er war erstaunt, wie munter sie wirkte. Sie trug das Haar offen. Ihre Wangen waren leicht gerötet. Als sie eintrat und sich bei ihm umblickte, nahm er den Duft ihres Parfums wahr. Diese Würze und ein wohldosierter Hauch heiterer Sinnlichkeit.

Auch sie schien sich irgendwo umgezogen zu haben, vielleicht im Kommissariat. Sie trug eine leichte schwarze Lederjacke, unter der sich ihr Waffenholster abzeichnete, dazu ein weißes Top und eine Zigarettenhose in Melange-Optik mit Bügelfalten und Stretchbund. Die Absätze ihrer Pumps waren für die Verbrecherjagd einen Tick zu hoch, dennoch traute er Steffie zu, zur Not darin einen beachtlichen Spurt hinzulegen.

»Entschuldige die Unordnung«, murmelte er.

Sie lachte. »Sieht bei mir nicht anders aus, wenn ich im Einsatz bin.«

Sie gingen in seine Küche. Er wollte ihr gerade einen Kaffee einschenken, als er sich anders besann. »Was hältst du eigentlich von einem Bier?«

Sie lächelte verschmitzt. »Klingt verlockend. Nur weiß ich nicht, was der Chef davon halten wird.«

»Ich hab ein paar Pfefferminzdrops. Für den frischen Atem danach.«

Ihr Lächeln wurde breiter. »Okay, ich bin dabei.«

Er nahm zwei Flaschen aus dem Kühlschrank, öffnete sie und reichte ihr eine.

Sie stießen an und tranken.

»Lass uns ins Wohnzimmer gehen, da ist es gemütlicher«, sagte er.

Sie gingen hinüber und nahmen auf seinem Sofa Platz.

»Schön hast du es hier.«

»Bin nur leider selten daheim.«

»Emilys Zimmer ist nebenan?«

Er nickte. »Ja, während meiner Einsätze ist sie bei ihrer Mutter.«

Stefanies Lächeln verscheuchte seine Müdigkeit.

Sie nahm ihren Notizblock hervor. »Also, fassen wir mal zusammen. Tatjana Wünsch, siebenunddreißig Jahre alt. Sie arbeitete in einer Neuköllner Eckkneipe mit dem schönen Namen Zur Taube als Tresenkraft. Ich hab dort mit ein paar Leuten gesprochen.«

»Was ist das für eine Kneipe?«

»Ziemlich schmierig. Unerlaubtes Glücksspiel. Nach unseren Akteneinträgen auch einige Fälle von Hinterzimmer-Prostitution. Illegales Gewerbe, die ganze Palette.«

»Hmm.«

»Davor hat sie in anderen Bars gearbeitet, alle von eher zweifelhaftem Ruf. Offenbar hatte sie wechselnde Männerbekanntschaften. Man hat mich in der Taube an eine Frau verwiesen, die mit ihr ganz gut befreundet war. Ich war gerade bei ihr, es ist eine gewisse Marianne Zetkowiak. Sie sagte mir wörtlich«, Steffie las von ihrem Block ab, »›Tatjana war ein gutherziger Mensch. Sie sehnte sich nach Wärme, Halt, einer Familie. Aber vieles in ihrem Leben ist schiefgegangen.‹ Als Teenager lief sie von zu Hause weg. Schulabbrüche. Ein gewalttätiger Vater.«

»Klingt ziemlich traurig.«

»Ja. Da Tatjanas Eltern nicht mehr leben und sie auch ansonsten keine Angehörigen hat, wird diese Frau Zetkowiak ihre Leiche identifizieren müssen.«

»Du erwähntest wechselnde Männerbekanntschaften. Konntest du Namen ermitteln?«

»In der Taube hielt man sich bedeckt. Aus den Leuten war einfach nichts herauszukriegen. Marianne Zetkowiak sprach von einem Mann aus dem Kosovo, mit dem Tatjana jüngst zusammen war. Er heißt Enrik Berisha und wird gerade von Dennis Holbrecht vernommen. Aber ich weiß bereits von Dennis, dass Berisha erst heute von einer Reise aus seinem Heimatdorf zurückgekehrt ist. Dennis überprüft das im Moment, doch wie es aussieht, hat der Mann damit ein Alibi.«

Trojan dachte laut nach. »Der Mörder wollte, dass wir Tatjanas Leichnam in der Wohnung finden.«

»Ja.«

»Ich frage mich, warum.«

»Er buhlt um unsere Aufmerksamkeit.«

»Ja. Manchmal ist mir, als würde er uns zurufen: ›Seht her, was ich wieder angerichtet habe.‹«

»Du hättest ihn um ein Haar erwischt.«

Er nickte. »Es war extrem knapp. Dieses Risiko nimmt er in Kauf. Es scheint ihn regelrecht anzutörnen, dass wir ihm auf den Fersen sind. Und er immer einen Tick voraus ist.«

»Hinzu kommt die Tatsache, dass er diesmal von seinem Muster abweicht.«

»Genau. Er entfernt Hautstücke. Außerdem ist Tatjana Wünsch kinderlos, im Gegensatz zu Beatrice Weiler und Luisa Haneke.«

»Sebastian und Sarah sollten noch das Wort ›Mama‹ vor dem Täter aussprechen.«

»Zudem gibt es in der Wohnung in der Oranienstraße keine Einbruchspuren. Tatjana hat ihn offenbar reingelassen.«

Sie nickte. »Und dann das hier.« Sie nahm ein Foto aus ihrer Tasche und legte es auf den Couchtisch.

Trojan kannte es bereits. Das Foto zeigte eine Narbe auf der linken Fußsohle der Toten. Der Rechtsmediziner hatte sie gleich nach der Obduktion auf das Detail hingewiesen.

»Semmler ist der Meinung, die Narbe stamme von einer Verletzung, die schon sehr viel älter ist«, sagte Steff. »Sie könnte durchaus ein paar Jahre zurückliegen.«

»Ausgerechnet die linke Fußsohle. Dort, wo der Mörder bei den beiden anderen Frauen sein Zeichen hinterließ.«

»Tatjanas Narbe hat aber nicht dieselbe Form wie sein eigentümliches Zeichen.«

»Das nicht. Dennoch ist es eine bemerkenswerte Übereinstimmung.«

»Ihre Narbe könnte also eine Bedeutung für ihn haben.«

»So ist es.«

»Er wird unvorsichtiger«, sagte Stefanie. »Am Tatort in der Oranienstraße trug er offenbar keine Schutzkleidung. Er hat sogar ein paar Spuren hinterlassen. Es gibt ein paar Fingerabdrücke in der Küche. Im Schlafzimmer wurden Hautschuppen und ein brünettes Haar gefunden, das im Labor untersucht wird.« Sie blätterte in ihrem Notizblock. »Die DNA konnte bereits isoliert werden.«

»Und?«

»Es gibt keine Treffer in der Datenbank. Auch nicht bei den Fingerabdrücken.«

»Demnach ist der Täter bislang nicht aktenkundig.«

»Ja.«

»Dass er immer riskanter agiert, verheißt nichts Gutes.«

»Sehe ich auch so. Er treibt das Spiel auf die Spitze. Für den Mord an Tatjana Wünsch blieb ihm nicht viel Zeit. Du warst dicht an ihm dran.«

Trojan dachte an den Spiegel im Fenster. »Er will es so. Er lockt uns an. Er braucht unsere Nähe, unsere Aufmerksamkeit.«

»Er inszeniert seine Tatorte wie Kunstwerke.«

»Diesmal hinterlässt er keine Malerei. Dafür entfernt er vier große Hautlappen auf dem Rücken seines Opfers.«

»Mit der Haut hat er etwas vor.«

»Ja.«

»Er möchte sich dafür viel Zeit lassen. Ich bin mir sicher, dass er …«

»… sie auf perverse Art gestalten will.«

Stefanie nahm einen Schluck aus der Bierflasche. »Wir ergänzen unsere Sätze, merkst du?«

»Wir sind ein gutes …«, Paar, hätte er beinahe gesagt, »… Team.«

Sie schwiegen eine Weile.

»Ein langer Tag«, murmelte er. »Ich weiß gar nicht mehr, wann ich das letzte Mal in meinem Bett gelegen hab.«

Sie berührte ihn am Arm. »Was macht deine Schulter?«

»Ich achte einfach nicht mehr darauf.«

Erneut schwiegen sie. Um Steffies Mund spielte ein leises Lächeln.

Nach einer Pause sagte Trojan: »Tatjana Wünsch hat ihren Mörder offenbar gekannt. Bei Beatrice und Luisa hatte ich den Eindruck, dass ihr Aussehen eine Rolle für ihn spielte. Ihre Attraktivität. Lange Beine. Eine Vorliebe für modische Schuhe. Vielleicht sogar die Tatsache, dass sie beide ein Kind haben.«

»Ja. Das Mutter-Kind-Verhältnis, das für ihn bewusst oder unbewusst eine Bedeutung hat. Und nun denkst du …«

»Ich denke darüber nach, ob er nicht auch zu Beatrice und Luisa ein engeres Verhältnis hatte, als wir bisher angenommen haben.«

»Du meinst, die Auswahl seiner Opfer ist weniger von äußerlichen Merkmalen geprägt als …«

»… von persönlicher Bekanntschaft, ja. Wie geartet auch immer. Wer weiß, was die Begegnung mit diesen Frauen in seiner kranken Wahrnehmung ausgelöst hat.«

Steffie nagte an ihrer Unterlippe. »Dann sollten wir noch einmal genau bei den Angehörigen und im Bekanntenkreis von Beatrice und Luisa nachforschen.«

Trojan nickte. Er trank einen Schluck Bier. »Lassen wir mal seine Spielchen für eine Weile außer Acht. Die ganze Nummer im Schmetterlingshaus, wie er uns auf die Fährte von Tatjana gelockt hat … Es muss ihm einen Heidenspaß machen, uns damit zu beschäftigen.«

»Doch ab jetzt stellen wir die Regeln auf.«

Er nickte ihr lächelnd zu.

Danach sagte sie ernst: »Du erwähntest bereits das enorm hohe Risiko, das er eingeht.«

»So kommt es mir vor.«

»Befürchtest du nicht auch, dass er … am Ende … dass alles …«

»… auf eine finale Katastrophe hinausläuft?«

»Ja. Als plane er den großen Knall. Seinen spektakulären Abgang.«

»Darauf müssen wir gefasst sein.«

Sie stellte ihre Bierflasche auf dem Couchtisch ab und wandte sich ihm zu. Sie fuhr sich mit der Hand durchs Haar. Ihre Augen schimmerten kobaltblau. »Hast du eigentlich manchmal Angst in unserem Job?«

»Angst?« Ein leises Auflachen, das ihm künstlich erschien. »Ich leide unter …« Er brach ab. *Panikattacken*. Doch er sprach es nicht laut aus.

»Worunter leidest du?«

»Ich leide unter diesem Job. Ich liebe diesen Job.«

Stille. Er blickte sie an.

Sie senkte die Stimme: »Es ist spät, nicht wahr?«

Er sah zur Uhr. »Halb zwei in der Nacht.«

»Wollen wir eine Pause einlegen und morgen weitermachen?«

Er nickte. »Möchtest du … du kannst auch hier …«

»Nils«, flüsterte sie.

SECHSUNDDREISSIG

Am Samstagmorgen verwöhnte sich Daniela mit einem besonderen Frühstück. Zu einer gerösteten Scheibe Vollkornbrot briet sie sich ein Spiegelei. Sie schnitt eine Honigmelone auf, kochte Kaffee und servierte sich die Mahlzeit am Küchentisch, den sie mit einem Strauß Frühlingsblumen in einer Glaskaraffe geschmückt hatte.

Während sie sich das saftige Fruchtfleisch der Melone auf der Zunge zergehen ließ, blickte sie aus dem Fenster. Die Morgensonne tauchte in goldgelben Strahlen über den Dächern der gegenüberliegenden Häuser auf. Es versprach ein wunderschöner Tag zu werden.

Vielleicht war nun alles wieder gut. Immerhin hatte sie so tief und fest geschlafen wie schon lange nicht mehr. Beim Aufwachen war sie beinahe verblüfft gewesen, dass sie diesmal nicht von einem Angsttraum aufgeschreckt worden war.

Gestern hatte sich Christopher bei ihr gemeldet. Die Freude über seinen Anruf hatte ihre Sorgen gänzlich verjagt. Er schien guter Laune zu sein, hatte ein Treffen für heute Abend vorgeschlagen. Daniela war sofort einverstanden gewesen. Schließlich war ihr Date am letzten Montag so ungünstig verlaufen, dass sie zwischenzeitlich befürchten musste, alles vermasselt zu haben. Nun gab es also eine zweite Chance.

Möglicherweise würden sie sich heute Abend endlich näherkommen. Die Vorstellung davon war aufregend. Sie verspürte ein leises Kribbeln im Bauch.

Daniela musste lächeln, als sie sich den Klang seiner Stimme am Telefon vergegenwärtigte. So sanft und schmeichelnd, kein Zweifel, dass er mit ihr geflirtet hatte.

Sie aß noch ein Stück Honigmelone. Vergnügt tunkte sie die Reste des Eigelbs mit der Brotrinde auf. Sie gönnte sich eine zweite Tasse Kaffee, danach stand sie auf und stellte das Geschirr in die Spüle.

Wieder dieses Kribbeln. Ich hab Schmetterlinge im Bauch, dachte sie.

Jäh tauchte der Falter vor ihrem geistigen Auge auf, gespenstisch, in grellen Farben, die Zeichnung, die sie angepinnt in Clarissas Ankleidezimmer gefunden hatte, versteckt hinter einem Paar Schuhe.

Sie sollte Clarissa bei Gelegenheit dazu befragen. Allerdings ging es ihr deutlich besser, seitdem sie sich dazu entschlossen hatte, die rätselhaften Vorfälle der letzten Woche einfach zu ignorieren.

Schau nach vorn, Daniela, ermahnte sie sich selbst.

Sie dachte an Christopher, und schon lächelte sie wieder.

Sie zog ihre Jacke an, nahm ihre Tasche und öffnete die Wohnungstür, um zur Bibliothek zu fahren. Sie wollte letzte Recherchen für ihre Hausarbeit klären.

Als sie gerade von außen abschließen wollte, hielt sie abrupt inne. Jemand hatte ein Stück Papier an ihre Eingangstür geheftet.

Ein weißes Blatt, aufgespießt mit einer Reißzwecke.

Sie riss es ab. Dabei fiel ihr Blick auf die Rückseite.

Sie war mit der üblichen Computerschrift bedruckt. Und auch das Zeichen fehlte nicht darauf, aufgemalt mit einem schwarzen Stift.

Ihr Herzschlag beschleunigte sich. Im Nu war die Angst zurück.

Er war hier gewesen, durchfuhr es sie. Der Unbekannte, der ihr diese rätselhaften Botschaften schrieb. Er hatte an ihrer Tür gelauert.

Sie starrte auf die Aufschrift:

FRAG DEINE MUTTER.

Erst Clarissa. Dann ihre Mutter. Nun reichte es. Sie musste die Polizei einschalten. Aber wie genau sollte sie das eigentlich bewerkstelligen? Sollte sie den Zettel nehmen und damit zum nächsten Polizeirevier gehen? Anzeige gegen unbekannt erstatten? Würde man sie in der Angelegenheit überhaupt ernst nehmen?

Vielleicht wusste ihre Mutter ja Rat.

Daniela schloss die Tür ab, steckte den Zettel ein und griff nach ihrem Handy.

Der Klingelton war laut, viel zu laut. Das musste aufhören. Er wollte weiterschlafen. Er hatte geträumt, dass der Fall aufgeklärt war. Also müsste er das Bett vorerst nicht verlassen.

Aber das Handy läutete beharrlich weiter.

Er richtete sich halb auf und blickte schlaftrunken auf das Display.

Es war der Chef, der ihn aus seinem Traum gerissen hatte. Nils hob ab.

»Ja?«, murmelte er.

Landsbergs Redeschwall überforderte ihn. Es ging um die Presse. Die Journalisten der Boulevardblätter machten ordentlich Druck. Drei Morde innerhalb einer Woche. Der Chef brauchte Ergebnisse.

»Ich tu mein Bestes, Hilmar. Ich werde …«

Doch Landsberg redete immer weiter.

Trojan holte tief Luft.

»Gib mir wenigstens fünf Minuten zum Wachwerden«, unterbrach er ihn schließlich. »Ich rufe zurück.«

Er drückte die rote Taste und sank auf sein Kissen.

Seine Überraschung war groß, als keine drei Sekunden später ein weiterer Klingelton die Stille zerriss. Er kam von der anderen Seite seines Betts.

»Das ist meins«, murmelte eine Stimme neben ihm.

Trojan drehte sich um.

Steffie lächelte ihn an. Ihr Haar verwuschelt, der nackte Arm über der Bettdecke. Sie wischte mit dem Finger übers Display und nahm den Anruf entgegen.

»Hallo, Chef«, sprach sie gut gelaunt ins Telefon und zwinkerte Trojan zu.

Sie ließ sich nichts anmerken. Gab präzise Antworten, beruhigte ihren Vorgesetzten und beendete das Gespräch, wobei sie ihn in dem Glauben ließ, um diese frühe Uhrzeit längst im Einsatz zu sein.

Ihr Lächeln wurde breiter, nachdem sie aufgelegt hatte. »Guten Morgen.«

»Morgen.«

»Wie hast du geschlafen?

»So gut wie lange nicht mehr. Und du?«

»Wie ein Baby.«

Er griff nach ihrer Hand. »Das war schön.«

»Ja. Wunderschön.«

Es entstand eine Verlegenheitspause.

Sie wurde ernst. »Er darf es nicht wissen.«

»Landsberg?«

Sie nickte. »Er darf von alledem nichts erfahren.«

»Klar.«

Nils kannte die strengen Vorschriften. Private Gefühle waren in ihrem gefährlichen Job nicht erlaubt. Ein Liebespaar durfte nicht gemeinsam in einem Kommissariat arbeiten. Sollte es bekannt werden, müsste einer von ihnen das Team verlassen. Und so wie er Steffie einschätzte, war sie mindestens genauso ehrgeizig wie er, was die Karriere in der hoch angesehenen fünften Mordkommission betraf.

Sie hauchte ihm einen Kuss auf die Lippen. »Auch vor den Kollegen sollten wir uns nichts anmerken lassen.«

»Natürlich.«

Er sah ihr zu, wie sie aus dem Bett stieg, ihre auf dem Boden verstreuten Sachen zusammensuchte. Erneut bewunderte er das Tattoo auf ihrem linken Schulterblatt, die kleine Sonne mit den verschlungenen Tribal-Formen, die er in der Nacht mit seinen Fingerspitzen erkundet hatte.

Trojan schlüpfte in seine Boxershorts, während sie im Bad verschwand.

Er kochte Kaffee.

Erst als er selbst unter der Dusche stand und das heiße Wasser auf ihn herabprasselte, wurde ihm bewusst, wie einsam und mutlos er sich in den letzten Wochen gefühlt hatte. Jede seiner Äußerungen, er habe die Sache mit Jana verwunden, war eine bloße Schutzbehauptung gewesen.

Flüchtig sah er das Foto vor sich, das sie ihm vom Strand in Auckland geschickt hatte.

Und dann verschwand es, löste sich in nichts auf, und er atmete durch.

Kurz darauf saß er Stefanie am Küchentisch gegenüber. Er schwieg. Ihm fehlten die passenden Worte. Doch es fühlte sich gut an, dass sie bei ihm war.

Sie berührte ihn am Arm und sagte, als wüsste sie genau, was in ihm vorging: »Denk nicht so viel darüber nach, Nils.«

»Einfach geschehen lassen?«

»Ja. Geschehen lassen und genießen.«

Er stellte seine Kaffeetasse ab und nickte ihr zu.

Nach einer Pause fragte er: »Okay, was steht an?«

Und sie planten gemeinsam, wie sie bei den Ermittlungen vorgehen wollten.

Es war kurz nach halb acht. Die Zeit drängte.

SIEBENUNDDREISSIG

Am Nachmittag stand sie vor ihrem Elternhaus. Es war ein schmuckloses Gebäude in einer tristen Wohnsiedlung in Marienfelde. Zwei Stockwerke mit jeweils zwei Fenstern zur Straße hin, Flachdach, Rauputz. Der Vorgarten bestand aus einer winzigen Rasenfläche und ein paar Forsythiensträuchern. Hier war sie aufgewachsen.

Ihre Mutter hatte am Telefon sehr beschäftigt geklungen. Sie hatte ihr gesagt, sie könne gerne vorbeikommen, gegen fünf sei sie mit ihren Erledigungen fertig.

Da sie auf ihr Läuten hin nicht öffnete, nahm Daniela den Haustürschlüssel hervor, den sie nach dem Umzug in ihre Neuköllner Wohnung behalten hatte, und schloss auf.

»Mama?«, rief sie in der Diele.

Sie erhielt keine Antwort. Daniela ging ins Wohnzimmer und blickte sich um.

Da vernahm sie aus dem Obergeschoss ein gleichmäßig wiederkehrendes Geräusch.

Kla-klack, kla-klack, kla-klack, kla-klack.

Daniela ging zurück in den Flur, hielt am Treppenabsatz inne und lauschte.

Wieder dieses Geräusch. *Kla-klack, klack, klock, klock, klack-klock.*

»Mama?«

Es kam keine Antwort.

Sie stieg die Stufen hinauf. Offenbar befand sich ihre Mutter im Schlafzimmer. Das Tocken drang hinter der verschlossenen Tür hervor.

Stakkatoartig, monoton. *Klack, klock, klack, klack-klack, klock-klock, kla-klack.*

Daniela drückte die Klinke und trat ein.

Ihre Mutter fuhr erschrocken herum. Sie balancierte auf hohen Absätzen.

»Dannie, hast du mich aber erschreckt!«

»Hast du mich denn nicht gehört? Ich hab unten geklingelt.«

»Entschuldige, ich bin dabei, Schuhe einzutragen. Die Absätze knallen so laut.«

Mit einem verlegenen Lächeln streifte Magda Bernstein die rot-schwarzen Stilettos ab und kam barfuß auf sie zu.

Wieder einmal fragte sich Daniela, warum nur Clarissa die Schönheit ihrer Mutter geerbt hatte, sie hingegen nicht. Auch wenn Magda mittlerweile mit etwas Färbemittel nachhalf, war ihr Haar von einer blonden Pracht, auf die Daniela nur eifersüchtig sein konnte. Ihr war bloß das Straßenköterblond und obendrein die empfindliche Haut ihres Vaters geblieben.

»Was sind das für Schuhe?«, fragte sie skeptisch.

»Nicht der Rede wert, Süße.« Magda umarmte sie. Der Duft ihres Parfums umwehte sie, energetisch und beschwingt wie seit jeher. »Wie schön, dich zu sehen.« Sie trat einen Schritt zurück, um sie zu mustern. »Wie geht es dir, Süße? Du klangst besorgt am Telefon.«

Daniela wusste nicht, wo sie anfangen sollte.

Ihre Mutter lächelte. »Komm, ich mache uns beiden erst einmal einen Kaffee.«

Daniela warf einen zweifelnden Blick auf die hochhackigen Schuhe, dann gingen sie gemeinsam hinunter. Ihre Mutter war gewohnt gesprächig. Sie erzählte ihr den neuesten

Tratsch aus der Nachbarschaft, doch Daniela hörte nicht richtig zu. Magda hatte die Gabe, sich von Schicksalsschlägen in ihrem Leben nicht unterkriegen zu lassen. Selbst als Danielas Vater vor einigen Jahren überraschend an einem Herzinfarkt starb, war ihre Mutter über den Verlust viel schneller hinweggekommen als ihre Töchter.

Sie setzten sich ins Wohnzimmer, tranken frisch aufgebrühten Kaffee und plauderten eine Weile.

Schließlich wurde ihre Mutter ernst. »Was gibt es denn nun Dringliches?«

Daniela nahm den Zettel aus ihrer Tasche. »Hast du eine Ahnung, was das bedeuten könnte?«

Magda Bernstein nahm das Blatt Papier in die Hand und betrachtete es. Sie runzelte die Stirn. »*Frag deine Mutter*? Von wem hast du das?«

Daniela erzählte ihr von den anonymen Botschaften der letzten Woche.

»Hast du das aufgemalte Zeichen schon mal gesehen?«

Magda schüttelte den Kopf. »Süße, Schmierereien dieser Art schmeißt man doch sofort in den Müll.«

»Der Zettel war an meine Wohnungstür geheftet.«

»Das ist allerdings merkwürdig. Und es ist bereits die dritte Botschaft in dieser Woche, sagst du?«

»Ja. Die ersten beiden steckten in meinem Briefkasten.«

Wieder schaute ihre Mutter auf das Papier. Abermals schüttelte sie den Kopf. »Ich kann damit nichts anfangen.«

Mit einem Mal schnürte sich Danielas Kehle zu. Sie verspürte eine Beklemmung in der Brust, so jäh und heftig, dass es ihr die Tränen in die Augen trieb. Ohne ein Wort erhob sie sich und verließ wie ferngesteuert das Wohnzimmer.

»Wo willst du denn hin?«

Daniela antwortete nicht.

Sie ging durch den Flur und stieg erneut die Treppe hinauf. Neben dem Elternschlafzimmer befand sich ihr ehemaliges Kinderzimmer. Sie trat ein. Ihre Mutter hatte hier kaum etwas verändert.

Daniela ließ sich auf dem Rand ihres Bettes nieder und blickte auf den Dielenboden.

Ihre Mutter erschien in der offenen Tür. »Dannie? Ist dir nicht gut? Du bist ja ganz bleich geworden.«

Sie rührte sich nicht.

»Bitte. Sag doch was. Du machst mir Angst.«

Daniela senkte die Stimme: »Ich hab das Zeichen schon mal gesehen. Es war hier in meinem Kinderzimmer. Es leuchtete auf dem Boden.«

»Es leuchtete?«

Sie nickte schwach. Langsam hob sie den Kopf: »Mama. Bitte, sei ehrlich zu mir. Ist mir als Kind jemals etwas angetan worden? Nachts? In meinem Zimmer?«

»Nein. Davon weiß ich jedenfalls nichts. Wie kommst du nur darauf?«

»Weil ich immerzu davon träume.«

»Um Himmels willen, was …?«

»Ich liege hier auf dem Bett. Auf dem Bauch. Ich kann mich nicht bewegen. Ich bin wie festgenagelt. Etwas berührt mich an den Füßen. Es fühlt sich leblos an.«

Magda Bernstein setzte sich zu ihr. Sie strich mit der Hand über ihren Rücken. »Leblos? Seit wann hast du denn diese Träume?«

»Seit ungefähr drei Wochen. Sie kommen immer wieder. Nacht für Nacht. Nur heute nicht. Heute hatte ich endlich einen ruhigen Schlaf.«

»Und du glaubst, es hat mit einem Ereignis aus deiner Kindheit zu tun?«

»Ja. Es war, kurz nachdem Papa gestorben ist. Ich muss sechzehn oder siebzehn gewesen sein. Jemand war in meinem Zimmer. Mitten in der Nacht. Und ich sah dieses helle Zeichen am Boden. Ich verstehe nicht, warum ich mich nicht wehren konnte. Ich war wie gelähmt.«

»Daniela, das ist ja furchtbar. Warum hast du mir nie davon erzählt?«

»Ich muss es wohl verdrängt haben. Aber jetzt ist es zu mir zurückgekehrt. So verstörend, dass es mir den Atem nimmt. Jemand schreibt diese Botschaften an mich. Jemand will, dass ich mich erinnere. Ich soll das Zeichen lesen.«

Ihre Mutter fuhr ihr tröstend mit der Hand durchs Haar.

»Ganz ruhig. Ich bin ja bei dir. Dieses Zeichen auf dem Zettel, ich hab es wirklich noch nie gesehen. Keine Ahnung, was es zu bedeuten hat. Bist du dir denn sicher, dass es dasselbe ist?«

Daniela nickte schweigend.

Plötzlich riss sie sich von ihrer Mutter los und ging hinüber ins Elternschlafzimmer.

Ihr Blick fiel auf die hochhackigen Schuhe am Boden. Die Außensohlen waren knallrot, die Absätze aus Metall, das übrige Leder glänzend schwarz.

Magda war ihr gefolgt. »Dannie, was ist denn nur los mit dir?«

»Woher hast du diese Schuhe?«, fragte sie schrill.

»Sie wurden mir gerade von einem Paketboten gebracht. Dabei habe ich gar keine Schuhe bestellt. Sie sind ganz schön, oder?«

Daniela schluckte. Sie konnte nicht die Augen von den roten Sohlen lassen.

»Gefallen sie dir?«, fragte Magda. »Sie sind hübsch, nicht wahr? Okay, nicht ganz mein Stil, aber… Ich denke, sie sind sündhaft teuer. Und weißt du, was komisch ist?«

»Was?«

»Mir kam der Bote bekannt vor. Irgendwo hab ich ihn schon mal gesehen.«

»Und ich hab die Schuhe schon mal gesehen.«

»Wo denn?«

»Ich weiß nicht genau, aber ich …« Sie brach ab.

Ihre Mutter nahm die High Heels in die Hände und ließ ihre Finger darüber gleiten. »Vielleicht in einem Laden? Die sind von Christian Louboutin, einem ziemlich bekannten Designer.«

Daniela hob den Blick. »Schick sie wieder zurück!«

»Das hatte ich ohnehin vor.«

»Versprich mir, dass du sie nicht behältst!«

»Süße, ich weiß nicht, was …«

Sie entriss ihrer Mutter die Stilettos und schleuderte sie zu Boden. »Du musst sie wegschicken!«

Sie lief aus dem Zimmer und stürmte die Treppe hinunter. Sie wusste selbst nicht, wie ihr geschah, doch mit einem Mal war sie voller Zorn.

Ihre Schwester, durchfuhr es sie. Clarissa! Sie hatte ein Paar Stilettos als *Nuttenschuhe* bezeichnet. Die Schuhe sahen genauso aus wie diese. Es war vor einigen Jahren gewesen. *Nuttenschuhe, das sind Nuttenschuhe!*, hatte ihre Schwester ausgerufen. Nun erinnerte sich Daniela wieder. Sie musste mit Clarissa darüber sprechen. *Nuttenschuhe!* Die High Heels hatten mit ihren Albträumen zu tun.

»Dannie!« Magda eilte hinter ihr die Treppe nach unten. »Warte doch!«

In Danielas Kopf überschlugen sich die Gedanken. Ihre Schwester würde wieder nicht ans Telefon gehen. Sie besaß zwei Handys. Nur das Diensthandy war von Interesse für sie. Das sah ihr ähnlich. Aber diesmal gab es keine Ausflüchte.

Clarissa schien mehr über die Angelegenheit zu wissen, als sie zugeben wollte.

Nuttenschuhe! Nuttenschuhe!

An der Eingangstür wandte sie sich zu ihrer Mutter um.

»Ich fahre jetzt zu Clarissa. Sie müsste mittlerweile aus München zurück sein. Und, Mama, nimm die Schuhe nicht an! Bitte. Sie gehören uns nicht.«

Ihre Mutter wollte etwas erwidern, doch Daniela war bereits auf der Straße.

Sie rannte zur Bushaltestelle.

Magda Bernstein blieb an der Tür stehen und sah ihrer Tochter nach. Das arme Kind. Daniela war schon immer viel sensibler als ihre Schwester gewesen.

Was hatte es nur mit den merkwürdigen Träumen auf sich, von denen sie ihr erzählt hatte?

Sie gab sich einen Ruck und ging hinauf ins Schlafzimmer. Dort hob sie die Schuhe vom Boden auf, legte sie zurück in den Karton und verstaute diesen in dem Paket, das ihr zugestellt worden war.

Zurück im Flur, wollte sie das Paket noch einmal öffnen, um nachzuschauen, ob überhaupt ein Lieferschein beigelegt war.

In diesem Moment knarrte eine Diele in ihrem Rücken, und sie verspürte einen Lufthauch.

Sie wollte sich gerade umwenden, als ihr jemand von hinten die Hand auf den Mund legte.

Eine leise Stimme sprach zu ihr.

»Psst. Nicht umdrehen. Und nicht schreien.«

ACHTUNDDREISSIG

Unterwegs versuchte sie es mehrmals unter der Handynummer ihrer Schwester, aber Clarissa hob nicht ab. Daniela beschimpfte sie in Gedanken dafür, dass sie ihr nicht ihre Dienstnummer gegeben hatte. Als sie vor dem Wohnhaus in der Krausnickstraße ankam, war sie völlig außer Atem.

Sie klingelte bei Clarissa, aber niemand öffnete. Sie schloss mit ihrem Zweitschlüssel auf und stieg die Treppe hinauf. Vor der Wohnungstür hielt sie kurz inne. Sie klingelte und klopfte an. Keine Reaktion. Also schloss sie auch hier auf und trat ein.

War ihre Schwester vielleicht noch gar nicht aus München heimgekehrt? Aber sie hatte doch gesagt, dass sie am Samstagnachmittag zurück sein würde.

Daniela schaute zur Uhr. Es war schon nach sieben.

Leise rief sie ihren Namen. Es kam keine Antwort.

Sie ging ins Schlafzimmer. Auf den ersten Blick sah alles so aus wie am Donnerstagabend, als sie das letzte Mal hier gewesen war.

Sie ging auf das Ankleidezimmer zu. Mit einem Ruck zog sie die Tür auf.

Sie brauchte nicht lange, bis sie das weizenfarbene Paar Stiefel im Schuhregal ausgemacht hatte. Energisch nahm sie einen der Stiefel heraus.

Vor Schreck glitt ihr der Schuh aus der Hand.

Das kleine Schmetterlingsbild, das jemand an die Rückwand gepinnt hatte, war fort.

Sollte sie sich etwa getäuscht haben? War sie dabei, ihren Verstand zu verlieren?

Aber nein, da war noch ein winziges Loch in der Holzwand, dort, wo die Reißzwecke gesteckt hatte.

Für einen Moment verschwamm alles vor ihrem Blick. Sie wich ein paar Schritte zurück.

Dann starrte sie wieder auf das Regal.

Die Anordnung der Schuhe hatte sich verändert.

Es waren auffallend viele rote Schuhe. Jemand hatte sie nach einem gewissen Muster sortiert. Nicht paarweise, sondern einzeln.

Daniela trat noch weiter zurück und kniff die Augen zusammen. Über die Regalbretter hinweg ergaben die einzelnen roten Schuhe die Form von einem Z, einem Kreuz, einem spiegelverkehrten E und einem auf dem Kopf stehenden, gespiegelten L.

Von der Zimmerdecke bis hinab zum Boden bildeten sämtliche Schuhe ihrer Schwester, die aus rotem Leder waren, in monströser Größe das Zeichen:

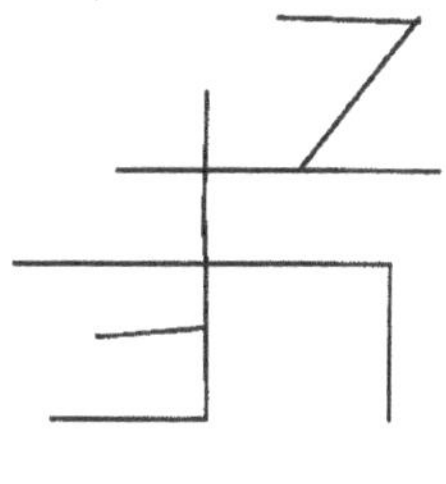

Daniela stieß einen erstickten Schrei aus.

Sie eilte durch die anderen Zimmer der Wohnung. Schließlich betrat sie die Küche.

Ihr Blick fiel auf den Tisch.

Dort stand das rote Geschirrservice ihrer Schwester. Jemand hatte es aus dem Buffetschrank genommen. Die Teller und Tassen waren zu einem Muster zusammengestellt. Das Z, das Kreuz, das spiegelverkehrte E und das umgedrehte L.

Sie wankte ins Bad.

Hier war das Zeichen mit Lippenstift an den Spiegel gemalt. Sie erkannte ihr bleiches, angstverzerrtes Gesicht dahinter.

Daniela nahm ihr Handy hervor und wählte die Nummer ihrer Mutter.

Ein paarmal ertönte das Freizeichen, bis ihre Mutter endlich abnahm.

»Ja?«

»Ich bin es. Daniela.«

Ihre Mutter sprach mit Verzögerung. »Dannie, Kind.«

»Mama, es war jemand in Clarissas Wohnung«, platzte es aus ihr heraus. »Jemand hat sich hier Zutritt verschafft, während sie in München war.«

Es entstand eine Pause.

»Bist du dir ganz sicher?«, fragte ihre Mutter zögerlich.

»Ja. Hast du eigentlich die Dienstnummer von Clarissa?«

Ihre Mutter schwieg.

»Sie hat zwei Handys. Wir müssen sie anrufen. Hier stimmt etwas nicht. Jemand hat das Zeichen hinterlassen.«

»Welches Zeichen?«

»Das spezielle Zeichen, das ich dir vorhin gezeigt habe. Du weißt doch, die anonyme Botschaft.«

Keine Antwort.

»Das Zeichen, Mama!«, rief sie schrill in den Hörer. »Das an meine Wohnungstür gepinnt war. Es ist hier! Es ist überall!«

Schließlich sagte ihre Mutter leise: »Daniela, bitte, mach dir nicht so viele Sorgen. Du klingst ja, als würdest du gleich durchdrehen.«

»Ich drehe auch gleich durch. Gib mir die Dienstnummer von Clarissa, falls du sie hast. Ja?«

Wieder entstand eine lange Pause. Daniela atmete schwer.

Da sagte ihre Mutter plötzlich: »Clarissa geht es gut. Sie ist bei mir.«

»Was?«

»Ja, sie ist hier.«

»Aber sie ist doch ...«

»Sie kam direkt vom Flughafen hierher. Ich hab sie angerufen.«

»Warum?«

»Wegen dir. Weil du dich so seltsam benommen hast. Dannie, kann es sein, dass du massive psychische Probleme hast? Fühlst du dich von diesem Zeichen verfolgt? Siehst du es überall? Könnte das nicht der Ausdruck einer fortgeschrittenen Paranoia sein?«

Daniela war so überrascht, dass sie zunächst nicht antworten konnte.

Nach einer Weile stieß sie hervor: »Das ist doch absurd! Ich bin nicht krank.«

»Ich muss jetzt auflegen. Clarissa geht es gut. Ich soll dich von ihr grüßen.«

»Nicht auflegen! Nicht doch, Mama, bitte!« Danielas Stimme überschlug sich beinahe. »Hol sie ans Telefon. Ich muss sie etwas fragen. Es geht um die Schuhe, die du heute bekommen hast. Es ist äußerst wichtig.«

Abermals entstand eine Pause.

»Eine Sekunde«, sagte ihre Mutter leise.

Stille. Danach vernahm Daniela ein gedämpftes Gemurmel im Hintergrund.

Schließlich erkannte sie die Stimme ihrer Schwester am Telefon. »Daniela?«

»Clariss? Bist du okay?«

»Ja. Ich bin bei unserer Mutter. Es ist alles gut. Bitte, reg dich nicht auf. Auch mit ihr ist alles in Ordnung, hörst du?«

»Clarissa, in deiner Wohnung ist etwas … Warst du denn schon hier, nachdem du aus München zurückgekommen bist?«

»Nein. Warum fragst du?«

Daniela starrte das Zeichen auf dem Spiegel an. »Es ist einiges verändert worden. Jemand hat …« Sie brach ab.

»Was denn?«, fragte ihre Schwester. Ihr Tonfall war merkwürdig. Sie sprach, als würde sie jedes einzelne Wort genau abwägen.

»Jemand hat das Zeichen hinterlassen.«

»Das Zeichen?«

»Ich hab dir doch davon erzählt. Du weißt schon … das Zeichen auf den Zetteln.«

»Du steigerst dich in etwas hinein. Du wirkst auf mich ziemlich paranoid. Beruhige dich, Daniela. Hörst du? Du musst dich zusammenreißen.«

»Aber es ist hier. Direkt vor mir. Es ist auf deinem Spiegel. Und in der Küche. Und die Schuhe, deine roten Schuhe, jemand hat sie umsortiert.«

»Ich muss Schluss machen«, sagte ihre Schwester schroff.

»Warte, Clarissa, ich …«

Es klickte in der Leitung.

Daniela versuchte es ein weiteres Mal unter der Telefonnummer ihrer Mutter. Doch diesmal schaltete sich die Mailbox ein.

Sie atmete durch.

Was sollte sie jetzt tun?

Sie wählte die Nummer ihrer Mutter erneut, und wieder wurde sie sofort auf die Mailbox umgeleitet. Die Polizei anrufen, durchfuhr es sie. Die Beamten bitten, zum Haus ihrer Mutter zu fahren und nachzusehen. Irgendetwas stimmte da nicht.

Sie wollte gerade die Notruftaste betätigen, als ihr Handy zu läuten begann.

Sie hob ab.

»Ja?«

»Daniela?«

Es war eine männliche Stimme. Sie war so durcheinander, dass sie eine Weile brauchte, um sie zuzuordnen.

»Christopher!«, rief sie aus.

»Wo steckst du?«

»Wie?«

»Wir sind doch verabredet.«

Das Date! Vor lauter Aufregung hätte sie es beinahe vergessen. Sie durfte doch nicht wieder alles vermasseln.

Daniela sank auf den Badewannenrand und holte tief Luft. »Natürlich, unsere Verabredung, Christopher. Ich freue mich, dass wir uns heute sehen können.«

»Ich freue mich auch«, erwiderte er.

»Es ist nur so, irgendwas ist mit meiner Mutter passiert. Ich glaube, sie ist in Schwierigkeiten. Ich habe gerade mit ihr telefoniert, aber sie hat mir seltsame Antworten gegeben. Meine Schwester ist gerade bei ihr, doch auch sie war am Telefon so komisch zu mir.«

»Was ist denn los?«

Daniela zögerte nur kurz, dann brach es aus ihr heraus. Eigentlich war es ihr unangenehm, denn sie kannte Christopher ja noch nicht lange. Andererseits war es für sie eine große Erleichterung, ihm alles zu erzählen. Und so berichtete sie ihm von ihren Albträumen, den anonymen Botschaften und der mysteriösen Paketsendung an ihre Mutter. Sie schilderte ihm das irritierende Verhalten ihrer Schwester und beschrieb ihm die Zeichen, die sie in Clarissas Wohnung vorgefunden hatte.

Christopher hörte ihr geduldig zu.

Als sie fertig war, schwieg er. Für einen Moment befürchtete sie, er könnte sie für hysterisch halten.

Doch dann sagte er: »Das klingt wirklich äußerst merkwürdig.«

»Was soll ich denn jetzt machen?«

»Deine Mutter geht nach eurem letzten Gespräch nicht mehr ans Telefon, sagtest du?«

»Ja. Sie hat es wohl ausgeschaltet.«

»Was ist mit deiner Schwester?«

»Sie kann ich auch nicht erreichen.«

»Und wenn du noch einmal zu deiner Mutter fährst, um nach dem Rechten zu schauen? Ich könnte auf dich warten.«

»Aber das kann dauern. Mindestens eine Stunde, wahrscheinlich sogar länger. Ich bin in der Nähe vom Hackeschen Markt, und sie … Außerdem hab ich Angst, Christopher. Ich … hab sogar schon überlegt, ob ich die Polizei benachrichtigen sollte.«

»Hältst du das nicht für ein wenig übertrieben?«

»Ich weiß nicht.«

»Okay, dann …«, er schien nachzudenken, »… soll ich eventuell mitkommen? Ich könnte dich ja begleiten. Vielleicht fühlst du dich dann besser.«

»Würdest du das wirklich für mich tun?«

»Na klar.«

»Wo bist du gerade?«

»In dem Café, wo wir verabredet sind.«

»Meine Mutter wohnt in Marienfelde. Das ist ziemlich weit draußen.«

»Wollen wir uns dort treffen? Bei ihr? Wir können auch danach noch etwas trinken gehen.«

»Im Ernst? Und das macht dir keine Umstände?«

»Nein, überhaupt nicht. Ich mag dich, Daniela. Ich möchte dir gern helfen.«

Sie nannte ihm die Adresse und bedankte sich bei ihm.

NEUNUNDDREISSIG

Der Kunstrasenplatz lag etwas versteckt hinter einem Schulgebäude an der Kreuzung Wrangelstraße, Skalitzer Straße, mitten im Kreuzberger Kiez. Hier war die Heimat des FSV Hansa 07.

Trojan betrat das Gelände und ging zum Spielfeldrand. Der Vater von Sebastian Weiler, ein breitschultriger Mann, die Hände hinterm Rücken verschränkt, das Gesicht von schlaflosen Nächten grau, nickte ihm zu. Er schien nicht gerade erfreut zu sein, ihn nach der letzten Vernehmung wiederzusehen. Trojan hatte ihn vor zwanzig Minuten angerufen.

»Wie geht es dem Jungen?«, fragte Nils.

»Wenn er Fußball spielt, denkt er nicht darüber nach.«

Gemeinsam beobachteten sie das Spiel der D-Junioren. Jungs in verschmutzten Trikots, elf gegen elf, traten im Training gegeneinander an. Trojan erkannte Sebastian im Mittelfeld. Er dribbelte, spielte intelligente Pässe, lauerte geschickt hinter den Linien des Gegners, um dann blitzschnell in den Strafraum vorzupreschen.

»Er tobt sich aus«, sagte Weiler. »Ich hab ihm gesagt, er braucht jetzt viel Bewegung. Besser als zu Hause rumzusitzen und zu trauern.«

»Er spielt gut.«

»Ja, er hat Talent. Er hat mir versprochen, für seine ermordete Mutter heute ein Tor zu schießen.«

Trojan runzelte die Stirn.

Ein Steilpass von rechts, Sebastian sprang nahe am Elfmeterpunkt hoch und köpfte. Der Ball strich nur knapp über die Torlatte hinweg.

»Weiter so!«, rief sein Vater. »Beim nächsten Mal triffst du!«

Sebastian warf ihm einen flüchtigen Blick zu. Als er Trojan sah, schlug er die Augen nieder.

»Wie schon vorhin am Telefon erwähnt, muss ich Sie das noch einmal fragen«, setzte Nils an, »hat Ihre Exfrau …?«

»Ich weiß davon nichts«, unterbrach ihn Weiler brüsk. »Keine Ahnung, ob Beatrice sich mit anderen Männern getroffen hat.«

»Ich muss mit Sebastian darüber sprechen. Deshalb bin ich hier.«

Weiler schaute ihn an. »Ich hab von dem dritten Mord gelesen. Die Zeitungen sind voll davon. Der Junge kann nicht mehr schlafen. Lassen Sie ihn in Ruhe, bitte.«

»Geben Sie mir fünf Minuten.«

Weiler ließ die Luft zwischen den Zähnen entweichen und blickte wieder auf das Spielgeschehen.

»Die Jungs trainieren auf diesem speziellen Kunstrasen«, murmelte er, »der ist geliebt und gefürchtet. Er ist griffig und gut bespielbar, aber auch hart und unnachgiebig.«

»Fünf Minuten«, wiederholte Trojan, »und ich möchte allein mit ihm reden.«

»Also schön. Aber erst nach dem Spiel. Sebastian braucht dringend ein Erfolgserlebnis.«

Trojan presste die Kiefer aufeinander. Den ganzen Tag über hatten Steffie und er weitere Freunde, Verwandte und Bekannte von Beatrice Weiler und Luisa Haneke ermittelt und vernommen, während die übrigen aus dem Team das Umfeld von Tatjana Wünsch durchforsteten.

Bisher fehlte ihnen ein Bindeglied, und ihre Theorie, der Mörder könnte auch Beatrice und Luisa näher gekannt haben, geriet ins Wanken.

Um vier am Nachmittag hatte Landsberg eine Pressekonferenz anberaumt. Die Journalisten hatten den Chef mit ihren Fragen in die Enge getrieben. Noch hielt er aus ermittlungstechnischen Gründen Details zurück, so war in der Öffentlichkeit nichts darüber bekannt, dass dem dritten Mordopfer Hautstücke entfernt worden waren. Auch über das Schmetterlingsmotiv bewahrte Hilmar weiterhin Stillschweigen. Allerdings war jedem aus dem Team bewusst, dass die Presseleute längst eigene Nachforschungen anstellten und Nachbarn und vermeintliche Augenzeugen an den Tatorten befragten. So wurde in den Medien bereits wild darüber spekuliert, auf welche Art der Bodypainter die Leichen seiner Opfer schmückte.

Es war halb sieben, als der Juniorentrainer des FSV Hansa 07 endlich in seine Trillerpfeife stieß und das Fußballspiel beendete.

Sebastian hatte kein Tor geschossen.

Verschwitzt und mit hängenden Schultern trat er auf sie zu.

»Der Kommissar möchte dich kurz sprechen«, sagte sein Vater.

Sebastian nickte. Weiler ging ein paar Schritte weiter und ließ sie allein.

»Das war ein gutes Spiel von dir«, sagte Trojan.

»Danke«, erwiderte der Junge knapp.

Sie schwiegen für einen Moment.

»Pass auf, Sebastian, ich weiß, wie schwierig das ist. Meine Tochter Emily war auch noch sehr jung, als ich mich von ihrer Mutter getrennt hab. Noch heute plagt mich zuweilen das schlechte Gewissen deswegen. Als sich meine Exfrau mit einem anderen Mann getroffen hat, war das auch für Emily nicht einfach. Genauso wie sie es anfangs irritierte, als ich mich auf eine andere Partnerin eingelassen hab.«

»Meine Mutter hatte keine Verabredungen mit anderen Männern, falls Sie das meinen.« Sebastian verschränkte die Arme vor der Brust.

»Bist du dir ganz sicher?«

»Ja.«

»Ist sie abends nicht ausgegangen? War sie denn immer zu Hause?«

Schweigen. Schließlich sagte er: »Sie hat sich mit Freundinnen getroffen.«

»Wie heißt ihre beste Freundin?«

»Carola.«

»Carola Steiger?« Trojan war informiert, dass Stefanie eine Frau mit diesem Namen heute Morgen vernommen hatte.

»Ja.«

»Kannst du sie gut leiden?«

»Irgendwie schon. Caro hat manchmal auf mich aufgepasst, wenn Mama nicht da war.«

»Also ist sie doch öfter ausgegangen?«

»Wie gesagt, sie traf sich mit Freundinnen, aber nicht mit anderen Männern.«

»Weißt du, es ist so, manche Männer fühlen sich leicht abgewiesen. Häufig sind es Kleinigkeiten, die bei ihnen einen großen Zorn hervorrufen.«

»Einen Zorn, um zu töten?«

Trojan nickte. »In diesem Fall ist es Hass, aber auch eine pervertierte Verehrung. Der Mann, nach dem wir suchen, verklärt die Frauen. Er sieht in ihnen … Schmetterlinge … wunderschöne Geschöpfe. Er würde sie am liebsten in diese Insekten verwandeln.«

»Das ist krank.«

»Ja.«

»Es ist völlig abartig.«

»Ich weiß.«

Sie gingen schweigend ein Stück am Spielfeldrand entlang. Der Wind raschelte im Efeu, der am Zaun hinter dem Fußballtor wuchs. Irgendwo in einem angrenzenden Hinterhof lärmte ein Schwarm Spatzen.

Da sagte Sebastian plötzlich: »Einmal hat sie jemanden getroffen.«

Trojan hielt inne. »Wann war das?«

Auch der Junge blieb stehen. Er zog die Stirn kraus. »Es ist etwa vier Wochen her.«

»Wen hat sie getroffen?«

»Keine Ahnung.«

»Aber du glaubst, dass es ein Mann war?«

Er nickte

Trojan wartete ab.

»Sie druckste an dem Abend herum. Die Tochter von Caro kam vorbei, um auf mich aufzupassen.«

»Warum die Tochter?«

»Caro hatte keine Zeit. Ihre Tochter Maja ist einundzwanzig. Sie macht das auch bei anderen Leuten. Babysitten und so.«

»Okay. Und was genau ist an dem Abend passiert?«

»Mama hat sich schöne Sachen angezogen. Zum Abschied hat sie zu Maja gesagt: ›Ich bin aus der Übung.‹ Und dann hat sie gelacht. Aber es war so ein komisches Lachen.«

»Verlegen?«

»Hmm.«

»Du wolltest nicht, dass sie geht?«

»Ja.«

»Dir wäre es lieber gewesen, wenn sie sich mit deinem Vater versöhnt hätte?«

»Hmm.«

»Sebastian«, sagte er, »das ist immens wichtig, denk bitte genau nach, versuch dich an alle Einzelheiten des Abends zu erinnern. Wo ist sie hingegangen?«

»Ich weiß es nicht. In ein Restaurant, nehme ich an. Oder in eine Kneipe.«

»Wann kam sie wieder?«

»Ziemlich früh. Ich war zwar schon im Bett, aber sie suchte mich noch mal in meinem Zimmer auf. Sie strich mir mit der Hand über die Stirn. Ich hab sie gefragt, ob sie mich jetzt öfter allein lassen würde. Sie sagte: ›Nein.‹ Sie wirkte irgendwie erleichtert darüber.«

»Und dann?«

»Nichts und dann. Sie ging aus dem Zimmer. Aber ich hab an der Tür gelauscht. Ich war neugierig. Ich hab mit angehört, wie sie sich noch eine Weile mit Maja unterhalten hat.«

»Was hat sie zu ihr gesagt?«

»Sie sprach von einem Geschenk. Es hat ihr nicht gefallen. Also hat sie es nicht angenommen.«

»Ein Geschenk?«

»Ich hab sie belauscht. Ich denke, das war nicht okay von mir.«

»Mach dir deswegen keine Sorgen.«

Sebastian stocherte mit der Spitze seines Fußballschuhs in dem Kunstrasen herum.

Trojan fragte: »Kannst du dich an den Wortlaut erinnern?«

»Sie sagte: ›Wer bringt denn zu einem zweiten Date ein Geschenk mit. Und dann noch so eines.‹«

Trojan stieß die Luft aus. »Was war das für ein Geschenk?«

Sebastian schwieg. Schließlich fragte er: »Hätte ich es Ihnen früher erzählen sollen?«

»Das ist jetzt egal.«

»Ich wollte über diesen Abend nicht mehr nachdenken. Ich fand den Abend furchtbar.«

»Schon in Ordnung, Sebastian. Aber sag mir, was das für ein Geschenk war.«

Sebastian schwieg.

Trojan musterte ihn. »Hat sie es erwähnt, als sie mit Maja gesprochen hat?«

Die Augen des Jungen füllten sich mit Tränen. Schließlich sagte er leise: »Ich hab es nicht genau verstanden. Ich hab doch nur an der Tür gelauscht. Aber ich glaube, Mama fand es irgendwie abartig. Und dann hat sie diesen Typen nie wieder erwähnt.«

Trojan zeigte ihm das Phantombild. »Ich weiß, es ist keine besonders hilfreiche Abbildung. Kannst du dennoch etwas damit anfangen?«

Sebastian besah sich die Zeichnung. Danach schüttelte er den Kopf.

Nils bedankte sich bei ihm und eilte zurück zu seinem Dienstwagen. Von dort aus rief er im Kommissariat an. Er bat Landsberg um die Telefonnummer von Carola Steiger und ließ sich zu ihr durchstellen.

Nach dem zehnten Läuten hob sie endlich ab.

»Frau Steiger, Nils Trojan hier, Kriminalpolizei.«

»Hallo.«

»Meine Kollegin Stefanie Dachs hat sie bereits heute Morgen vernommen.«

»Ja. Worum geht es denn?«

»Sebastian, der Sohn Ihrer ermordeten Freundin, erzählte mir gerade, dass Ihre Tochter Maja vor etwa vier Wochen abends auf ihn aufgepasst hat, weil Sie nicht die Zeit dafür hatten. Erinnern sie sich daran?«

»Ja.«

»Es ging dabei um eine Verabredung von Beatrice Weiler. Hat sie Genaueres darüber zu Ihnen gesagt?«

»Nein.«

»Erwähnte sie nicht, dass sie sich mit einem Mann treffen wollte?«

»Ich hab so etwas vermutet, aber sie hielt sich ziemlich bedeckt, und ich wollte nicht indiskret sein.«

»Hat sie Ihnen erzählt, wo sie die fragliche Person kennengelernt hat?«

»Nein.«

»Hat sie nach ihrer Verabredung mit Ihnen darüber gesprochen?«

»Sie verlor kein Wort mehr über den Abend.«

»Fanden Sie das nicht merkwürdig?«

»Irgendwie schon. Ich hab vermutet, dass ihre Verabredung gründlich schiefgelaufen ist. Möglicherweise war ihr die ganze Angelegenheit unangenehm. Nach ihrer Scheidung hat sie den Kontakt zu anderen Männern eher gemieden. Es war nicht so, dass sie nicht interessiert war, aber … Ich glaube, sie brauchte viel Zeit, um die Trennung zu verarbeiten. Sie hat ihren Ehemann sehr geliebt.«

»Und Sie wissen wirklich nicht, wo sie an diesem Abend hingegangen ist?«

»Tut mir leid, nein. Ist das denn von so großer Bedeutung?«

»Ich fürchte, ja.«

»Fragen Sie doch meine Tochter.«

»Ist sie gerade bei Ihnen?«

»Ja.«

»Könnten Sie sie ans Telefon holen?«

»Natürlich. Einen Moment bitte.«

Nach einer Weile meldete sich Maja Steiger bei ihm. »Hallo?«

Trojan stellte sich kurz vor. Danach kam er gleich zur Sache.

»Maja, Sie haben vor ungefähr vier Wochen statt Ihrer Mutter einen Abend in der Wohnung von Beatrice Weiler verbracht. Erinnern Sie sich an diesen Abend?«

»Flüchtig. Beatrice hatte eine Verabredung. Ich sollte mich um Sebastian kümmern.«

»Es geht um das Gespräch, das Sie mit Beatrice Weiler geführt haben, nachdem diese von ihrer Verabredung zurückgekehrt ist.«

Schweigen.

Dann sagte Maja Steiger leise: »Handelt es sich um den Mordfall?«

»Ja.«

»Meine Mutter hat mir davon erzählt. Es ist so schrecklich, was mit Beatrice passiert ist.«

»Hören Sie, es ist äußerst wichtig, dass Sie mir das Gespräch mit Beatrice in allen Einzelheiten wiedergeben.«

»Ich weiß nicht, ob ich das noch so genau hinkriege.«

»Sebastian Weiler vermutet, dass sich seine Mutter an diesem Abend mit einem Mann getroffen hat. Können Sie das bestätigen?«

»Ja, sie hat es erwähnt.«

»Hat sie einen Namen genannt?«

»Nein.«

»Wann kam sie zurück?«

»Recht früh. Gegen zehn ungefähr.«

»Worum drehte sich Ihr Gespräch?«

»Sie war irgendwie enttäuscht. Aber beinahe auch erleichtert. Ich glaube, das Treffen hat sie belastet. Sie sagte, es sei dumm von ihr gewesen, auf eine Anmache auf der Straße zu reagieren.«

»Wie war das gemeint? Ist sie von der Person auf der Straße angesprochen worden?«

»Ja. Um ehrlich zu sein, wirkte Beatrice an diesem Abend ein wenig beschwipst auf mich. Sie hatte wohl ein Glas zu viel getrunken. Sie wurde immer redseliger. Jedenfalls erzählte sie, dass sie mit dem Mann ursprünglich auf dem Weg zur Arbeit ins Gespräch gekommen sei.«

»Wo war das?«

»An einer U-Bahn-Station. Er hat sie einfach angequatscht. Er war jung, gut aussehend, charmant.«

»Das waren ihre Worte?«

»Richtig. Ich fand es erstaunlich, dass sie so offen zu mir sprach. Wie gesagt, der Alkohol und … Na ja, vielleicht musste sie sich etwas von der Seele reden. Für mich klang es so, als sei sie regelrecht auf ihn reingefallen.«

»Und erwähnte sie vielleicht an dem Abend, als sie sich mit ihm getroffen hat … ein Geschenk?«

Erneutes Schweigen.

»Maja! Denken Sie nach. Es ist extrem wichtig.«

»Jetzt, da Sie mich das fragen … Also, das ist in der Tat komisch …«

Trojan wartete ungeduldig ab.

»Sie erzählte tatsächlich etwas von einem Geschenk. Beatrice lachte, aber es war mehr so ein verlegenes Lachen. Und dann sagte sie zu mir: ›Wie würdest du wohl reagieren, wenn dir ein Mann zu einem ersten Date eine Überraschung in einem großen weißen Karton mitbringt?‹ Ich musste ebenfalls lachen. Und dann hab ich sie gefragt: ›Was war denn das für eine Überraschung?‹«

Nils drückte das Handy fester ans Ohr. »Wie lautete die Antwort?«

Nach einer Pause sagte sie: »Es waren Schuhe. Hochhackige Schuhe. Beatrice hat das Geschenk abgelehnt.«

VIERZIG

Maja Steigers Bemerkung löste eine Kette weiterer Ermittlungen aus. Die Handy-Daten von Beatrice Weiler wurden noch einmal gründlich gecheckt. Max Kolpert machte eine Rufnummer ausfindig, die Beatrice dreißig Tage vor ihrer Ermordung zweimal gewählt hatte. Beide Gespräche hatten jeweils nicht mehr als eine Minute gedauert. Danach tauchte die Nummer auf der Anrufliste nicht mehr auf.

Allerdings ließ sie sich nicht zurückverfolgen. Kolpert vermutete, dass sie zu einem Prepaid-Handy mit fehlerhaften Nutzerdaten gehörte. Möglicherweise war es das Handy des Täters. So hatte er sich offenbar mit Beatrice verabredet.

Auch den Weg zu dem Pharmaunternehmen, in dem Beatrice Weiler als Laborassistentin gearbeitet hatte, ließ Trojan überprüfen. So kamen sie im Team zu dem Schluss, dass der Bodypainter sie entweder am U-Bahnhof Gneisenaustraße in der Nähe ihrer Wohnung oder an der Station Reinickendorfer Straße angesprochen haben musste, wo sich ihre Arbeitsstelle befand. Zudem kam der Bahnhof Mehringdamm in Frage, an dem sie für gewöhnlich umgestiegen war. Ronnie Gerber wurde damit beauftragt, die Überwachungsbilder der Verkehrsbetriebe aus dem fraglichen Zeitraum zu sichten. Auch wenn es wenig Aussicht auf Erfolg gab – Trojan wollte nichts unversucht lassen. Vielleicht hatte eine der Kameras auf den drei Bahnhöfen nicht nur Beatrice Weiler erfasst, sondern zufällig auch den Moment eingefangen, da sie von dem Täter angesprochen wurde.

Unterdessen erkundigte sich Trojan bei seinem Chef nach dem Stand der Ermittlungen im Umfeld von Tatjana Wünsch. So erfuhr er von Landsberg, dass das Alibi ihres Exfreunds Enrik Berisha inzwischen bestätigt worden war. Dennis Holbrecht und Albert Krach arbeiteten fieberhaft daran, weitere Kontakte der dritten Ermordeten ausfindig zu machen. Insgesamt kam die Suche hier nur schleppend voran. Tatjana hatte wenig Angehörige, und Leute aus ihrer unmittelbaren Umgebung reagierten extrem misstrauisch auf die Befragungen der Beamten.

Es war bereits nach zweiundzwanzig Uhr, als Trojan den bitteren Rest aus seinem Kaffeebecher leerte, sich seine Jacke schnappte und das Büro verließ.

Er fuhr in die Mittenwalder Straße, parkte quer auf dem Gehweg und betrat das Wohnhaus. Als er an der aufgebrochenen und notdürftig mit polizeilichem Absperrband gesicherten Fahrstuhltür vorbeikam, wurde er sich wieder der Schmerzen in seiner Schulter bewusst, die er mit weiteren Tabletten und starkem Willen niedergekämpft hatte. Seit vergangener Nacht trug er nicht mehr den einengenden Verband.

Er holte den Schlüssel aus einem Asservatenbeutel hervor und öffnete die Tür zur Wohnung von Luisa Haneke. Man hatte ihn darüber informiert, dass Sarah und ihr Vater vorübergehend bei Verwandten untergekommen waren.

Im Flur erblickte er eine Gestalt. Trojan zuckte zusammen. Da erst erkannte er ihr Gesicht.

»Nils!«

»Stefanie«, sagte er erleichtert.

»Hab ich dich erschreckt?«

»Und wie.«

»Du mich auch.«

»Sorry, ich … Du hattest also dieselbe Idee wie ich?«

Sie nickte. »Uns läuft die Zeit davon. Landsberg hat mir am Telefon von deinen Ermittlungen erzählt.«

»Beatrice ist ihrem Mörder schon vier Wochen zuvor begegnet.«

»Bei Tatjana Wünsch kommen wir im Moment nicht weiter, also …«

»… versuchen wir es bei Luisa Haneke«, ergänzte er ihren Satz.

Sie trat auf ihn zu und strich ihm mit der Hand über die Wange. »Also an die Arbeit!«

Er folgte ihr ins Wohnzimmer. Unzählige Fotos lagen auf dem Boden ausgebreitet.

»Was ist das?«

»Ich hab diese Aufnahmen in einer alten Hutschachtel entdeckt«, sagte sie. »Ein wahrer Schatz, gewissermaßen Luisas Leben auf Fotopapier. Herrlich altmodisch in unserer digitalisierten Welt. Ich bin gerade dabei, die Bilder zu sichten.«

»Wie gehst du dabei vor?«

»Ich sortiere sie in drei Stapeln. Nummer eins: Fotos von Personen aus Luisas Leben, die wir heute bereits vernommen haben. Zweiter Stapel: Fotos mit Luisa selbst, ihrem Lebensgefährten Frank Plöck und ihrer Tochter Sarah. Dritter Stapel …«

»… Leute, deren Namen wir noch ermitteln müssen.«

»Ja.«

»Ich sehe nur zwei Stapel.«

Sie lächelte. »Dann hilf mir. Vielleicht entdecken wir irgendwo eine Person, die ein Bindeglied zwischen Beatrice, Luisa und Tatjana darstellt.«

»Oder die Person, die uns dorthin führt.«

»Ganz genau.«

Sie setzten sich auf den Boden und durchforsteten die Fotos. Doch schon nach zwanzig Minuten wurde Nils ungeduldig. Er stand auf und inspizierte das Bücherregal.

»Was ist los?«, fragte Stefanie.

»Weiß nicht. Nennen wir es einfach Unruhe. Wir brauchen einen Anhaltspunkt. Wie hat Luisa gelebt? Womit hat sie sich beschäftigt? Was wissen wir über sie?«

Seine Blicke schweiften über die Buchrücken. Dabei fiel ihm auf, dass sich viele Werke zum Thema Tanz darunter befanden. Er zog ein paar davon heraus und blätterte sie der Reihe nach durch.

»Hilf mir mal auf die Sprünge, Steff. Luisa Haneke war in letzter Zeit nicht berufstätig, oder?«

»Nein, sie hat sich überwiegend um ihre Tochter gekümmert. Ihren gelernten Beruf hat sie aufgegeben und nur noch gelegentlich als Honorarkraft gearbeitet. Ihr Lebensgefährte verdient als Unternehmensberater genug Geld.«

»Und was ist ihr gelernter Beruf?«

»Soweit ich weiß, war sie als Tanzpädagogin tätig.«

Trojan hielt inne. Nachdenklich murmelte er: »Tanz. Tanzschuhe.«

»Wie?«

»Den Täter faszinieren eine bestimmte Art hochhackiger Schuhe und verschiedene Schmetterlinge. Wie bringst du diese beiden Elemente eigentlich zusammen?«

»Bisher noch gar nicht.«

»Er lässt seine Opfer in den Schuhen auf und ab gehen. Vielleicht ist das eine Art Tanz für ihn. Danach sind die Frauen in seiner Vorstellungswelt …« Er brach ab. Schließlich sagte er: »Sie machen eine Metamorphose durch.«

Nun stand auch Stefanie auf und trat zu ihm ans Bücherregal. »Lass uns das weiterverfolgen. Bewegung, Tanz, Verwandlung …«, begann sie.

Doch Trojan schwieg. Es kribbelte wie verrückt in seinen Fingern.

Er nahm sich weitere Bücher über Tanz und Pädagogik vor und sah sie sich durch. Als er einen opulent gestalteten Bildband aufschlug, fiel ihm ein Foto entgegen.

Es zeigte Luisa Haneke vor einer Theaterkulisse. Sie trug ein fantasievoll gestaltetes mehrfarbiges Kleid. Sie war barfuß. Ein Bein war ausgestreckt, der andere Fuß berührte kaum den Boden. Sie machte mit den Armen eine anmutige Bewegung. Wenn Trojan die Augen zusammenkniff, war ihm, als würde sie auf dem Bild durch die Luft schweben.

Offenbar tanzte sie gerade einer Gruppe von Jugendlichen etwas vor. Jungs und Mädchen, gekleidet mit legeren T-Shirts und Jogginghosen, standen im Hintergrund dicht beieinander und beobachteten sie fasziniert. Am rechten Bildrand war eine Frau mit Hornbrille zu erkennen, ihr Haar war zu einem Dutt zusammengeknotet.

Trojan betrachtete die Rückseite der Aufnahme. Darauf war handschriftlich eine Widmung notiert:

Dein Tanz, Luisa, erfüllt sie mit Staunen, und die Welt ist nicht mehr wie zuvor …
Lass mich Dir danken für all unsere gemeinsamen Projekte.
Sie haben mich überaus beglückt.
Deine Erika

Trojan reichte Stefanie die Fotografie. »Diese Verzückung in Luisas Gesicht, schau dir das an.«

»Sie ist ganz in sich selbst versunken. Sie strahlt vor Schönheit.«

»Der Tanz verwandelt Luisa. Eine Metamorphose. Wie bei einem Schmetterling.«

»Du meinst…?«

»Ist nur so eine Ahnung. Aber mich erinnert das gerade an die Worte von Werner Teich, dem Biologen. Er sagte mir: ›Ich liebe Schmetterlinge, habe sie schon immer geliebt. Und ich bewundere ihre Metamorphose. Die Verwandlung, die diese Insekten durchmachen. Aus einer unscheinbaren Raupe wird ein zauberhaftes Geschöpf.‹«

»Zauberhaft, ja. Nicht dass Luisa Haneke unscheinbar war, aber…«

»Sie ist wie entrückt.«

Stefanie blickte gebannt auf die Aufnahme. »Du hast recht. Sie scheint förmlich durch die Luft zu gleiten. Und dazu dieses farbige Kostüm…«

»Wer ist die Frau am Bildrand? Die mit dem Dutt? Erkennst du sie wieder? Haben wir sie schon befragt?«

»Nein.« Stefanie nahm ihr Handy hervor. »Ich rufe den Lebensgefährten von Luisa an. Vielleicht weiß er etwas darüber.«

»Frag ihn, ob er eine Erika kennt. Die Frau, die ihr das Foto gewidmet hat.«

Stefanie sprang in ihren Dienstwagen und raste los. Trojan fuhr mit seinem Wagen hinterher. Wieder einmal war er von den Fahrkünsten seiner Kollegin beeindruckt. Er hatte sogar ein wenig Mühe, ihr zu folgen. Sie jagten, die Blaulichter auf den Autodächern und mit heulenden Sirenen, bis zur Zossener Brücke, bogen dann in die Lindenstraße ein, passierten mehrere Kreuzungen bei Rot entlang der Axel-Springer-Straße und fuhren in halsbrecherischem Tempo durch die Otto-Braun-Straße, bis sie die Spree überquerten. Vorbei an der Nikolaikirche und den Rathauspassagen kamen sie zum Alexanderplatz. Stefanie riss das Steuer herum und bog in die Mollstraße ein, Trojan manövrierte seinen Dienstwagen halbwegs sicher hinter ihr. Hart rechts ging es in die Prenzlauer Allee, wo sie einer Baustelle auswichen und streckenweise über aufgebaggerten Asphalt fuhren. Schließlich erreichten sie das Kollwitzviertel und bogen in die Knaackstraße ein. Vorm Wasserturm bremsten sie scharf ab.

Erika Mewes wohnte in der vierten Etage eines Hauses an der Ecke Rykestraße. Frank Plöck hatte sich an den vollständigen Namen der entfernten Bekannten seiner Lebensgefährtin erinnern können. Ein Blick ins Melderegister, und schon war ihre aktuelle Adresse ermittelt.

Die Frau in den Sechzigern mit der auffälligen Hornbrille erwartete sie bereits an der Tür. Sie erkannten in ihr tatsächlich die Person am Bildrand wieder, von der auch die Widmung auf dem Foto stammte. Trojan und Steffie hatten sie per Telefon über ihr Kommen informiert.

»Ich bin ein wenig überrascht«, sagte sie, »dass Sie mich zu so später Stunde noch aufsuchen.«

»Dürfen wir reinkommen?«, fragte Steff, nachdem sie beide ihre Dienstausweise vorgezeigt hatten.

»Aber ja.« Erika Mewes führte sie in ein geräumiges Durchgangszimmer ihrer Altbauwohnung mit Blick auf den erleuchteten Wasserturm. »Bitte nehmen Sie Platz.«

Zwei ausladende Polstersofas, leicht abgenutzt, mit einem Haufen plüschiger Kissen, von denen das eine nicht zum anderen passte, standen übereck vor einem Couchtisch aus gewachstem Echtholz, überladen mit Zeitschriften, Papieren, einer Schale Walnüsse, Strickzeug und einigen Wollknäueln. Eine Siamkatze sprang aufgeschreckt von einem der Sofas und huschte aus dem Zimmer.

Nachdem sie sich gesetzt hatten, legte Stefanie das Foto auf den Tisch: »Das sind doch Sie im Hintergrund, nicht wahr?«

Erika Mewes nickte. »Ja.«

»Und erkennen Sie die Frau in der Mitte wieder?«

»Natürlich. Das ist Luisa. Ich hab ihr das Foto selbst geschenkt.« Über ihrer Nasenwurzel bildete sich eine Sorgenfalte. »Würden Sie mir jetzt endlich sagen, worum es geht?«

Stefanie und Trojan tauschten Blicke.

Daraufhin räusperte sich Nils: »Sie haben es also noch nicht erfahren? Niemand hat Sie informiert?«

»Um Himmels willen, was ist denn passiert?«

»Luisa Haneke ist tot. Sie wurde vor drei Tagen ermordet.«

Erika Mewes erbleichte. »Das ist ja furchtbar. Mir fehlen die Worte.« Sie blickte auf das Foto. »Woher …?«

»Wir haben die Aufnahme aus ihrer Wohnung«, sagte Stefanie.

»Frank Plöck«, ergänzte Trojan, »der Lebensgefährte von Luisa, sagte uns, Sie seien früher mit ihr befreundet gewesen?«

»Nun ja, es war eine intensive Arbeitsbeziehung, aus der sich dann so etwas wie Freundschaft ergab.«

»Was war das für eine Arbeit?«, fragte er.

»Bevor ich in Rente ging, war ich als Sozialarbeiterin tätig. Ich habe viel in Schulen gearbeitet. Mein Interesse für Tanz führte mich zu Luisa. Sie leitete vor einigen Jahren einen Workshop für Ausdruckstanz, bei dem wir uns kennenlernten. Wir blieben danach in Kontakt und trafen uns öfter. Wir mochten uns auf Anhieb. Gemeinsam kamen wir auf die Idee, spezielle Tanzprojekte für Jugendliche zu entwickeln und sie in den Schulen anzubieten.«

»Und von einem dieser Projekte stammt dieses Foto?«

»Ja.« Erika Mewes nahm die Aufnahme für einen Moment zur Hand, betrachtete sie und legte sie dann wieder weg. »Luisa hatte eine Art …« Sie brach ab. »Ich kann einfach nicht fassen, dass sie tot ist.«

»Bitte reden Sie weiter.«

»Sie konnte die Jugendlichen für den Tanz begeistern. Das Foto entstand bei den Proben zu einer Aufführung, bei der wir Elemente aus Hip-Hop, Breakdance und Strawinskys Ballett *Le sacre du printemps* verwendeten. Es wurde eine wunderschöne Performance daraus, die wir dann auch an anderen Schulen einstudiert haben. Anfangs reagieren Jungs und Mädchen in diesem Alter auf alles, was mit Körper, Bewegung und Ausdrucksformen zu tun hat, sehr scheu. Luisa hatte die Gabe, ihnen diese Scheu zu nehmen.«

»Sie waren aber schon länger nicht mehr mit ihr in Kontakt?«

»Leider nicht. Die Fördergelder für unsere Projekte wurden gestrichen. Ich habe versucht, Luisa zu überreden, auf eigene Faust weiterzumachen. Doch zu der Zeit hatte sie unglücklicherweise einen Fahrradunfall und verletzte sich schwer am Fußgelenk. Sie musste das Tanzen für eine Weile aufgeben. Ich fand es sehr schade, aber wir haben uns nach ihrem Unfall aus den Augen verloren.«

»Erzählen Sie mir bitte mehr von den Tanzprojekten. Spielten besondere Schuhe dabei einmal eine Rolle? High Heels? Stilettos?«

Sie schüttelte den Kopf. »Nein. Es ist doch äußerst schwierig, auf hohen Absätzen zu tanzen, nicht wahr?«

»Das ist uns durchaus bewusst«, sagte Stefanie. »Es geht nur um … spezielle Vorlieben des Täters.«

»Vorlieben?«

»Haben Sie in der Presse über den Bodypainter gelesen?«, fragte Trojan.

Nun wurde Erika Mewes noch bleicher. »Dieser Serienmörder? Ja. Sagen Sie mir jetzt bitte nicht…«

»Doch, es ist leider so. Luisa Haneke zählt zu seinen Opfern.«

»Das ist ja grauenvoll.«

»Was allerdings in den Medien nicht erwähnt wird, ist, auf welche Art die Mordopfer von dem Täter geschmückt werden.«

Erika Mewes starrte ihn an.

»Es sind Schmetterlingsbilder auf ihrer Haut zu finden. Luisa Haneke wurde mit dem Motiv des Blauen Morphofalters bemalt. Sagt Ihnen das etwas?«

Erika Mewes schien einer Ohnmacht nahe zu sein. Ihre Lippen bewegten sich, aber sie brachte keinen Ton hervor.

»Brauchen Sie ein Glas Wasser?«, fragte Stefanie.

Sie antwortete nicht. Erst nach einer Weile sagte sie leise: »*Luisa H.*, hieß es in der Zeitung. Ich wäre nie darauf gekommen, dass es die Luisa ist, die ich kenne. Und was wird denn nun aus ihrer Tochter? Die arme Sarah.«

»Frau Mewes«, sagte Trojan, »bitte, versuchen Sie sich an alles zu erinnern, was Ihnen zu Ihrer damaligen Freundschaft mit Luisa Haneke einfällt. Könnte es jemand aus ihrem Umfeld geben, der…«, er holte zwei Abbildungen aus der Jackentasche hervor, das Foto von dem Mann mit dem Schmetterling im Gesicht und das Phantombild, und reichte sie ihr, »…der ungefähr meine Größe hat? Brünettes Haar, graublaue Augen? Laut einer anderen Aussage, die uns vorliegt, wird er als jung, attraktiv und charmant geschildert. Jemand, für den Schmetterlinge von Bedeutung sind. Exotische Falter. Wir suchen nach einem jungen Mann, den gerade die Metamorphose dieser Insekten außerordentlich fasziniert.«

Erika Mewes betrachtete die Abbildungen und schwieg

lange Zeit. Mit einem Mal wirkte sie so geistesabwesend, dass Trojans Hoffnung auf einen Durchbruch bei den Ermittlungen schwand.

Schließlich aber legte sie die Bilder auf den Couchtisch und sagte: »Schmetterlinge. Wie merkwürdig. Ich erinnere mich tatsächlich an eine Bemerkung von Luisa in diesem Zusammenhang.«

Trojan und Stefanie blickten sich kurz an.

»Es war nach einer Tanzprobe in einer Schule. Wir sind danach zusammen noch etwas trinken gegangen, Luisa und ich. Sie erzählte mir von einem Jugendlichen, der während der Proben zu diesem Tanztheaterstück gezeichnet hat. Der Junge ist mir überhaupt nicht aufgefallen. Ich muss dazusagen, dass ich nicht regelmäßig zugegen war, wenn Luisa mit den Schülern einzelne Sequenzen einstudiert hat.«

Trojan traute seinen Ohren nicht. »Der Junge hat gezeichnet?«

»Ja. Er hat wohl eifrig Skizzen angefertigt.«

»Wovon?«, fragte Stefanie.

»Wenn ich mich recht erinnere, waren das verschiedene Schmetterlinge.«

Abermals tauschten Stefanie und Trojan Blicke.

»Luisa sagte, sie habe den Jungen daraufhin angesprochen. Er sei eher der stille Typ. Säße immer abseits, während die anderen tanzten. An den Proben beteilige er sich nur, wenn Luisa ihn direkt dazu auffordere. Sie fand seine Zeichnungen bemerkenswert schön. Sie hatten eigentlich nichts mit dem Projekt zu tun.« Erika Mewes wiegte den Kopf. »Jedenfalls nicht auf den ersten Blick. Mir fällt nämlich gerade noch etwas ein. Er sagte angeblich zu Luisa: ›Frau Haneke, wenn Sie tanzen, schweben Sie wie ein Schmetterling.‹ Danach hat er ihr eines seiner Bilder geschenkt.«

Trojans Puls beschleunigte sich. »Wie ist sein Name?«

»Das weiß ich nicht mehr. Ich glaube, sie hat ihn nicht einmal erwähnt.«

»In welcher Schule war das?«

»Auch daran erinnere ich mich nicht.«

»Denken Sie nach! Bitte!«

»Wir waren damals in so vielen Bezirken unterwegs. Ich … ich bin mir nicht sicher.«

»Wie viele Jahre ist es her?«

»Sechs, sieben vielleicht.«

»Ist der Junge eventuell auf diesem Foto zu erkennen?« Trojan deutete auf die Aufnahme der beiden Frauen vor den Jugendlichen in der Tanzkulisse.

Frau Mewes warf einen weiteren Blick darauf. Sie ließ den Atem ausströmen. »Nein. Tut mir leid, ich könnte ihn nicht einmal beschreiben.«

»Worum ging es noch in Ihrem Gespräch?«, fragte Stefanie.

»Der Junge hatte wohl massive Probleme. Luisa hatte eine erstaunliche Art, mit Menschen umzugehen, auch mit Jugendlichen. Sie fassten sofort Vertrauen zu ihr. Sie fragte mich damals um Rat. Der Vater des Jungen war schwerer Alkoholiker. Die Mutter hatte die Familie verlassen. Er wollte weg von seinem Vater, aus verschiedenen Gründen. Er machte Luisa gegenüber bloß Andeutungen. Sie hatte den Verdacht, es handle sich um seelische Grausamkeiten. Vermutlich hat der Vater ihn auch körperlich misshandelt.«

Erika Mewes nahm ihre Brille ab und rieb sich über die Augen. »Allerdings vermag ich mir nicht vorzustellen, dass die Sache von damals mit dieser Mordserie zu tun haben könnte. Zumindest wäre das überaus schrecklich.«

Nach einer Pause fragte Stefanie: »Um was für einen Rat hat Luisa Sie gebeten?«

»Sie fragte mich als Sozialarbeiterin, wie sie sich verhalten solle. Der Junge stand wohl einmal vor ihrer Wohnungstür. Er hatte einen Schlafsack dabei und wollte unbedingt bei ihr übernachten. Sie hat ihm klargemacht, dass das nicht geht. Sie hatte ja Familie, einen Mann, eine Tochter. Und so riet ich ihr, sie solle sich ans Jugendamt wenden. Ja, wenn der Junge nicht mehr bei seinem Vater leben will, ist das ein Fall für die Behörde.«

Erika Mewes setzte ihre Brille wieder auf.

»Ich nannte ihr den Namen einer Kollegin vom Jugendamt. Später fragte ich noch mal nach, was aus der Angelegenheit geworden sei, und Luisa sagte mir, sie habe für den Jungen mit ebenjener Frau vom Amt ein Treffen arrangiert. Danach war das Projekt beendet. Und wie gesagt, Fördergelder wurden gestrichen, und wir verloren einander aus den Augen.«

Trojan senkte die Stimme. »Wie heißt die Frau vom Jugendamt?«

»Magda Bernstein, eine sehr kompetente Sachbearbeiterin. Ich pflege noch immer privaten Kontakt zu ihr. Wenn Sie möchten, kann ich Ihnen die Adresse geben. Sie wohnt in Marienfelde.«

EINUNDVIERZIG

Daniela saß in der U-Bahn der Linie 6, als ihr Handy läutete.

Aufgeregt nahm sie es aus ihrer Tasche. Doch es war nicht ihre Mutter, die anrief, sondern Christopher.

Sie drückte die grüne Taste.

»Ja?«

»Ich bin's. Ich hab meinen Wagen geholt.«

»Du hast ein Auto?«

»Ja. Damit geht es schneller. Wo kann ich dich abholen?«

Sie dachte kurz nach. »Am besten am U-Bahnhof Alt-Mariendorf. Ich müsste in zehn Minuten dort sein.«

»Gut. Ich bin ganz in der Nähe. Wir treffen uns da.«

Sie legten auf. Ungeduldig ließ Daniela die folgenden Stationen an sich vorbeiziehen.

In Alt-Mariendorf stieg sie aus und eilte die Treppe zur Straße hinauf. Ein roter VW Passat stoppte gerade an einer Bushaltestelle. Sie erkannte Christopher am Steuer. Sie eilte auf den Wagen zu, und er öffnete von innen die Beifahrertür.

Daniela stieg ein, zog die Tür zu, und er fuhr los.

»Hi«, sagte er.

»Hi.«

»Wo geht es lang?«

»Immer geradeaus. Dann rechts in die Säntisstraße. Es ist das Haus Nummer 33.«

»Alles klar.«

»Wow, das ist nett von dir, Christopher.«

»Keine Ursache.« Er lächelte sie an. »Seltsames Date, hmm?«

»Tut mir echt leid.«

»Ist wirklich kein Problem. Hast du es noch mal bei deiner Mutter versucht?«

»Ja, aber sie geht nicht mehr ans Telefon.«

Er nagte an seiner Unterlippe. »Wir checken das, okay? Ich bin mir sicher, dass alles gut ist.«

»Danke, dass du mir hilfst.«

»Tu ich gern.«

Er fuhr den Mariendorfer Damm entlang. Sie passierten die Trabrennbahn. Daniela sagte ihm, wo er abbiegen sollte. Nachdem sie die Säntisstraße erreicht hatten, fuhren sie weiter in östlicher Richtung. Sie überquerten die S-Bahn-Gleise und gelangten nach Marienfelde.

»Hier bin ich aufgewachsen«, sagte sie. »Eine triste Vorortsiedlung. Aus welchem Bezirk kommst du? Du bist doch auch Berliner, oder nicht?«

»Ja. Ich stamme aus Lankwitz.«

»Das ist nicht weit von hier.«

Abermals lächelte er. »Wir hätten uns schon früher begegnen können.«

»Vielleicht. Aber ich war nur ein langweiliges Vorstadtmädchen mit Zahnspange. Meine Schwester Clarissa hat immer alle Aufmerksamkeit auf sich gezogen.«

»Du magst sie nicht besonders?«

»Nicht wirklich.«

Er hielt vor dem Haus Nummer 33. Es war hell erleuchtet.

»Okay, wir sind da.«

Daniela verschränkte die Hände ineinander. Ihr Herz schlug höher. »Es brennt überall Licht.«

»Das ist doch ein gutes Zeichen. Bestimmt ist alles in Ordnung.«

»Ich weiß nicht, ich hab so ein ungutes Gefühl.«

»Komm, wir schauen uns das mal an.«

Sie stiegen beide aus.

Das Licht hinter den Fenstern warf lange Schatten in den Vorgarten. Die Abendluft war kühl, der Himmel sternenklar.

Gemeinsam gingen sie auf die Haustür zu.

Plötzlich blieb Daniela stehen und lauschte. »Hörst du das?«

Klassische Musik drang aus dem Haus.

Christopher berührte sie am Arm. »Mach dir nicht so viel Sorgen. Sie hat die Stereoanlage aufgedreht. Vielleicht hat sie deswegen das Telefon nicht gehört.«

»Und Clarissa? Sie war doch bei ihr.«

»Es gibt sicher für alles eine Erklärung.«

Sie versuchte es erst gar nicht an der Türklingel, sondern holte gleich ihren Schlüssel hervor und schloss auf.

»Soll ich mit rein?«, fragte Christopher.

»Bitte. Ja.«

Sie traten ein. Die Musik kam aus dem oberen Stockwerk.

Daniela rief nach ihrer Mutter, dann nach Clarissa.

Sie erhielt keine Antwort.

Sie warf ihm einen ängstlichen Blick zu.

»Warte hier, ich geh mal nach oben.«

»Okay.«

Sie stieg die Stufen hinauf. Die Tür zum Schlafzimmer ihrer Mutter war geschlossen. Dahinter dröhnte die Musik bei voller Lautstärke. Ein schwindelerregender Rhythmus, archaisch, wuchtig. Ein jammerndes Fagott, aufbrausende Streicher, Klarinetten, schneidende Einwürfe von Trompeten und Posaunen, harte Paukenschläge. Das Orchester jagte mit Achtel- und Sechzehntelnoten und Triolen auf das Finale zu.

Daniela kannte das Musikstück. Es war *Le sacre du printemps* von Strawinsky. Das Frühlingsopfer. Sie hatte mal eine Aufführung des Balletts gesehen. Darin ging es um eine junge Frau, die sich in einem heidnischen Ritual zu Tode tanzt.

Sie hatte diese Musik noch nie gemocht.

Wieder rief sie nach ihrer Mutter.

Keine Reaktion.

Sie drehte sich auf der Treppe zu Christopher um. Er runzelte die Stirn. Nun sah auch er nicht mehr allzu sorglos aus.

Daniela nahm die letzten Stufen, dann näherte sie sich der Schlafzimmertür. Sie drückte die Klinke.

Es war abgeschlossen.

Sie rüttelte an der Klinke, schlug mit den Fäusten gegen die Tür.

»Mama!«, rief sie. »Mach doch auf.«

Nichts geschah. Die Musik lärmte in ihren Ohren. Durchgehendes Crescendo, hämmerndes Schlagwerk, eine Flötenstimme, fanatisch, wimmernd.

Hinter ihr kam Christopher die Stufen hinauf. »Ganz ruhig, Daniela.«

»Da stimmt doch irgendwas nicht.«

»Lass mich mal.« Er trat zu ihr und rüttelte an der Klinke. »Frau Bernstein?«

Keine Reaktion. Bloß das verheerende Tutti des Orchesters. Wirbelnde Paukenschläge, die kreischende Ekstase der Blechbläser.

»Geh ein paar Schritte zurück«, sagte Christopher zu ihr.

»Was hast du vor?«

»Ich renne die Tür ein.«

»Wir rufen lieber die Polizei.«

»Erst breche ich die Tür auf. Ich schaue nach, was da drinnen los ist. Danach können wir die Polizei alarmieren oder einen Arzt anrufen. Okay?«

»Okay.« Sie atmete so heftig, dass ihr schwindlig wurde.

Abermals strich er ihr mit der Hand über den Arm. »Es wird alles gut, glaub mir.«

Sie schluchzte leise auf.

Er schob sie sacht beiseite, um Anlauf zu nehmen. Er warf sich gegen die Tür, einmal, zweimal, dreimal. Das Türblatt splitterte, schließlich gab das Schloss nach.

Die Musik war ohrenbetäubend. Er machte eine beschwichtigende Geste in ihre Richtung, dann betrat er das Schlafzimmer.

»Frau Bernstein?«

Schon war er im Innern verschwunden. Das Licht fiel auf den Treppenabsatz. Das Orchester schien sich zu überschlagen.

Panik erfasste sie. Im Bruchteil einer Sekunde kniff Daniela die Augen zusammen und ballte die Hände zu Fäusten. Schließlich gab sie sich einen Ruck, um ihm zu folgen.

In diesem Moment stürmte Christopher aus dem Zimmer. Er versperrte ihr die Sicht und riss sie an sich.

»Komm!«, raunte er. »Weg hier!«

»Was ist passiert?«

»Schau da nicht hin. Komm.« Er schob sie zur Treppe.

Sie sah über ihre Schulter hinweg. Der Türspalt. Ein Lichtfleck am Boden. Sie erkannte einen Teil des Betts. Die Schlaginstrumente wüteten, schreiende Trompeten, ein jubelndes Fagott.

»Raus hier!«

»Christopher!«

»Beeil dich! Bloß weg!«

Er zerrte sie die Treppe hinunter.

»Jemand war hier«, zischte er. »Jemand war in ihrem Zimmer.«

»Was?«

Wieder wollte sie sich umdrehen. Doch Christopher zog an ihrem Arm.

»Nicht hinschauen!«, wisperte er. »Wir müssen hier weg!«

Daniela stolperte.

Sie sah das Treppengeländer auf sich zufliegen. Die Stufen näherten sich ihrem Gesicht, eine, dann noch eine und noch eine. Sie spürte, wie sie hart auf dem Boden aufschlug.

Danach ging das Licht aus.

Ich beobachtete Magda Bernstein vor dem Amtsgebäude. Sie fuhr einen weißen Audi A4. Ihre Aktentasche war aus weichem Kalbsleder. Auf dem Weg ins Büro war ihr Haar mit einem Band gestrafft, nach der Arbeit trug sie es offen. Sie besaß Schuhe von Manolo Blahnik und Ferragamo. Für eine gewöhnliche Sachbearbeiterin hatte sie einen recht teuren Geschmack.

Ich befestigte einen GPS-Sender mit Magnetfunktion an der Karosserie ihres Wagens und empfing das Signal auf meinem Smartphone. So erfuhr ich, wo sie wohnte. Ihr Haus in Marienfelde enttäuschte mich, ich hatte es mir hübscher vorgestellt.

Sie lebte allein mit ihren beiden Töchtern, entweder war sie geschieden oder verwitwet. Ich tippte auf Letzteres. Die jüngere der beiden Töchter war unscheinbarer, aschblond und ein wenig blass, die ältere langbeinig und hübsch, schnippisch und eingebildet. Während die eine – Daniela von ihrer Mutter gerufen – noch zur Schule ging, hatte die andere bereits das Abitur und würde nach dem Sommer ihr Studium beginnen. Das verriet mir die Post vom Immatrikulationsbüro, die ich heimlich aus dem Briefkasten fischte. So fand ich auch ihren Namen heraus: Clarissa.

Es war ein heißer Sommer damals. Clarissa war neunzehn, ich siebzehn. Nachmittags radelte sie regelmäßig zu einem Badesee in der Nähe. Ich beobachtete sie aus gebührlicher Entfernung, schwitzend auf meinem Strandtuch. Während sie sich in ihrem Bikini in der Sonne räkelte, behielt ich T-Shirt und Hose an.

Ich hatte Scheu, meine Narben ihren Blicken auszusetzen, das zerschundene Hautgewebe, für das ihre Mutter mit verantwortlich war.

Von Tag zu Tag rückte ich mit meinem Strandtuch näher an sie heran. Ich schlug mein Skizzenbuch auf und begann zu zeichnen. Sie tat so, als hätte sie mich nicht bemerkt, doch einmal kam sie aus dem Wasser, warf sich das klatschnasse Haar in den Nacken und sah auf den Leoparden-Netzflügler, den ich gerade vollendet hatte, ein Exemplar aus dem Indo-Australischen Raum, leuchtend rot bis rotbraun, mit einer weißen Binde auf den Vorderflügeln.

»Hey«, sagte sie.

»Hey.«

Sie deutete auf die farbige Skizze in meinem Schoß. »Ist das von dir?«

»Ja.«

»Wow, das ist… ziemlich gut.«

Ich trennte das Blatt vorsichtig aus dem Buch heraus und reichte es ihr. »Willst du es haben?«

Sie setzte sich neben mich in das von der Hitze ausgedörrte Gras. Ich witterte den Geruch ihrer Haut, eine Mischung aus algenblühendem See und parfümierter Sonnenmilch. Sie nahm die Zeichnung zögernd in die Hand. »Oh, ich weiß nicht.«

»Behalt ihn. Es ist der Leoparden-Netzflügler.«

»Zeichnest du auch was anderes außer Schmetterlinge?«

»Nein.«

»Warum nicht?«

»Wieso sollte ich? Sie sind doch schön.«

Sie taxierte mich mit Blicken. »Ist dir nicht heiß in dem T-Shirt? Ich meine, es sind über dreißig Grad.«

Ich schwieg. Ihr Mund kräuselte sich zu einem skeptischen Lächeln. Ich ahnte, ich hatte bei ihr bereits verloren, doch ich war nicht gewillt aufzugeben.

Sie faltete die Zeichnung zusammen, ließ sie auf mein Skizzenbuch fallen, stand auf und ging zurück zu ihrer Decke.

Später sah ich, wie sie sich auf den Sattel ihres Fahrrads schwang und davonfuhr.

Am nächsten Tag kam sie wieder. Ich wartete schon auf sie. Schließlich brachte ich es zustande, sie nach ihrer Handynummer zu fragen. Sie lächelte bloß. Sie ging in den See, schwamm weit hinaus.

Als sie wieder ans Ufer trat und sich abtrocknete, sagte sie zu mir: »Ich geb sie dir nur, wenn du das nächste Mal mit mir um die Wette schwimmst.«

Einige Zeit später tauchte sie wieder in das kühle, klare Wasser ein, ihr Körper gebräunt und sehnig, ihre Haut schimmernd wie Honig, doch ich blieb am Ufer zurück.

Und so saß ich noch da, reglos, erhitzt und beschämt, die Haut bedeckt von meinen viel zu warmen Klamotten, als sie längst heimgeradelt war.

An den folgenden Nachmittagen kam sie nicht mehr zum See. Dafür drückte ich mich in der Nähe ihrer Haustür herum.

Ich hörte ihre Stimme, wenn sie sich hinten im Garten mit ihrer Schwester und ihrer Mutter unterhielt.

Magda Bernstein sagte, sie müsse für zwei Tage verreisen. Es ging um eine Fortbildung außerhalb von Berlin. Und so wusste ich, dass Clarissa in einer Nacht mit ihrer Schwester im Haus allein wäre.

Ich wartete ab, bis die Mutter an dem betreffenden Abend in ihrem Audi weggefahren war. Kurz darauf verließen die Töchter das Haus.

Ich wollte Clarissa ein besonderes Geschenk machen. Also stellte ich ihr die Schuhe vor den Eingang.

Die beiden Mädchen kamen von ihrem Abendspaziergang zurück. Ich lauerte in der Nähe, während sie auf das Haus zugingen. Ich erinnere mich an Clarissas schrille Stimme. »Nur ein Perverser stellt so etwas vor die Tür.«

Daniela entgegnete in einem sanft verhaltenen Tonfall: »Die sind doch ganz hübsch.«

»Fass sie nicht an!«

Clarissa nahm die Schuhe und schleuderte sie ins Gebüsch. »Das sind Nuttenschuhe«, rief sie laut aus.

»Nuttenschuhe«, schrie sie noch einmal, als ahnte sie, dass ich in der Nähe war.

Sie verschwand mit Daniela im Haus. Sie hatte meine Mutter beleidigt. Die Abenddämmerung senkte sich über die Siedlung, und ich wartete in meinem Versteck hinter den Hecken.

Daniela kam noch einmal heraus. Sie ging über den Rasen auf das Gebüsch zu. Sie hob erst den einen Schuh auf, dann den anderen. Für einen Moment glaubte ich, sie würde sie anziehen. Für ein paar Sekunden war mir, als wollte sie mich trösten und die Schuhe tragen, nur für mich. In einem seltenen Glücksmoment wollte ich mir einbilden, ihre versöhnliche Geste sei allein für mich bestimmt.

Daniela nahm die Schuhe und stellte sie behutsam auf die Mülltonne. Danach ging sie zurück ins Haus.

Als es Nacht wurde, schlich ich mich zu den Schwestern hinein. Ein Schloss zu öffnen, ohne Spuren zu hinterlassen, war für mich kein Problem.

Ich ging die Treppe hinauf ins Obergeschoss. Clarissa schlief in dem einen Zimmer, Daniela in dem anderen. Ich wollte zuerst zu der Jüngeren. Ich öffnete lautlos ihre Tür. Ich setzte mich an ihr Bett, während sie schlief.

Als sie wach wurde, drückte ich ihr den Becher mit der Flüssigkeit an die Lippen.

»Nur ein Traum«, flüsterte ich, »schlaf weiter.«

Sie schluckte die Flüssigkeit hinunter, und dann sank sie zurück. Nach einer Weile rollte sie sich auf den Bauch, ein schlummernder Engel.

Eigentlich wollte ich danach hinüber zu ihrer Schwester, um Schlimmeres anzurichten, doch ich konnte nicht.

Ich saß bei ihr und blickte sie an. Sie hatte meinen Zorn besänftigt durch ihre stumme Geste.

»Daniela«, murmelte ich, »du hättest mein Geschenk beinahe angenommen, nicht wahr?«

Ich blieb bei dir, mein Liebling, die ganze Nacht.

Helle Streifen krochen durch die Falten des Vorhangs an deinem Fenster. Ich stand auf, um ihn zu öffnen.

Ich drehte mich zu dir um.

Der Mond warf sein bleiches, schönes Licht auf dich.

ZWEIUNDVIERZIG

Es war Sonntag gegen ein Uhr morgens. Steffie und Trojan standen vor dem Haus in der Säntisstraße. Das Außenlicht war ausgeschaltet. Eine nächtliche Stille, die trügerisch wirkte. Trojan warf Steffie einen zweifelnden Blick zu. Sie drückte auf den Klingelknopf. Sie versuchte es noch ein zweites und ein drittes Mal, aber es öffnete niemand.

»Entweder ist sie nicht da, oder sie hat einen tiefen Schlaf.«

Trojan runzelte die Stirn. »Mein Instinkt sagt mir etwas anderes.«

»Gefahr im Verzug?«

Er nickte. »Wir sollten die Tür aufbrechen.«

Sie zückten ihre Waffen. Steffie trat hinter ihn. Er zielte mit seiner Sig Sauer auf das Türschloss. Er drückte ab, der Schuss knallte. Er schoss noch einmal, und das Schloss zersplitterte.

Ein Hund bellte in der Nachbarschaft. Irgendwo in der Straße gingen Lichter an, doch in dem Haus blieb es stockfinster.

Ein Tritt gegen das Türblatt, und sie glitten hinein.

»Frau Bernstein?«, rief Trojan, die Waffe im Anschlag. »Kriminalpolizei!«

Steffie sicherte das Wohnzimmer, er die Küche. Sie betätigten mehrere Lichtschalter, vergeblich. Nur der Mond, der durch die Fenster matt schimmernd schien, erleichterte ihnen ein wenig die Orientierung.

»Jemand hat die Sicherungen herausgedreht«, murmelte Trojan.

»Was glaubst du, wozu?«

Er antwortete nicht. Doch er ahnte Schlimmes. Offenbar waren sie wieder Teil eines perfiden Spiels geworden.

Sie wandten sich der Treppe hinauf ins Obergeschoss zu.

Er knipste seine Maglite an und klemmte sie sich zwischen die Zähne, um seine Sig Sauer mit beiden Händen halten zu können. Steff tat es ihm gleich. Seitwärts und geduckt schlichen sie die Stufen hinauf.

Ihre Lichtkegel erfassten die Tür gegenüber vom Treppenabsatz. Sie war nur angelehnt, hing schief in den Angeln. Sie erkannten die Splitter im Holz.

Sie nickten sich zu und drückten sich mit dem Rücken flach an die Wand. Trojan fuhr mit der Fußspitze zwischen die Tür und stieß sie auf.

Er stürmte hinein, Steffie sicherte hinter ihm.

Ihre Lichter tanzten durch das Schlafzimmer und erfassten das Bett.

Die Matratze war rot getränkt. Reflexartig wich Trojan zurück. Sein Herz schlug höher.

Seine Linke glitt von der Waffe und schnappte sich die Maglite. Der Lichtschein flackerte.

»Verdammt!«, entfuhr es ihm.

Er wirbelte aus dem Zimmer, um die anderen Räume im Obergeschoss zu sichern. Doch hier war niemand.

Er stürmte die Treppe hinunter. Unten im Flur fand er den Sicherungskasten. Er streifte sich ein Paar Latexhandschuhe über und schob die Kippschalter hoch. Sofort gingen überall im Haus die Lampen an.

Kurz inspizierte er die Kellerräume, dann eilte er zurück nach oben ins Schlafzimmer.

Stefanie stand in der Mitte des Raums, die Waffe hatte sie sich wieder ins Holster gesteckt.

Schwer atmend sahen sie auf das Bett.

Decke und Laken waren heruntergerissen worden.

Die Matratze war mit blutroter Farbe beschmiert.

Der Bodypainter hatte ihnen sein Zeichen hinterlassen. Das Z, darunter das Kreuz, das spiegelverkehrte E und das gespiegelte, auf dem Kopf stehende L.

»Sie ist weg«, murmelte Trojan. »Ich hab alles abgesucht, aber Magda Bernstein ist nicht hier.«

Schweigend inspizierte er die Dellen auf dem Holzfußboden. Stefanie wies zu einer kleinen Stereoanlage auf der Wäschekommode.

»Die Anlage hat sich sofort eingeschaltet, nachdem du die Sicherungen reingedreht hast.«

Trojan trat näher. Er erkannte einen Rohling im halbtransparenten CD-Fach. Auch auf der CD befand sich das Zeichen. Es war mit schwarzem Filzstift aufgetragen.

Trojan drückte auf Play, und die ersten Takte von *Le sacre du printemps* erklangen.

DREIUNDVIERZIG

Daniela schlug die Augen auf. Ihr Kopf dröhnte, ihre Beine schmerzten. Sie befand sich in einem Wagen, es war der VW Passat. Christopher saß am Steuer, sie fuhren durch die Nacht. Sie schienen irgendwo weit draußen zu sein, außerhalb der Stadt.

Er sah sie an. »Wie geht es dir?«

Sie konnte nicht antworten.

»Du bist auf der Treppe gestürzt.«

Er wandte den Blick wieder auf die Landstraße. Die Reflektoren an den Begrenzungspfählen leuchteten auf, dahinter war dichter Wald. Selten kam ihnen ein Auto entgegen.

Endlich hatte sie ihre Stimme wieder. »Wohin fahren wir?«

Er schwieg.

Sie betastete ihre Knie. Sie waren geschwollen. An ihren Schienbeinen entdeckte sie Blutergüsse. Die Schmerzen strahlten bis in die Füße aus.

Schlagartig kehrten ihre Erinnerungen zurück.

»Meine Mutter. Die Musik im Schlafzimmer. Wir müssen die Polizei rufen.«

»Die sind längst unterwegs. Glaub mir. Die stürmen das Haus.«

Sie verstand nicht. Sie war völlig perplex. Ihr Schädel brummte. »Wo fährst du hin?«

»Ganz ruhig, Daniela.« Er streckte einen Zeigefinger vor

ihr aus. »Siehst du den Finger doppelt? Falls ja, könntest du eine Gehirnerschütterung haben. Damit ist nicht zu spaßen.«

Sie rang nach Luft.

Er war so ruhig. Sie verstand das nicht. Er nahm die Hand weg und legte sie wieder aufs Lenkrad.

Das Dröhnen in ihrem Kopf vermengte sich mit Fetzen der Orchestermusik, den heulenden Trompetenstößen, die sie im Haus ihrer Mutter gehört hatte.

Sie versuchte, sich zu sammeln, ihre Gedanken zu sortieren. »Christopher, du hast gesagt, jemand war in ihrem Zimmer. Wer war das? Bitte, nimm doch Vernunft an. Wir müssen zurück. Kehr bitte um!«

Nach einer Weile erwiderte er leise: »Ich fürchte, es war der Bodypainter, der sich zu ihr geschlichen hat.«

»Der Bodypainter? Wer um alles in der Welt ist das?«

Er warf ihr einen irritierten Seitenblick zu. »Hast du denn nichts über ihn gelesen? Er bemalt Frauenkörper.« Christopher schaltete in den fünften Gang hoch. »Die Medien sind voll mit Geschichten über ihn. Einige davon sind frei erfunden. Eigentlich wissen die Journalisten gar nichts über ihn. Dabei sollten sie doch verstehen, was seine Motive sind. Wann werden sie endlich begreifen, was man ihm angetan hat.«

Daniela wurde panisch. »Halt an! Halt sofort an!« Sie löste ihren Gurt.

Er beschleunigte, sie wurde in ihren Sitz gedrückt.

»Das geht leider nicht. Wir müssen dringend zu meinem Vater. Er hat heute Geburtstag.«

Ihre Stimme war schrill. »Christopher, bist du übergeschnappt?«

»Mein Vater kann sehr wütend werden, wenn man seinen Geburtstag vergisst.«

Sie starrte ihn an. Dann suchte sie hektisch ihre Jackentaschen nach ihrem Handy ab, doch sie fand es nicht.

»Wo ist mein Telefon?«

»Bleib ruhig. Du darfst dich nicht aufregen.«

»Lass mich sofort raus! Lass mich aus dem Wagen.«

Er trat auf das Bremspedal, der Passat geriet ins Schlingern, danach hatte er ihn wieder unter Kontrolle. Er fuhr scharf nach rechts und hielt auf einem schmalen Standstreifen. Den Motor ließ er laufen.

Er berührte sie an ihrem verletzten Knie. »Daniela. Möchtest du, dass es deiner Mutter und deiner Schwester gut geht?«

»Natürlich möchte ich das.« Sie tastete heimlich nach dem Türgriff.

Er schien es bemerkt zu haben. »Steig nicht aus. Tu das lieber nicht.«

Die Zentralverriegelung klickte. Über Christophers Mund huschte ein gequältes Lächeln. Abrupt trat er auf das Gaspedal und fuhr weiter. Der Wagen nahm Tempo auf. Sie rasten über die Landstraße dahin.

»Ich will dir etwas zeigen.« Die eine Hand am Steuer, griff er mit der anderen in den Fußraum vor der Rückbank. Er nahm einen in Zeitungspapier eingewickelten Gegenstand aus seinem Rucksack und legte ihn sich in den Schoß.

Daniela spürte, wie Panik in ihr aufstieg, sie hatte das Gefühl, als würde ihr jemand die Kehle zudrücken.

Er zog ein Fleischermesser aus dem Papier heraus und hielt die Spitze in ihre Richtung, während er die Augen nicht von der Straße ließ.

»Mit diesem Messer hat mein Vater einer jungen Frau die Fußsohle aufgeschlitzt. Ihr Name war Tatjana, ich hab sie sehr gemocht. Sie hat mich an meinen Vater verraten, dabei hab ich gar nichts getan. Ich hab das Messer aufgehoben. Wir schneiden damit seinen Geburtstagskuchen an, was hältst du davon?«

Ihr Herz raste. An ihren Schläfen hämmerte der Schmerz.

»Was ist mit meiner Mutter passiert? Und wo ist Clarissa?«

»Wir feiern seinen Geburtstag, alle zusammen. Weißt du, mein Liebling, ich muss dich auf einiges vorbereiten, langsam und behutsam. Die Einnahme von Rohypnol verursacht nämlich leichte Gedächtnisstörungen. Damals war ich in deinem Zimmer. Du hast dafür gesorgt, dass ich kein größeres Unheil in eurem Haus anrichtete. Weil du ein guter Mensch bist. Du hattest keine Ahnung, aber du hast mich davon abgehalten, deine Schwester in ihrem Zimmer zu überfallen. Schon damals wollte ich es wegen deiner Mutter tun. Um mich an ihr zu rächen. Mütter lieben ihre Kinder. Sie wollen nicht, dass ihnen ein Leid geschieht.«

Daniela starrte ihn an. Er legte sich das Messer zwischen seine Beine auf den Sitz.

»Erinnerst du dich noch an die Schuhe vor eurem Haus? Es war vor sieben Jahren. In einem heißen Sommer. Du hättest sie beinahe angezogen. Wenn deine Schwester nicht dagegen gewesen wäre, hättest du sie getragen. Nur für mich. Ich weiß es, mein Liebling. Ich weiß, dass du einen guten Charakter hast. Erinnerst du dich jetzt? Du hast die Schuhe auf die Mülltonne gestellt. Vor eurem Haus. Eine Geste, die mich beinahe zu Tränen gerührt hätte. Du bist ein wunderbarer Mensch, Daniela, mein Liebling.«

In ihrer Erinnerung hörte sie ihre Schwester rufen: *Nuttenschuhe! Nuttenschuhe!*

Christopher verlangsamte das Tempo und bog in einen Waldweg ein.

Er hielt an einer Stelle, wo sich der Weg im Dickicht verlor. Er fuhr ein Stück ins Unterholz hinein, so dass der Wagen für Blicke von außen getarnt war. Er schaltete den Motor aus und richtete das Messer auf sie. »Steig aus.«

Daniela gehorchte. Verzweifelt sog sie die Nachtluft in ihre Lunge.

Er verließ ebenfalls den Wagen und schlug die Türen zu. »Mach den Kofferraum auf.«

Sie ging zur Rückseite des Wagens.

»Na los.«

Sie war so zittrig, dass sie Mühe hatte, den Griff zu betätigen. Schließlich sprang die Haube auf. Im Innern lag etwas. Es war groß, rechteckig und in Geschenkpapier eingepackt. Eine rote Schleife war darum gewickelt.

»Das Geschenk für meinen Vater. Nimm es heraus.«

Abermals gehorchte sie. Christopher schloss den Kofferraum.

»Wir müssen ein kleines Stück zu Fuß gehen.«

Sie folgten einem Trampelpfad. Sie gingen langsam. Der Himmel war sternenklar. In der Ferne schrie ein Käuzchen.

Etwa zehn Minuten später kamen sie zu einer Hütte an einer Waldlichtung. Vor einem schmalen Fenster befand sich ein Eisengitter, dahinter war ein schwacher Lichtschein zu erkennen. Christopher holte einen Schlüssel hervor und öffnete die Tür.

»Tritt ein, sie warten sicher schon auf uns.«

Sie starrte auf sein Messer.

»Bitte, mein Liebling.« Er lächelte. »Wir wollen doch gemeinsam feiern.«

Widerstrebend ging sie mit ihm hinein.

»Vater«, rief er. »Wir haben Besuch.«

Daniela blickte sich um. Ein Vorraum mit einer kleinen Küchenzeile, zwei verschlossene Türen.

Christopher schloss hinter ihnen den Eingang ab. Danach steckte er den Schlüssel ins Schloss der rechten Zimmertür und drehte ihn herum.

»Komm. Mach die Tür auf. Und schön artig sein.«

Daniela trat auf die Tür zu und klinkte sie auf.

Ein großer Holztisch befand sich in dem Raum dahinter. Auch hier war das Fenster vergittert. Eine Glühbirne hing von der Decke und beleuchtete die reglosen Gestalten an dem Tisch.

An der linken Stirnseite saß ihre Mutter, sie war mit Händen und Füßen an den Stuhl gefesselt. Ihr gegenüber ein Mann in den Fünfzigern, er war ebenfalls gefesselt.

In der Mitte hockte Clarissa, mit Stricken an die Stuhllehne gebunden.

Die Münder der drei waren mit Tape verklebt.

»Mama«, sagte Daniela mit erstickter Stimme. »Clarissa.«

Ihre Mutter und ihre Schwester nickten ihr stumm zu.

Christopher versperrte die Tür und steckte den Schlüssel in die Hosentasche.

»Bring meinem Vater das Geschenk.«

Zögernd trat sie vor und legte den großen rechteckigen Gegenstand in dem Schmuckpapier neben die Schokoladentorte, die sich in der Mitte des Tisches auf einem Porzellanteller befand.

»Danke, mein Liebling. Nur zu deiner Erklärung, ich hab deiner Mutter bereits heute Nachmittag einen Besuch abgestattet. Ich hab ihr gesagt, dass Clarissa hier ist. Ich hab ihr erzählt, dass ich ihre hübsche Tochter vom Flughafen abgeholt und hierher gebracht hab. Da ist sie bereitwillig mit mir gekommen. Mütter opfern sich ja gerne für ihre Kinder auf. Nicht wahr, Frau Bernstein?«

Magda gab einen gedämpften Laut von sich.

Christopher sah zu Daniela. »Als ihr vorhin miteinander telefoniert habt, waren sie beide schon in diesem Raum. Nun sind wir also komplett. Setz dich. Oh, du brauchst ja noch einen Stuhl.«

Er wandte sich Danielas Schwester zu. »Clarissa, würdest du bitte aufstehen?« Er lachte über seinen eigenen Scherz. Dann riss er ihr das Tape vom Mund und schnitt ihre Fesseln auf.

Clarissa war totenbleich. Ihr Businesskostüm war mit dunklen Flecken übersät und an einer Stelle aufgerissen.

»Na los! Beweg dich!«

Clarissa erhob sich schwankend. Da bemerkte Daniela, dass sie die schwarzen Stilettos trug.

»Geh ein bisschen für uns auf und ab. Sorg für unsere Unterhaltung.«

»Daniela«, stammelte sie, »hilf uns doch.«

Christopher fuhr dazwischen. »Sei still. Beweg dich!« Das Messer in der Hand, wies er in die Mitte des Raumes. »Du gehst auf und ab. Hin und her. Wenn du stehen bleibst, fließt Blut. Hast du mich verstanden?«

Clarissa nickte. Sie krümmte die Schultern und begann, auf den High Heels auf und ab zu gehen.

»Gut. Jetzt setz dich, Daniela.«

»Bitte, Christopher, lass uns doch über alles reden.«

»Halt den Mund und setz dich hin.«

Zitternd nahm sie an dem Tisch Platz. Ängstlich schaute sie zu ihrer Mutter hin. Dann fiel ihr Blick auf den gefesselten Mann links von ihr. Er trug kein Hemd. Sein nackter Oberkörper war verunstaltet. Teile eines notdürftigen Verbands hingen in Fetzen an ihm herunter. Auf seiner Brust fehlte ein großes Stück Haut. Rohes Fleisch war zwischen den Resten des Mullverbands zu erkennen.

»Ich hab vor einiger Zeit sein Tattoo rausgeschnitten«, sagte Christopher, der ihren Blick bemerkt hatte. »Es war ein hässliches Kreuz, das musste weg. Ich hab es den eifrigen Beamten von der Polizei überlassen. Keine Ahnung, ob sie damit was anfangen konnten.«

Daniela schlug die Augen nieder.

Mit zögernden Schritten stöckelte Clarissa vor ihnen hin und her.

Klack-kla-klock, *klock-klock*, *kla-klack*, knallten die Absätze auf dem Holzboden in der Hütte.

Christopher ging zu ihrer Mutter und riss ihr das Tape vom Mund.

»Vater, du erinnerst dich sicher noch an die Frau vom Jugendamt? Magda Bernstein? Und das sind übrigens ihre beiden Töchter, Clarissa und Daniela. Wollt ihr nun euer Gespräch von damals fortsetzen?«

Er ging zu ihm und entfernte auch bei ihm das Klebeband.

Der Mann stieß die Luft aus. Er wirkte völlig entkräftet.

»Vater, ich rede mit dir.«

Der Mann starrte reglos auf den Tisch.

Clarissa blieb kurz stehen, dann fing sie Christophers funkelnden Blick auf und stöckelte weiter.

Kla-klock, *kla-klock*, *klock*, *klock*.

»Na schön«, sagte Christopher zu seinem Vater, »vielleicht willst du ja erst dein Geschenk auspacken.« Er schob es ihm hin.

Der Mann rührte sich nicht.

»Ach ja, richtig, du kannst deine Hände nicht bewegen. Warte, ich wickle es für dich aus.« Christopher öffnete die Geschenkschleife und entfernte das Papier.

Die Augen des Mannes weiteten sich vor Entsetzen, als er erkannte, was vor ihm auf dem Tisch lag.

VIERUNDVIERZIG

Landsberg hatte Verstärkung angefordert. Beamte aus seiner und einer anderen Mordkommission durchsuchten das Haus, unterstützt von Kollegen der Kriminaltechnik.

Trojan hielt sich ein wenig abseits auf. Das geschäftige Treiben am Tatort hinderte ihn am Denken. Zudem fiel ihm seit einiger Zeit das Atmen schwer. Er verspürte einen leichten Druck auf der Brust. Schließlich ging er in den kleinen Vorgarten hinaus, der von Halogenscheinwerfern an den Fenstern in gleißendes Licht getaucht wurde.

»Nils?« Stefanie stand plötzlich neben ihm.

»Ja?«

»Was ist mit dir?«

Er versuchte, sich zu sammeln. Einatmen, ausatmen, und wieder von vorn. Eigentlich das Einfachste auf der Welt, aber es bereitete ihm Mühe.

»Geht es dir nicht gut?«

Er seufzte. »Wir kommen immer zu spät. Der Kerl ist uns wieder ein Stück voraus.«

»Ja.« Sie legte besorgt die Hand auf seine Schulter. »Nimmst du noch dieses Schmerzmittel? Du siehst sehr blass aus.«

Er schwieg. Er sah in ihre kobaltblauen Augen. Er war am Rande einer Panikattacke. Alles in Ordnung, dachte er, ich schaffe das. Er holte tief Luft und ließ sie langsam ausströmen.

»Hey«, sagte sie und strich über seine Wange.

»Schon gut«, murmelte er. »Alles gut.«

»Du hast das öfter, nicht wahr? Probleme beim Atmen?«

»Nein.« Er schüttelte den Kopf. »Nein«, wiederholte er mit Nachdruck. Er versuchte zu lächeln. »Aber mal ganz ehrlich: Bist du noch immer der Meinung, dass wir in diesem Fall am Ende als Sieger hervorgehen?«

»Mir kommen Zweifel, aber wir dürfen die Hoffnung nicht aufgeben.«

»Okay, du hast recht.«

Sie nahm ihre Hand rasch weg, als Landsberg an einem der Fenster auftauchte. »Vorsicht. Der Chef beobachtet uns.«

Trojan drehte sich um. Landsberg nickte ihm kaum merklich hinter der Fensterscheibe im Erdgeschoss zu, dann wandte er sich ab.

»Hilmar ist stinksauer«, sagte Stefanie. »Er stand bei der Pressekonferenz gestern Nachmittag enorm unter Druck, und wir haben keine Erfolge vorzuweisen.«

»Wir stehen alle unter Druck.«

Sie blickten sich schweigend an.

»Also, was haben wir?«, fragte er.

»Magda Bernstein ist verwitwet. Sie hat zwei Töchter. Clarissa, sechsundzwanzig, und Daniela, vierundzwanzig. Beide sind telefonisch nicht zu erreichen und wurden auch in ihren Wohnungen nicht angetroffen.«

Trojan verzog das Gesicht.

»Und es kommt noch schlimmer. In der Wohnung von Clarissa wurde das Zeichen entdeckt. Der Täter hat es aus einer Vielzahl ihrer roten Schuhe gebildet, aus Teilen ihres Porzellangeschirrs in der Küche, und er hat es mit ihrem Lippenstift an den Badezimmerspiegel geschmiert.«

»Er verhöhnt uns. Er ist immerzu einen Tick schneller als wir.«

Steffie nickte schwach.

»Was ist mit der anderen Tochter, Daniela?«, fragte Trojan.

»Ihre Wohnung wurde ebenfalls durchsucht. Bei ihr scheint er sich allerdings keinen Zutritt verschafft zu haben.«

»Wir müssen davon ausgehen, dass die Mutter und ihre beiden erwachsenen Töchter augenblicklich …«

»… in der Hand des Täters sind.«

»Wenn er sie nicht längst ermordet hat.«

»Offenbar will er sich an Magda Bernstein rächen und setzt dafür auch das Leben ihrer Kinder aufs Spiel.«

»Fassen wir zusammen: Vor etwa sieben Jahren bittet er Luisa Haneke um Hilfe. Diese wendet sich an Erika Mewes, welche wiederum den Kontakt zu Magda Bernstein herstellt, eine Sachbearbeiterin vom Jugendamt. Damals wollte er unbedingt weg von seinem Vater, der ihn vermutlich seelisch und körperlich misshandelt hat.«

»Ja. Und Magda Bernstein scheint in der Angelegenheit in seinen Augen komplett versagt zu haben. Auch Luisa Haneke gibt er eine Mitschuld. Er stand vor ihrer Wohnungstür, ein Jugendlicher, offenbar in großer Not. Er wollte bei ihr übernachten. Sie ließ ihn nicht herein.«

»Wir müssen sämtliche Akten in dem Jugendamt durchforsten, in dem Magda Bernstein tätig war. Insbesondere die aus dem Zeitraum 2010 oder 2011.«

»Hab ich bereits angewiesen. Wir haben ein paar Mitarbeiter aus dem fraglichen Amt ausfindig gemacht, aus dem Bett geklingelt und dorthin beordert. Sie helfen einem Teil unseres Teams bei der Durchsicht der Akten.«

»Das kann sehr lange dauern.«

Steffie nickte. »Leider, ja. Die Angaben von Erika Mewes sind zu unpräzise. Wir können die Suche nicht weiter eingrenzen.«

»Sie muss sich unbedingt daran erinnern, in welcher Schule das Tanzprojekt stattgefunden hat, bei dem Luisa Haneke von dem Jungen angesprochen wurde.«

»Ich rufe sie gleich noch mal an.«

»Gut. Was haben wir außerdem?«

»Ein Nachbar von Magda Bernstein sagte aus, er habe einen roten VW Passat ein Stück die Straße hinunter gesehen.«

»Wann war das?«

»Am Nachmittag. Gegen fünf. Der Wagen fiel ihm auf, weil er ihn später noch ein zweites Mal gesichtet hat, da stand er direkt vor der Haustür. Das aber wohl nur kurz. Er meinte sogar, ihn eventuell noch ein drittes Mal gesehen zu haben, in den Abendstunden, ist sich dabei aber nicht ganz sicher. Ihm fiel laute Musik im Nebenhaus auf, klassische Musik. Die Fenster waren hell erleuchtet. Später am Abend wurde die Musik ausgeschaltet, und auch die Lichter gingen aus.«

»Seltsam. Hat er sich das Kennzeichen des Autos eingeprägt?«

»Nein.«

»Stieg Magda in den Wagen? Waren ihre Töchter bei ihr?«

»Das hat er nicht beobachtet.«

»Verdammt.«

»Selbst wenn der Nachbar das Nummernschild erkannt hätte – es ist zu befürchten, dass Magda und womöglich auch ihre Töchter in einem gestohlenen Wagen entführt wurden.«

»Hmm. Du sprichst am besten sofort mit Erika Mewes und hilfst dann dem Team im Jugendamt, während ich …« Er brach ab.

Die Gedanken rasten durch seinen Kopf. Die Zeit lief ihnen davon. Die Wahrscheinlichkeit, dass die drei Frauen noch am Leben waren, sank von Minute zu Minute.

Er musste sich konzentrieren. Er brauchte einen weiteren Anhaltspunkt.

»Wir dürfen kein Detail übersehen«, murmelte er. »Also noch mal ganz von vorn. Der erste Mord. Beatrice Weiler. Wie passt sie eigentlich in das Profil des Täters?«

»Er hat sie an einer U-Bahn-Station angesprochen. Nach Aussage ihrer Kollegen war sie attraktiv, charmant, einer von ihnen sagte, sie habe etwas Elegantes, nahezu Tänzerisches an sich, und ...«

Trojan fiel ihr aufgeregt ins Wort. »Moment mal, ein Nachbar von Tatjana sagte etwas Ähnliches: *Die leichtfüßige Tatjana. Sie hat so eine Art sich zu bewegen. Da kann man auf den Geschmack kommen.* Das könnte vielleicht bedeuten ...«

»Beatrice erinnerte den Täter diffus an Tatjana.«

»Richtig, und Tatjana kannte er vermutlich von früher. Sie spielt anscheinend eine besondere Rolle für ihn. Denken wir nur an die Narbe an ihrem linken Fuß. Diese Narbe scheint ihn auf perverse Art inspiriert zu haben, bei seinen ersten beiden Mordopfern spezielle Einritzungen an den Fußsohlen vorzunehmen.«

»Tatjana ließ ihn allem Anschein nach arglos in ihre Wohnung.«

»Genau, wir fanden keine Einbruchsspuren, dafür aber seine Fingerabdrücke, überall verteilt in der Wohnung.«

»Dieselben Fingerabdrücke, die übrigens auch am Tatort hier identifiziert werden konnten.«

Trojan rieb sich über das Kinn. »Wir wissen zu wenig über Tatjana Wünsch. Ihre Bekannten und Arbeitskollegen mauern, ihr Exfreund hat ein Alibi. Aber ...« Plötzlich hielt er inne. »Eine einfache Frage, Stefanie: Wo hat Tatjana eigentlich vor etwa sieben Jahren gelebt? Als der Täter ein Jugendlicher war und verschiedene Personen um Hilfe bat – wo war

Tatjana Wünsch zu diesem Zeitpunkt? Unter der Adresse in der Oranienstraße meines Wissens noch nicht.«

Stefanie starrte ihn an. »Das ist gut, Nils. Das ist sogar sehr gut.«

»Wir brauchen einen Auszug aus dem Melderegister. Vielleicht landen wir einen Treffer. Unter Umständen führt uns der damalige Wohnort von Tatjana schneller auf die Spur des Täters als die mühsame Suche in den zahlreichen Akten im Jugendamt.«

Trojan griff zu seinem Handy und rief im Kommissariat an.

FÜNFUNDVIERZIG

Der Mann mit dem aufgelösten Brustverband starrte auf das Geschenk vor ihm auf dem Tisch.

»Das ist Tatjana, Vater«, sagte Christopher. »Du erinnerst dich doch noch an sie, oder etwa nicht? Ist sie nicht schön?«

Christopher wandte sich an Danielas Mutter. »Tatjana war die Freundin meines Vaters, müssen Sie wissen. Wollen Sie einen Blick auf sie werfen, Frau Bernstein?«

Daniela wandte ihre Augen von dem Objekt hinter Plexiglas ab. Ihr Puls raste.

Die Stimme ihrer Mutter war rau vor Angst. »Hören Sie, es tut mir leid, wenn ich Ihre Situation damals falsch eingeschätzt habe.«

»*Meine* Situation oder die meines Vaters?«

Magda Bernstein rang nach Luft.

»Gib ihr das Geschenk, Daniela. Sie soll es sich mal genauer ansehen.«

Daniela streckte beide Hände nach dem Plexiglasrahmen aus, hob ihn an und legte das Objekt vor ihrer Mutter auf den Tisch.

Magda gab würgende Geräusche von sich.

»Gefällt es Ihnen, Frau Bernstein?«

Clarissa ging unterdessen schwer atmend auf und ab.

Dem Mann sank das Kinn auf die Brust. Er schnaufte, dann hob er den Kopf und wollte etwas sagen, aber es gelang ihm anscheinend nicht.

Daniela starrte auf das makabre Geschenk.

Das offenbar luftdicht abgeschlossene Objekt war bunt. Grüne Farbformen wechselten sich mit schwarzen und weißen Ornamenten ab. Es hatte die Form eines übergroßen Schmetterlings, zwei Vorderflügel, zwei Hinterflügel. Gemalt auf einem Gewebe, das zweifellos aus menschlicher Haut bestand.

»Es ist der Malachitfalter«, sagte Christopher. »Hübsch, nicht wahr? Erkennt irgendjemand von euch mein großartiges Talent?«

Sie schwiegen.

»Daniela. Ich war nicht ganz aufrichtig zu dir. Ich studiere zwar Literatur wie du, aber meine eigentliche Leidenschaft gehört dem Zeichnen und der Malerei. Ich hab mich mit meiner Mappe an der Kunstakademie beworben. Stell dir vor, die Professoren dort haben mich abgelehnt. In der Begründung hieß es, die akkurate Darstellung von Schmetterlingen sei unter künstlerischen Gesichtspunkten völlig wertlos. Kannst du dir vorstellen, was für eine Schmach das für mich bedeutet? Sie sagen damit, ich sei ein Nichts. Sie behaupten, ich hätte kein Talent. Aber nun schau dir doch diesen wunderschönen Malachitfalter an. Ist er denn nicht gelungen?«

Daniela wandte den Blick ab und starrte auf die Schokoladentorte in der Mitte des Tisches.

Sie hörte, wie ihre Mutter tief Luft holte.

»Ich übernehme die Verantwortung«, sagte Magda kaum hörbar. »Ich habe einen Fehler gemacht. Ja, ich erinnere mich wieder genau an Ihren Fall. Es tut mir sehr leid.«

»Nett, dass Sie sich an mich erinnern«, erwiderte Christopher höhnisch. Er stand dicht hinter seinem Vater. Daniela schaute auf das Messer in seiner Hand. Sie schätzte den Weg zu der versperrten Tür ab, ahnte, dass sie kaum eine Chance hatten, lebend hier herauszukommen.

Wie paralysiert ging ihre Schwester auf und ab. *Tock, tock, tock-tock.*

Ihre Mutter war um Fassung bemüht. »Bitte hören Sie auf, sich selbst zu bemitleiden. Und schieben Sie nicht alle Schuld auf Ihren Vater. Ja, Sie hatten es schwer mit ihm. Das haben Sie mir vorhin schon vorgeworfen. Er hat Sie körperlich misshandelt. Er hat Sie an Leib und Seele verletzt. Sie fühlen sich von ihm gedemütigt. Sie glauben, Sie hätten niemals eine Chance gehabt, aber …«

»Doch, die hatte ich. Als Sie auf meinen Wunsch hin in unsere Wohnung kamen. Bevor Sie Ihr Gutachten geschrieben haben, hatte ich eine Chance.«

»Es tut mir furchtbar leid. Aber nun sind Sie doch erwachsen. Sie müssen sich von der Vergangenheit lösen. Sie haben mir vorhin Ihre vernarbte Haut gezeigt, es ist … Sie können doch … Vielleicht gibt es kosmetische Möglichkeiten …« Sie brach ab.

Christopher musterte sie.

Daniela schaute auf. Vernarbte Haut? Davon wusste sie nichts. Wer war dieser junge Mann, der sie in einem Café angesprochen hatte? Was für Abgründe taten sich hinter seinem freundlichen Gesicht auf? Wie hatte sie sich nur so sehr in ihm täuschen können? Sie war ja drauf und dran gewesen, sich in ihn zu verlieben.

Danielas Mutter schluchzte auf und versuchte es erneut. »Ich gebe zu, ich habe Ihre Situation falsch eingeschätzt, aber Sie dürfen sich nicht weiter in Ihren Hass hineinsteigern, bitte. So wird es nur noch schlimmer. Lassen Sie uns gehen. Wir werden über all das hier kein Wort verlieren. Nicht wahr, Daniela?«

Sie nickte.

»Clarissa?«

Auch sie nickte stumm.

Kla-kla-klack, klack, knallten die Absätze.

Ihre Mutter schien ein klein wenig Hoffnung zu schöpfen. »Hören Sie auf mit dieser Selbstgerechtigkeit. Es gibt auch andere Lösungen. Sie können diesen Wahnsinn hier noch stoppen.«

Christopher verzog keine Miene. Seine Stimme war erschreckend ruhig. »Lösungen? Ja, es gibt Lösungen, Frau Bernstein. Schauen Sie jetzt genau hin.«

Mit einem Ruck setzte er das Fleischermesser an die Kehle seines Vaters.

Daniela sprang auf und schrie.

SECHSUNDVIERZIG

Ein abweisendes Hochhaus in der Blaschkoallee in Neukölln. Waschbeton, im Treppenhaus ein strenger Geruch von Essensresten, der aus dem Müllschlucker drang. Cornelia Altmeier wohnte in der neunten Etage. Zu Trojans Überraschung öffnete sie ihm gleich nach dem ersten Klingeln, dabei war es zwei Uhr morgens.

Sie war um die achtzig, doch ihre Gesichtshaut war erstaunlich glatt. Sie trug einen rosafarbenen Morgenmantel mit Rüschen und duftete nach Flieder und Maiglöckchen.

»Ja, bitte?«, fragte sie mit einem freundlichen Lächeln an der Tür.

»Trojan, Kriminalpolizei.« Er zückte seinen Dienstausweis.

»Worum geht es denn?« Ihre Stimme klang hell und froh wie ein Glockenspiel.

»Vor einiger Zeit hat eine Tatjana Wünsch zur Untermiete bei Ihnen gewohnt. Ich hab deshalb ein paar Fragen an Sie.«

»Kommen Sie doch herein.«

Graue Gummiböden, blitzblank gebohnert, Möbel mit hellem Furnier, ein leichter Zitronengeruch, der Trojan an Raumerfrischer denken ließ. Der Fernseher lief im Wohnzimmer. Cornelia Altmeier griff nach der Fernbedienung und stellte den Ton leise.

»Sie haben Glück«, sagte sie, »dass ich noch nicht zu Bett gegangen bin. Ohne mein Hörgerät hätte ich nämlich nicht Ihr Läuten vernommen.« Abermals lächelte sie. »Ich schlafe ohnehin sehr selten, der Schlaf ist letztlich nur ein Vorgeschmack auf den Tod.«

Sie wies auf das einladende grüne Sofa mit altmodischen Troddeln. »Nehmen Sie doch Platz.«

»Nein, danke, ich stehe lieber. Frau Altmeier, ich komme gleich zur Sache. Tatjana Wünsch wurde am Freitag ermordet.«

»Das ist ja furchtbar.«

»Wir suchen nach Personen, die mit ihr in Kontakt standen.«

Cornelia Altmeier legte die Hand auf ihr Brustbein. »Mir wird ganz anders, Herr Kommissar. Ermordet, sagen Sie?«

Er nickte. »Sie war hier polizeilich gemeldet. Das war im Jahr 2010, sie hat sich 2012 wieder umgemeldet. Demnach hat sie zwei Jahre lang bei Ihnen gewohnt?«

»Nein. Tatjana war nur ein halbes Jahr bei mir. Leider, denn ich habe sie sehr gemocht. Sie war beinahe wie eine Tochter für mich in der kurzen Zeit, da ich mit ihr zusammenwohnen durfte.«

»In verschiedenen Bars war sie als Tresenkraft beschäftigt, ist das richtig?«

»Ja. Und das waren Kaschemmen von eher zweifelhaftem Ruf. Ich hab ihr immer gesagt, sie soll den Job wechseln, die Leute, die in diesen Etablissements verkehren, seien nicht gut für sie.«

»Wo war denn ihr Zimmer? Ihre Wohnung scheint mir recht klein zu sein.«

»Es gibt noch einen zweiten Raum. Kommen Sie.« Cornelia Altmeier führte ihn durch den engen Flur in ein Nebenzimmer.

»Ich bin gerade auf der Suche nach einer neuen Untermieterin, um meine spärliche Rente aufzubessern. Ich fürchte nur, vielen Leuten ist das Zimmer nicht komfortabel genug. Tatjana aber hat sich hier, denke ich, recht wohlgefühlt.«

Es war mehr eine Abstellkammer. Ein schmales Bett, ein Tisch, ein Schrank und ein Stuhl gehörten zur Einrichtung. Ein winziges Fenster führte zum Hof hinaus.

»Tatjana war eine reizende Person. Sie konnte sehr fröhlich und unbeschwert sein. Kam sie frühmorgens von der Arbeit heim, war sie zwar meistens erschöpft, aber sie hat auch oft ein fröhliches Lied vor sich hin gesummt. Ich denke, sie hatte es nicht leicht in ihrem Leben, doch sie hat sich nicht unterkriegen lassen.«

»Ein halbes Jahr war sie also bei Ihnen. Und danach?«

»Sie ist zu ihrem Freund gezogen. Eines Tages hat sie ihre Sachen gepackt und sich von mir verabschiedet.«

»Bei diesem Freund war sie offenbar polizeilich nicht gemeldet. Wissen Sie noch seinen Namen?«

»Nein.«

»Bitte denken Sie nach. Hat sie ihn mal erwähnt?«

Frau Altmeier runzelte die Stirn. »Schon möglich. Sie hat gelegentlich von ihm gesprochen. Sie lernte ihn bei der Arbeit kennen. Er war häufig zu Gast in der Bar, in der sie servierte.«

»War er mal hier? Hat er ihr beim Umzug geholfen?«

»Nein.«

»War es möglicherweise Enrik Berisha? Eine Person mit diesem Namen haben wir nämlich schon befragt.«

»Nein, so hieß er nicht. Sein Vorname war recht kurz. Und er war wohl um einiges älter als Tatjana. Er hatte einen fast erwachsenen Sohn.«

Trojan hielt für einen Moment die Luft an. Seine Finger kribbelten. »Bitte, Frau Altmeier, erinnern Sie sich. Hat sie eventuell den Namen des Sohnes erwähnt?«

Sie schlug die Hände ineinander. »Wie schade, ich würde

Ihnen so gerne helfen, aber zuweilen lässt mich mein Gedächtnis im Stich. Jedenfalls schien sie mit diesem Freund nicht besonders glücklich gewesen zu sein. Ein halbes Jahr später tauchte sie wieder hier auf. Sie sagte mir, sie wolle nur zwei, drei Tage bleiben. Sie hinkte, sie war am Fuß verletzt.«

»Was für eine Verletzung war das?«

»Sie behauptete, sie sei ein paar Wochen zuvor in Glasscherben getreten. So ganz hab ich ihr das nicht abgenommen. Ich vermute eher, dass ihr Freund gewalttätig war. Jedenfalls hab ich ihr für die zwei Tage die Miete erlassen, weil sie wenig Geld hatte. Und danach ging sie einfach fort. Sie hat mir nicht einmal eine Telefonnummer hinterlassen. Ich fand das ziemlich undankbar von ihr.«

»Der Name, Frau Altmeier, erinnern Sie sich!«

»Er war sehr kurz. Ach, ich weiß nicht genau.«

»Und das Kind? Der Junge? Was hat sie über ihn gesagt?«

»Dass er ihr leidtut. Und dass er seine Mutter vermisst.« Sie kniff die Augen zusammen. »Wenn ich doch nur nicht so vergesslich wäre.«

»Ein kurzer Name also?«

»Ja.« Plötzlich blickte sie auf. »Kurz, sehr kurz. Kurt.«

»Wie?«

»Kurt! Natürlich. So hieß der Mann.«

»Kurt, und wie weiter?«

»Das weiß ich nicht. Tatjana sprach übrigens öfter von dem Sohn als von dem Vater. Ich nehme mal an, der Junge ist ihr irgendwie ans Herz gewachsen.«

»Und wie war der Name des Jungen?«

Cornelia Altmeier hob die Schultern und schüttelte bedauernd den Kopf.

Trojan sprang in seinen Dienstwagen und rief Steffie an, die das Team im Jugendamt unterstützte.

»Ihr könnt die Suche eingrenzen«, rief er in den Hörer.

»Was hast du rausgefunden?«

»Der Vorname des Vaters, von dem der Junge wegwollte, ist aller Wahrscheinlichkeit nach Kurt.«

»Okay, das könnte uns ein bisschen weiterhelfen.«

»Der Zeitraum scheint wirklich 2010 zu sein. In diesem Jahr war Tatjana Wünsch mit einem Mann befreundet, der seinen jugendlichen Sohn allein großzog.«

»Gut.«

»Hast du mit Frau Mewes gesprochen?«

»Ja. Sie vermutet, dass es eine Schule in einem der südlichen Außenbezirke Berlins war.«

»Lankwitz? Lichtenrade?«

»Es könnte auch Lichterfelde oder Marienfelde sein. Wir arbeiten uns gerade durch das schwerfällige Computersystem der Bezirksbehörden. Es wäre einfacher, wenn ich die Akten nach den Namen der Sachbearbeiter rastern könnte, aber das scheint hier nicht zu funktionieren. Die haben ein ganz anderes System als wir.«

»Beeilt euch!«

»Ich ruf dich so schnell wie möglich zurück.«

Trojan saß ungeduldig in seinem Dienstwagen. Zehn Minuten später kam der Anruf von Steffie.

»Und?«, fragte er.

Eine längere Pause. Er hörte sie am anderen Ende atmen.

»Was ist los?«

»Es gibt keine Einträge mit dem Vornamen Kurt.«

»Überhaupt keine?«

»Tut mir leid, nein.«

Er blickte auf die nächtliche Straße. Seine Hoffnung sank. Das konnte doch nicht wahr sein. Es war wie die sprichwörtliche Suche nach der Nadel im Heuhaufen.

Er sah zur Uhr. Es war fünf nach halb drei. Sollten sie etwa wieder zu spät kommen?

»Versuch es mit dem Familiennamen Kurz«, murmelte er ins Telefon. »Vielleicht hat die alte Dame ja Vor- und Nachnamen verwechselt.«

»Okay, bleib dran.«

Es erschien ihm wie eine Ewigkeit, bis sich Stefanie wieder meldete.

»Nils!«

»Was?«

»Ich hab hier einen Treffer. Ein Gutachten aus dem Jahr 2010. Es betrifft einen Robert Kurtz, Vater von Christopher Kurtz. Das Geburtsjahr müsste hinkommen. Der Junge war damals siebzehn. Es ging um das Sorgerecht des Vaters.«

»Wie lautet die Adresse?«

»Ich muss erst beim Kommissariat anrufen, um ins Melderegister zu kommen, warte eine Sekunde.«

Trojan zählte innerlich bis zwanzig.

Schließlich hörte er ihre Stimme. »Über den Sohn liegt uns keine aktuelle Adresse vor. Aber ich habe die derzeitige des Vaters. Es ist dieselbe, die auch in der Akte vom Jugendamt auftaucht.«

Sie nannte sie ihm.

»SEK anfordern«, rief er. »Schnell! Wir treffen uns dort!«

Er setzte das Blaulicht aufs Dach und preschte los.

SIEBENUNDVIERZIG

Die Tür zu der Souterrainwohnung in der Brotteroder Straße in Lankwitz hatte die Farbe von Ochsenblut. Die Männer vom SEK, in Kampfanzügen und Schutzwesten, behelmt, die Maschinenpistolen im Anschlag, waren nahezu lautlos ins Treppenhaus eingedrungen. Ein Experte bearbeitete das Schloss an der Wohnungstür mit einem Bohrer. Nur das leise Surren war zu vernehmen.

Trojan war in einer eigenartigen Verfassung. Dass der mutmaßliche Täter ausgerechnet aus Lankwitz stammte und hinter dieser Tür bei seinem Vater aufgewachsen war, irritierte ihn. Schließlich war er selbst in diesem Bezirk groß geworden. Richard Trojan wohnte nicht weit von hier.

Wieder einmal dachte er an seinen seltsamen Albtraum zurück. Erneut wurde ihm bewusst, wie überaus dringend das Gespräch mit seinem Vater war. Doch vorerst hatte er andere Sorgen.

Er hielt sich neben Steffie ein paar Schritte hinter den SEK-Beamten auf, in einer Gruppe mit Landsberg, Albert, Max, Dennis und Ronnie. Ihre Waffen waren durchgeladen. Sie standen bereit.

Das Schloss war geknackt. Der Experte gab Handzeichen. Die Männer stürmten die Wohnung.

Trojan hörte ihre Rufe. »Flur, gesichert! Schlafzimmer, gesichert! Küche, gesichert! Bad, gesichert!«

»Nächster Raum! Kollege?«

Stille. Weitere Rufe. Das Krachen von Türen, Stampfen von Kampfstiefeln.

»Gesichert!«

»Zielperson?«

Schweigen. Trojan sah zu seinem Chef hin. Die Anspannung war ihm ins Gesicht geschrieben. Er hörte, wie er schwer Luft holte.

»Zielperson?«

Ein paar Atemzüge lang Stille. Dann rief jemand von drinnen: »Fehlanzeige.«

Nach und nach tauchten die SEKler wieder auf.

»Tut uns leid, Hilmar«, sagte einer von ihnen zum Chef, »aber hier ist niemand.«

Im Treppenhaus wurden Türen geöffnet. Aufgeschreckte Nachbarn mussten zurückgedrängt werden.

Trojan betrat zusammen mit seinem Team die Wohnung. Neben Küche und Bad waren es drei kleine Räume. Das Schlafzimmer war lediglich durch eine Falttür von einem Zimmer getrennt, in dem sich ein abgewetzter Ledersessel unterhalb des Fensters befand. Trojan richtete den Blick hinauf zur Straße. Von dem Pulk der Beamten waren lediglich die Beine und ihre Stiefel zu sehen.

Er inspizierte die anderen Räume, dann ging er zurück ins Treppenhaus und begann mit den Befragungen der Nachbarn.

Eine Mutter hielt ihr weinendes Kind auf dem Arm. Er fragte sie nach Robert Kurtz.

»Ich hab ihn schon seit ein paar Tagen nicht mehr gesehen.«

»Wohnte sein Sohn noch bei ihm?«

Kopfschütteln.

»Haben Sie eine Ahnung, wo sich Robert Kurtz aufhalten könnte?«

»Nein.«

Er versuchte es bei anderen Hausbewohnern. Allmählich kristallisierte sich ein Bild heraus. Kurtz verließ seine Wohnung nur selten. Früher habe er sehr lebenslustig gewirkt, hatte öfter Besuch, überwiegend von jungen Frauen. Damals sei er regelmäßig ausgegangen. Doch seit einiger Zeit habe er sich abgeschottet. Den Nachbarn gegenüber habe er sich immer wortkarger verhalten. Offenbar hatte er kein Glück mehr bei den Frauen, was ihn zunehmend verbitterte. Fortan schien er jeglichen Kontakt zu anderen Menschen zu meiden.

Einer der Nachbarn, ein Mann in einem auffallend gestreiften Bademantel, sagte aus, dass Robert Kurtz zwar mittlerweile recht zurückgezogen lebe, gelegentlich aber noch seinem Hobby nachginge. Er fahre zum Angeln hinaus und bleibe dann für ein paar Tage fort. Allerdings konnte er nicht sagen, wohin ihn seine Angeltouren führten.

Trojan fragte nach dem Sohn Christopher und erhielt die Antwort, dass der sich schon seit Jahren nicht mehr bei seinem Vater habe blicken lassen. Ob er vielleicht doch einmal in den letzten Tagen hier aufgetaucht sei? Hatten sie eventuell einen lautstarken Streit vernommen? Die Bewohner reagierten mit Achselzucken. Insgesamt schienen sie erleichtert darüber zu sein, dass sich ihr Nachbar endlich ruhig verhielt und sich seiner Alkoholsucht allein und im Stillen hingab, ohne das Gezänk mit seinen zahlreichen Frauenbekanntschaften.

Zurück im Souterrain, half Trojan den Kollegen bei der Durchsuchung. Keiner von ihnen sprach es laut aus, doch es war spürbar, was sie umtrieb: Die Chance, dass Robert Kurtz noch am Leben war, schätzten sie als äußerst gering ein. Und auch die Hoffnung, sie könnten Magda Bernstein und ihre Töchter vor dem Bodypainter retten, schwand von Minute zu Minute.

Trojan öffnete Schränke und Schubladen. Im Wohnzimmer fiel ihm eine umfangreiche DVD-Sammlung auf, eine krude Mischung aus anspruchsvollen Klassikern und zum Teil indizierten Pornofilmen. Er zog wahllos ein paar Hüllen heraus, darunter *Der Mann, der die Frauen liebte* von François Truffaut. Nachdenklich betrachtete er das Coverbild. Im Vordergrund die langen Beine einer Frau. Sie trägt weiße Pumps, von ihrem weißen Kleid ist nicht viel mehr als der Saum zu erkennen. Im Hintergrund die Gestalt eines Mannes, sein Gesicht in der Höhe ihrer nackten Knie. Die Frau befindet sich vor ihm auf einer höher gelegenen Terrasse, das Standbild fängt ihre elegante Bewegung auf den hohen Absätzen ein. Der Mann steht hinter der Brüstung und betrachtet den Schwung ihrer Fersen, begehrlich, die Augen trüb vor Melancholie.

Trojan nahm die DVD, ging zurück in das Zimmer, das offenbar früher das des Jungen gewesen war, und ließ sich in den Sessel unterm Fenster sinken.

Er dachte an die Worte, die der Junge laut Erika Mewes an Luisa Haneke gerichtet hatte: *Wenn Sie tanzen, schweben Sie wie ein Schmetterling.*

Die Kollegen sprachen ihn an. Er reagierte nicht. Stefanie kam zu ihm. Sie sagte etwas. Er hörte nicht zu.

Trojan war, den Blick auf das Cover gerichtet, in einem Kokon aus Gedanken und Bildern eingeschlossen.

Schließlich klappte er die Hülle auf. Es steckte eine falsche DVD darin, *Niagara* mit Marilyn Monroe. Er ging zurück ins Wohnzimmer und suchte die Hülle dieses Films heraus. Er fand sie, öffnete sie. Wieder war ein falscher Film darin, *Marnie* von Alfred Hitchcock. Seine Augen überflogen die Sammlung. Plötzlich fiel ihm eine Hülle auf, die sehr viel kleiner war. Er nahm sie aus dem Regal und klappte sie auf. Es war eine offenbar selbstgebrannte DVD. HAPPY BIRTHDAY, DADDY war darauf mit einem Filzstift geschrieben.

Er hielt für einen Moment inne. Danach ging er zum DVD-Player, schaltete ihn ein, legte den Rohling ins Fach und drückte auf Play.

Das Video, das auf dem Fernsehbildschirm erschien, war zunächst verwackelt, allmählich wurde es schärfer.

Trojan blickte in die graublauen Augen eines Jungen.

ACHTUNDVIERZIG

Ganz ruhig, Daniela.«

Er legte den Arm um sie. In seiner Hand war noch das Messer, das den Mann am Tisch getroffen hatte. An der Spitze schimmerte Blut. Daniela schloss für ein paar Sekunden die Augen. Sie war einer Ohnmacht nahe. Sie hörte die wimmernden Laute ihrer Mutter und Clarissas Entsetzensschreie.

Christopher wandte sich ihrer Schwester zu. »Sei still und beweg dich weiter. Du musst immerzu auf und ab gehen. Hast du mich verstanden?«

Clarissa nickte schwach und ging schwankend weiter.

Ihre Mutter schnappte nach Luft. Gefesselt an den Stuhl, saß sie dem Leichnam des Mannes direkt gegenüber.

»Lassen Sie meine Töchter in Ruhe«, stammelte sie. »Nehmen Sie mich, aber lassen Sie die beiden frei, bitte.«

Christopher hob verächtlich das Kinn. »Nein. Was man einmal begonnen hat, sollte man auch zu Ende führen.«

Er schob Daniela zur Tür, zog den Schlüssel aus seiner Hosentasche und schloss auf.

»Komm mit«, sagte er, und an Clarissa gewandt: »Du gehst weiter auf und ab. Wenn ich die Absätze nicht mehr höre, seid ihr beide dran.«

Das Messer in der einen Hand, griff er mit der anderen seinen Rucksack. Daniela musste ihm in den Flur folgen. Er verriegelte hinter ihnen die Zimmertür.

»Christopher«, stieß sie hervor, »nimm doch Vernunft an, bitte.«

Er lächelte sie an. »Daniela, mein Liebling, beruhige dich doch. Ich will dir etwas zeigen, das wird dir gefallen.«

Er öffnete die Tür zum Nebenraum und drängte sie hinein. Auch hier war das Fenster vergittert. Voller Panik schaute Daniela auf das Bett, das in einer Ecke des Raums stand.

»Leg dich hin«, murmelte er.

»Nein.«

»Du musst dich ausruhen. Der siebte Tag ist angebrochen. Ein paar Stunden Schlaf, und du wirst das Zeichen endlich lesen können.«

»Lass uns reden. Noch kannst du es stoppen. Bitte.«

»Dafür ist es zu spät.«

»Du darfst meiner Mutter und Clarissa nichts antun. Mach es nicht. Hör auf damit, Christopher, bitte.«

»Und das Zeichen? Interessiert es dich denn gar nicht, woher es stammt? Du hast mir doch erst vorhin von deinen Albträumen erzählt. Du sagtest, in deinen Träumen leuchtet es hell vor dir am Boden. Du liegst auf dem Bett und kannst es sehen. Heute wird es dir wieder erscheinen. Der siebte Tag ist gekommen. Heute werden deine Augen endlich geöffnet sein. Also leg dich hin.«

Sie schüttelte den Kopf. »Nein.«

Wortlos richtete er die Spitze des Messers auf sie. Von nebenan war das Knallen der Absätze zu vernehmen.

Nach einigem Zögern streckte sich Daniela auf dem Bett aus.

»Sehr gut.« Er setzte sich zu ihr, öffnete den Rucksack, holte eine Flasche daraus hervor, schraubte den Deckel auf, nahm einen Becher und füllte ihn einen Fingerbreit mit der hellen Flüssigkeit.

»Trink das.« Er hielt ihr den Becher hin. »Tu es für deine Mutter.«

Sie zitterte. Sie brauchte einen Plan, und zwar schnell.

»Trink.« Er hielt ihr den Becher an die Lippen.

Widerstrebend ließ sie die Flüssigkeit in ihren Mund laufen.

»Gut. Nun ist alles so wie damals. Gleich wirst du schlafen. Und wenn du aufwachst, siehst du das Zeichen. Glaub mir, es wird hier sein, direkt vor dir.«

Sie atmete gepresst.

»Hier.« Er nahm noch etwas aus seinem Rucksack. »Diese Bilder wollte ich dir schon damals schenken, als ich in eurem Haus war. Ich hab sie in deinem Zimmer angefertigt, während du schliefst. Ich saß an deinem Bett, Daniela, und hab sie für dich gezeichnet. Schau sie dir an.«

Er reichte ihr die Blätter. Es waren Abbildungen von verschiedenen Schmetterlingen, insgesamt sieben an der Zahl.

Er nannte ihr die einzelnen Gattungen, während sie gezwungen war, die Bilder eins nach dem anderen zu betrachten. »Das ist der Monarchfalter, dieser hier ist der Blaue Morphofalter, und das ist der Malachit. Den kennst du ja schon. So einen hab ich vorhin meinem Vater geschenkt.« Er lächelte. »Und hier, die Weiße Baumnymphe, ich finde, sie passt ganz gut zu deiner Mutter. Der Leoparden-Netzflügler ist für deine Schwester bestimmt. Und hier …«

Er deutete auf das sechste Bild. Es unterschied sich von den anderen. Es war überwiegend schwarz, grau und in weiteren dunklen Schattierungen gehalten. Und doch war auch diese Zeichnung äußerst akkurat ausgeführt.

»… der Weidenbohrer«, sagte Christopher. »Ein Nachtfalter. Hat mich schon immer fatal an meinen Vater erinnert. Hellgraue Flügel, darauf eine dunkelgraue Marmorierung, ein Teil davon ist bräunlich. Seine Färbung imitiert die Baumrinde, weißt du? Der Weidenbohrer gilt als Schädling. Er muss bekämpft werden.« Abermals lächelte er sie an. »Aber nun schau dir das letzte Bild an.«

Starr vor Angst besah sich Daniela den siebten Schmetterling. Er war tiefblau. Und er war der Schönste von allen, das musste sie sich eingestehen.

»Der *Morpho rhetenor*. Eine Flügelspannweite von bis zu siebzehn Zentimeter. Er gehört zu den größeren Morphofalter-Arten. Blau schimmernde Grundfärbung. Das Blau der Vorderflügel ist nur durch zarte weiße Flecken unterbrochen. Schau«, er wies mit einem Finger auf die Zeichnung, »sie verlaufen parallel zum Flügelrand. Und hier, die schwarzen Flügelspitzen, sind sie nicht schön? Die Hinterflügel sind bis auf die braunen, am Körper anliegenden Stellen komplett blau gefärbt.«

Er nahm ihr die Zeichnungen ab. »Das bist du, Daniela. Der *Morpho rhetenor*. Der schönste aller Schmetterlinge bist du.«

Er stand auf und klebte die sieben Bilder mit Tesafilm in einer eigenartigen Formation an die Fensterscheibe, dicht nebeneinander, mit winzigen Lücken dazwischen. »Ich hab sie schon damals an dein Fenster geheftet. Genau so, in dieser Reihenfolge.« Er drehte sich zu ihr um. »Gefallen sie dir?«

Sie schwieg.

»Wie gesagt, ich wollte sie dir schenken. Am liebsten hätte ich sie an deinem Fenster hängen gelassen, aber das hätte mich verraten. Also hab ich sie wieder mitgenommen. Nun gehören sie dir. Und jetzt weißt du endlich, wer ich wirklich bin. Wirst du mir vergeben können, mein Liebling?«

Sie antwortete nicht.

Er trat zu ihr ans Bett. »Das Rohypnol wirkt schon, nicht

wahr? Schließ die Augen, mein Liebling, lass dich einfach fallen.«

Er nahm den Rucksack und das Messer und ging zur Tür. Dort hielt er inne.

»Ach ja, du hast mir erzählt, dass deine Füße so merkwürdig zucken, wenn du von dem Zeichen träumst. Das lag daran, dass ich schon damals«, er setzte sich wieder zu ihr ans Bett und zog ihr Schuhe und Strümpfe aus, »am liebsten deine Haut bemalt hätte. Ich hab es an deinen nackten Füßen ausprobiert, aber davon wärst du beinahe wach geworden.«

Er holte einen Zeichenstift aus seinem Rucksack und berührte sie damit sacht an ihren Fußsohlen.

Ihre Füße zuckten wie wild.

Schließlich steckte er den Stift wieder ein, stand auf, schulterte den Rucksack, nahm das Messer in die Linke und öffnete mit der Rechten die Tür.

Tock, *ta-tack*, *tock*, *tock*, knallten die Absätze von nebenan.

»Schlaf, mein Liebling. Sobald du wach wirst, bin ich wieder bei dir.«

Er verließ das Zimmer und verriegelte hinter sich die Tür.

NEUNUNDVIERZIG

Das Video, das über den Fernsehbildschirm in der Souterrainwohnung flimmerte, zeigte einen etwa vierzehnjährigen Jungen. Er filmte sich am ausgestreckten Arm, sah direkt in die Kamera.

»Hallo Vater. Ich hab lange überlegt, was ich dir zum Geburtstag schenken könnte. Weil ich doch jetzt diese Kamera habe und du Filme liebst, dachte ich, ich dreh ein Video für dich. Irgendwas, was dir Freude bereitet. Also, ich nenne diesen Film *Mein glücklicher Tag.*«

Schnitt. Ein Mann in einem Ruderboot. Ein Fluss. In der Ferne das Ufer. Es war Robert Kurtz, der in die Kamera schaute. Trojan erkannte ihn vom Foto aus dem Melderegister wieder. Christophers Vater sah noch recht jung aus, das Video schien vor ungefähr zehn Jahren gedreht worden zu sein. Der Vater hielt eine Angelrute ins Wasser. Die Stimme des Jungen kam aus dem Off.

»Was ist ein glücklicher Tag für dich, Vater?«

Robert Kurtz lächelte. *»Na, das hier.«*

»Mit deinem Sohn angeln gehen?«

Er lachte. *»Auch mit meinem Sohn, ja. Aber am liebsten allein.«*

»Hier kommst du zur Ruhe? Auf dem Fluss? Du liebst diesen Tag?«

»Wenn der Blinker im Wasser schwimmt und die Fische beißen, ja.«

Schnitt. Wieder das Gesicht des Jungen, der in die Kamera sprach. *»Vater, für mich ist dieser Tag ein glücklicher Tag, weil ich, nachdem wir zusammen angeln waren, die Schmetterlinge beobachten kann. Schau mal, hier.«*

Schwenk in eine Art Gewächshaus. Ein exotischer Schmetterling. Die Kamera folgte seinem taumelnden Tanz durch die Luft.

Trojan sah genauer hin. Das war nicht die Biosphäre in Potsdam. Es war woanders aufgenommen.

Wieder ein Schnitt. Eine Holzhütte, im Hintergrund Wald. Die Kamera näherte sich. Eine Frau in den Dreißigern, sie trug ein rotes Sommerkleid, tauchte auf der Veranda der Hütte auf.

Die Stimme des Jungen kam aus dem Off. *»Ist das ein glücklicher Tag für dich, Mama?«*

Die Kamera zoomte nahe heran. Das Gesicht der Mutter in Großaufnahme. Ihr blondes Haar. Graublaue Augen. Ihr perlendes Lachen.

»Ist ganz schön hier, ja. Mit dir und deinem Vater in seiner Hütte. Wenn nur die verdammten Mücken nicht stechen würden.« Lachend fuchtelte sie mit den Händen herum.

Schnitt. Der Junge blickte in die Kamera. *»Alles Gute zum Geburtstag, Vater. Denk oft an den glücklichen Tag. Halt ihn fest, ja?«*

Hier endete der Film. Trojan spulte vor, aber es befand sich kein weiteres Material auf der selbstgebrannten DVD.

Wie elektrisiert ging er noch einmal ins Treppenhaus. Er klingelte erneut bei dem Nachbarn, der ihm von den Angeltouren von Robert Kurtz erzählt hatte. Dieser aber konnte ihm keine weiteren Einzelheiten darüber nennen. Auch von einer Hütte wusste er nichts.

Zurück in der Wohnung, bat er Stefanie zu sich.

Gemeinsam mit ihr sah er sich das Geburtstagsvideo ein zweites Mal an.

Danach spulte er bis zu der Stelle zurück, da die Mutter des Jungen sagte: *»Ist ganz schön hier, ja. Mit dir und deinem Vater in seiner Hütte.«*

»*Seine* Hütte, Steff. Nicht irgendein Urlaubsort. Angenommen, der Vater hat noch immer so ein Refugium, wo er gelegentlich übernachtet und zum Angeln geht –, wäre das nicht der perfekte Ort für den Sohn, um dorthin Magda Bernstein und ihre Töchter zu verschleppen?«

»Ja«, sagte Stefanie, »aber wo sollte dieser Ort sein?«

Trojan schwieg. Er googelte eine Weile auf seinem Smartphone.

»Lutherstadt Wittenberg«, sagte er schließlich, »das ist nur ungefähr eine Autostunde von Berlin entfernt.« Er öffnete Google Maps. »Hier sind die Elbwiesen. Die Elbe. Das ist ein Gebiet für Angler. Nördlich von Wittenberg befinden sich Wälder. In dem Film ist im Hintergrund der Hütte Wald zu erkennen.«

»Wie kommst du ausgerechnet auf Wittenberg?«

»Wegen der Schmetterlinge.«

»Wie?«

»Erst war der Junge mit seinem Vater angeln, dann hat er exotische Falter beobachtet. Es gibt einen Schmetterlingsgarten in der Nähe. Ich hab Schmetterlingshäuser bei Berlin gegoogelt. Wittenberg ist der Treffer, der gleich auf Potsdam folgt. Andere gibt es nicht.«

»Du meinst…?«

»Der Täter hat uns in die Irre geführt. Nicht in der Biosphäre hat er die Schmetterlinge studiert, die ihm als Vorlage für seine Bilder dienen, sondern vermutlich dort. An dem Ort, an dem er sich glücklich fühlte, zusammen mit seiner Mutter und seinem Vater. Sie waren eine Familie. Das Video stammt aus einer Zeit, da die Welt für ihn noch in Ordnung war. Die Gegend, die es zeigt, hat eine besondere Bedeutung für ihn. Und dass wir diese DVD finden, war diesmal nicht von ihm beabsichtigt. Das ist keine bewusst gelegte Spur.«

»Nils, ist das nicht ziemlich vage? Selbst wenn Robert Kurtz noch immer eine Hütte gepachtet und sein Sohn sie für seine Zwecke in Betracht gezogen hat – sie könnte überall sein.«

»Ja, aber wir müssen sie finden. Das ist unsere letzte Chance.«

Auf der A9 gab Stefanie Vollgas. Sie nahm die Ausfahrt Klein Marzehns und raste dann über die L124 Richtung Wittenberg. Der Mond stand tief am Horizont und tauchte die Landschaft in ein fahles Licht.

Trojan suchte auf dem Beifahrersitz auf seinem Smartphone hektisch nach weiteren Informationen.

»Es gibt ein Geschäft für Anglerbedarf in Wittenberg, dort sollten wir es zuerst versuchen.«

»In Ordnung«, sagte Steff. »Hast du die Anschrift des Inhabers? Um diese Uhrzeit wird er kaum im Laden sein.«

»Moment.« Er wischte über das Display. »Sein Name ist Nico Ulreich. Er wohnt direkt über seinem Laden.«

Er tippte die Adresse ins Navi ein, und Stefanie beschleunigte auf der leeren Landstraße bis zu zweihundert Stundenkilometern. Die Sirene heulte, das Blaulicht glitt zuckend über die Bäume am Straßenrand. Im herandämmernden Morgen färbte sich der Horizont blasslila, über den Feldern dampfte der Tau.

Sie erreichten Wittenberg gegen vier Uhr früh. Stefanie kurvte durch die schmalen Straßen der Innenstadt.

Der Laden befand sich in einem dreistöckigen Backsteingebäude in der Katharinenstraße. NICOS ANGELSHOP hieß es auf der blauen Leuchtreklame im Erdgeschoss.

Stefanie hielt, sie sprangen aus dem Dienstwagen und klingelten bei »Ulreich« Sturm.

Da niemand öffnete, wurden sie ungeduldig. Endlich aber öffnete sich ein Fenster im ersten Stockwerk.

»Wer ist da?« Eine erboste männliche Stimme.

»Kriminalpolizei!«, rief Trojan.

Der Summer ertönte, und sie eilten die Stufen hinauf. Nico Ulreich erwartete sie an der Wohnungstür. Nachdem sie sich ausgewiesen hatten, zeigten sie ihm Fotos von Robert und Christopher Kurtz aus dem Melderegister.

Ulreich, ein untersetzter Mann in den Vierzigern, im Pyjama, die Wangen schlafgerötet, fuhr sich mit der Hand durch das verstrubbelte Haar.

Kostbare Zeit verstrich, während er die Fotos beäugte. Trojan befürchtete bereits, dass sie vergeblich hier waren, da tippte Ulreich auf die Abbildung von Robert Kurtz.

»Das ist ein Kunde von mir. Er war schon ein paarmal unten in meinem Laden. Ja, ich erkenne ihn wieder.«

Trojan atmete tief durch. »Er wohnt in Berlin, wir vermuten aber, dass er in der Nähe eine Holzhütte für Wochenendausflüge und dergleichen gemietet oder gepachtet hat. Hat er mit Ihnen vielleicht darüber gesprochen?«

»Nein, er hat das übliche Zubehör bei mir gekauft. Wir haben ein bisschen über die Fischbestände in der Elbe geplaudert, ob die Hechte beißen, ob man sie besser mit einem Blinker, einem Spinner oder einem Wobbler fängt. Wo er wohnt, hat er nie erwähnt.«

»Denken Sie nach, es ist sehr wichtig.«

»Eine Hütte, sagen Sie?«

»Ja.«

»Da sollten Sie mal in Möllensdorf nachfragen. Es gibt dort eine Vermieterin, sie heißt Karin Wallner. Soweit ich weiß, kann man bei ihr Übernachtungen in Blockhütten buchen.«

»Wissen Sie die genaue Adresse?«, fragte Steff.

»Möllensdorf ist klein. Fahren Sie die Hauptstraße bis zum Knick, dann biegen Sie in die Alte Försterei ein. Es ist das Haus am Ende der Straße.«

»Danke, Sie haben uns sehr geholfen.«

Mit ihrem rasanten Fahrstil brauchte Stefanie weniger als fünfzehn Minuten, bis sie den Ort nordwestlich von Wittenberg erreicht hatten.

Karin Wallner schien einen tiefen Schlaf zu haben. Sie drückten abwechselnd auf den Klingelknopf am Gartentor des geduckten Backsteinhauses am Waldrand, doch die einzige Reaktion kam von einem Schäferhund, der an der Kette in seinem Zwinger zerrte und sie ankläffte.

Das Tor war verschlossen, also kletterten Steffie und Trojan über den Zaun und hämmerten mit den Fäusten gegen die Eingangstür. Endlich wurde innen das Licht eingeschaltet.

Frau Wallner erschien in einem Morgenrock aus Plüsch an der Tür.

Sie war weißhaarig, um die achtzig, schwerhörig und wirkte ein bisschen verhuscht. Nach einigen Verständigungsproblemen teilte sie ihnen umständlich mit, dass sie die Vermietung der Blockhütten aufgegeben habe. Insgesamt drei habe sie. Zwei davon seien baufällig, die Dächer undicht, zudem gäbe es Ärger mit der Gemeindeverwaltung wegen der Sickergruben. Die dritte sei in einem halbwegs passablen Zustand, aber es komme zuweilen zu Kurzschlüssen in der Elektrik. Sie hätte nicht mehr die Kraft und die Mittel, die Holzhütten instand zu halten.

»Frau Wallner«, sagte Trojan, »kennen Sie eine dieser beiden Personen?« Er reichte ihr die Fotos.

Sie brauchte lange, bis sie ihre Brille in den Taschen ihres Morgenrocks gefunden und sich aufgesetzt hatte. Trojan spürte, wie ihm der Schweiß den Rücken hinunterrann. Wertvolle Zeit verging. Endlich antwortete sie.

»Der eine ist der Robert, ja, er war früher öfter hier. Freundlicher Herr, hat mich mal zu einem Likör eingeladen.«

Trojans Herz schlug höher. »Ist es möglich, dass er noch den Schlüssel zu einer Hütte besitzt?«

»Meines Wissens hat er ihn immer ordnungsgemäß abgeliefert.«

»Wann waren Sie denn das letzte Mal dort?«

»Die Hüftgelenke machen mir zu schaffen. Eigentlich war ich schon seit Monaten nicht mehr draußen im Wald.«

»Wo genau befinden sich die Blockhütten?« Trojan zeigte ihr auf dem Smartphone eine Karte. Weitere Minuten verstrichen, bis sich die alte Dame endlich orientiert hatte und auf die jeweiligen Planquadrate wies.

Es war vier Uhr sechsunddreißig, als Steffie und Trojan mit dem Dienstwagen in den Forstweg einbogen.

FÜNFZIG

Daniela spuckte die Flüssigkeit aus. Sie hatte sie die ganze Zeit, während Christopher bei ihr im Zimmer war, heimlich im Mund behalten. Die Schluckbewegung hatte sie durch ein Neigen ihres Kopfes vorgetäuscht. Zum Glück hatte er nichts bemerkt. Der gallige Geschmack auf ihrer Zunge bereitete ihr Übelkeit. Abermals spuckte sie aus, um auch den letzten Rest des Rohypnols loszuwerden.

Voller Adrenalin lag sie da und lauschte.

Von nebenan war das Tocken der Absätze zu hören. Plötzlich vernahm sie noch ein leises Summen. Es kam aus dem Flur. Gedämpft hörte sie Christophers Stimme. Danach Stille. Das Knallen der Absätze war verstummt.

Nur dieses Summen drang von draußen zu ihr.

Was war da los? Was passierte in diesem Moment mit ihrer Mutter und ihrer Schwester?

Ihr Blick glitt zur Fensterscheibe, wo die Schmetterlingszeichnungen angebracht waren. Das Mondlicht brachte sie von hinten zum Leuchten.

Bleich kroch es durch die Lücken zwischen den sieben Blättern, die Christopher so merkwürdig angeordnet hatte. Das gebrochene Licht warf ein eigentümliches Muster auf den Boden. Es erinnerte an ein Z und ein Kreuz, ein spiegelverkehrtes E und ein auf dem Kopf stehendes L, ebenfalls gespiegelt.

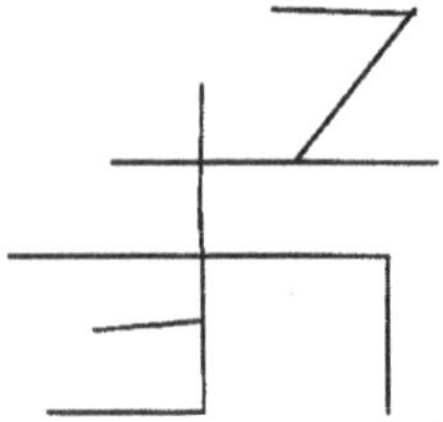

Am siebten Tag wirst du das Zeichen lesen können. Ja, da war es, vor ihr am Boden, gleißend hell. Und nun verstand sie endlich, woher es kam.

Sie schwang sich aus dem Bett. Barfuß ging sie zur Tür und drückte vorsichtig die Klinke. Verschlossen.

Fieberhaft dachte sie nach. Sie untersuchte das Fenster. Da es vergittert war, kam sie auf diesem Weg nicht heraus. Also die Tür. Das Holz war morsch, das Schloss verrostet. Mit etwas Geschick ließ es sich vielleicht aufbrechen. Sie brauchte etwas, das sie zwischen Rahmen und Türblatt schieben konnte, um damit den Riegel bewegen zu können. Sie blickte sich um. In dem Zimmer befanden sich nichts weiter als das Bett und die Zeichnungen, ihre Schuhe und ihre Strümpfe. Sie untersuchte die Taschen ihrer Kleidung, doch Christopher schien ihr alles, was scharfkantig war, abgenommen zu haben.

Da fiel ihr ein größerer Holzsplitter an einer der Bodendielen auf. Sie riss ihn heraus und versuchte es damit, doch er war nicht massiv genug, das Schloss ließ sich nicht öffnen.

Sie nahm einen ihrer Schuhe auf und schabte mit dem Absatz ein weiteres Stück aus dem löchrigen Holzboden heraus. Sie bearbeitete es so lange, bis es die richtige Form hatte: lang, schmal und halbwegs stabil.

Sie schob den dünnen Keil mit der rechten Hand in die Türritze unter den Riegel, während sie mit der linken die

Klinke nach unten drückte und gleichzeitig an der Tür zog. Mit aller Gewalt presste sie ihr selbstgebasteltes Werkzeug gegen die Schließvorrichtung.

Doch vergeblich, das Holzstück brach ab. Verzweifelt schnappte Daniela nach Luft.

Was sollte sie nur tun?

Abermals packte sie die Klinke, diesmal mit beiden Händen. Sie brachte all ihre Kraft auf und zog an der Tür. Plötzlich sprang der rostige Riegel aus dem morschen Holz.

Die Tür war offen.

Sie lauschte gebannt. Wo war Christopher? Hatte er sie gehört? Nichts geschah.

Sie glitt hinaus in den halbdunklen Flur.

Das Summen wurde stärker. Sie wollte gerade überprüfen, ob die Eingangstür noch immer fest verschlossen war, da erkannte sie, woher das Geräusch kam. Neben der Tür stand ein Stromgenerator. Er war mit Drähten verbunden. Sie führten unter der Tür hindurch.

Christopher schien den Bereich vor der Hütte unter Strom gelegt zu haben.

Ob auch die Klinke unter Strom stand? Sie wagte es nicht, sie zu berühren.

Sie begann heftig zu zittern. Sie fragte sich, wie man so einen Generator ausschaltete. Sie entdeckte einen roten Knopf, traute sich aber nicht, ihn anzurühren.

Schließlich näherte sie sich dem anderen Zimmer. Hier war die Tür nur angelehnt. Sie schob sie vorsichtig auf. Der Mond schien durchs vergitterte Fenster herein. Sein kaltes Licht fiel auf den Leichnam von Christophers Vater. Er hing in seinen Fesseln an der Stuhllehne. Eine Blutlache am Boden und vor ihm auf dem Tisch. Sein Kopf lagerte merkwürdig schief auf der blutüberströmten Brust.

Sie wandte den Blick von dem Toten ab. Wo waren ihre Mutter und ihre Schwester?

Da sah sie die High Heels am Boden liegen. Offenbar hatte sie Clarissa hier abstreifen müssen. Sie hob sie auf und untersuchte sie. Der linke Absatz war kürzer als der rechte. Kurzerhand zog sie den Gummipfropfen ab und fuhr mit dem Finger über die Spitze.

Sie war messerscharf.

Sie nahm die Schuhe mit, schlich barfuß zurück in den Flur.

Auf einmal bemerkte sie einen matten Lichtschimmer am Boden. Sie trat näher und erkannte die Umrisse einer Luke. Offenbar war die Blockhütte unterkellert.

Christopher schien dort unten zu sein, vermutlich zusammen mit Clarissa und ihrer Mutter.

Rasch wandte sie sich dem Stromgenerator zu. Abermals sah sie auf den roten Knopf. Sollte sie ihn drücken? Selbst wenn es der Ausschalter war – sie wusste, sobald das Summen verstummte, war sie aufgeflogen. Außerdem konnte sie nicht einfach die Flucht ergreifen, sie musste ihre Mutter und ihre Schwester retten.

Daniela zögerte nur ein paar Sekunden. Dann war ihr Plan gefasst.

Sie schlüpfte in die High Heels und begann vor der geschlossenen Bodenluke auf und ab zu stöckeln.

Ta-tack, kla-klack, klack.

»Christopher«, rief sie. »Ich bin wach.«

Sie hielt inne. Stille. Nur das Summen des Generators.

Sie setzte ihren Gang fort.

»Ich trage die Schuhe für dich. Hörst du? Ich hätte es schon damals tun sollen. Ich mache dir ein Geschenk. Komm zu mir, Christopher. Komm.«

Ta-tock, klack, klock-klack, lockten ihre Schritte.

Sie lauschte, zitternd vor Angst. Da vernahm sie ein Geräusch von unten. Es hörte sich an wie das Klappern einer Metallleiter.

Sie bewegte sich weiter vor der Luke auf und ab.

Plötzlich Schritte auf der Leiter. Und dann öffnete sich die Luke.

Christophers Kopf erschien in der Öffnung. Sie hatte keine Zeit nachzudenken. Sie wusste, sie hatte nur diese eine Chance.

Daniela hob das linke Bein und trat mit dem Absatz zu.

Sie traf sein Auge. Er schrie auf. Sie trat noch einmal zu. Wieder mitten ins Auge. Er heulte auf vor Schmerz.

Christopher stürzte die Leiter hinunter. Daniela schaute in den Keller hinab. Es war grotesk, unten in der Tiefe machte sie die großen bunten Flügel eines Schmetterlings aus.

Es war die Haut ihrer Schwester.

Sie lag dort unten auf einer Pritsche, bäuchlings und nackt.

»Clarissa«, stammelte sie.

Und dann sah sie, dass sich ihr bemalter Rücken bewegte.

Die Leiter war umgestürzt. Christopher wand sich winselnd am Boden.

Daniela kniete am Rand der Luke nieder und streckte den Arm zu ihrer Schwester aus.

»Clarissa, wo ist Mama?«

Keine Antwort.

»Komm, ich zieh dich herauf!«

Ihre Schwester wandte sich zu ihr um, das Gesicht starr vor Entsetzen.

»Schnell!«

Schließlich griff Clarissa nach ihrem Arm und versuchte, sich zu ihr hochzuhangeln.

Daniela schrie auf, als sie sah, wie sich Christopher hinter ihr aufrappelte.

Sie blickte in die triefende Wunde, wo einmal sein rechtes Auge gewesen war.

EINUNDFÜNFZIG

Trojan nahm das Blaulicht vom Dach des Dienstwagens, die Sirene war verstummt. Nur das Knirschen der Reifen war zu hören, als sie tiefer in den Wald hineinfuhren.

Sie verließen den Forstweg und folgten einem Pfad, der sich alsbald im Gestrüpp verlor. Stefanie hielt an und schaltete den Motor aus. Sie mussten zu Fuß weitergehen. Noch immer stand der Mond am Himmel. Streifen weißen Morgenlichts glitten durch die Wipfel der Bäume.

Um Zeit zu sparen, teilten sie sich auf. Stefanie inspizierte die erste Hütte, Trojan die zweite. Über ihre Mobiltelefone blieben sie miteinander verbunden. Wie sich herausstellte, waren beide Hütten leer. Die, die Nils in Augenschein nahm, bestand bloß noch aus einem Gerippe aus morschem Holz.

An einer Lichtung trafen sie sich wieder.

Schweigend setzten sie ihren Weg zu der dritten Hütte fort. Immerzu versuchten sie sich anhand der Karten auf ihren Smartphones im Dickicht des Walds zu orientieren. Frau Wallner hatte sie vorgewarnt, die Blockhütten waren ursprünglich von ihrem mittlerweile verstorbenen Mann für Urlauber errichtet worden, die es besonders rustikal mochten. Sie befanden sich weit abseits der ausgewiesenen Wanderwege.

Schließlich erreichten sie einen Trampelpfad. Sie erkannten frische Fußspuren darauf.

Plötzlich knackte es im Unterholz. Trojans Hand fuhr zum

Waffenholster. Er hatte noch immer Schmerzen in der rechten Schulter, doch er biss die Zähne zusammen, zückte die Sig Sauer und lud sie durch.

Stefanie tat es ihm gleich.

Wieder knackte es, diesmal näher.

Sie hielten inne, atmeten gedämpft, die Waffen im Anschlag.

Trojan machte eine rasche Bewegung im Halbdunkel aus. Das Knacken wurde zu einem Rascheln. Da sprang etwas vor ihnen auf den Weg.

Trojan zielte.

»Nicht schießen!«, wisperte Steff.

Es war ein Reh. Direkt vor ihnen. Es starrte sie aus großen braunen Augen an. Dann stob es davon.

Nach einer Atempause gingen sie weiter.

Trojan lauschte. Er vernahm ein leises Summen. Je weiter sie gingen, desto stärker wurde es.

Schließlich erkannten sie die Umrisse der Hütte in der Dämmerung, ungefähr dreißig Meter von ihnen entfernt.

Stefanie nickte ihm zu. Geduckt schlichen sie weiter, die Waffen schussbereit.

»Was ist das für ein Surren?«, flüsterte sie.

»Weiß nicht.«

Er sah einen schwachen Lichtschein im Innern der Hütte. Seine Augen scannten die Umgebung. Auf einmal stellten sich seine Nackenhaare auf.

»Stopp!«, raunte er. »Keinen Schritt weiter.«

Stefanie hielt in der Bewegung inne. »Was ist los?«

Er deutete auf die Drähte, überall verteilt im Gelände, mal in Knöchelhöhe über dem Boden, mal in Brusthöhe. Gut getarnt im Gestrüpp, um Pflöcke und Äste geschlungen, mit bloßem Auge kaum auszumachen.

»Sie stehen unter Strom«, flüsterte er. »Das Summen kommt von einem Generator.«

Stefanie blickte ihn an.

Er presste den Finger auf die Lippen und bedeutete ihr mit einer Kopfbewegung, ihm zu folgen.

So stiegen sie vorsichtig über die niedrigen Drähte hinweg und duckten sich unter den höheren hindurch.

Zentimeter um Zentimeter arbeiteten sie sich vor.

In schlängelnden Bewegungen, wie in einem lautlosen Ballett, wichen sie dem Wirrwarr der Drähte aus.

Stück für Stück näherten sie sich der Blockhütte mit den vergitterten Fenstern.

Sie waren noch etwa fünf Meter entfernt, da vernahmen sie Schreie aus dem Inneren.

ZWEIUNDFÜNFZIG

Trojan zielte auf das Schloss und drückte ab. Der Schuss knallte. Er drückte noch ein zweites Mal ab, dann versetzte er der Tür einen Tritt, und sie sprang auf.

Die Waffe im Anschlag, stürmte er hinein, Steffie folgte ihm.

Eine junge Frau, totenbleich, schwankend auf High Heels, ging vor ihm in Deckung.

»Polizei«, murmelte er. »Ganz ruhig. Wo ist Christopher Kurtz?«

»Er ist da drin.« Sie wies auf eine verschlossene Bodenluke. »Mit meiner Mutter und meiner Schwester.«

»Sind Sie Daniela oder Clarissa?«

»Daniela.« Sie zitterte. »Ich hab … Ich glaube, ich hab ihm ein Auge ausgestochen. Ich wollte meiner Schwester helfen, aber da hat er sie gepackt. Und als die Schüsse fielen, hat er vor mir die Luke zugeschlagen.«

Trojan checkte die Lage. Eine männliche Leiche in dem einen Raum, offenbar handelte es sich um Robert Kurtz. Vor ihm auf dem Tisch befanden sich vier bemalte Hautstücke in einem Bilderrahmen hinter Plexiglas. Er schnappte nach Luft.

Er überprüfte den zweiten Raum, dann raunte er Daniela Bernstein zu: »Meine Kollegin bringt Sie in Sicherheit. Womit ist der Täter bewaffnet?«

»Mit einem Messer.«

»Okay, bleiben Sie ganz ruhig. Ich hole Ihre Angehörigen hier raus.«

»Nils«, sagte Steff leise, »der Generator.« Sie wies auf einen roten Knopf auf dem Gerät. »Ich stelle ihn jetzt aus, okay?«

Trojan starrte auf den Schalter. »Nein!«

»Der Eingangsbereich muss frei sein. Wenn er unter Strom steht, können wir nicht...«

»Nein«, wiederholte er. »Kurtz könnte uns alle in die Luft jagen. Wir wissen nicht, was er vorhat. Rühr den Schalter nicht an. Führ Frau Bernstein an den Drähten vorbei und fordere Verstärkung an, okay?«

»Willst du das allein durchziehen?«

»Uns bleibt keine andere Wahl.«

Daniela Bernstein streifte die High Heels ab. Trojan erkannte Blutspuren an der linken Absatzspitze. Stefanie nickte Nils besorgt zu, nahm die junge Frau am Arm und führte sie aus der Hütte ins Freie.

Trojan wandte sich der Bodenluke zu. Mit einem Ruck hob er sie an und klappte sie nach oben auf. Es war dunkel im Keller. Er leuchtete mit seiner Maglite hinab. Keine Leiter. Unten erkannte er eine leere Pritsche.

»Christopher Kurtz? Kriminalpolizei! Legen Sie die Hände hinter den Kopf und treten Sie langsam vor.«

Stille.

»Kommen Sie raus!«

Stablampe und Waffe in den Kellerraum unter ihm gerichtet, wartete er ab.

Plötzlich vernahm er ein leises Wimmern von unten. Es klang wie eine weibliche Stimme. Er durfte nicht wieder zu spät kommen.

Er ließ sich in den Kellerraum hinab. Er leuchtete erst in die eine Richtung, dann in die andere. Die Geräusche waren verstummt.

»Lassen Sie das Messer fallen! Ich will hören, wie Sie es fallen lassen!«

Keine Reaktion.

Trojan wandte sich nach rechts. Der Keller führte um eine Ecke herum. Mit dem Rücken zur Wand tastete er sich vor, dann reckte er den Kopf und spähte in den Gang hinein.

Hier war niemand. Trojan schlich in die andere Richtung. Spinnweben streiften sein Gesicht. Es roch muffig, nach modrigem Holz.

»Die Hütte ist umstellt«, rief er, auch wenn es nicht der Wahrheit entsprach. »Geben Sie auf! Die Hände hinter den Kopf! Treten Sie vor!«

Der Lichtkegel seiner Maglite zitterte. Er schob sich an der nächsten Ecke vorbei.

Am Ende des Ganges machte er etwas Farbiges aus. Es waren Schmetterlingsflügel, aufgemalt auf nackter Haut. Eine Frau stand mit dem Rücken zu ihm, dicht an den Täter gepresst. Er hielt sie fest umklammert und drückte das Messer an ihren Hals.

Trojan leuchtete in seine blutige Fratze. Das rechte Auge war praktisch nicht mehr vorhanden. Und doch hielt er sich aufrecht, schmerzentstellt.

»Keinen Schritt weiter, Kommissar«, raunte er.

Wo war Magda Bernstein? Trojan ließ den Lichtstrahl umherwandern. Schließlich sah er sie, stehend, an ein massives Holzregal gefesselt. In ihrem Mund steckte ein Knebel. Ihre Augen waren entsetzt auf ihn gerichtet. Sie wiegte kaum merklich den Kopf.

»Keine Bewegung«, warnte Kurtz.

»Ihre Wunde muss versorgt werden«, murmelte Nils. »Vielleicht können die Ärzte Ihr Augenlicht noch retten.«

»Das ist mir egal. Ich werde die Sache hier zu Ende bringen. Ich zähle bis zehn, und dann ist Clarissa tot. Ihre Seele wird entweichen, ein wunderschöner Schmetterling. Sie können nichts dagegen tun, Kommissar. Schauen Sie jetzt genau hin.«

»Christopher ...!«

»Eins!«

Trojan hob die Waffe.

»Zwei!«

»Ich warne Sie.«

Der finale Rettungsschuss in die Stirn des Täters war unmöglich. Clarissa war zu nah dran.

»Drei!«

»Lassen Sie das Messer fallen!«

»Vier!«

»Kommen Sie zur Vernunft!«

Magda Bernstein stieß ein Wimmern aus. Clarissa Bernstein, die junge Frau mit den aufgemalten Schmetterlingsflügeln, war wie erstarrt.

»Fünf!«

Trojan schluckte.

Er musste ihn an der Schulter treffen. Allerdings könnte die Kugel auch die Frau töten.

»Sechs!«

Das Risiko war immens hoch. Für den Bruchteil einer Sekunde zögerte er.

»Sieben!«

Sollte er besser mit links schießen? Rechts war er noch immer eingeschränkt.

»Acht!«

Sein rechter Zeigefinger krümmte sich um den Abzug.

»Neun!«

Dann fiel der Schuss.

Christopher wirbelte herum. Nils hatte ihn an der Schulter erwischt. Das Messer fiel zu Boden. Clarissa stürzte aus der Schusslinie. Nils wollte ein zweites Mal feuern, als ihn etwas am Kopf traf.

Für einen Moment war alles schwarz.

Kurtz hatte im Fallen ein Regal umgerissen. Werkzeuge aus Metall, schwere Kisten und Regalbretter polterten zu Boden. Trojan war die Waffe entglitten, er suchte hektisch danach.

Er entdeckte sie einen halben Meter von sich entfernt und packte sie. Noch immer leicht benommen, richtete er sich auf und blickte sich um. Clarissa Bernstein kauerte keuchend in einer Ecke, sie war unverletzt.

Christopher aber war fort. Und wo war das Messer?

»Ruhig, ruhig«, sagte er zu der jungen Frau am Boden. »Sie bleiben hier. Kümmern Sie sich um Ihre Mutter. Meine Kollegin ist gleich bei Ihnen.«

Wo war er?

Trojan schlich sich, die Waffe im Anschlag, die Maglite zwischen die Zähne geklemmt, bis zum Ende des Ganges.

Er entdeckte Blutspuren an der Wand. Und dann erblickte er das geöffnete Kellerfenster.

Er steckte die Stableuchte ein, schob die Waffe ins Holster und kletterte hinaus.

Der Mond war hinter den Bäumen verschwunden. Er zückte erneut die Sig Sauer. Auch hinter der Hütte waren Drähte gespannt. Trojan glaubte, ein leises Knistern zu vernehmen.

Er suchte die Umgebung mit Blicken ab. Ein Vogel flatterte aus einem Gebüsch.

Vorsichtig wand sich Nils unter den Drähten in Brust- und Kniehöhe hindurch.

Nach einigen Schritten bemerkte er frisches Blut an einem Baum. Eine Steigleiter war in den Stamm geschlagen. Er reckte den Kopf und erkannte über sich die Bretter eines Baumhauses.

»Christopher!«

Keine Reaktion.

Er feuerte einmal in die Luft.

»Geben Sie endlich auf!«

Er gab einen zweiten Warnschuss ab. Nichts geschah. Langsam stieg Trojan zu dem Baumhaus hinauf. Oben angelangt, sah er ihn.

Er kauerte in einer Ecke. Sein gesundes Auge flackerte, das andere war eine schwarzverkrustete Öffnung. Seine Schulter blutgetränkt.

Er hielt das Messer in der Hand.

Trojan richtete die Waffe auf ihn. »Gib mir das Messer.«

»Nein.«

»Hier endet das Spiel.«

»Erschießen Sie mich doch, Kommissar.«

»Den Gefallen werde ich dir nicht tun.«

»Drücken Sie einfach ab.«

»Nein.«

Sie schwiegen einige Zeit. Dann sagte Christopher leise: »Hier oben saß ich gern und hab gezeichnet. Ich hab mir vorgestellt, mein Vater hätte dieses Baumhaus für mich gebaut. Nur für mich.«

»Dein Vater ist tot.«

»Ja.«

»Du hast ihn umgebracht. Also gib endlich Ruhe.«

»Das müssen Sie für mich erledigen. Drücken Sie ab.«

Er schüttelte den Kopf.

»Na los.«

»Der Stromgenerator hätte uns alle getötet, hab ich recht?«

»Mich nicht. Nur Sie, wenn Sie auf den roten Knopf gedrückt hätten. Schade, dass Sie es nicht getan haben.«

Trojans Mundwinkel zuckten. Er zielte mit der Waffe auf seine Stirn.

»Schieß doch endlich, Bulle. Schreib in den Bericht, du hast die Nerven verloren.«

Trojan atmete schwer.

»Mach schon. Du willst es doch. Ich sehe es dir an.«

Trojan rührte sich nicht.

Plötzlich machte Christopher einen Satz nach vorn und stieß mit dem Messer zu.

Trojan traf ihn mit dem Fuß am Arm. Kurtz schrie auf, und das Messer flog in die Tiefe. Beinahe lautlos traf es unten auf.

Nils ließ die Waffe sinken. »Komm jetzt, Junge. Das Spiel ist aus.«

Kurtz krümmte sich vor Schmerzen. Sein gesundes Auge verdrehte sich. »Wie haben Sie mich eigentlich gefunden?«

»Das Geburtstagsvideo.«

»Welches Video?«

»In der Wohnung deines Vaters.«

Er hielt überrascht inne. »Die DVD, natürlich. Ich hab sie übersehen. Ich hätte sie vernichten müssen.«

Für einen Moment erhellten sich seine Gesichtszüge. Ein beinahe kindliches Lächeln wanderte über seine Lippen.

»Das war ein glücklicher Tag damals. Meine Mutter war noch bei uns. Sie liebte Schuhe über alles, müssen Sie wissen.« Sein Lächeln erstarb. »Später wollte ich ihr ein Paar schenken, richtig teure Schuhe mit hohen Absätzen, die mochte sie besonders. Aber da war sie schon fort. Sie ist einfach gegangen. Ich weiß nicht, wohin.«

EPILOG

Montag, 22. Mai. Später Vormittag

Der Duft ihrer Haut umwehte ihn an den Rändern seines Schlafs. Er drehte sich auf die Seite und schmiegte sich an sie. Fingerspitzen flüsterten über seinen nackten Rücken. Sie murmelte seinen Namen, und er musste lächeln. Als er sie anblinzelte, schlaftrunken, beglückt, tauchte er ins Blau ihrer Augen, und das Sandblond ihres Haars strich über seine Stirn.

»Steff«, sagte er.

Auf ihren Wimpern tanzten Sonnenreflexe. Sie blies sich eine Haarsträhne aus dem Gesicht. Er beobachtete das Spiel ihrer Mundwinkel, die Grübchen beim Lächeln, den roten Zauber ihrer Lippen.

»Wie hast du geschlafen?«, fragte sie.

»Selig. Und du?«

Ihr Lächeln wurde neckend. »Sanft und süß.«

Er stützte den Arm auf. »Ich schlafe überhaupt sehr gut an deiner Seite.«

»Kein schlechtes Zeichen, oder?«

»Hmm.«

»Ich war schon auf. Ich hab Croissants geholt.«

»Ist nicht dein Ernst.«

»Doch. Ich war bei Cem. Du hast doch gesagt, dass man Brötchen in deinem Kiez nur bei Cem kaufen darf. Dem freundlichen Türken beim Spätverkauf an der Ecke.«

»Klar, die sind zwar nicht so frisch, aber …«

»… es gehört zu deinen Kiezgewohnheiten. Und an die hab ich mich gehalten. Danach bin ich wieder zu dir unter die Decke geschlüpft.«

»Unglaublich, und ich hab nichts davon mitbekommen. Dabei hab ich normalerweise einen ziemlich leichten Schlaf.«

Sie küsste ihn. »Liegt vielleicht daran, dass du dich wohlfühlst in meiner Nähe?«

»Und wie.«

»Geht mir genauso.«

Abermals murmelte sie seinen Namen.

Sie zerwühlten das Laken, und die Decke rutschte vom Bett. Als sie sich mit den Händen auf seinen Schultern aufstützte, fragte sie leise, ob es dort noch wehtun würde. Er verneinte.

»Und hier?«, fragte sie. Er atmete tiefer, ihre Hände glitten über ihn. »Hier … hier … hier …?«

Er bäumte sich auf, warf sie herum. Sie strahlte ihn an, ihre Augen funkelten hinter Kaskaden ihres Haars hervor. Die Wangen gerötet, fuhr sie sich mit der Zunge über die Lippen. Während das Vormittagslicht über sie hereinflutete, gab er sich ihren Atemstößen hin. Sie feuerte ihn an, und ihre Katzenlaute umschmeichelten sein Ohr.

Beim späten Frühstück erwähnten sie den Fall der letzten Woche mit keinem Wort. Manchmal blitzten Bilder in ihm auf, düstere Bilder, einmal sah er sich in die Flügel des Blauen Morphofalters stürzen, ein anderes Mal knallte der Schuss im Keller der Hütte, und die Farben auf dem Rücken der unbekleideten Frau zerflossen zu einer Blutlache vor seinem inneren Auge.

Er blickte Steffie an. Ihr Lächeln beruhigte ihn. Er spürte, wie auch von ihr die Last der vergangenen sieben Tage und

Nächte allmählich abfiel. Je länger sie miteinander sprachen, je mehr sie zusammen lachten, anfangs noch verhalten, später aufatmend, befreit.

Es versetzte ihm beinahe einen Stich, als Stefanie aufstand und ihre Jacke anzog. »Ich muss los.«

»Hey, du kannst gern noch bleiben.«

»Ich muss dringend in meine Wohnung.« Sie grinste. »Falls du vorhast, mich demnächst zu besuchen, sollte ich besser etwas Ordnung schaffen.«

»Natürlich hab ich das vor. Aber du musst meinetwegen nicht aufräumen.«

Sie lachte. »Der erste Eindruck ist entscheidend, und ich will dich nicht verschrecken. Ist einiges liegen geblieben in den letzten Tagen.«

»Klar, wir waren im Dauereinsatz.«

»Außerdem kommt doch deine Tochter nachher vorbei. Soll sie mich denn gleich kennenlernen?«

Darauf wusste er keine Antwort. Er begleitete sie zur Wohnungstür. »Steff?«

»Hmm?«

»Was wird das jetzt mit uns?«

Sie trat dicht an ihn heran, blies ihm ihren Atem ins Gesicht und fuhr mit einer Hand durch sein stoppelkurzes Haar. »Das hatten wir doch neulich schon. Nicht so viel darüber nachdenken, Nils.«

»Wir lassen es also einfach geschehen?«

Wieder küsste sie ihn. Mit einem Lächeln sagte sie: »Ja. Die Gedanken loslassen und genießen.«

»Könnte zu unserem Motto werden.«

Sie lachte. »Warum auch nicht?«

»Und unser Chef? Die Kollegen?«

Sie senkte die Stimme zu einem Flüstern. »Die kriegen

nichts raus. Ich finde es aufregend, wenn wir es geheim halten.«

»Ich auch.«

Noch ein Kuss, dann war sie zur Tür hinaus.

Emily kam gegen vier, stellte ihren Rucksack in ihrem Zimmer ab, und dann schlenderten sie hinaus in den sonnigen Mainachmittag. Die Kastanien am Bouleplatz standen in voller Blüte. Das Sonnenlicht glitzerte auf dem Landwehrkanal.

Während sie den Uferweg entlangspazierten, erzählte sie ihm von den Proben in der Theater-AG ihrer Schule. Sie studierten gerade Teile aus der *Orestie* von Aischylos ein. Sie spielte die Klytaimnestra.

»Ich bin beeindruckt, Emily. Das ist ja richtig schwere Kost.«

»Jedenfalls nicht mehr dieses seichte Trallala, das wir vorher inszeniert haben. Wir haben gemeinsam eine moderne Fassung der Orestie mit Bezügen zur Gegenwart erarbeitet. Griechische Tragödie in den Zeiten des Terrors gewissermaßen.«

»Shakespeare war aber auch kein Trallala, wie du es nennst. Du warst klasse als Viola in *Was ihr wollt*.«

»Danke, Paps.« Sie strahlte ihn an. »Ich bin gespannt, was du von meiner Interpretation der Klytaimnestra hältst.«

»Wann ist Premiere?«

»Heute in drei Wochen. Auf den Tag genau. Ich bin schon ganz aufgeregt.«

»Reservierst du mir eine Karte?«

»Ist längst geschehen. Ich habe gehofft, dass du zur Premiere kommst.«

Sie überquerten die kleine blaue Brücke über dem Kanal, erreichten die Südspitze der Lohmühleninsel und schlenderten weiter zu dem Park, der Schlesischer Busch genannt wurde.

»Könnte das mehr als ein Hobby sein?«, fragte er. »Du und die Schauspielerei? Hast du mal darüber nachgedacht, dich nach dem Abitur an einer Schauspielschule zu bewerben?«

»Weiß nicht.«

Er blickte sie von der Seite an. Die Art, wie sie die Stirn krauszog, sagte ihm, dass sie die Sache bereits in Erwägung gezogen hatte.

»Ich denke, ein Jahr im Ausland ist erst mal das Richtige für mich.«

»Natürlich, lass dir Zeit, Emily.«

Für einen Moment blieben sie stehen und beobachteten ein junges Paar beim Tai-Chi unter den ausladenden Eichen auf der Grünfläche am ehemaligen DDR-Wachturm. Trojan merkte, wie ihn diese sanften Gleit- und Drehbewegungen beruhigten. Dann sah er zu seiner Tochter, bemerkte, wie das vom Blattwerk gebrochene Sonnenlicht über ihr Gesicht flirrte. Wie schön sie ist, dachte er, von Glücksgefühlen durchströmt. Seine Tochter.

Sie hakte sich bei ihm unter, und er genoss es, wie sie im Einklang nebeneinanderher gingen, eine Weile schweigend, dann wieder plaudernd über ein paar Angelegenheiten in ihrer Schule, kleinere Sorgen wegen einiger Klausuren, die sich alsbald zerstreuten.

Im Freischwimmer, einem Gartenlokal am Flutgraben, tranken sie einen Milchkaffee. Emily bestellte sich einen Brownie dazu. Trojan musste schmunzeln, als sie sich mit Begeisterung über das Gebäck hermachte. Für einen Moment sah er in ihr wieder das kleine Mädchen mit Zöpfen und Zahnspange.

»Was?«, fragte sie lachend.

»Nichts«, erwiderte er gut gelaunt, »lass es dir schmecken.«

»He«, sagte sie nach einer Weile und griff den Faden von vorhin wieder auf, »du wolltest auch mal Schauspieler werden, stimmt's?« Sie grinste ihn an. »Hat mir Mama erzählt.«

Für einen Augenblick war er verlegen. »Das ist lange her, Emily.«

»Die Kripo ist eher deins, oder?«

Er nickte.

»Erzähl mir von deinem letzten Fall.«

»Lieber nicht.«

»War es so schlimm?«

»Hmm.« Er nahm einen Schluck von seinem Kaffee, stellte die Tasse ab und fragte: »Also, worauf hast du heute noch Lust?«

Ihre Antwort kam prompt. »Kanufahren.«

»Okay, dann los.«

Sie mieteten sich ein Boot für zwei Stunden und paddelten die Spree hinunter.

Anfangs musste sich Nils noch auf die Bewegungen konzentrieren, da er ein wenig aus der Übung war.

Schafthand am Ende des Paddels, Knaufhand um den Schaft, dicht am Blatt, memorierte er stumm. Obere Hand nah am Gesicht, unterer Arm gerade zum Wasser gestreckt. Mit dem gesamten Blatt des Paddels in das Wasser stechen, so dass der Schaft rechtwinklig zur Oberfläche steht. Das Paddel parallel zur Seitenwand des Kanus durch das Wasser ziehen.

Da er hinten saß, musste er steuern. Er erinnerte sich an den Steuerschlag, der den Gleichtakt ermöglicht und das Boot auf einer geraden Linie hält. Also am Ende des Schlags noch eine kleine Außenkurve vollziehen, das Paddel mit der Vorderseite nach außen drehen. Der Daumen der Schafthand musste nach unten zeigen.

Und es funktionierte. Sie waren im Takt.

Gleichmäßig im Boot mit seiner Tochter dahingleitend hatte er auf einmal das Gefühl, das Glück mit Händen greifen zu können. Sie beide, synchronisiert in ihren Bewegungen, rhythmisch und fließend die Paddel durchs Wasser ziehend. Die schräg einfallende Abendsonne brachte das Haar seiner Tochter zum Leuchten. Aufrecht saß sie da, elegant rotierten ihre Schultern. Nur gelegentlich riefen sie sich ein paar Worte zu, dann waren sie wieder eins mit dem Boot, dem Fluss und der Gegenwart.

Sie zogen am Treptower Park vorbei, passierten einen Teil des Plänterwalds, machten eine Kehre, umkurvten den Kratzbruch und die Liebesinsel und paddelten entlang der anderen Uferseite zurück.

Auf dem Heimweg hakte sie sich wieder bei ihm ein. In einer kleinen Trattoria in der Reichenberger Straße aßen sie zu Abend. Emily bestellte sich gegrillte Garnelen, er Tortellini mit Trüffeln.

Zurück in der Forster Straße, hatte er den Eindruck, ein leiser Rest von Stefanies Parfum schwebe in der Wohnung. Ob Emily das merkte?

Plötzlich kam sie aus ihrem Zimmer. Sie hielt einen Briefumschlag in der Hand. »Pa, das hätte ich beinahe vergessen.«

»Was ist das?«

»Ich soll es dir von Großvater geben.«

Er war verblüfft. »Von Großvater?«

Sie lachte. »Dein Daddy, Paps. Ich war bei ihm.«

Sein Puls beschleunigte sich. »Wann?«

»Vorgestern.«

»Seit wann triffst du dich mit ihm?«

»Er hat mich vor einiger Zeit angerufen. Er hat mir gesagt, dass er sich mehr Kontakt zu seiner Enkelin wünscht. Ich fand das okay, also bin ich zu ihm gegangen.«

Von dunklen Vorahnungen erfüllt nahm Trojan den Umschlag an sich. Etwas Schweres steckte darin.

»Wie war es bei ihm?«

»Ach, eigentlich ganz nett. Er hat sich richtig Mühe gegeben. Er hat einen Kuchen gebacken, stell dir das mal vor. Wir haben eine Stunde geplaudert, und dann musste ich auch schon wieder los.«

»Er hat einen Kuchen für dich gebacken?«

»Ja.« Emily strich ihm über den Arm. »Du solltest dich mehr um ihn kümmern. Ich denke, er ist einsam. Er hat zwar diese Frau kennengelernt… Wie heißt sie noch gleich?«

»Gertrud.«

»Richtig, Gertrud Korn. Aber ich glaube, er wünscht sich, auch mit dir mehr Zeit zu verbringen.«

Trojan begann zu schwitzen.

Kurzerhand riss er den Umschlag auf. Zwei Schlüssel befanden sich darin. Und ein Brief.

Atemlos überflog Trojan die handgeschriebenen Zeilen:

Lieber Nils,
wir hatten nie ein gutes Verhältnis zueinander, und das tut mir leid. Ich glaube, ich war nicht der Vater, den du dir gewünscht hast. Du bist ein erfolgreicher Mordermittler geworden. Ich habe mich immer gefragt, warum du ausgerechnet diesen Beruf gewählt hast. Ich habe eine Vermutung: Es ging dabei möglicherweise um mich. Vielleicht hast du dir das Rüstzeug gesucht, um eines Tages deinen Vater überführen zu können.

Stets hast du mich verdächtigt, ich hätte Susanna Halm,

unsere Nachbarin von damals, im Zorn erschlagen. Die ganze Geschichte ist über vierzig Jahre her, du aber konntest nicht lockerlassen. Ich weiß nicht, ob das nun an deinem ausgeprägten Gerechtigkeitssinn liegt oder bloß an deiner uneingestandenen Wut auf mich.

Du willst die Vergangenheit nicht ruhen lassen, deshalb habe ich mich entschlossen, dir eine Antwort auf deine Fragen zu geben.

Als deine Mutter sterbenskrank war, habe ich bei Susanna ein paar Sachen in ihrer Wohnung repariert. Wir sind einige Male zusammen spazieren gegangen. Sie hat mich in verschiedenen privaten Angelegenheiten um Rat gebeten. An einem Nachmittag vergaßen wir die Zeit, es wurde Abend, eins kam zum anderen, und wir fanden uns in ihrem Schlafzimmer wieder. Es war wie eine Flucht für mich. Bis dahin hatte ich mich immer bemüht, aus der Situation daheim das Beste zu machen. Deine Mutter war ausgezehrt von ihrer Krankheit, und ich hab versucht, ihr zu helfen, wo ich nur konnte.

Seit jenem Abend aber wurde ich mir selber fremd. Ich wollte mich an Susannas Lebendigkeit klammern, an ihr Lachen. Um keinen Preis der Welt war ich bereit, die Affäre mit ihr aufzugeben. Zeit meines Lebens habe ich mich deswegen schuldig gefühlt.

Es war übrigens nicht so, wie du vermutet hast. Susanna hat mir nicht gedroht, sie würde unser Verhältnis an deine Mutter verraten. Im Gegenteil, sie wollte damit aufhören, sie fand es nicht recht, eine Todkranke noch länger zu hintergehen.

Der Fremde in mir konnte es nicht ertragen, dass sie unsere Liebschaft beenden wollte.

Der Fremde in mir war blind vor Zorn, und plötzlich lag sie vor mir am Boden, und an ihrem Schädel war Blut.

Ja, Nils, ich habe sie erschlagen. Und glaub mir, ich habe

Jahr für Jahr und Stunde um Stunde darüber nachgedacht, wie es so weit kommen konnte.

Ich fand nur eine Antwort: Es war der Hass auf mich selbst. Auf einen Ehemann, der seine Frau in ihren letzten schweren Stunden im Stich lässt. Auf einen Menschen, der es nicht ertragen kann, wenn eine junge Frau, die einen Großteil ihres Lebens noch vor sich hat, zu ihm Nein sagt. Und es war auch der Hass auf einen Vater, der seinem Sohn nicht geben kann, was der sich von ihm erhofft.

Nun hast du die Antwort, Nils, nach der du immer gesucht hast.

Ist das unser Abschied? Ich denke schon.

Ich wünsche dir, dass du in deinem Leben glücklich wirst.

Dein Vater

»Paps? Was ist los? Du bist ja ganz bleich geworden.«

Er ließ das Blatt Papier sinken und steckte es zusammen mit den beiden Schlüsseln ein. »Ich muss sofort zu ihm.«

»Was steht denn in dem Brief?«

»Erzähl ich dir später, Em.«

Er schnappte sich seine Jacke.

»Soll ich mitkommen?«

»Nein, lieber nicht.«

»Ist was passiert?«

»Ich weiß nicht. Warte hier, ja? Ich ruf dich nachher an.« Er warf ihr einen verzweifelten Blick zu. »Ich hab dich lieb, Emily.«

»Was ist denn nur los?«

Ihm traten Tränen in die Augen. Er wollte noch etwas sagen, aber er brachte kein Wort heraus.

Er stürmte aus der Wohnung und rannte die Treppe hinunter.

Auf der Straße blickte er sich gehetzt um. Wieder einmal wusste er nicht, wo er seinen altersschwachen VW Golf geparkt hatte. Er rannte zum Paul-Lincke-Ufer. Der Wagen stand an der Ecke Ohlauer Straße.

Er stieg ein und fuhr los.

Vor dem Mietshaus in Lankwitz drückte er erst gar nicht auf den Klingelknopf. Er schloss mit dem einen Schlüssel auf, rannte die Treppe hinauf und schob den zweiten ins Schloss der Wohnungstür.

Ist das unser Abschied? Ich denke schon.

Die Tür sprang auf. Er eilte in den Flur, von dort aus ins Badezimmer. Vor seinem geistigen Auge sah er seinen Vater in der Wanne liegen. Die Pulsadern aufgeschnitten, alles voller Blut.

Aber nein, hier war er nicht.

Er eilte in die Küche.

Nichts. Niemand.

Er liegt in seinem Bett, dachte er. Er hat Schlaftabletten genommen. Eine Überdosis.

Ist das unser Abschied?

Ja, Vater. Und ich bin schuld. Ich hab dich in den Tod getrieben.

Er riss die Tür zum Schlafzimmer auf. Das Bett war leer.

Er stürmte ins Wohnzimmer.

Da saß jemand im Sessel. Er erkannte das schlohweiße Haar seines Vaters.

Sein Kopf bewegte sich. Trojan rang nach Luft.

»Nils.«

Sein Herzschlag schien auszusetzen.

Er wich zurück.

»Nils.«

Sein Vater trat auf ihn zu.

Trojan wurde schwindlig. Er stützte sich an der Schrankwand ab.

»Was …? Du hast …? Warum …?« Er kniff die Augen zusammen.

Als er sie wieder öffnete, stand sein Vater dicht vor ihm.

»Hat dir Emily den Brief gegeben?«

Er nickte.

»Du bist erschüttert?«

»Ganz egal, was ich bin. Wichtig ist doch nur, dass du … Du lebst.«

»Ja. Natürlich.«

»Ich dachte …« Er brach ab.

»Du dachtest an Abschied. Ich denke ständig daran. Ich bin ein alter Mann. Alte Menschen beschäftigen sich mit dem Abschiednehmen. Das Leben währt nicht ewig, Nils.«

Sie blickten sich schweigend an.

»Die Schlüssel zu meiner Wohnung hast du ja nun«, sagte Richard Trojan. »Ich denke, es ist an der Zeit. Du solltest hier öfter nach dem Rechten schauen.«

Endlich hatte Trojan seine Fassung wieder. »Du hast es also getan.«

»Ja.«

»Ich kann es noch immer nicht glauben. Du hast sie wirklich getötet?«

»Ja.« Richard Trojan verschränkte die Arme vor der Brust. »Nun haben wir endlich Klarheit. Das war dein Wunsch.«

»Vater, ich weiß nicht, was ich sagen soll.«

»Du wolltest die Wahrheit wissen. Nun kennst du sie.«

»Was machen wir denn jetzt?«

Sein Vater trat noch näher an ihn heran. »Pass auf, es ist Folgendes: Ich habe vor, morgen zu verreisen. Gertrud und ich haben eine zweiwöchige Kreuzfahrt gebucht. Ich möchte ihr alles erzählen. Aber das braucht Zeit.«

»Du willst ihr erzählen, dass du ein Mörder bist?«

»Oder ein Totschläger, je nachdem. Das steht ja noch nicht fest. Ich habe im Affekt gehandelt.«

»Du musst verrückt sein. Wie kannst du denn jetzt verreisen?«

»Ich will es ihr beichten. Schonungslos und offen. Wenn ich zurück bin, dürfen mich deine Kollegen verhaften. Gewährst du mir diese Frist?«

Trojan rührte sich nicht.

»Es sind nur zwei Wochen. Gertrud freut sich schon seit Langem auf die Reise. Wir stechen in Hamburg in See. Sie ist ja völlig ahnungslos, auf wen sie sich eingelassen hat.«

»Vater …«

Er wollte die Arme um ihn schlingen, ihn fest an sich drücken, aber er konnte nicht.

»Bitte«, murmelte der alte Mann, »schenk mir noch ein paar Tage. Nur zwei Wochen, dann ist es vorbei.«

Ich werde ihn nie wiedersehen, dachte Trojan jäh, mit erschreckender Hellsicht. Das ist unser Abschied. Er wird gehen, für immer.

Nach einigem Zögern und gegen alle Widerstände umarmte er ihn.

Trojan trat hinaus und sog die Luft in seine Lunge. Ihm war erneut ein wenig schwindlig. Er schloss die Augen und zählte langsam bis zwanzig. Dann erst war er in der Lage, zu seinem Wagen zu gehen. Er saß bereits am Steuer und wollte den Schlüssel ins Zündschloss stecken, als er plötzlich innehielt. Stopp, rief ihm eine innere Stimme zu.

Den Grund dafür konnte er sich selbst nicht recht erklären, aber mit einem Mal verspürte er das dringende Bedürfnis, augenblicklich auszusteigen. Er tat es, schloss den Wagen ab und ging los.

Es zog ihn förmlich weg von seinem Auto. Seine Schritte waren wie ferngesteuert. Nach einer Weile fand er sich in dem kleinen Park wieder, in dem er vor einiger Zeit mit seinem Vater schon einmal ein wichtiges Gespräch geführt hatte. Er setzte sich auf dieselbe Bank wie damals. Hier hatte sein Vater mit seinem Gehstock das Wort SCHULDIG in den Sand geschrieben.

Trojan war aufgewühlt. Sein Vater hatte zwar endlich alles zugegeben. Doch wie ging es nun mit dem alten Mann weiter? Und was war mit ihm selbst? Was war mit *seinem* Leben? Hatte er nicht ständig das Gefühl, auf der Überholspur zu sein, an allem vorbeizuhetzen? Stürzte er sich nicht von einer Ermittlung in die nächste? Hatte er überhaupt noch Zeit für die wichtigen Dinge im Leben? Für seine Tochter zum Beispiel, für schöne Reisen. Und was war mit seinem Liebesleben? Konnte er sich überhaupt auf eine neue Beziehung einlassen, wenn er immerzu am Arbeiten war?

Landsberg anrufen, dachte er, sofort. Die Notbremse ziehen. Das Leben ist viel zu kurz, es rauscht an mir vorbei.

Ich brauche eine Auszeit. Ich kann nicht so weiterleben.

Ihm brach kalter Schweiß aus. Seine Kehle verengte sich. Kurzzeitig verspürte er Atemnot.

Diese Panikattacken, waren das nicht Alarmsignale? Was wollte ihm sein Körper damit sagen? Kannte er nicht längst die Antwort?

Ich muss es tun, dachte er. Ich muss mein Leben ändern. Nur so kann ich die Angst besiegen.

Nachdem er sich halbwegs beruhigt hatte, zog er das Handy aus der Tasche und drückte auf eine Kurzwahltaste.

Landsberg meldete sich nach dem dritten Klingeln.

»Nils? Was ist los?«

»Hilmar«, sagte Trojan mit fester Stimme, »ich nehme unbezahlten Urlaub. Sofort. Du wirst für mindestens ein Jahr auf mich verzichten müssen. Und versuche bloß nicht, mich umzustimmen. Ab heute bin ich ein freier Mensch.«

DANKSAGUNG

Die Arbeit an diesem Buch war für mich eine überaus beglückende Reise. Viele Menschen haben mich dabei unterstützt und begleitet.

Besonders möchte ich mich bei meiner Lektorin Claudia Negele bedanken. Ihre Umsicht, ihr großes Verständnis für die Eigenheiten eines Schriftstellers, ihre klugen Denkanstöße und behutsamen Verbesserungsvorschläge beflügeln mich ein jedes Mal aufs Neue. Ich bin überaus glücklich, mit ihr zusammenarbeiten zu können.

Ebenso dankbar bin ich für die Unterstützung durch meine zweite Lektorin Regina Carstensen, die mich mit ihrer Beharrlichkeit und ihrem Augenmaß dazu bringt, meine Thriller Zeile für Zeile zu hinterfragen, was ungemein fruchtbar ist.

Einen herzlichen Dank an meinen Literaturagenten Michael Gaeb für seine Begeisterungsfähigkeit, seine wertvollen Anmerkungen nicht nur nach Fertigstellung des Manuskripts, sondern bereits in den frühen Gesprächen während der Planungsphase.

Danken möchte ich zudem Georg Reuchlein und dem gesamten Team vom Goldmann Verlag, namentlich Manuela Braun, die so charmant meine Lesereisen organisiert, Katrin Cinque und Barbara Henning für ihre enthusiastische Öffentlichkeitsarbeit sowie Daniela Sarter vom Online-Marketing, die nicht nur meine Website betreut, sondern mich auch in dem für mich noch neuen Bereich der sozialen Medien berät. Ausdrücklich bedanken möchte ich mich ebenso bei allen Mitarbeiterinnen und Mitarbeitern in der Werbung und im Vertrieb, deren unermüdliches Engagement für meine Bücher von unschätzbarem Wert ist.

Einen großen Dank an Judith Dobbrow und Sven Döring vom Landeskriminalamt Berlin für ihre ausführlichen und sachkundigen Antworten auf all meine Fragen zur polizeilichen Ermittlungsarbeit. Sie geben Kommissar Nils Trojan das kriminalistische Rüstzeug.

Bei meinen übrigen Recherchen halfen mir besonders Linda O'Keeffe mit ihrem Buch *Schuhe. Eine Hommage an Sandalen, Slipper; Stöckelschuhe* sowie die Kuratoren vom Brooklyn Museum mit ihrem Ausstellungskatalog *Killer Heels: Extravagantes Schuhdesign*, herausgegeben von Lisa Small.

Das Fotoprojekt *Fetish* von David Lynch und Christian Louboutin war eine hervorragende Quelle der Inspiration für mich.

Die Mitarbeiter der Biosphäre Potsdam brachten mir die Welt der Schmetterlinge mit ihrer Fachkenntnis nahe und ließen mich die Anmut der exotischen Falter studieren. Unvergessen der Moment, da der Blaue Morphofalter seine wunderschönen Flügel vor mir ausbreitete.

Von ganzem Herzen bedanke ich mich bei meinem Sohn Elias für die vielen Gespräche, Anregungen und Inspirationen. Jeden Tag freue ich mich über ihn.

Mein größter Dank gilt meiner Frau Christina. Sie ist meine erste Leserin, die klügste Ratgeberin, das Licht in meinem Leben, mein leuchtender Stern.

Was wäre ich ohne sie.